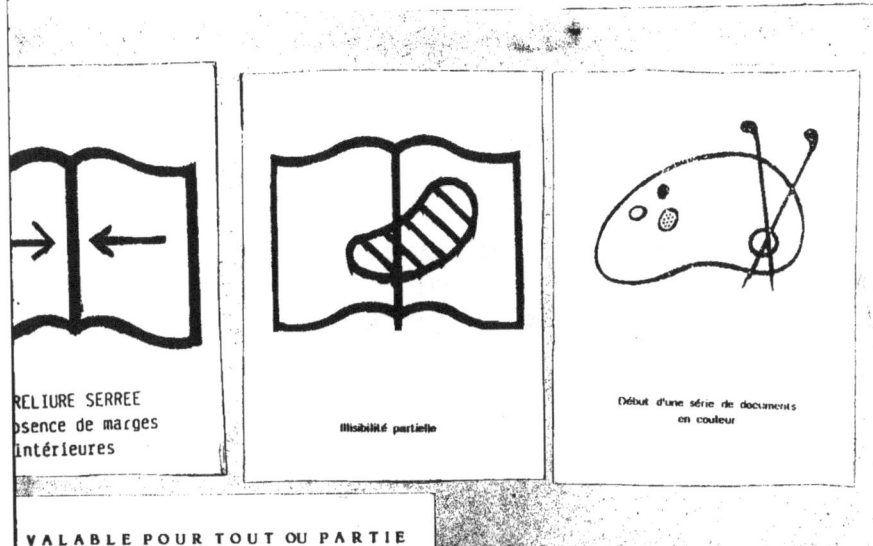

RELIURE SERREE
bsence de marges
intérieures

Illisibilité partielle

Début d'une série de documents
en couleur

VALABLE POUR TOUT OU PARTIE
DU DOCUMENT REPRODUIT

Correspondance inédite

de

Sainte-Beuve

avec M. et Mme Juste Olivier

Publiée par JULES TROUBAT

Introduction et Notes de LÉON SÉCHÉ

AVEC UN PORTRAIT DE JUSTE OLIVIER

PARIS
SOCIÉTÉ DV MERCVRE DE FRANCE
XXVI, RVE DE CONDÉ, XXVI

MCMIV

MERCVRE DE FRANCE

XXVI, RVE DE CONDÉ — PARIS-VIe

paraît tous les mois en livraisons de 300 pages, et forme dans
l'année 4 volumes in-8, avec tables.

Rédacteur en chef : ALFRED VALLETTE.

Littérature, Poésie, Théâtre, Musique, Peinture, Sculpture,
Philosophie, Histoire, Sociologie, Sciences, Voyages,
Bibliophilie, Sciences occultes, Critique,
Littératures étrangères.

REVUE DU MOIS

Épilogues (actualité): Remy de Gourmont.
Les Poèmes : Pierre Quillard.
Les Romans : Rachilde.
Littérature : Jean de Gourmont.
Littérature dramatique : Georges Polti.
Histoire : Marcel Collière, Edmond Barthélemy.
Philosophie : Louis Weber.
Psychologie : Gaston Danville.
Science sociale : Henri Mazel.
Sciences : Dr Albert Prieur.
Archéologie, Voyages : Charles Merki.
Questions coloniales : Carl Siger.
Romania, Folklore : J. Drexelius.
Bibliophilie : Pierre Dauze.
Ésotérisme et Spiritisme : Jacques Brieu.
Chronique universitaire : L. Bélugon.
Les Revues : Charles-Henry Hirsch.
Les Journaux : R. de Bury.
Les Théâtres : A. Ferdinand Herold.
Musique : Jean Marnold.
Art moderne : Charles Morice.
Art ancien : Tristan Leclère.

Publications d'art : Y. Rambosson.
Le Meuble et la Maison : Les Xin.
Chronique de Bruxelles : G. Eekhoud.
Lettres allemandes : Henri Albert.
Lettres anglaises : Henry-D. Davray.
Lettres italiennes : Lucian.
Lettres espagnoles : Gomez .
Lettres portugaises : Philéa L.
Lettres hispano-américaines : nio Diaz Romero.
Lettres brésiliennes : Figu: mentel.
Lettres néo-grecques : Giorgios Lam- beletis.
Lettres russes : E. Séménoff.
Lettres polonaises : Michel Mutermilch.
Lettres néerlandaises : A. Cohen.
Lettres scandinaves : Peer Eketræ.
Lettres hongroises : Zrinyi János.
Lettres tchèques : William Ritter.
La France jugée à l'Étranger : Lucile Dubois.
Variétés : X...
Publications récentes : Mercure.
Échos : Mercure.

ABONNEMENT

	France		Étranger	
UN AN	20 fr	UN AN	24 fr
SIX MOIS	11 »	SIX MOIS	13
TROIS MOIS	6 »	TROIS MOIS	7

ABONNEMENT DE TROIS ANS avec prime équivalant au remboursement de l'abonnement.

France: 60 fr.   Étranger: 60 fr.

La prime consiste : 1° en une réduction du prix de l'abonnement, 2° en la faculté d'acheter chaque année 30 volumes de nos éditions à 3 fr. 50, parus ou à paraître, aux prix absolument nets suivants (emballage et port à notre charge):

France: 2 fr. 25   Étranger: 2 fr. 50

Poitiers. — Imprimerie du Mercure de France, BLAIS et ROY, 7, rue Victor-Hugo.

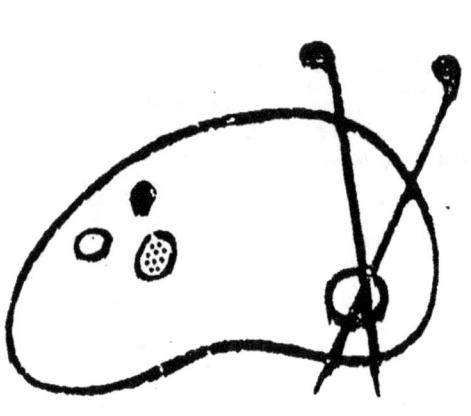

Fin d'une série de documents
en couleur

CORRESPONDANCE INÉDITE

DE SAINTE-BEUVE

AVEC M. ET Mme JUSTE OLIVIER

PORTRAIT DE JUSTE OLIVIER
d'après un dessin au crayon de GLEYRE
appartenant à Mme BERTRAND

Correspondance inédite

de

Sainte-Beuve

avec M. et Mme Juste Olivier

Publiée par Mme BERTRAND

Introduction et Notes de Léon SÉCHÉ

AVEC UN PORTRAIT DE JUSTE OLIVIER

PARIS

SOCIÉTÉ DV MERCVRE DE FRANCE

XXVI, RVE DE CONDÉ, XXVI

—

MCMIV

IL A ÉTÉ TIRÉ DE CET OUVRAGE :

Douze exemplaires sur papier de Hollande,
numérotés de 1 à 12.

JUSTIFICATION DU TIRAGE :

AVERTISSEMENT

En réunissant en volume les lettres de Sainte-Beuve à Juste et Caroline Olivier publiées en 1903 et 1904 par la *Revue des Deux Mondes* avec une introduction et des notes de M. Léon Séché, il n'est pas sans intérêt de constater combien le Sainte-Beuve qu'elles dévoilent est différent du Sainte-Beuve généralement connu.

On est souvent tenté de prendre pour de la naïveté les illusions généreuses de ceux qui l'ont vu à Lausanne et qui, charmés par son esprit, éblouis par son talent et trompés par sa facilité à *s'adapter* avec une sincérité réelle, mais fugitive, aux pensées d'autrui, ont pu croire qu'il avait aussi du cœur et qu'il était réellement conquis à leurs idées, voire même à leur sentiment chrétien. — Il est facile de juger l'homme après l'avoir suivi dans toutes ses évolutions, mais pour ceux qui le voyaient dans cette première phase de sa vie, il était vraiment impossible de deviner cette nature de caméléon.

L'illusion fut donc toute naturelle et c'est ce qui, en 1837, après la première visite de Sainte-Beuve en Suisse, encouragea M. et Mᵐᵉ J. Olivier à le presser de se mettre à son œuvre de *Port-Royal*. Ils voyaient pour lui un bien moral et même un appel divin à occuper sérieusement sa vie.

Il est fort regrettable que l'influence élevée et pure des personnalités d'élite qu'il fréquentait à Lausanne, les Monnard, les Vinet, les Olivier, etc., n'ait pas eu dans son âme un rayonnement plus prolongé. Cela l'aurait maintenu peut-être dans une atmosphère plus haute et plus morale et l'aurait aussi empêché de laisser sa vie privée aller à la dérive sans phare et sans boussole, ce qui, malheureusement pour sa gloire, l'a diminué et abaissé aux yeux de ses contemporains comme à ceux de la postérité.

Mᵐᵉ Olivier lui écrivait le 29 août 1837, sous les yeux de son mari qui le pressait de son côté de prendre une décision.

« Ne s'agit-il pas en effet de savoir pour quoi vous vivez et vous voulez vivre... c'est un choix moral plus qu'un autre que vous allez faire. Si je ne me trompe, votre conscience vous a dit : que vous retirer à l'écart pour examiner le grand

problème de la destinée vous conduirait à trouver
Dieu et à l'accepter.

. . . .

« Quand il se pourrait faire que vous n'eussiez
d'autre profit religieux que d'avoir obéi à ce que
vous sentez au fond de vous-même être un appel
moral, vous seriez encore amplement dédommagé
de ce qu'il vous en a pu coûter. Aucun de nous ne
saurait sans éminent danger mépriser l'évidence
d'une direction divine. Votre conscience *intellectuelle*, si je puis ainsi parler, vous tient à peu près
le même langage. Elle vous montre assez clairement les avantages d'un long travail, austère et
utile, au bout duquel un peu de repos pour la pensée sera légitimement acquis.

. . . .

« J'ose donc vous presser, vous conseiller, vous
conjurer même de bien réfléchir avant de dire non,
si vous y penchiez. »

Ainsi pressé par ses amis et séduit aussi par
l'idée de l'œuvre à laquelle il pensait depuis longtemps, Sainte-Beuve se décida à s'occuper activement de Port-Royal. — Si, à ce tournant de sa vie,
il n'avait pas trouvé sur sa route l'amitié vive et
agissante des Olivier, cet intérêt intelligent et affectueux à le pousser, à lui aplanir les voies, à lui
mettre en un mot le pied dans l'étrier, il est permis

de se demander s'il aurait eu, seul, le courage de faire le pas décisif qui l'arrachait à toute sa vie de Paris, et si ce Port-Royal, qui devait contribuer si puissamment à faire sa réputation, n'aurait pas couru le risque de rester encore longtemps à l'état de projet.

A-t-il rendu aux Olivier, non pas les mêmes services, mais une amitié aussi complète et aussi désintéressée que la leur? On pourra en juger par la lecture de ses lettres et aussi de celles de Juste et Caroline Olivier que, grâce à l'extrême obligeance de M. le Vicomte de Spoelberch de Lovenjoul, nous avons pu joindre à ce volume. Malheureusement, il n'a été retrouvé qu'un petit nombre de ces dernières, mais elles répondent aux lettres de Sainte-Beuve et les éclairent. On pourra facilement, grâce à elles et par elles, se rendre compte de l'atmosphère morale dans laquelle vivaient les amis de Sainte-Beuve, si différente de la sienne, et voir qui a eu le beau rôle dans ces rapports d'amitié qui ont duré de 1837 à 1869, avec quelques éclipses du côté de Sainte-Beuve.

Th. Bertrand, née Olivier.

INTRODUCTION

Les lettres de Sainte-Beuve, que nous publions ci-après, forment sans conteste la partie la plus importante de sa vaste correspondance. Leur existence était connue depuis longtemps. On savait que Juste Olivier et sa femme avaient joué un rôle considérable dans la vie de Sainte-Beuve, qu'il avait entretenu avec eux des relations d'amitié, de l'année 1837, date de son premier voyage en Suisse, à l'année 1869, date de sa mort. Mais pour des raisons que nous n'avons pas à apprécier ici, la famille Olivier avait refusé jusqu'à ce jour de livrer ces lettres à la publicité. Tout au plus, à différentes époques, et dans l'intérêt de la vérité historique, avait-elle permis à quelques biographes de les parcourir et de prendre copie de certains fragments. Et lorsque M. Jules Troubat fit paraître, en 1876, le petit volume des *Chroniques parisiennes* que son maître avait données, de 1843 à 1845, à la *Revue Suisse* sous le voile de l'anonyme, M. Juste Olivier ne lui communiqua ou ne l'autorisa à réunir que la partie qui avait été imprimée, se réservant d'utiliser lui-même, quand il le jugerait à propos, la partie demeurée inédite (1).

La publication de ces lettres de Sainte-Beuve a donc toute l'importance d'un événement littéraire. Non seulement, en effet, elle comble une lacune regrettable dans la correspondance éditée du grand écrivain, laquelle ne contient pas moins de cinq volumes, en comprenant les *Lettres à la Princesse* et les *Lettres à Collombet*, mais elle va permettre d'écrire sa vie, ce qu'on ne pouvait pas faire d'une manière définitive, même après la mise au jour de ses lettres à l'abbé Barbe, si précieuses pourtant au point de vue de ses divers états d'âme. Elle achève aussi d'éclairer l'histoire littéraire des trente années pendant lesquelles Sainte-Beuve entretint ce commerce épistolaire avec M. et Mme Juste Olivier. C'est même ce dernier point qui constitue à mes yeux le principal intérêt de cette correspondance.

Sainte-Beuve avait fait la connaissance d'Olivier au printemps de 1830. Celui-ci avait alors vingt-trois ans, étant né le 18 octobre 1807 à Eysins, joli petit village du canton de Vaud. Issu d'une

(1) Il n'en eut pas le temps, la mort l'ayant surpris le 7 janvier 1876.

famille d'origine française que les guerres de religion avaient rejetée en Suisse au XVIᵉ siècle, Juste
Olivier avait fait ses études un peu comme Jules
Simon, en donnant des répétitions à des élèves plus
jeunes que lui, pour payer son logement et sa pension à Lausanne où il suivait les cours de l'Université. C'est dire que ses parents n'avaient aucune
fortune. Et, en effet, c'étaient de simples paysans (1),
mais des paysans dont la nature et les façons d'ê-
tre se ressentaient du niveau intellectuel qui est
tout particulièrement élevé parmi la population de
la Suisse romande. Le père, au témoignage de gens
qui l'ont connu, imposait le respect; la mère im-
pressionnait à première vue par la distinction et
l'affabilité de ses manières. Juste Olivier disait en
parlant d'elle qu'il lui devait son fonds poétique.
Je ne sais, mais ce qu'il y a de sûr c'est qu'il était
né poète. Il n'avait pas treize ans qu'il rimait une
chanson pour la fête de son père. A dix-huit ans il
remportait le prix de poésie à l'Académie de Lausanne avec une pièce de vers sur *Marco Botzaris*.
En ce temps-là tous les esprits et tous les cœurs
étaient tournés vers la Grèce. Mais Juste Olivier
abandonna bientôt ce thème de circonstance pour

---

(1) L'instruction étant obligatoire en Suisse, l'agriculteur vaudois
est souvent bien plus instruit et cultivé qu'on ne le croirait si l'on
s'en rapportait directement à cette qualification de « paysan ».

célébrer les gloires du pays vaudois sous l'inspiration du « génie du lieu ». N'est-ce pas Vigny qui
a dit que la plus belle vie était celle de l'homme qui
réalisait dans l'âge mûr le rêve de sa jeunesse ? A
ce compte-là, Juste Olivier pourrait être cité comme
modèle, car il vécut toute sa vie le rêve de ses
vingt ans.

Un génie est caché dans tous les lieux que j'aime,

disait-il dans une de ses premières poésies. Les
lieux qu'il aimait, c'était « ce petit coin de terre
aux aspects romantiques, qui des grèves de Clarens
monte aux gazons d'Anzeindaz entre les remparts
des Diablerets et les escarpements de l'Argentine.
Gryon, le haut village, voilà le plus aimé de tous
les lieux aimés; voilà le berceau et la capitale de
cette patrie vaudoise dont le *génie caché* devait
lui révéler ses secrets (1) ».

Olivier était si foncièrement vaudois que rien ne
put le franciser. C'est par là qu'il plut dès le principe aux poètes du Cénacle de 1829, toujours en
quête de la couleur et des particularités locales.
Arrivé à Paris en plein mouvement romantique, il
en fut chassé par la révolution de Juillet, mais il

(1) Discours de M. le professeur Amiel à la séance générale
(15 juin 1876) de l'Institut National de Genève.

avait eu le temps de s'imprégner des idées nouvelles et de se lier avec Émile Deschamps, Vigny,
Musset, Victor Hugo et Sainte-Beuve. Sainte-Beuve,
surtout, lui avait causé une très vive impression.
Ouvrons son journal, nous allons voir en quels
termes il en parle :

«... Encouragé par la bonne réception de quelques hommes de lettres auxquels j'avais été recommandé (1), je résolus de vaincre ma timidité et de
faire visite à M. Sainte-Beuve. J'arrive au n° 19
de la rue Notre-Dame-des-Champs. Je demande
M. Sainte-Beuve. Une vieille dame (sa mère) appa-
raît à une fenêtre et après quelques difficultés peu
prononcées, il est vrai, elle crie : « Sainte-Beuve,
es-tu là ? »

« Je vois une figure derrière une petite croisée.
On m'indique l'escalier. Je heurte ; un jeune homme
m'ouvre, c'était M. Sainte-Beuve. Je lui dis que je
venais de la part d'un écrivain journaliste, que je
lui nommai. La recommandation n'était pas très
puissante : « C'est un très bon garçon, » répondit
M. Sainte-Beuve. Puis je m'acquittai d'une commission dont on m'avait chargé pour lui en ajoutant que j'étais Suisse, ce qui parut l'intéresser.
La conversation tomba d'abord sur les questions

(1) Dubois, du *Globe*, était de ce nombre.

littéraires du jour, puis sur les Genevois ; M. Sainte-Beuve en avait connu plusieurs.

« M. Sainte-Beuve n'achève pas toujours ses phrases ; je ne dirai pas qu'il les bredouille, mais il les jette, et il a l'air d'en être dégoûté et de n'y plus tenir déjà avant qu'elles soient achevées. Cela donne à sa conversation un caractère sautillant. Sa voix est assez forte ; il appuie sur certaines syllabes, sur certains mots.

« Quant à son extérieur, j'ajouterai, pour les personnes qui ne l'ont jamais vu, que sa taille est moyenne et sa figure peu régulière. Sa tête, pâle, ronde, est presque trop grosse pour son corps. Le nez grand, mais mal fait ; les yeux bleus, lucides et d'une grandeur variable, semblent s'ouvrir quelquefois davantage. Les cheveux, rouge blond, très abondants, sont à la fois raides et fins. En somme, M. Sainte-Beuve n'est pas beau, pas même bien ; toutefois sa figure n'a rien de désagréable, et finit même par plaire. Il était mis simplement, cependant bien. Redingote verte, gilet de soie, pantalon d'été. La chambre m'a frappé. Il était derrière un paravent dans un petit enclos qui renfermait deux tables chargées de livres, de journaux, de papiers. Son lit était à côté. Ceux qui ont vu Sainte-Beuve pendant ses dernières années n'auront pas de peine à se représenter ce « petit enclos de travail où il

m'apparut déjà dans sa jeunesse, et qu'à travers
des habitudes et des positions diverses il conserva
jusqu'à la fin (1) ».

Cependant les six mois de congé, que Juste Olivier avait obtenus de l'Académie de Neuchâtel,
aussitôt nommé professeur, étaient sur le point
d'expirer. Il quitta brusquement Paris sous la
canonnade des Trois Glorieuses et retourna en
Suisse où, quelque temps après, nous le trouvons
dans la chaire d'histoire de l'Académie de Lausanne. Il ne pensait plus à Sainte-Beuve, ou, s'il y
pensait quelquefois, c'était en voyant son nom dans
les journaux, lorsqu'un matin de l'année 1835 il
eut l'idée de lui adresser le recueil de poésie des
Deux Voix qu'il venait de publier (2), en l'accom-
pagnant de la lettre que voici :

« Lausanne, 7 février 1835, rue Martheray, n° 34 (3).

« Voyez quel gros livre nous vous envoyons, Monsieur, et quelle audace est la nôtre ! C'est trop,
n'est-ce pas ? pour des Suisses, pour des vers et
pour des montagnes. Et pourtant vous aimeriez,

(1) *Œuvres choisies de Juste Olivier.* Souvenirs sur Sainte-Beuve,
pp. 7-10 (Lausanne, Bridel, 1879).

(2) Lausanne, George Roullier ; Paris, Hector Bossange et Cie,
in-8°.

(3) Cette lettre a été publiée pour la première fois par M. Philippe Godet, professeur à l'Université de Neuchâtel, dans la *Bibliothèque universelle*, de Lausanne, au mois de février 1904.

j'en suis sûr, notre patrie. Tous les chemins la rencontrent, mais c'est aussi un petit coin à l'écart :

... Un champ, un peu d'eau qui murmure,
Un vent frais, agitant une grêle ramure ;
A travers l'épaisseur de l'herbe qui reluit,
Quelque sentier poudreux qui rampe et qui s'enfuit (1).

« Voilà notre Helvétie, ne la viendrez-vous donc pas voir un jour ? Vous m'aviez promis une visite : je ne l'ai pas oublié ! Et Mme Olivier prétend qu'en cela elle partage mes droits. Venez ! et nous vous montrerons les Alpes ; non pas seulement du Jura, au loin et au fond, comme des géants gardiens du monde, avec un grand manteau d'argent sur la tête et les épaules. Mais nous irons nous blottir dans quelqu'un de ses plis. Je vous conduirai pourtant sur la Dôle, si vous le voulez. Mon père demeure au pied, en deçà, entre le lac et les monts. En deux ou trois heures, nous serons sur les sommets, où vous chercherez la trace de M. Jouffroy et de son ami (2). Nous aurons le Mont-Blanc en face, posé sur les montagnes inférieures, comme un diamant sur un turban d'azur. Puis, le lac

---

(1) Ces vers sont empruntés à la pièce de Sainte-Beuve, intitulée *Promenade* (*Poésies de Joseph Delorme*).

(2) Allusion au récit d'une ascension faite à la Dôle par M. Jouffroy et son ami, Dubois, du *Globe*, récit qu'on trouvera dans l'article de Sainte-Beuve sur Jouffroy, publié en 1833 et recueilli dans les *Portraits littéraires*.

endormi avec quelques ailes blanches sur son sein. Et, par les gorges de la vallée du Rhône et les échancrures des rochers, les dents de Morcles et du Midi, tourelles et château fort qui gardent l'entrée des Alpes, dont elles forment le portail ; plus loin, le Velan, que vous connaissez, et les Diablerets, cavernes des démons qui se font la guerre. Vous pourrez jeter encore un regard d'adieu à la France. Cela fait, vous consentiriez à vous enfoncer pour quelques jours au sein de notre Helvétie, et je vous introduirais dans ces Alpes romanes, les plus fières de toutes, les moins connues et les plus belles, parce que la civilisation étrangère ne les a pas encore déshonorées comme l'Oberland bernois. Mme Olivier est de ces montagnes. Nous possédons, dans une de leurs hautes vallées, un chalet d'été ; il est au milieu d'un beau pré fleuri, avec le ruisseau à côté ; et, vis-à-vis, une fine cascade poudroie parmi les branches de la forêt escarpée. La vallée est close à son sommet par le glacier des Diablerets, que rien ne souille, car il ne touche que le ciel. C'est un des plus beaux et des plus inconnus de la Suisse. Il a trois lieues de long et une et demie de large : ce qui, à lui seul, ne dit rien ; mais il est magnifique, vous pouvez y compter.

« En dessous de l'endroit solitaire où je vous

convie, on aperçoit un clocher de village : c'est comme une sorte de providence à l'horizon. Une vie complètement sauvage aurait ses inconvénients ; mais il donne toute sécurité. Et puis, n'allez pas vous effrayer trop de cette habitation de montagne. Nous ne la partagerions ni avec les *génisses*, ni avec les *pasteurs*. Rassurez-vous ! il y a la ferme et le château. Tous deux, il est vrai, sont de bois ; mais aussi, l'air pur, le thymier, le cytise, et les parfums alpestres, les clochettes lointaines, l'eau de la cascade, les sapins mugissant immobiles, le vent du soir, pour lequel j'emporterai avec nous ma harpe éolienne.

> Le chant des fleurs doucement balancées,
> Les bois profonds, l'abîme, les torrents,
> Bruyant ensemble, et les pierres lancées
> Du haut des monts par les chamois errants ;
> Et des vallons jusqu'aux dernières cimes,
> La grande voix de ces œuvres sublimes.

« Tout cela vaut bien un bon dîner, sur lequel, je l'avoue, vous ne devez pas compter au chalet de Cergnemin. C'est le nom de notre *terre*. M. Alexandre Dumas a dû y passer dans ses fabuleux voyages ; car il est venu, je crois, de Sion à Bex par les montagnes. Elle est précisément sur la route. Il ne se souviendra pas de Cergnemin ; mais, à moins que l'*impression* ne lui ait dérobé complètement la réalité, il se rappellera sûrement l'éboulis des Diablerets, et le col d'Anzeindaz. Nous sommes en deçà, et parfaitement à portée de faire la belle ascension du glacier où je voudrais vous conduire. Nous l'avons en projet pour l'été prochain. La vue est superbe. Je la connais d'un autre point de la chaîne : on a devant soi le Mont-Blanc et le Mont-Rose, avec le Trient, le Velan, le Combin et le Cervin entre deux ; montagnes qui ne comptent que par 12, 13, 14.000 pieds. Celle d'où nous contemplerions ces merveilles en a passé 10.000. Elle est le nœud des cantons de Berne, Vaud et Valais. Par le glacier, on prend dans les hautes vallées de celui-là. Et, du sommet, l'on a à ses pieds les pâturages des deux autres. Vous auriez fait une ascension dont vous pourriez être fier. Et ne dites pas :

Au sublime spectacle un spectateur sublime (1).

« Qui sommes-nous donc ici ? Et nous admirons pourtant cela de tout notre cœur. D'ailleurs, il n'y a quelquefois rien de plus caché, de plus secret, de plus solitaire, de plus étranger aux tourbillons infinis, de plus grave, de plus paisible et de plus

(1) Encore un vers emprunté au poème *Promenade*, cité plus haut.

doux que les Alpes. C'est la majesté, mais c'est
aussi la facilité et la grâce. N'en croyez pas M. de
Chateaubriand et ses bouderies ; mais plutôt Byron
et son enthousiasme pour la vallée de Gruyères
(dans ces Alpes romanes que je voudrais vous faire
voir). Peu d'étrangers comprennent nos montagnes, et les Français, surtout, sont bien dépaysés.
Mais je suis sûr que vous sentiriez cela tout de
suite. Venez donc une fois. Et si nous n'allons pas
cet été à Paris, comme il est bien probable, malgré
une demi-intention que nous avons dès longtemps
à ce sujet, venez cet été même ! Quel bonheur pour
nous de vous recevoir et à Lausanne, et dans notre
chalet ! Croyez que nous avons bien compris votre
beau livre (1), et que nous ne partageons point les
préjugés anticatholiques. Venez donc un peu ! Il
me semble que vous ne pouvez pas nous répondre
que non. Venez voir la Suisse et les montagnes,
et des personnes que vous rendriez bien heureuses
en arrivant un beau jour.

« Je ne vous ai rien dit de nos vers ; c'est bien
assez de vous les envoyer. Destinés à une obscurité sans éclairs, heureux si quelques regards amis
les rencontrent. Nous avons presque compté sur
vous pour cela. Et puis, en vous parlant glaciers,

(1) *Volupté*, qui avait paru au mois de juillet 1834.

sapins, chalets, torrents et pâturages, c'était vous parler aussi de notre livre.

« Puissiez-vous y sentir quelque lointain parfum de ces magnifiques gazons des Alpes, dont nous aurions bien voulu le couronner mieux ! Adieu, Monsieur, vous ne m'en voudrez pas de cette longue lettre, puisque, avec un désir constant d'aller frapper à votre porte, voilà plus de cinq ans que je vous épargne. J'attendais une bonne occasion. Est-elle venue?... Que je voudrais au moins vous prier de croire aux sentiments que vous m'inspirez, et à mon parfait dévouement !

« JUSTE OLIVIER »

« Si vous nous faisiez l'immense plaisir d'accepter nos plans de montagnards, je vous donnerais plus de détails ; et vous verriez que rien ne serait si facile que ce petit voyage. Nous serions heureux si quelqu'un de vos amis, M. V. Hugo, M. Alfred de Vigny (1) ou M. E. Deschamps, prenait envie de vous accompagner. Mais vous, vous n'êtes pas marié, je crois, et ainsi plus mobile. Et puis, vous tous, Parisiens que vous êtes, ne trouvez-vous pas ce projet fou à mourir et du plus mauvais goût?

---

(1) Juste Olivier ignorait et ne pouvait pas savoir que Sainte-Beuve était brouillé avec les deux premiers de ses anciens camarades.

2.

Eh bien, je vous assure que vous auriez tort... »

Cette longue missive dont les détails pittoresques
étaient évidemment destinés, dans l'esprit de Juste
Olivier, à mettre l'eau à la bouche de Sainte-Beuve,
lui arriva au milieu d'un tel surcroît de travail qu'il
la laissa pendant six mois sans réponse. Enfin, le
18 septembre, il se décida à écrire à Juste Olivier
la lettre qui suit :

                                        « Ce 18 septembre 1835.

« Il est toujours temps, Monsieur, de réparer un
tort, surtout un grand tort, et le mien est grand
envers vous. Si je vous disais que depuis votre aimable envoi et votre lettre non moins aimable, j'ai
eu celle-ci sur ma table, ou plutôt sur la glace de
ma cheminée, y songeant presque chaque jour, et
remettant par paresse ou par absorption de travail,
ce ne serait que vrai. J'étais dans un accablement
complet d'ouvrage quand votre ami M. Jacquet (1)
m'a fait remettre vos envois, et je n'ai pu trouver
le moment de le voir ni de répondre à une invitation obligeante qu'il m'avait faite. Je m'étais dit,
tout en lisant vos vers pleins d'âme, de pureté et
de simplicité, que je voulais répondre au désir que
vous m'exprimiez si discrètement, en parler, essayer

_____
(1) M. Jacquet était président du Conseil d'État du canton de
Vaud.

de marquèr les différences que *j'entresaisissais*
dans ces *deux voix* chantant à l'unisson avec tant
de candeur. Ne l'ayant pas fait, un tort s'est ajouté
à un autre, et je devenais comme un homme honteux qui passe de l'autre côté de la rue s'il rencontre un ami à qui il a manqué. Une bonne pensée
me force enfin à vous éclaircir tout cela. J'ai depuis
plusieurs mois remis à Marmier votre volume et il
s'était chargé d'en écrire ; il a voyagé depuis, mais
à son retour qui est prochain je lui en reparlerai.
Le genre d'excuses que je vous fais, Monsieur,
vous dit presque la vie qu'on mène ici, celle à
laquelle je suis assujetti, surtout et combien différente elle est de ces loisirs poétiques et purs, en vue
du ciel vaste et de l'horizon aéré, que vous goûtez
sur vos montagnes. Quand les verrai-je, selon votre
aimable désir, selon le mien assurément? Quand
parcourrai-je avec vous les alentours de votre ville,
vous me nommant les sommets qu'on découvre et
me faisant le dénombrement de cette belle armée
de géants qui est la vôtre? J'ai avidement désiré
les voyages, j'ai laissé passer le temps où ils m'é-
taient plus faciles par l'absence de tous liens, et
maintenant le désir s'est usé, s'est flétri lui-même ;
il existe certes encore, mais comme quelque chose
qui a peu d'espérance. Depuis plusieurs années,
j'ai à peine quitté Paris pour une quinzaine en

automne; j'ai pris cette année ma quinzaine d'avance, il y a deux mois, et me voilà rattaché au joug jusqu'après le printemps et l'été peut-être. Des travaux commencés pour une *Histoire littéraire* de Port-Royal, d'autres travaux (d'une des commissions historiques de M. Guizot) qui sont presque un devoir officiel, me commandent, sans compter le casuel du métier; car la littérature, hélas! en est un. Je tâche à travers ces assujettissements de sauver quelques coins pour la poésie, de lui faire quelque plate-bande à un endroit inaperçu et abrité; mais que cela est loin de l'allure libre et voyageuse qu'on apporte d'abord dans le monde avant son premier livre, quand on marche au vent du matin sous la brise des premières collines!

« Adieu, Monsieur, gardez-moi un peu de cette bonne amitié qui date déjà de 1828, si je ne me trompe (1), et qui devient par conséquent une chose meilleure comme ayant racine dans mon meilleur passé. Veuillez, en présentant mes respectueux hommages à Mme Olivier, diminuer en quelque chose l'opinion défavorable que l'apparence d'un mauvais procédé a pu imprimer à un esprit aussi délicat; j'ose croire qu'elle voudra bien ne plus

(1) Sainte-Beuve se trompait : leur amitié, comme je viens de le dire, datait du printemps de 1830.

s'en souvenir, quand j'aurai l'honneur et le plaisir de vous voir, soit là-bas, ce que j'espère peu, soit ici, ce qui me paraît une certitude presque prochaine d'après ce que vous me dites.

« Votre très dévoué.

« SAINTE-BEUVE.

« *Paris, rue du Mont-Parnasse, 1 ter.* »

On a vu par la lettre de Juste Olivier qu'il s'était marié depuis son retour de Paris. Il avait trouvé une compagne digne de lui dans une jeune fille du nom de Caroline Ruchet, qui appartenait à l'une des meilleures familles du canton de Vaud et avait rapidement acquis, grâce à de très heureux essais poétiques, une réputation de talent que rehaussait l'éclat d'une rare beauté. Et comme pour témoigner à tous que c'était la poésie qui avait cimenté l'union de leurs cœurs, ils avaient publié ensemble, en cette année 1835, le volume des *Deux Voix* qu'ils avaient, envoyé à Sainte-Beuve. Ce volume de vers, quelque critique qu'on puisse en faire au point de vue de la forme, laquelle, en plus d'un endroit, laisse, en effet, à désirer, renferme vraiment des pièces remarquables. Un mauvais plaisant, après l'avoir lu, disait, par manière de calembour, que sur les deux voix il n'y en avait qu'une de *Juste*. Il aurait bien dû nous dire laquelle. Dans

certaines pièces de Mme Olivier, dans *le Sapin*, entre
autres, qui faisait les délices de Sainte-Beuve (1), il
y a plus que du mouvement, il y a une belle envo-
lée lyrique. Et quant à celles de son mari, j'en
sais plus d'une 'qui fait songer à Béranger ou à
Pierre Dupont. Aussi bien est-ce par ses chansons
plutôt que par ses travaux historiques qu'il est resté
populaire dans le canton de Vaud et qu'il a chance
de vivre dans la mémoire des hommes.

Deux ans après la publication des *Deux Voix*,
Sainte-Beuve entreprenait un voyage en Suisse. Il
portait en lui l'histoire de Port-Royal dont il avait
entretenu Juste Olivier, et aussi le deuil d'un amour
qui avait profondément troublé sa vie. C'est même
pour faire diversion à son chagrin qu'il avait pris le
chemin de la Suisse.

Le 24 juillet 1837, il adressait de Lausanne à
Olivier le billet suivant :

« Je passe à Lausanne, mon cher monsieur Oli-

---

(1) Chez Marmier, écrivait un jour Sainte-Beuve à Olivier, nous
avons eu le petit punch... Nous avons dit des vers, petits, courts,
vifs, comme le punch qu'à petits coups nous buvions. Brizeux en a
dit de jolis, pareils à des fleurettes franches et sauvages qu'une chèvre
d'Arcadie irait mordre aux fentes des rochers. En qualité de *grec*
par le goût, il est à un certain moment entré dans une violente colère
contre le Nord et contre les *sapins*. Un Russe qui était là, M. de
Tourgueneff, a répondu : nous avons plaidé pour le Nord, et tout d'un
coup Marmier allant à un rayon de sa bibliothèque y prit le livre
des *Deux Voix :* alors j'ai lu *le Sapin* à Brizeux, qui s'est déclaré
désarmé... » (Lettre du 6 janvier 1839.)

vier, et mon premier besoin est de monter à la rue Martheray. J'ai le regret de vous savoir absent et je crains que mes pas ne me portent point vers l'Aigle (1). Dites-moi pourtant par un mot et si vous y êtes et si j'ai chance, en me dirigeant de Vevey à Martigny, de vous y rencontrer. Je serais heureux de causer avec vous, d'être présenté à Mme Olivier. Je ne puis vous dire que ce peu de mots avec une mauvaise plume d'auberge et à la hâte, partant pour le lac des Quatre-Cantons.

« Mille amitiés cordiales et offrez mes humbles respects à Mme Olivier.

« SAINTE-BEUVE. »

« *P. S.* — Si cette lettre vous arrive un peu vite, adressez-moi plutôt, s'il vous plaît, votre réponse à *Lausanne, poste restante*, pour que je la trouve dans quatre ou cinq jours à mon retour : j'irais peut-être alors d'ici tout droit. A vous. »

C'est ce qu'il fit, en effet, sur l'invitation de Juste Olivier qui le reçut à bras ouverts et le garda quelques jours à Aigle. Là furent jetées définitivement les bases du cours public que Sainte-Beuve professa l'hiver suivant sur Port-Royal. Comme il le disait à ses hôtes, il s'y était préparé depuis longtemps en amassant des matériaux de toute sorte,

(1) Le village d'Aigle, où M. et Mme Juste Olivier possédaient une maison de campagne.

mais il avait besoin de se sentir poussé et il ne voyait que ce moyen pour le forcer d'écrire l'histoire de l'Abbaye et de ses entours. Le difficile était de faire accepter la chose au Conseil d'État et au Conseil académique. Outre qu'il n'était pas dans les habitudes de confier à des étrangers, fussent-ils de marque, une branche quelconque de l'enseignement académique, le sujet choisi par Sainte-Beuve était bien un peu spécial. Mais Juste Olivier en parla avec tant de chaleur d'âme aux hommes politiques dont il redoutait l'opposition que, moins de trois mois après, il annonçait à son ami qu'il avait cause gagnée.

Je ne ferai point ici l'historique du cours de Sainte-Beuve. Un pareil sujet ne se traite pas en quelques lignes, et je me propose, à l'aide de documents nouveaux que j'ai rassemblés de toutes parts, de lui consacrer une longue étude (1). Disons seulement que ce cours dura six mois, pendant lesquels Sainte-Beuve demeura chez Juste Olivier et que, lorsqu'il prit fin, l'illustre critique se sentit presque aussi vaudois que s'il était né dans le canton de Vaud.

Je n'invente rien, le mot est de lui, il le répétera

(1) On la trouvera au tome Ier de mon ouvrage sur *Sainte-Beuve*, librairie du *Mercure de France*.

cent fois dans sa correspondance avec les Olivier et ne l'eût-il pas dit qu'on en aurait l'impression à lire ses lettres. Elles sont, pour la plupart, adressées à Mme Olivier, ce qui n'était pas seulement chez Sainte-Beuve affaire de pure galanterie, mais le témoignage touchant de la reconnaissance qu'il gardait à ses hôtes. C'est qu'il avait trouvé chez eux, dans des circonstances tout à fait exceptionnelles, le seul foyer qu'il ait eu dans sa vie, puisque le malheur avait voulu qu'il vînt au monde en deuil de son père et, que par suite, il n'avait jamais goûté sous le toit familial la plénitude des joies domestiques. Cela est si vrai, d'ailleurs, qu'un jour un méthodiste un peu trop zélé s'étant permis de lui parler des responsabilités morales qu'il avait contractées envers les autres et envers lui-même durant son séjour à Lausanne, il lui répondit sous le couvert de Mme Olivier : « Moi, je sais que je vous ai connue surtout, chère Madame ; responsabilité ou non, je ne m'en inquiète pas ; et les méthodistes les plus respectables me font sourire de croire que ce n'était pas là le principal de ma vie, alors, et mon plus cher regret maintenant (1). »

Il faut dire aussi que Mme Olivier n'était pas une femme ordinaire. Sainte-Beuve déclarait qu'elle

(1) Lettre du 2 septembre 1841.

3

avait reçu de la nature une organisation de Romaine, et Doudan, qu'il aimait en elle le mélange de simplicité naïve et de supériorité ou de confiance tenant à l'esprit. Tout cela joint à une beauté rare peut faire comprendre la séduction et l'empire qu'elle exerça, à son insu ou sans y prendre garde, sur l'esprit du poète impressionnable qu'était Sainte-Beuve (1).

Mais reprenons notre récit :

En 1843, Juste Olivier s'étant rendu acquéreur de la *Revue Suisse,* Sainte-Beuve offrit de lui envoyer sous forme de lettres des chroniques parisiennes — ce qui constituait alors une véritable nouveauté. Il n'y mettait qu'une condition, c'est que les chroniques ne seraient pas signées et qu'on lui garderait le secret. Cela lui permettrait de dire en toute franchise, voire avec un grain de malice, tout ce qu'il apprendrait des uns et des autres sur les hommes et les choses de la politique et de la littérature. Naturellement, Juste Olivier accepta ; il garda même si bien le secret à Sainte-Beuve que longtemps après on se demandait encore de tous côtés, à Paris et en Suisse, quel était ce correspondant dont les informations étaient si sûres. Sainte-

---

(1) Je renvoie le lecteur qui voudrait faire plus ample connaissance avec Mᵐᵉ Juste Olivier au chapitre que je lui ai consacré au t. II de mon livre sur *Sainte-Beuve.*

Beuve appelait ces chroniques parisiennes ses *poisons*. Le fait est qu'il y a distillé tout le fiel de ses
petites jalousies et de ses petites rancunes. C'est
surtout contre ses anciens camarades du Cénacle,
contre Victor Hugo et contre Vigny, qu'il s'est mis
en frais de méchancetés. Cela évidemment ne le
grandira pas aux yeux de la postérité, mais comme
rien de ce qui tombait de sa plume n'est indifférent
et qu'il tenait surtout à ne pas paraître dupe, cela
nous donne l'explication de bien des choses qui,
sans ses *poisons*, demeureraient à l'état d'énigme.
On trouvera parmi les lettres de Sainte-Beuve un
certain nombre de notes ou d'échos intéressants
que Juste Olivier n'avait pas imprimés dans ses
chroniques, soit parce qu'ils avaient un caractère
trop intime, soit parce qu'ils auraient pu démasquer
son correspondant. Il m'a semblé que l'histoire littéraire en pourrait faire son profit.

J'ai dit que la collaboration de Sainte-Beuve à
la *Revue Suisse* avait duré trois ans. Elle eût été
beaucoup plus longue si Juste Olivier, à la suite de
la révolution qui éclata dans le canton de Vaud,
en 1845, n'avait été forcé d'abandonner la direction de la Revue, transférée à Neuchâtel, et, peu
de temps après, ne s'était établi définitivement à
Paris.

Voilà donc nos amis installés l'un à côté de

l'autre. Ce n'est pas sans une certaine inquiétude que Sainte-Beuve avait vu l'exode des Olivier, car il connaissait son Paris littéraire, et les difficultés qu'il avait déjà rencontrées pour placer quelques articles d'eux dans la *Revue des Deux Mondes*, malgré la considération dont il jouissait auprès de M. Buloz, n'étaient point pour le tranquilliser sur leur avenir.

Tout en continuant d'écrire pour la *Revue Suisse*, Olivier dirigeait avec une sollicitude couronnée de succès la petite maison d'éducation qu'il avait ouverte sous son propre toit à l'usage des jeunes gens de son pays qui préféraient la vie de famille à la vie de collège. Il collaborait aussi à *l'Espérance* et au *Semeur*, journaux religieux de Paris et de Lausanne, et en attendant qu'il pût lui procurer une situation meilleure, Sainte-Beuve le présentait, lui et sa femme, à tout son cercle d'amis, à Marmier, à George Sand, à Mme Desbordes-Valmore, voire à Mme Récamier.

Sur ces entrefaites, 48 éclata. Juste Olivier en ressentit durement le contre-coup. Un moment même il hésita à partir pour l'Amérique avec Sainte-Beuve qui, afin de se laver d'une accusation aussi légère que ridicule, avait donné sa démission de bibliothécaire à la Mazarine. Mais il recula devant les frais et les risques de ce lointain voyage

et fut nommé vers cette époque professeur de langue et de littérature à l'école dite d'Administration
qu'on venait d'adjoindre au Collège de France,
pendant que Sainte-Beuve s'en allait à Liège faire
un cours sur Chateaubriand, qui venait de mourir.

Par malheur, cette école d'Administration ne
dura guère plus que les ateliers nationaux, et Juste
Olivier, après avoir participé aux lectures du soir
qu'on avait eu la bonne idée de faire aux ouvriers,
dans le but de les familiariser avec les plus belles
productions de l'esprit français, fut obligé pour
vivre de donner des leçons particulières, de courir
le cachet et d'entrer comme prote d'imprimerie
chez Marc Ducloux, son compatriote, qui, chassé
lui aussi par la révolution vaudoise de 1845, avait
cherché un refuge à Paris.

Ce fut dans ces conjonctures que ses relations
avec Saint-Beuve se refroidirent tout à coup. Que
s'était-il passé entre eux ? Rien de grave, si l'on
s'en rapporte au témoignage de Sainte-Beuve : le
travail seul « qui lui interdisait tout entretien de
relations mondaines ou amicales » l'aurait « forcé
de laisser croître l'herbe sur le chemin de l'amitié (1) ». Mais Juste Olivier nous donne de ce refroi-
dissement qui lui fut très pénible une autre raison

(1) Lettre de Sainte-Beuve à Juste Olivier publiée par celui-ci dans
ses *Souvenirs* (*Œuvres choisies*, t. I, p. 117).

qui me paraît beaucoup plus vraie. Un jour qu'ils se promenaient ensemble, Sainte-Beuve avait pris feu à propos d'un livre de M. Charles Eynard sur *Madame de Krudener*, dans lequel l'auteur s'était plu à relever quelques petites erreurs du critique des *Lundis* sur cette femme célèbre. « Voilà les méthodistes, s'écriait-il, je ne veux plus avoir affaire avec eux ! » et de fil en aiguille, et s'échauffant de plus en plus, Sainte-Beuve, à qui Juste Olivier rappelait tant de belles pages religieuses de son *Port-Royal*, lui avait répondu sèchement que tout cela n'était que jeu de son imagination et de sa pensée ! Un homme nouveau, succédant à deux ou trois autres, venait de surgir en Sainte-Beuve. Bientôt, en effet, il renouvela ses fameuses déclarations qu'en aucun temps il n'avait aliéné sa volonté, hormis dans le monde romantique et par on sait quel charme, et comme pour leur donner plus de poids il espaça de plus en plus ses visites aux Olivier. Joignez à cela que sa maison était tombée dans l'intervalle sous la coupe d'une femme jalouse qui avait pris ses amis en grippe. Bref, il vint un moment où Juste Olivier cessa d'être la « conscience » de de Sainte-Beuve (1), sans pourtant qu'il y ait eu rupture entre eux. Et c'est à ce moment-là, je pense,

(1) C'est le nom que Sainte-Beuve lui a donné quelque part.

que l'historien de Port-Royal raya son ami de son
testament. Mais ils avaient été trop liés ensemble
pour ne pas se ressaisir à la première occasion.

Quelques années après, dit Juste Olivier, « tout
me semblait fini, lorsque, me rendant aux funérailles de Mme Desbordes-Valmore, notre amie commune, la première personne que je vis en entrant
dans la salle où étaient réunis les invités à la triste
cérémonie, ce fut lui, debout à quelques pas devant
moi. J'aurais dû m'attendre à l'y trouver, mais
dans ce moment je n'y pensais pas. J'allai aussitôt
à lui, et il me reçut comme s'il allait en faire autant
de son côté. Dans l'instant, la glace fut brisée. Il
me serra la main, me prit dans sa voiture pour
suivre le convoi, et nous causâmes amicalement et
sans gêne comme si de rien n'avait été. « Voilà,
me dit-il, nous ne reviendrons point sur ce qui s'est
passé, mais nous serons de nouveau comme les
doigts de la main, comme cela, fit-il en appuyant
par le bout ses deux index l'un contre l'autre. Ainsi
fut rescellée notre amitié. Je recommençai d'aller
chez lui et d'y avoir mes entrées (1). »

Cependant il n'y eut plus désormais entre eux
ce qui avait fait la douceur et le charme de leur
commerce ; le lien qui les avait unis durant tant

(1) *Œuvres choisies de Juste Olivier. Souvenirs*, t. I, p. 120.

d'années, à savoir la communauté des idées et des sentiments, s'était détendu à la longue comme les cordes d'une harpe dont on ne joue plus, et je suis sûr que Saint-Beuve en éprouvait un réel chagrin lorsque, le 21 octobre 1867, deux ans avant de mourir, il écrivait à Juste Olivier, en lui envoyant la dernière édition de son *Port-Royal* : « A qui offrir ces souvenirs, sinon à vous, le premier auteur des circonstances où l'ouvrage a pu naître (1) ? »

N'oublions pas, en effet, que ce fut par la voie mystique du jansénisme littéraire que ces deux poètes, séparés l'un de l'autre par une si grande distance, se rencontrèrent un jour sur les bords enchantés du Léman, et que la correspondance qui va suivre est sortie de cette heureuse rencontre.

LÉON SÉCHÉ.

(1) *Œuvres choisies de Juste Olivier. Souvenirs*, t. I, p. 123.

1837

« Lausanne, ce lundi 7 août 1837 (1).

« Un voyage qui ne devait être que de cinq à six jours en est devenu un de quinze, et arrivé cette nuit à Lausanne, je trouve seulement aujourd'hui votre aimable lettre qui m'attend. Elle est si cordiale et si bonne qu'elle me déterminerait à l'instant, si je ne devais, en toute nécessité, aller à Genève, où sont des nouvelles de ma mère dont je suis privé depuis mon départ (2). Après avoir

(1) Cette lettre répond à la lettre I de l'appendice.
(2) **La mère de Sainte-Beuve ?...** Si M. le comte d'Haussonville avait pu lire les lettres de l'illustre critique à M. et Mme Juste Olivier, il n'aurait certainement pas écrit que Sainte-Beuve n'aimait pas sa mère, car chaque fois qu'il parle d'elle, c'est avec une émotion visible quoique contenue.

Qui donc pourrais-je aimer si je ne t'aimais pas ?

disait Brizeux de sa mère. Sainte-Beuve aurait pu en dire autant de la sienne, car elle était à elle seule presque toute sa famille, et elle ne le quitta que le court espace de temps où il demeura à la pension Landry après son départ de Boulogne. Du reste, les actes comme les paroles de Sainte-Beuve témoignent hautement de son amour pour sa mère : amour sérieux, réservé et qui ne connut pas les épanchements, car il avait été élevé d'une façon plutôt sévère, et Mme Sainte-Beuve était trop âgée quand elle eut son fils pour jouer avec lui à la poupée, mais amour profond et qui sous son apparente réserve ne manquait *touché barre* à Genève j'espère vous arriver une de ces après-midi : mais, je vous en supplie, ne me logez pas ; j'irai chez vous dès le matin, et le soir et le jour, mais laissez-moi ne vous donner aucun embarras de cette sorte. J'ai déjà vu votre bord du lac par *l'Aigle* (le bateau à vapeur). J'ai passé deux heures à Vevey et j'ai couru vers Clarens. J'ai en portefeuille une petite lettre de M. de Senancourt avec recommandation de localité. Vous voyez que je suis tout préparé. Ce que je viens de voir m'a enchanté : Thoune et Lauterbrunnen et la Jungfrau face à face, c'est plus que je n'en aurais jamais osé espérer. J'ai vu aussi ce fond du lac des Quatre-Cantons ; j'ai salué le Rütli et débarqué sur le rocher de Guillaume Tell. Je vous arrive donc en

---

pas d'une certaine tendresse. On a vu tout à l'heure qu'au lieu de l'appeler par son petit nom, elle disait Sainte-Beuve, comme elle eût fait de son mari. Cela caractérise bien l'affection qu'elle lui portait. Quant à lui, on verra plus loin (lettre du 10 juin 1838) comme il s'exprimait sur elle quand il revint de Lausanne. Quelques années après, en décembre 1843, il disait dans un premier testament: « Si j'ai le malheur de mourir après ma mère », et dans un autre du mois d'août 1844: « Si j'ai le malheur de survivre à mon excellente mère », et il lui léguait tout ce qu'il possédait soit en petites rentes, soit en effets, tels qu'habits et linge... En 1848, lorsqu'il voulut s'expatrier, il renonça à partir pour l'Amérique à cause d'elle, et l'année suivante, pendant qu'il professait à Liège, il s'échappait de temps à autre pour venir la voir. Enfin, quand elle mourut. « il la soigna dans ses derniers moments comme un fils et un garde-malade ». Ce sont les paroles de Juste Olivier qui ajoute: « A l'église, au service funèbre auquel j'assistais, je lui vis, ce que je crois n'avoir jamais vu chez personne avec un caractère si particulier, de petites larmes de feu qui ne coulaient pas mais qui jaillissaient de ses yeux comme des étincelles ». (*Souvenirs de Juste Olivier*, p. 102.)

Suisse de vieille roche déjà et du cœur. Eh ! qui peut me dire mieux que vous votre pays de Vaud, que vous venez, m'a-t-on dit, de raconter historiquement avec tant de mérite ? J'ai, par malheur, bien peu de temps ; mais deux ou trois jours de satisfaction cordiale et poétique, c'est quelque chose, et je veux me les procurer. Adieu, veuillez offrir à Mme Olivier, avec tous mes respects, mes vifs désirs de la connaître et mon espoir que ce sera dans peu de jours.

« Recevez toutes mes amitiés reconnaissantes. »

« Genève, ce mercredi 23 août 1837.

« Mon cher monsieur Olivier,

« Je suis arrivé ici avant-hier soir bien fatigué, et la chaleur est telle qu'hier je n'ai pu faire que très peu des choses que je m'étais proposées ici. Je voulais dès le matin vous écrire et je n'ai pu. Je suis allé pourtant dès mon arrivée du bateau chez M. Diodati (1) qui était sorti jusqu'à dix heures du soir et qui repartait le lendemain matin pour Vevey d'où il ne sera de retour que ce soir à six heures. J'irai le voir à sept, n'ayant que cette seule chance de le rencontrer, car j'ai tout d'abord retenu une place pour jeudi, demain matin, Lyon. J'y serai peu de jours et de là à Paris, comme je vous l'a-

(1) Edouard Diodati-Vernet, auteur d'un ouvrage original sur le christianisme et de la traduction des discours de Chalmers sur l'astronomie (*Souvenirs de Juste Olivier*, p. 68).

vais dit dans nos arrangemens. Mais ce qui m'est plus essentiel à vous dire que tout cela, c'est le profond sentiment de reconnaissance et d'amitié bien touchée que j'emporte du séjour d'Aigle et de cette hospitalité si cordiale et si bonne que Monsieur votre frère, Mademoiselle votre sœur et vous m'avez donnée. C'est le souvenir que je garde et garderai à jamais de cette douce et simple vie dont les exemples m'étaient si peu connus et qui m'ont rendu tout le parfum des impressions de famille. En vous en remerciant, je ne remercie pas moins directement Mme Olivier pour tout ce qu'elle y a mis de délicat et d'indulgent. Je vais, dès mon arrivée à Paris, régler cette grande affaire (1), dont la plus difficile partie est l'affermissement de ma volonté. Je vous écrirai aussitôt le parti pris; je ne vous enverrai aussi que de là, permettez-le, la copie des vers que je vous dois. J'ai trouvé ici les lettres en retard et d'autres encore que j'ai arrêtées au moment où on les expédiait à Aigle, et j'ai assez d'écriture pour ce matin, sans compter deux ou trois visites indispensables. Je suis allé hier faire celle que je devais à Coppet; j'y ai trouvé les hôtes fort aimables et Mme de Staël (2) m'a parlé de M. Diodati, son beau-frère, de manière à augmenter encore, s'il se peut, mon désir et mon effort de le

(1) Le projet du cours sur Port-Royal à Lausanne.
(2) Mme de Staël-Vernet.

rencontrer ce soir. Nous nous serons vus du moins.

« Adieu, mes chers amis, veuillez croire à toute la vivacité et à toute la vérité des sentimens que je vous ai voués.

« *A Paris, rue du Mont-Parnasse, 1 ter.* »

« Ce mardi matin 26 septembre 1837.

« Mille remerciemens, cher ami, pour moi ; mille félicitations pour vous, heureux père, et pour Mme Olivier. Je ne pensais pas que ce fût pour si tôt. Je prends bien de la part à vos joies, à vos inquiétudes, à sa délivrance. J'attendais votre lettre avec une sorte d'anxiété, bien que je susse qu'elle ne pouvait venir plus vite. Enfin, voilà les trois quarts du *oui*, et j'espère que ce qui doit clore ne manquera pas. Je me suis plus que jamais dirigé vers vous (depuis ma détermination prise), de toutes mes pensées et de tous mes désirs ; c'est au point que j'irais, même quand le Conseil n'approuverait pas. Vous avez en ce moment en Suisse un de nos amis voyageurs que je redoute un peu : Cousin. Si on l'écoute, il me nuira, quoique ami. Mais c'est un des amis d'*ici*, voyez-vous ? Il me louera de manière à me déprécier, sans malveillance : mais il est ainsi, et il ne faut pas lui en vouloir. Je l'entends d'ici s'étonner et faire mon oraison funèbre. Si quelque obstacle venait de ce côté, il y

4

aurait peut-être lieu à le prévenir. Ses paroles, si spirituelles d'ailleurs, n'ont plus cours dès long-temps sur la place ici. Mais j'espère qu'il arrivera à Lausanne trop tard pour influer en rien (1).

« Je compte vous arriver d'assez bonne heure ; je voudrais être à Lausanne, le 15, par exemple, afin d'avoir le temps de préparer mon petit éta-blissement d'étude, mes livres, et aussi mon cours pour lequel j'ai tout à faire. Comme j'ai énor-mément de livres à transporter et que le roulage est lent, si vous pouviez savoir par M. Ducloux s'il y a des moyens particuliers de Paris à Lausanne je vous serais obligé de me le dire dans votre pro-

(1) « M. Cousin serait en effet arrivé trop tard, écrivait Juste Oli-vier à Sainte-Beuve le 2 octobre 1837 (Voir à l'appendice la lettre VIII). Je ne sais ce qu'il a dit. Mais, ayant eu le même soupçon que vous, j'avais d'avance soufflé un mot à l'ami Espérandieu, le priant d'avoir l'œil de ce côté. Mon beau-frère en avait fait autant sur un autre point ; au surplus, M. Cousin ne fait plus grand bruit philosophique et littéraire nulle part, pas même chez nous. Son chef-d'œuvre est la traduction de Platon. Mais on prétend que ce n'est pas lui qui l'a faite. *Chi lo sa?* comme disent les Italiens. Mais, enfin, il est une des *Puissances intellectuelles de notre âge* et pourrait faire du mal s'il en avait le vouloir. » — Ce n'est pas sans raison que Sainte-Beuve se méfiait des menées secrètes de Cousin, car le père de l'Éclec-tisme était foncièrement jaloux, même de ceux qui étaient incapa-bles de lui porter ombrage. Heureusement pour Sainte-Beuve, Cousin ne s'occupait pas encore de Pascal et des belles amies de Port-Royal. Ce n'est qu'après la publication du tome 1er de l'ouvrage de Sainte-Beuve, qu'il dirigea ses études de ce côté, au grand mécontentement de ce dernier qui lui en garda toute sa vie une dent. Mais Victor Cousin n'avait pas attendu jusque-là pour s'intéresser au sujet spé-cial traité par Sainte-Beuve. Le 9 janvier 1838, Ampère écrivait à celui-ci : « J'ai rencontré Cousin qui était très content et réclamait seulement une plus grande place pour l'Oratoire. » (*Port-Royal*, t. I, appendice, p. 518.)

chaine. Mon volume des *Pensées d'août* a paru :
je voudrais savoir comment vous l'envoyer; du
moins je vous le porterai moi-même. Voici en
attendant la pièce que vous désiriez. J'ai été pour
voir M. Jacquet, passage Viollet : il était déjà rue
de Charonne. J'irai avant mon départ. J'ai hier
dîné avec M. Hollard, de Lausanne, de vos amis
et de ceux de M. Vinet (1), nous avons causé pays.
Ma détermination ne paraît pas ici, près de ceux
qui la connaissent, aussi étrange que vous voulez
bien supposer qu'ils la trouveront. Ampère, Lerminier, Buloz lui-même, Renduel, mon indispensable conseil, l'approuvent : voilà bien des voix
inégales sur le même ton. Je vous sais gré d'avance
de tout le bien sérieux que vous m'aurez fait par
votre conseil; je ne pense pas sans une respectueuse
reconnaissance à cette suggestion si délicate, si
empressée, si attentive, venue de Mme Olivier et de
vous.

« Adieu pour aujourd'hui ; nous recauserons
bientôt. Mille respects à Mlle Ruchet, à monsieur
votre frère. J'offre à Mme Olivier les plus vives félicitations et les vœux du cœur. Que dit Aloys de
tout ceci? Le *magnifique Seigneur!*

« A vous d'amitié.

(1) Le nom de M. Vinet reviendra souvent dans cette correspondance. Sainte-Beuve avait fait sa conquête à la suite de l'article qu'il
avait consacré à sa *Chrestomathie* dans la *Revue des Deux Mondes*
du 15 septembre 1837 et l'on sait en quelle estime il tenait ce penseur
délicat et profond.

« Ne serait-il pas convenable d'écrire dès avant mon départ à M. Espérandieu (1) pour le remercier comme je le dois ?

« *1 ter, rue du Mont-Parnasse.* »

« Ce dimanche, 8 octobre 1837.

« Cher ami,

« J'ai attendu, pour répondre à vos lettres qui ont croisé les miennes, de recevoir une annonce officielle de l'Académie; mais, cette annonce n'arrivant pas, je me décide à vous écrire et aussi à retenir ma place. Mes livres sont partis encaissés dans une caisse énorme par le roulage que vous m'avez indiqué. J'ai fait mettre pour adresse, M. Olivier, rue Martheray, 34. Il faut, non pas douze jours, comme on vous l'avait dit, mais quinze et peut-être plus même par l'accéléré. Si vous n'y étiez pas, soyez assez bon pour prévenir M. Régnier de la bombe. Mais moi-même je serai sans doute là pour l'accueillir et la diriger. Je vais aujourd'hui retenir ma place et c'est probablement vers la fin de la semaine que j'emballerai pour vous arriver.

« Mme Olivier m'a écrit d'une main amie des

(1) William Espérandieu, ancien juge au Tribunal d'appel du canton de Vaud et l'un des fondateurs du *Nouvelliste vaudois*, mort en 1876. Grand ami de Vinet, de Monnard et surtout de Juste Olivier, il avait puissamment contribué, comme membre du Conseil de l'Instruction publique, à faire appeler Sainte-Beuve à Lausanne.

lignes dont j'ai été bien touché (1). Sans doute je
ne compte pas avoir d'autre table ni d'autre toit
que les vôtres, si vous voulez bien de moi. Seulement il faudra que nous passions des arrangements
bien stricts, car je suis grand chicanier là-dessus.
Ce sera l'affaire d'une longue demi-heure à notre
première entrevue, et puis nous n'en parlerons plus
jamais. — Je viens de recevoir une lettre très
bonne de M. Vinet : il est moins fâché contre moi
que je ne le craignais, et cela, je le vois, ne nuira
pas à notre connaissance.

« J'ai vécu à Paris, depuis que j'y suis revenu,
comme un voyageur, ne faisant rien, voyant du
monde et marchant toujours. Je commence à avoir
hâte d'une vie studieuse et rassise, et je vais vous
l'aller demander. Je vous arrive plus malade d'âme
et de cœur et d'esprit que vous ne le croirez jamais,
d'autant plus malade que je crois quelquefois ne
l'être que comme il est impossible à l'homme qui a
vécu de ne l'être pas. Mais la forme du mal est du
moins assez douce chez moi, le symptôme est tranquille, et j'espère ne pas trop incommoder mes
amis de mes plaintes jusqu'à ce que je profite
peut-être de leur vie saine pour moi.

« A bientôt donc, indulgence d'avance et amitiés
toujours. Mille respects affectueux à Mme Olivier,
que j'espère trouver toute rétablie.

« De cœur. »

(1) Voir à l'Appendice la lettre VI de Mme Juste Olivier.

« 12 octobre 1837.

« Cher ami,

« Nos lettres se croisent perpétuellement (1); celle-
ci du moins sera la dernière. Je pars dimanche de
Paris à sept heures et demie du matin, et ne m'ar-
rêterai pas en route. C'est donc l'affaire de quatre
jours et de trois nuits, je pense. Mais ne vous in-
quiétez en rien de mon arrivée, vous absents; en
arrivant je descendrai pour quelques jours à l'hôtel.
Je verrai M. Espérandieu (2) pour les premières
démarches et visites ; je devrai aussi me mettre
incontinent à l'étude et je prendrai pour cabinet
de travail la chambre même que vous voulez bien
m'indiquer chez vous. C'est ainsi que j'attendrai
votre arrivée. Au milieu des soins si grands que
demande la chère santé de Mme Olivier, n'allez pas
trop mêler le mien. Mon seul souci, c'est vite de
me mettre au travail en arrivant, et par vous mon

(1) Voir à l'Appendice la lettre IX de Juste Olivier.
(2) On sait de quel mal souffrait alors Sainte-Beuve: l'amour lui
avait planté une flèche empoisonnée dans le cœur, et sa blessure
saignait encore à la fin de cette année 1837 où il avait publié *les
Pensées d'août* et commencé son cours de Lausanne. Il écrivait de
cette ville à Marmier le 29 décembre: « L'amour est ajourné ; le
reprendrai-jamais? *Ai-je passé le temps d'aimer ?* — Attendons,
oublions surtout, oublions ce que nous avons cru éternel. Voyez-vous,
c'est à jamais fini de *ce côté* que vous savez : je ne reverrai ni n'écrirai jamais; j'ai été blessé d'une telle indifférence ! mais *blessé*, cela
veut dire que j'en souffre encore... » (*Correspondance de Sainte-
Beuve*, t. I, p. 41). — Il revit quelques années après celle qui lui
avait fait cette blessure, mais il était guéri alors et s'était pris à
d'autres liens.

cabinet de travail est tout trouvé. Le reste du vivre et du coucher se fera aisément et sans que vous y pensiez, ni moi guère.

« Mille hommages et vœux du cœur pour Mᵐᵉ Olivier et à vous toutes mes amitiés et moi bientôt tout entier.

« J'ai écrit à M. Espérandieu un mot de remerciement (1).

« Mes respects et souvenirs à Mˡˡᵉ Ruchet et à Monsieur votre beau-frère. »

« Lausanne, ce samedi 21 octobre 1837.

« J'ai reçu hier votre petit mot, mon cher ami, en même temps qu'arrivaient M. de la Harpe et M. Espérandieu, ce qui m'a empêché d'y répondre le soir. M. de la Harpe m'a bien chargé de vous dire qu'il était venu pour vous rendre visite. J'avais été prendre le matin M. Espérandieu pour faire visite à M. Gindroz que nous avons trouvé, et fort accort. Il est tombé d'accord avec M. Porchat pour les jours et heure (2). M. Espérandieu a bien voulu

(1) On trouvera sa lettre au tome Iᵉʳ de sa Correspondance, p. 38.
(2) Pour l'intelligence des lettres qui vont suivre, il est bon que nous fassions connaissance avec le monde de savants et de professeurs que Sainte-Beuve allait fréquenter à Lausanne.
« Lorsque j'arrivai dans cette bonne, honnête et savante Académie de Lausanne, a-t-il écrit lui-même, M. Porchat, le futur traducteur de Gœthe, était recteur, chargé de la chaire de langue et de littérature latines ; M. Monnard, mort depuis, professeur à l'Université de Bonn, était professeur de littérature française ; M. Vinet venait d'être nommé professeur d'*Homilétique* (ou Éloquence sacrée) et de *Prudence pastorale* (Directions aux étudians de théologie sur la vie de

revenir le soir pour me tenir compagnie et nous avons fait un tour de promenade en conversant. La veille au soir j'avais trouvé chez lui M. Scholl et M. Vinet et le goûter s'était prolongé assez tard en toutes sortes de conversations sur Paris, l'abbé de Lamennais et les auteurs à la mode, ainsi que sur l'espèce de contradiction qu'on peut voir entre l'art, la littérature d'une part et la morale, le sérieux pratique de l'autre. M. Vinet a parlé sur ce dernier point très bien. Vous voyez donc, cher ami, que je vais pouvoir marcher tout seul déjà et sans vous. — Mes livres sont déballés et au bûcher : j'ai déjà vérifié qu'il n'y en avait pas d'oubliés. Je vais les ranger dans une heure. Ma précaution est extrême et même vétilleuse. Dites-le bien à Mme Olivier. J'aurais tant de regret de rien emporter de là-bas qui ne soit digne d'ici. Mais il y a eu déjà tant de *quarantaines* antérieures pour ces livres, que, la saison et le froid aidant, je suis à peu près certain qu'il n'y a rien. Ce que j'en fais est pour l'entière sécurité. Les livres rangés, me voilà au travail et il faut qu'il soit continu et hâté, car j'ai juste le temps. La caisse m'a coûté tant port que douane 105 francs,

pasteur). Il y avait encore M. Dufournet, professeur d'exégèse et d'hébreu ; M. Herzog, professeur d'histoire ecclésiastique ; M. André Gindroz, professeur de philosophie, membre en même temps du Conseil d'Instruction publique dont il était l'âme. M. Juste Olivier, mon ami, donnait un cours d'histoire. » (*Port-Royal*, t. I, Appendice, p. 514.) M. Vulliemin, dont il est parlé aussi dans cette correspondance, enseignait l'histoire au Gymnase de Lausanne.

ce qui m'a ruiné, et m'a fait user de votre billet près de M. Espérandieu pour la bonne que j'aurais pourvue sans cela. Voilà une lettre toute de ménage et de finance, c'est pour vous prouver que tout ira bien jusqu'à votre retour et qu'il ne faut en rien le hâter. Dites bien mes vœux et mes respectueuses amitiés à Mme Olivier : que je voudrais la savoir tout à fait forte et debout ! Mme R... (je ne sais comment on écrit) est venue le jour de votre départ et je l'ai reçue. Elle a dû vous écrire.

« Adieu, adieu, mille amitiés,

« Mes respects à Mlle Ruchet et amitiés à votre beau-frère. »

« 23 octobre, ce lundi 1 heure et demie.

« Cher ami,

« J'espérais vous arriver ce soir. Je viens du bateau, mais une fausse indication de l'excellent M. Ducloux (1) m'a induit en retard et le bateau lui-même ayant devancé d'un quart d'heure, je l'ai tout naturellement manqué. Je regrette bien de n'avoir pu faire ce petit voyage, je serais revenu dès demain matin, mais je vous aurais vu, j'aurais peut-être entrevu Mme Olivier, j'aurais su du moins de ses dernières et actuelles nouvelles. Je vous aurais enfin parlé d'un point qu'il m'est très difficile d'aborder par écrit et que deux mots de con-

---

(1) Imprimeur et libraire de Lausanne, dont il est parlé dans l'introduction.

4.

versation auraient vidé. Mais il est maintenant trop tard pour que je fasse le petit voyage, j'en suis à compter les jours pour ma préparation, et ce qui sera pour moi une suite de petites fièvres et d'a-gonies commence. Je l'ai senti dès avant-hier quand je me suis vu en présence de mes livres déballés et rangés et en demeure de me mettre incontinent à l'ouvrage. Mes vieilles habitudes et mes caprices et pensée sauvage et absolue me sont revenus, et je me suis mis à craindre de ne pouvoir travailler réel-lement que dans les mêmes conditions auxquelles je me suis condamné à Paris depuis des années. Ces conditions sont celles d'un isolement, d'une réclusion entière et absolue et certaine pendant des heures, et d'une sévérité à cet égard (je vous le répète) presque farouche et sauvage. Ma pensée, je le crains, n'a de ressort qu'à ce prix. Avoir un endroit où je sois dans mon atelier, comme une taupe dans son trou ; comme Han d'Islande dans son antre. Ainsi j'ai fait à Paris durant des années. Je crains qu'ici ce soit de même, et que je ne puisse pas changer mon procédé pour un plus doux. Mon imagination m'a tellement représenté et peut-être exagéré cela avant-hier et toute la nuit, que je me suis résolu à m'en ouvrir à vous. Pourquoi n'est-ce pas en paroles et dans cette mesure juste qu'elles prennent aisément entre amis ? Au moins que votre amitié la rétablisse cette mesure dans ce que j'écris et la suppose comme ç'aurait été en causant.

Voici donc à quoi je me suis décidé. Avoir une chambre ou deux quelque part probablement à l'hôtel du Faucon ou d'Angleterre, où j'aurais livres et lit et où je *gîterais*. Je n'y verrais personne : mon logement serait censé toujours rue Martheray ; j'y aurais ma petite chambre pour recevoir quand j'y serais et pour lire quelquefois. Mais mon étude, mon travail serait ailleurs, et tout entier non interrompu jusqu'à une certaine heure de la journée, jusqu'à trois heures par exemple. A partir de cette heure, j'irais ou à mon cours, ou les autres jours tout droit chez vous. J'y serais chez moi, comme c'était à Paris chez ma mère. J'y dînerais, tout enfin comme nous l'avions si rapidement réglé ou plutôt supposé. Le déjeuner se ferait pour moi à l'hôtel même et dans mes livres comme je faisais à Paris. Voilà mon dessein (1). Le pire, c'est que, ne vous voyant pas aujourd'hui, je ne puis retarder à l'exécuter, en étant aux jours et aux heures. Il est donc probable que demain ce sera exécuté, afin d'avoir ma sécurité préalable de tous les jours futurs se ressemblant et de la chose une fois faite. Je choisirai probablement l'hôtel d'Angleterre comme moins cher que le Faucon, et pas trop loin. Je voudrais, cher ami, que ceci fût pour vous seul, que Mme Oli-

(1) Il fut fait comme il désirait. Après avoir reçu l'hospitalité pleine et entière rue Martheray, Sainte-Beuve loua une chambre à l'hôtel d'Angleterre, tout en gardant celle que lui avaient offerte les Olivier. Il préparait et écrivait ses cours à l'hôtel, et il recevait chez ses amis.

vier n'eût en rien idée ni souci de cette affaire, que vous surtout vous ne vinssiez pas le moins du monde. J'ai toujours arrangé les choses moi-même depuis des années : à part deux ou trois articles essentiels et que je règle avec une précision extrême le reste m'est indifférent, et ce qui m'importe avant tout c'est d'être le premier jour comme je serai tous les jours suivants ; ainsi je réglerai cela en une demi-heure à l'un de ces hôtels, j'ai même déjà vu ce qui était possible en chambres. Ce qui me contrarie vivement c'est de ne vous pas voir pour vous expliquer tout cela ce soir en causant ; c'est aussi (car tout prend place dans une imagination un peu superstitieuse), c'est l'idée que Lucie (la bonne) ou M. Lèbre se feront quand ils verront emporter les livres, et moi-même découcher. J'en ai parlé ce matin à M. Espérandieu revenu de Vevey, et qui trouve cela tout simple. Trouvez-le également, cher ami ; n'en parlez pas du tout, s'il est possible, à Mme Olivier, et offrez-lui seulement mes plus affectueux respects ; offrez-les aussi à Mlle Ruchet et à M. votre beau-frère. Je lis depuis deux jours à tort et à travers, j'ai revu toutes mes notes, j'en ajoute d'autres, enfin je suis dans des transes. Je crois avoir trouvé une manière de péroraison pour le premier jour, tirée du lac (1). Oh ! pourquoi

(1) Cette péroraison la voici :
« Nous tâcherons, du moins, Messieurs, de relever chemin faisant de recueillir et de vous communiquer ces doux éclairs d'un sujet si

faut-il qu'on ne fasse rien qu'à ce prix et que tout enfantement déchire ?

« Adieu et répondez-moi vite pour approuver, pour absoudre,

« A vous de cœur. »

grave. Ce ne sera jamais une émotion vive, ardente, rayonnante ; c'est moins que cela, c'est mieux que cela peut-être ; une impression voilée, tacite, mais profonde ; — quelque chose comme ce que je voyais ces jours derniers d'automne sur votre beau lac un peu couvert, et sous un ciel qui l'était aussi. Nulle part, à cause des nuages, on ne distinguait le soleil ni aucune place bleue qui fît sourire le firmament ; mais à un certain endroit du lac, sur une certaine zone indécise, on voyait, non pas l'image même du disque, pourtant une lumière blanche, éparse, réfléchie, de cet astre qu'on ne voyait pas. En regardant à des heures différentes, le ciel restant toujours voilé, le disque ne s'apercevait pas davantage, ou suivait cette zone de lumière réfléchie, lumière vraie, mais non éblouissante, qui avait cheminé sur le lac, et qui continuait de rassurer le regard et de consoler. La vie de beaucoup de ces hommes austères que nous aurons à étudier est un peu ainsi, et elle ne passera pas sous nos yeux, vous le pressentez déjà, sans certains reflets de douceur, sans quelque sujet d'attendrissement. » (*Port-Royal*, t. I, p. 29.)

1838

« Dimanche midi, à Besançon, 3 juin 1838.

« Mes chers amis,

« Puisque j'ai ce jour, je vous dois bien dire un moment combien j'ai pensé à vous depuis le départ et combien tout ce que je n'ai pas pressé dans l'adieu a été se développant en moi à n'en pas finir (1). Oui, j'ai pu sans peine repasser longuement tant de bontés si chères et la reconnaissance si douce, si unie et si profonde qui en est dès longtemps formée en mon cœur. Ce voyage n'a été ni très bon ni le contraire, quand j'ai eu le plaisir de rencontrer M. Regnier à Orbe j'étais encore dans la première fraîcheur matinale. Cela est tombé insensiblement, et une fatigue assez continue a succédé. J'en suis là. Je suis arrivé à Besançon ce matin à quatre heures et j'ai un peu dormi, mais le délassement n'est pas encore venu. Je compte pourtant

_____

(1) Sainte-Beuve avait terminé son cours à Lausanne et rentrait à Paris.

repartir ce soir si je puis m'assurer d'une place un peu commode ; car la voiture fatigue encore moins que des jours si nus et si vides sur le pavé d'une ville, le dimanche, après l'habitude si remplie d'une vie d'amis.

« Je reprends ce bout de lettre après une sortie ; j'ai retenu ma place pour ce soir neuf heures ; et je viens de plus de récidiver un sommeil qui cette fois a commencé de me refaire. Ainsi tout est au mieux pour le corps ; l'animal n'est pas trop mal. — Pour l'esprit, pour le cœur au moins, j'ai non pas rimé, mais pensé un sonnet. Les rimes n'ont pu venir, mais il aura pourtant sa date, le 2 juin, en revoyant, de Ballaigues à Jougne, les mêmes versans du Jura, cette fois tout vert (1) :

« J'ai revu ces versans après l'hyver passé, j'ai revu ces grands bois dans leur feuille nouvelle, près des anciens sombres et fixes, les ressuscités dans leur plus tendre verdure, les mélèzes eux-mêmes dans toute la délicatesse de leur robe réparée... (peindre toutes les nuances du vert).

« Ainsi dans le fond sûr de l'amitié constante ce qui se passe et revient est plus tendre à revoir. Et j'appliquais cela à cette absence dont le renouveau sera une plus tendre couleur dans la profonde et certaine couleur éternelle du fond. Mme Olivier achèvera de rimer ce sonnet.

(1) On trouvera ce sonnet plus loin.

« Adieu, chers et bien-aimés amis. Je compt[e]
bien sur votre bonté en vous jetant ce bout d[e]
lettre à la poste. Mille amitiés à M. Lèbre, à M. Ru[s]
chet s'il est encore des vôtres, un baiser à Aloy[s]
qui ouvrira une lèvre interrogeante et à *Ziquety* qu[i]
tout bonnement sourira.

« Adieu encore et à toujours. »

« Ce vendredi 8 juin 1838.

« Mes chers amis,

« J'allais vous écrire quand je reçois cette lettr[e]
si bonne qui me prévient. Je suis arrivé avant-hie[r]
bien harassé et avant d'aller voir ma mère, pou[r]
ne pas l'effrayer, la traiter avec la coquetterie con[-]
venable, j'ai couru à mon petit hôtel me laver e[t]
dormir une heure (1). Quand j'ai paru chez m[a]
mère elle ne savait d'où je sortais pour être si frais[.]
C'est vous dire que ma fatigue n'était pas devenu[e]
de la maladie. J'ai pourtant gardé ma douleur d[e]
dos après chaque parole un peu prolongée, et j'a[i]

(1) Sainte-Beuve habitait alors, dans la Cour du Commerce, l'hôt[el]
de Rouen, qu'il a toujours écrit hôtel de *Rohan*, et qui est, en effe[t]
tout à proximité de la cour de Rohan, attenante au passage du Com[-]
merce : « Deux chambres, c'était mon luxe », a-t-il dit en tête de s[a]
Biographie. Il en avait deux, en effet, les dernières de la maison, l[es]
plus élevées par conséquent et les moins chères. Elles portaie[nt]
encore en 1872 — lorsque M. Jules Troubat publia les *Souvenirs e[t]
indiscrétions* de son maître — les numéros 19 et 20. Sainte-Beuv[e]
s'abritait là, dans ces chambres d'étudiant, sous le nom de *Charl[es]
Delorme*, en souvenir de *Joseph Delorme*, sans doute. Il y demeur[a]
jusqu'en 1848, date à laquelle il fut nommé bibliothécaire à la Maz[a]
rine.

commencé le lait d'ânesse ce matin même. Il a
même été question d'emplâtre; non plus de la
farge immense. La poix de Bourgogne est arriérée
et est censée ne plus piquer. On m'a ordonné
quelque chose de plus mignon et de plus vif, mais
je viens de m'apercevoir que, dans mes mouvements du matin, ce quelque chose était tombé
par terre : et je crois que j'en resterai là. — Les
pensées du voyage ont été bien souvent en arrière.
ou plutôt elles n'ont pas cessé d'être avec vous tous,
en volant à ma mère et aux amis de Paris. Le temps
a été détestable; pas une aurore, ni un rayon, une
pluie continuelle et moi chétif dans un coin de
voiture ruminant mes songes avec une douceur
triste. J'y voyais vos mains se tendre vers moi,
vos adieux me sourire et le songe durant ces *adieux*
(selon l'acception vaudoise) s'achever en bonjour
du retour. — Vous me permettrez de vous dire
ma vie d'ici, vous me la demandez avec cet intérêt
qui entre dans les riens de la vie et qui les anime.
Qu'ai-je vu déjà? Ampère sort de chez moi
et m'a raconté l'Abbaye-au-Bois, où Mme Récamier revient avec une guérison très vacillante (1).

(1) L'Abbaye-aux-Bois s'était vivement intéressée au Cours de
Sainte-Beuve et lui avait témoigné sa satisfaction par la plume
d'Ampère...

« Nous avons lu avec un plaisir très vif et bien général votre discours (d'ouverture); cela transportait un peu auprès de vous et faisait
assister à votre Cours autant qu'il se peut dans l'éloignement. Tout
le monde en a été très content, y compris M. de Chateaubriand. On
lui avait dénoncé une phrase comme attentatoire à la majesté du

On y est toujours heureux, aimable et jeune de
quatre à six heures ; j'irai demain, j'y verrai
M. de Chateaubriand couronné de ses lauriers de
Vérone; M. Ballanche, plus béat que jamais et
mangeant comme le bonhomme son fonds avec son
revenu, enfin tout le petit cénacle au complet. J'ai
vu Mme Valmore qui, j'espère, ne partira plus; l'O-
déon a eu un succès, ce qui l'empêchera peut-être
de mourir (1). Elle demeure dans le Palais-Royal
au quatrième et de son balcon de pierre on a la
plus belle vue sur ce jardin que vous devez croire
si étouffé et qui, n'en déplaise à la pureté alpestre,
a sa fraîcheur et sa beauté, vu ainsi d'en haut et
de son balcon de la tendre muse. Elle va publier

xviie siècle ; c'est celle où vous montrez le xvie et le xviiie se réunissant en dépit de ce qu'il a interposé entre eux. Mme Récamier et moi
avons pris la phrase pour la défendre. J'ai expliqué l'ensemble de
votre pensée qui, exprimée rapidement, prêtait peut-être à une fausse
interprétation. Je vous donne ces détails pour vous montrer combien
le morceau a vivement préoccupé vos amis. Du reste, satisfaction
complète de tous : M. et Mme Lenormand, Marmier, Ballanche,
l'aristarque M. Paul (David), *idem*. Mme Lenormand aime particulièrement l'exposition, d'un dramatique si simple et si touchant, où
Bérulle, Saint Vincent de Paul et le fondateur de la Communauté de
Saint-Nicolas-du-Chardonnet délibèrent sur ce qu'il y a à faire pour
la religion. Mme Récamier préfère la seconde partie ; elle aime aussi
particulièrement le contraste de la double scène qui suivit la mort
de M. de Saci et celle de la mère Agnès: ici les sœurs, là les Messieurs pouvant seuls achever les chants. — Les gens graves louent
votre style d'être plus sévère, plus simple que jamais; Le Prévost
est de ce nombre ; il vous louait bien avec effusion, mais *cœurs in-
circoncis* l'arrêtait; je lui ai dit que c'était un langage reçu en thèse
religieuse, et Mme Lenormand m'a appuyé. M. Lenormand est aussi
des plus satisfaits... » (*Port-Royal*, t. I, appendice, p. 518.)

(1) Valmore était alors régisseur du théâtre de l'Odéon.

un petit recueil de vers intitulé *Pauvres Fleurs*.
Comme c'est cela !

« J'ai vu Mme de Simonis, son amie si sincère,
fort belle véritablement, impétueuse, orageuse, dé-
vouée; noble nature sortie des bruyères du pays
de ?... de *la petite Suisse* (comme on appelle ce
pays) et que les formes aristocratiques et sociales
n'ont en rien atteinte dans sa franchise *genuine*.
Nous avons parlé du désir de garder à Paris
Mme Valmore, et à force de le désirer on y réussira
peut-être. J'ai bien parlé de vous, de vous deux, à
ces amis du grand et du bon.

« J'ai vu Buloz qu'on avait saigné le matin; les
épreuves de la *Revue* lui avaient donné le sang
dans les yeux. Il a été content de me revoir et en
ami plus qu'en intéressé. Il avait reçu plusieurs
lettres de Lausanne sur mon cours; je suppose
qu'il y en avait une de M. Monnard (sans en être
sûr), mais j'ai cru reconnaître l'écriture sur
l'adresse; on n'a pas voulu me nommer les bien-
veillans indiscrets. Je crains bien moi-même d'avoir
porté à Labitte, à qui Buloz a remis toutes ces
dépêches, une dénonciation de plus et de véritables
lettres de Bellérophon ou d'Uri; je dis ceci pour
notre cher et incorrigible ami Olivier. Labitte m'a
ri au nez en lisant la lettre (1). J'ai été bien sot et

_____

(1) Charles Labitte était l'ami préféré de Sainte-Beuve et comme
son *alter ego*, à la *Revue des Deux Mondes* tout au moins. C'est à
lui que Sainte-Beuve envoyait des notes sur son cours de Lausanne,

suis resté bien reconnaissant. Si M. Monnard avait lui-même écrit, ce serait à lui d'une délicatesse qui me toucherait bien plus qu'elle ne m'étonnerait. Tâchez de le savoir.

« J'ai vu Mme de Castries et son charmant fils. J'ai rencontré à chaque pas dans la rue une quantité de visages et de mains; je parle peu, mais il résulte de tous les bonjours mis bout à bout une espèce de discours qui vaut presque une de mes longues leçons. — J'en suis là et vais tout à l'heure courir chez Mme de Fontanes que j'ai jusqu'à présent ajournée (1). Voilà à quel bulletin vous vous

pour être communiquées à la presse parisienne. « Je vois Labitte souvent, écrivait-il à Olivier le 20 août 1839, il m'est d'une amitié bien secourable dans tout ce travail d'érudition quand il s'agit d'assaisonner le bas des pages de *Port-Royal*. « C'est lui qu'il chargea de présenter en son lieu et place Mme d'Arbouville aux lecteurs de la *Revue des Deux Mondes*, quand on y publia sa nouvelle intitulée *Résignation*. Lorsqu'il mourut (septembre 1845), voici en quels termes Sainte-Beuve en parlait à Juste Olivier : « Cher ami, vous aurez pu trouver singulier de ne pas me voir. J'allais chez vous (Olivier habitait alors à Paris, 31, rue du Faubourg-du-Temple) lorsqu'on est venu me chercher en toute hâte à la *Revue*. Ce pauvre Labitte venait de mourir subitement à une heure du soir; malade depuis deux jours d'une grosse fièvre, il ne semblait pas en un tel danger : je l'avais vu hier, ses médecins l'avaient vu aujourd'hui. Ç'a été une consternation et une stupeur pour tous ceux qui arrivaient. — C'est une perte irréparable pour nous tous, perte de cœur et d'esprit... » Et le jour de l'enterrement de Labitte, Sainte-Beuve prononça sur sa tombe un discours qui parut dans *les Débats* du 25 septembre.

(1) Mme Christine de Fontanes, fille de l'ancien grand-maître de l'Université, habitait ordinairement Genève, et Sainte-Beuve qui, dès le 27 mars 1838, avait pris rendez-vous avec elle à Paris s'occupait de la publication des œuvres de son père.

exposez en me demandant ma vie avant qu'elle
soit un peu assise. Je la mets ici pour obéir, mais
j'aime bien mieux savoir la vôtre, et ces sentiments
si profonds, si unis, si nuancés pourtant, qui la
marquent bien mieux qu'ici une multitude de pas.
Combien ce récit de vos deux cœurs, qui n'en font
qu'un pour moi, me touche, m'intéresse, me rend
le passé d'hier et l'espoir de demain! Oh! continuez, chère dame et amie, quand Olivier sera
las, suppliez-le; quand vous aurez un peu de lassi-
tude ou que Louise vous viendra brusquement
appeler, que deux lignes de la main d'Olivier me
disent qu'il n'est pas loin ; deux lignes seulement!
Après quoi il rentrera dans son cabinet, et
vous reprendrez cette fine et douce trame qui
me rendra votre vie, je voudrais dire encore la
mienne.

Je ne veux rien mettre ici pour nos amis de Lausanne : ce serait un catalogue trop homérique,
M. Manuel, M. Scholl, M. Vinet, etc., mais à vous
je livre la place des noms, vous êtes sûrs de ne pas
vous tromper en y mettant tous ceux qui vous
parleront de moi : ma reconnaissance leur demeure
bien sérieuse et bien touchée.

« Mais à la maison même, à M. Lèbre, à M. Ruchet mes tendresses bien particulières. A Mme Ruchet
mes humbles hommages, à Mlle Sylvie mes respects
aussi proches qu'il est possible du cœur sans qu'ils
cessent d'être les plus profonds des respects. —

Il faut bien baiser les deux enfans; et aussi je veux absolument dire quelque chose à ces *demoiselles*.

« Ceci dit, encore un mot d'ici. L'opinion sur le poème de Lamartine est assez décisive et comme nous la pressentions dans la lecture du petit Cabinet. De belles choses et un ensemble détestable; l'idée d'une chute, éclairée par de vastes éclairs, Quinet est reparti pour son Allemagne un peu découragé. *Angelica Kauffmann* a produit un petit orage dans un petit monde. Une nouvelle scission s'est opérée dans l'école romantique, dans le coin de Vigny, Barbier, en louant de Wailly, avait un peu rangé Vigny dans les imitateurs de Scott par *Cinq-Mars* (1) : Buloz a fait changer la phrase, mais de Wailly a été peu content, à ce qu'il paraît, de sorte qu'à peine éclos ce charmant et délicat talent, mais si froid et jusque-là si mitigé d'apparence, est tout d'un coup devenu *dévorant*. Ainsi nouvelle fêlure dans ce petit coin précieux (débris du Cénacle) dont Vigny était l'onyx ou l'agate et dont les autres

(1) Barbier n'a jamais changé d'avis. On lit à cet égard dans ses *Souvenirs personnels :* « Une autre fois, il (Vigny) me raconta qu'il avait connu Walter Scott. Ce dernier, dans un de ses passages à Paris, lui ayant fait une visite, lui aurait dit qu'il avait eu aussi l'idée de composer un roman sur *Cinq-Mars*, mais qu'ayant lu le sien il avait abandonné ce projet.

« C'est possible; cependant je ne crois pas que M. de Vigny aurait pensé à faire un roman historique, et *Cinq-Mars* est un roman historique, sans l'apparition des œuvres de Scott, et celles-ci étaient déjà le plaisir et l'admiration du public bien avant que M. de Vigny eût mis le pied sur la scène littéraire. »

Barbier, Wailly, Brizeux, formaient comme le cercle mi-partie d'ébène et d'ivoire. Deux mots de Buloz m'ont mis au fait de ce grand événement qui demeurera sans doute à jamais inaperçu dans l'histoire littéraire : ô vanité des gloires !

« De Vigny ne fait rien et est réputé ne plus pouvoir rien faire ; chaque fois qu'il voit Buloz, il lui dit : « Je travaille beaucoup, vous serez effrayé de la quantité de manuscrits que je vous porterai bientôt, et Buloz rit tout haut de son rire qui n'est poli que parce que de Vigny ne le comprend pas (1).

« Adieu, adieu. Je reprendrai bientôt mes nouvelles ; vous savez celles du cœur qui ne changent pas.

« Je vous embrasse tendrement mes chers amis. »

« Ce lundi, 18 juin 1838.

« Ne comprenant pas, mes chers amis, pourquoi je n'ai pas de nouvelles de vous, je sens le besoin de vous en donner ; je suis tout déconcerté pour-

---

(1) La méchanceté est ici visible et ne fera que s'accentuer davantage dans les lettres suivantes où Sainte-Beuve s'occupera d'Alfred de Vigny. Quand parut mon livre sur le poète d'*Eloa*, quelques-uns, dont M. C. Latreille dans la *Revue d'histoire littéraire*, me reprochèrent d'avoir écrit que « à partir de *Chatterton*, Sainte-Beuve avait voué à Vigny une de ces haines cafardes d'autant plus méchantes qu'elles sont inavouables ». Les lettres que nous publions aujourd'hui ne sont point pour nous faire revenir sur ce jugement, bien au contraire. Je renvoie le lecteur à celle du 8 février 1846 où Sainte-Beuve, parlant de la réception à l'Académie de son ancien camarade du Cénacle, écrit à Juste Olivier : « Vigny n'est qu'un Trissotin gentilhomme, le comte de Trissotin ! »

tant. Vous avez dû recevoir une lettre de moi, il y a huit jours. J'aurais pu avoir votre réponse tous les jours depuis jeudi et il ne vient rien. J'ai eu le temps de recevoir une lettre de M. Doy et une autre du docteur Mayor : et de votre coin chéri, je ne sais rien. — Ici, la vie m'a repris, sinon le travail encore. Mon mal de gorge persiste toujours ; je vais comme je puis avec ; j'ai eu des mouches au dos, je prends du lait d'ânesse le matin : douceur et aiguillon n'ont rien fait jusqu'à présent, il faudrait l'absolu silence.

« Dès que j'ai revu Mme de Tascher (1), elle m'a très vivement abordé en me demandant des nouvelles de Mme Olivier ; je lui ai répondu, Madame, par vos souvenirs. — J'ai dîné chez elle avec M. Lerminier, M. et Mme de Montalembert, un marquis Boccella, de Florence, religieux et distingué, le général Bugeaud ; vous voyez que la lanterne magique recommence.

« Mme de Castries (2) est partie ce main pour une campagne de six mois. Mme Récamier qui revoit

(1) Se rappeler la pièce de vers que Sainte-Beuve lui a dédiée dans les *Pensées d'août* (*Poésies complètes*, t. II, p. 263), et dans laquelle il n'a fait que *retraduire*, suivant ses expressions, ce qu'elle lui avait elle-même raconté.

(2) Au bas du sonnet qu'il lui a dédié dans les *Pensées d'août* (p. 205), Sainte-Beuve a piqué la note suivante : « Morte depuis duchesse de Castries; personne aimable, spirituelle, qui se laissa emporter sur la fin de la Restauration à une passion romanesque; revenue d'Italie malade ou plutôt infirme, à demi paralysée, elle conservait toute sa grâce, son goût vif pour les choses d'esprit et de cœur... » Il en est question plus loin.

beaucoup de monde et à qui la voix va et revient au même instant avec un rayon de soleil comme une fille de l'aurore, part aussi pour la campagne, mais ce sera court. Il y avait hier à cinq heures chez elle M. de Chateaubriand, M. Ballanche, M. Ampère, une Mme Salvage (1), amie et légataire de la reine Hortense, grand colonel d'empire, grand bonapartiste, comptant plus que jamais que le moment est arrivé pour le prince Louis (absolument comme M. de Genoude ou M. de la Rochefoucauld pour Henri V) et le disant tout haut ; sa thèse hier était que M. de Lafayette, s'il n'était mort, aurait travaillé à la Restauration bonapartiste, et qu'il avait pris avec le prince Louis les engagemens *les plus sacrés*, elle avait vu les lettres, elle ne doutait de rien ; impossible d'obtenir un petit mot de sous-amendement de sens commun. Elle sortait triomphante comme un porte-drapeau et regardant de l'œil des brochures bonapartistes qu'on avait laissées sur la cheminée et apportées du matin, elle sor-

(1) Mme Salvage de Faverolles, fille de M. Dumorey, consul de France à Civita-Vecchia, lequel avait été l'un des intimes de M. Récamier. Séparée de son mari, dont elle n'avait pas eu d'enfants, elle avait acheté près de Rome une vigne et une maison où elle donnait parfois des fêtes. Sainte-Beuve écrivait un jour à M. Victor Lambinet, juge à Versailles, qui lui avait communiqué une soixantaine de lettres de Mme Récamier à Mme Salvage : « J'ai connu autrefois Mme Salvage : c'était une grande femme, très active, très entrante, très masculine, qui ressemblait à une veuve de général ou de colonel et qui avait un très grand nez. Le duc de Laval (Adrien) disait d'elle : « Il faut bien prendre garde de fâcher Mme Salvage ; car elle nous passerait son nez à travers le corps. »

5

tait quand la duchesse de Raguse est entrée, autrefois charmante, aujourd'hui boule et une moitié de nez de moins (par suite d'un cancer heureusement guéri), mais toujours spirituelle, et tout le monde a ri de Mme Salvage, tout en reconnaissant la sincérité de son dévouement; car il faut toujours que, même dans la raillerie, chez Mme Récamier, la charité soit sauvée. On raille après cela plus à son aise et avec une plus douce conscience. J'oubliais parmi les témoins et survenant M. Briffaut, de l'Académie, et le duc de Noailles. En tout la chambrée était délicieuse. Olivier a droit de me dire : à quoi bon cette vignette de boudoir après l'œil de bœuf de Saint-Simon ?

« Si Olivier voulait m'envoyer tout son morceau sur Davel (1), on l'insérerait avec grand plaisir dans la *Revue des Deux Mondes*, il n'aurait à s'inquiéter en rien de la note, je la ferais; on lui enverrait les épreuves, s'il le fallait ; autrement je les reverrais. Ce serait bien que ce morceau de son livre eût une publicité toute française ici. Tâchez, Madame, de le décider. Buloz l'a été tout naturellement. Il faudrait

---

(1) Le major Davel, patriote et religieux exécuté en 1725 pour avoir tenté d'affranchir le pays de Vaud de la domination bernoise. Il en sera souvent question dans les lettres qui vont suivre :

> Car vous gardez en vous, fils de Tell, de Davel,
> Le culte uni des deux patries,

disait Sainte-Beuve aux étudiants vaudois, le 31 décembre 1836, dans une pièce de vers en réponse au chant de bienvenue qu'ils lui avaient adressé à son arrivée à Lausanne. (*Notes et Sonnets. Poésies complètes*, t. II, p. 290.)

le morceau dans toute son étendue, sans rien tron-
quer.

« Toute la petite racaille littéraire qui écrit trop
souvent dans la *Revue de Paris*, et qui par là tient
à Buloz, est toujours furieuse en même temps contre lui, et écrit des épigrammes ou pis à Soulié et
dans *le Vert vert*, *l'Entr'acte*, etc., et autres petits
journaux : Buloz sait cela, mais ne s'en émeut, et
quand on lui dit : un tel est furieux contre vous, il
y a dans « *le Vert vert*, de ce matin un article contre vous qui doit être de lui », il hoche la tête et dit
en grognant avec une sorte d'indifférence : « Bah !
ils reviendront, il y a de l'argent à l'auge. »

Ce mot-là est du Tacite dans son genre et peint
toute une époque en littérature — n'est-il pas vrai?
Suétone — Procope — Dangeau — Buloz; il sera,
s'il le veut, l'historien authentique du gros de la
littérature de ce temps-ci.

« Mardi. — Pas de lettre encore ; je me décide à
envoyer ce mot-ci qui, j'espère, croisera le vôtre,
mais qui vous prouvera du moins mon impatience.
— Je voudrais bien avoir *le Chant de l'Epée* traduit en vers français par vous savez bien qui, Madame, avec la musique : on pourrait me l'envoyer
sous bande, à moins que cela ne se trouve ici quelque part, mais je ne crois pas. — J'ai trouvé pour
M. Lèbre les livres qu'il désire : mais je lui demande
quelques jours encore avant de les lui envoyer ; je
lui offre toutes mes amitiés.

« Il ne faudra pas qu'Olivier prenne la peine de
voir M. Doy pour lui rien payer; ce dernier a mis
tant de délicatesse à tout cela qu'il ne veut rien
recevoir, et il s'en blesserait même. Si Mme Olivier
rencontrait un jour chez Mme Albers sa demoiselle
un remerciement d'elle pour moi serait parfait, en
attendant que je le leur adresse directement. Mais
je suis d'une fatigue, d'une fatigue, d'un brise-
ment dont tout se ressent, et cette fin de lettre
plus que tout. Pourtant je ne veux pas tarder à
vous envoyer ce souvenir, cette plainte du cœur.
C'est bien mal, Madame, d'écrire si peu; Olivier est
peut-être à Eysins. Au reste, ignorant tout comme
je fais, ma plume va au hasard; je ne sais si je
parle à vous ou à lui. Si vous êtes ensemble; si
M. Ruchet, sa femme et M^le Sylvie (1) sont des
vôtres encore, si Aloÿs et Ziquety n'ont qu'à entrer
pour qu'on les embrasse; si M. Lèbre est à Clarens
ou à Gryon. Ecrivez moi vite, je vous en supplie;
recevez toutes les amitiés du cœur. »

« Paris, ce 20 juin 1838.

« Je n'ai pas répondu, comme je le devais, en
quittant Lausanne, à un don précieux qui m'a été
fait et qu'accompagnait une lettre également précieuse et même seule capable de faire passer l'autre

(1) Sœur cadette de Mme Olivier.

don, en le surpassant (1). Dans mon embarras de
me prendre à un nom, et sachant que tous les noms
que je pourrais essayer y sont compris, je ne puis
qu'exprimer mon entière et soumise reconnaissance, qui accepte du mystère tout ce qu'il faut
pour ajouter au prix. Je ne sais si c'est fortuite-
ment que sur le cadran, que je consulte souvent,
l'heure de 3 à 4 est (2) entamée et échancrée par le
cadran des minutes ; cela du moins me semble dire
qu'il manque désormais quelque chose à cette portion du temps, et qu'aussi les minutes s'y mesurent
et s'y comptent pour moi dans toute leur étendue.
Il doit en être ainsi des profonds et durables souvenirs. »

« Celui que j'emporte est une dette dont j'aime
à sentir et à garder constamment le témoignage. Je
serais heureux qu'on voulût bien recevoir avec
indulgence ce confus, reconnaissant et respectueux
hommage. »

« Jeudi, 10 heures du matin, 20 juin 1838.

« Je suis en faute à mon tour ; je reçois votre
lettre à l'instant même et j'y réponds ; j'écrivais
sans cela ; je devais écrire ces derniers jours, mais
un enchaînement de petites choses et un certain
désir de nous remettre au pas m'a fait retarder.

---

(1) Ses auditeurs s'étaient cotisés pour lui offrir une montre de
Genève.
(2) Heure de son cours.

5.

Nous y voilà, et tenons-nous y. Merci, chère Madame et amie, de tant de bons et touchans détails sur cet intérieur qui est tout mon Lausanne à moi (ceci soit dit sans ingratitude pour personne). Ma vie ici dans ces dix derniers jours a été moins bocagère et moins florissante que la vôtre; je n'ai pas fait ma promenade à Rovéréa (1). Mon mal de voix existe toujours, autant que là-bas; c'est un parti pris. Tantôt à la gorge, tantôt descendant plus bas et dans le haut de la poitrine. Il m'est impossible de causer sans qu'après deux minutes ma voix s'altère et qu'il ne s'ensuive une fatigue sérieuse que le sommeil de la nuit ne parvient pas à vaincre. Aussi je ne vois que très peu de monde; je passe mon temps à éviter, et je calcule pour ne faire guère qu'une seule conversation par jour, c'est tout ce que je puis porter. Le départ pour la campagne de Mme de Castries et de Mme Récamier m'a rendu un peu plus facile cette abstinence. Vous me demandez de prendre note, non pas à chaque petit événement, mais à chaque impression : croyez-vous donc que j'aie ainsi des impressions? En vérité, c'est plutôt des petits événemens que j'aimerais à prendre note pour vous en égayer un moment comme je me distrais en passant. Mais je n'ai pas eu depuis la dernière fois de vue de monde un peu bigarrée et piquante. Un dîner que j'ai fait chez Mme de Jussieu

(1) Belle promenade en forêt au-dessus de Lausanne.

avec sa charmante famille est quelque chose en
cordialité et en douceur de trop familier avec vos
habitudes pour que je le relève comme chose remarquable. J'ai vu aussi l'excellente Mme Valmore dont
la destinée est de nouveau anéantie : l'Odéon
ferme et les appointements de son mari finissent
avec le mois dans deux jours. Les voilà cinq, de
nouveau dans la barque sans boussole, à la garde
du vent. Elle a donné hier congé de son joli logement au quatrième, au Palais-Royal, et duquel on
avait balcon sur ce jardin si frais et si riant d'en
haut. L'angoisse évidente qu'elle ressent passe à
ses amis, et on est à s'ingénier pour trouver quelque ressource : admirable femme qui au milieu de
cela pense toujours aux autres et solliciterait volontiers encore, non pas pour elle-même ! Elle va publier un petit recueil de poésies intitulé : *Pauvres
Fleurs*. Auriez-vous l'obligeance de me copier dans
la lettre que je vous ai laissée d'elle les vers à moi,
qui la commencent, elle me les redemande, n'en
ayant pas gardé copie, et pour les faire entrer, je
crois, dans ce bouquet éploré :

> L'ancolie au front obscurci
> Qui se penche sur les bruyères,

a dit Nodier.

« J'ai rimé pourtant ce sonnet pensé et noté au
passage de Ballaigues à Jougne le 2 juin ; n'aura-

t-il rien perdu de sa tendresse de verdure en attendant ? Quoi qu'il en soit, le voici :

> J'ai revu ces grands bois dans leur feuille nouvelle,
> J'ai monté le versant fraîchement tapissé.
> A ces fronts rajeunis chaque verd nuancé
> Peignait diversement la teinte universelle.
>
> Près du fixe sapin à verdure éternelle,
> Le peuplier mouvant, le tremble balancé,
> Et le frêne nerveux tout d'un jet élancé
> De feuille tendre encor comme la fraxinelle.
>
> Le mélèze lui-même, au fond du groupe noir,
> Avait changé de robe et de frange flottante ;
> Autant qu'un clair cythise il annonçait l'espoir.
>
> O mon âme, disais-je, ayons fidèle attente !
> Ainsi, dans le fond sûr de l'amitié constante,
> Ce qui passe et revient est plus tendre à revoir.

« A propos des vers dont vous êtes la grande
dépositaire (car je pense toujours à la postérité,
c'est-à-dire à la mort), il faudrait absolument dans
le sonnet traduit d'Uhland (1), à la place du vers :

> Et moi qui toutes deux les voyais et chacune,

qui est trop contourné, écrire de votre main ainsi :

> Et moi qui les voyais toutes deux et chacune.

(1) Ce sonnet est la première pièce du petit recueil intitulé : *Un
Dernier rêve*, qui lui fut inspiré par les deux jeunes filles du général
Pelletier. On sait qu'il avait un moment caressé le rêve d'épouser la
plus jeune et quel chagrin il ressentit de n'avoir pu le réaliser. Cf.
à cet égard sa lettre au général Pelletier (t. I, p. 110, de sa *Correspondance*). Il en sera question plus loin dans une lettre à Olivier.

qui est plus direct et simple. — Voyez à quel point, cher Olivier, je suis de l'École de Boileau.

« J'en suis d'autant plus qu'une de mes grandes affaires depuis mon retour est de mettre en train l'édition Fontanes. Je souris parfois de mon zèle si naturel d'ailleurs pour ce charmant poète; mais je pense à l'air de converti que j'aurais si je mourais là-dessus : il a commencé par Ronsard pour finir par Fontanes : *mea culpa*. Vous savez que je ne crois pas aisément à ces conversions dont on fait bruit, pas même à celle de M. de Talley-rand.

« Paris est beau; l'autre soir, passant sur le pont des Arts, j'admirais cette Seine souveraine, cette cité et sa Notre-Dame, tant de silhouettes et de flèches nettement dessinées, les lignes du Louvre, mais surtout le couchant qui n'a rien ici à envier à ceux des Alpes. Dès que le ciel s'en mêle, il sait bien égaliser les grandeurs. Ce couchant donc était chaud, magnifique et glorieux. Par de là, **par-dessus** les Champs-Élysées, s'apercevait dominant et détaché l'Arc de Triomphe de l'Étoile qui faisait nuage noir dans l'or du ciel, et par son ouverture empourprée, semblait la porte des archanges triomphateurs. J'aurais voulu qu'il fût du côté de Lausanne, mais c'eût été trop beau ; il était juste du côté opposé ; de ce côté des grandes mers et des Atlantiques immenses, orageuses ou pacifiques, où bon gré mal gré nous irons tous, faibles ruisseaux ou fleuves, nous perdre un jour dans le couchant ou la nuit.

« Avez-vous reçu quelque mot d'Émile Deschamps ? Il a été charmé et charmant; mais je n'ai pu le revoir.

« Où en êtes-vous, Madame, de votre travail, de vos projets sur les poètes : quelles questions avez-vous à faire là-dessus ? Il me paraîtrait que vous les avez oubliées.

« C'est bien M. Monnard qui avait écrit à Buloz sur mon cours ; celui-ci m'a promis de lui répondre. Mais une fois arrivé, j'ai dû prier qu'il ne fût plus question de toutes ces tendresses qu'il faut ensevelir et cultiver de l'autre côté du Jura, en se gardant bien d'en trop indiquer le sentier aux loups et aux pourceaux d'ici. Car les pourceaux et les loups abondent : avez-vous lu ou ouï un certain article dans *la Presse* de cet impudent Granier-Cassagnac sur *Athalie*. Lisez-le, Olivier, et jugez par votre impression de la nôtre ; nous, gens de 89 ou même de 91, devant ces Marat et ces Hébert, — nous, jadis écuyer de celui qui se fait maintenant précéder par de tels coupe-jarrets (1).

« Avec quelle admiration ai-je lu un article du *Semeur* sur *l'Ange déchu !* avec quelle édification ! Comme c'est la charité chrétienne dans la critique littéraire, et penser que probablement Lamartine ne

(1) Victor Hugo.

prendra jamais la peine de lire sérieusement cela ; et qu'il dira négligemment peut-être en jetant la feuille : « Ils sont furieux contre moi ! » — sans leur en vouloir.

« Quelqu'un lui parlait, quelques jours après la publication, ou essayait de lui parler de son poème : « J'ai lu votre dernier... » — Ah ! vous êtes plus avancé que moi, mon cher, car je ne l'ai pas lu encore !

« Vous me tiendrez bien au fait de tout ce détail de concours et de chaires ; y a-t-il quelque candidat pour la chaire d'histoire ? Donnez-moi, Madame, sur ce point un bulletin positif ; car rien n'égale ma sollicitude jusqu'au moment décisif. Une de mes tristesses dans mon mal de *voix* (1), c'est l'entière démonstration qui en résulte pour moi de mon incapacité pour une nouvelle épreuve ; c'est une ressource de moins dans l'avenir. En attendant je vais au cours des autres, et j'ai repris avec bonheur mon ancienne place sur les bancs d'Ampère, d'où j'assiste du rivage, non pas aux tempêtes, il n'y a pas de tempêtes sur sa mer; c'est canalisé d'un bout à l'autre, mais excellent.

« **Je vous ai bien suivi du cœur et de la pensée,**

---

(1) Sainte-Beuve n'avait pas de voix et en souffrait beaucoup quand il faisait son cours à Lausanne. Il écrivait un jour sur les feuilles volantes qui lui servaient de sous-main: « Je n'ai pas de poumons, je n'ai pas de mémoire, rien de l'orateur. — Derniers accents d'une voix qui tombe et d'un lutteur qui s'éteint ! »

Madame, à Vevey et partout. Pourquoi les destinées humaines sont-elles ainsi jetées si loin de leurs vœux et interceptées par les choses ? Adieu, je veux que cette lettre parte aujourd'hui, et je ne l'achève qu'au retour du cours d'Ampère, c'est-à-dire une demi-heure avant le moment voulu pour le départ. Baisez pour moi Aloys sur sa cicatrice, et Ziquety à l'endroit du front le plus poli ; j'embrasse Olivier de retour, M. Lèbre revenu lui-même de Gryon : pour Mlle Sylvie (qu'elle ne s'effraye pas) je lui prends respectueusement la main, si elle est encore des vôtres. Amitiés à tous enfin et à ces *demoiselles*.

« Dites à M. Ducloux tous mes remerciemens et que j'ai entendu son cri d'ici, comme le son du corde Roland.

« Adieu et mille respects du cœur. »

Voici un mot pour Mme Forel (1) et les dames mystérieuses.

(1) Mme Alexis Forel, née Marie Pache, d'un père vaudois et d'une mère genevoise, était née en 1798 ; elle est morte en 1886.

Elle fut l'amie de Vinet et resta celle de Charles Secretan jusqu'à son dernier jour.

Elle ne publia elle-même, en dehors de nombreux articles dans *le Semeur*, qu'un volume, « l'Etude de soi-même », ouvrage de psychologique pédagogique à l'usage des femmes. C'est elle qui a rédigé ceux des volumes de Vinet sur l'histoire de la littérature française qui furent publiés après la mort de celui-ci.

Ce travail difficile et désintéressé fut fait d'après les notes laissées par Vinet et les cahiers de ses élèves.

Elle a de plus écrit une vie de Vinet très complète, que les éditeurs et les Conseils de Mme Vinet trouvèrent trop volumineuse. Le manus-

« Ce jeudi, 2 juillet 1838.

« Je reçois avec bien du bonheur, Madame, votre lettre tant attendue ; vous me grondez bien sévèrement au début : ce n'est pas très juste, véritablement, mais j'aime trop le motif de cette injustice pour ne pas vous en remercier, surtout maintenant qu'elle est passée et que vous ne m'en voulez plus, j'espère.

« Pour vider tout d'abord le point délicat, ma santé n'est pas du tout mauvaise ; j'ai même un visage et un teint qui me fait complimenter de tout le monde ; cela ne saurait entièrement mentir. Ma poitrine a encore des faiblesses, mais rien de plus, et seulement après des conversations ou des courses trop longues, après des petits excès enfin qu'il me suffit de supprimer pour être tout à fait bien. Il est vrai qu'à ce bien-là il n'y faut pas trop toucher, car aussitôt il se dérange, mais c'est comme tous les *biens* du monde. Mes amis, d'ailleurs, doivent se résigner plus aisément que moi à ce que je ne sois plus infatigable comme jadis et dans ma plainte de santé il entre un peu trop de cette exigence. Le lait d'ânesse ne m'a pas fait mal, peut-être m'at-il fait quelque bien *insensiblement*, et peut-il

crit en fut remis à Rambert, qui en tira son volume de la *Vie de Vinet*.

Les vingt dernières années de la vie de Mᵐᵉ Forel furent affligées par une cécité complète qui l'empêcha peut-être de donner toute sa mesure en littérature et en philosophie.

en faire à d'autres, par la raison même de nos médecins; ne sommes-nous pas un peu *ânons* ?

« Je me suis remis au travail, avec intermittence, comme quand je suis libre. J'ai achevé Lafayette cette quinzaine; j'ai donné ce matin la première copie de *Port-Royal* à l'imprimerie. Voilà le premier bout. Cela défilera. Je vois peu de monde; d'abord, il n'y a presque personne ici. Mme de Tascher vient de partir elle-même pour sa terre. J'ai pourtant été hier à Saint-Germain, pour la première fois par le chemin de fer, chez mon ami Guttinguer (1). C'est merveilleux : à neuf heures du soir sonnantes, je partais de Saint-Germain (6 lieues de Paris), et j'étais rendu à mon hôtel à dix heures sonnantes; il avait fallu au pas traverser la moitié de Paris. Chez Guttinguer, je devais trouver Musset, qui loge pour le quart d'heure à Saint-Germain à une fashionable auberge où il pratique la vie de ses drames; mais, gris le matin, il avait de plus un rendez-vous à Paris, et n'a pu être de retour à temps; nous n'avons eu à dîner que son ami Tattet et un autre gentil monsieur, mais à peine éveillés de leur *griserie* et de tout ce qui s'ensuit. C'était triste au fond de les voir ainsi; M. Brugnière, le compositeur, a chanté d'aimables chansons, celle du *Bon vieillard*, de Béranger, dont la musique est de lui; cela m'a rappelé nos soirs de Lausanne !

(1) Sur les relations de Sainte-Beuve avec Guttinguer, voir le tome Ier de mon livre sur *Sainte-Beuve*.

Guttinguer m'a montré force sonnets charmants,
La vue si variée du haut de la terrasse de Saint-
Germain m'a paru petite et maigre, après les Alpes...
Et moi aussi, j'en suis !

« Voilà mes plus vives impressions, Madame, il
me tarde bien que votre incertitude soit apaisée !
Combien je vous remercie de tous ces soins et renseignemens sur Mme de Charrière. Rien n'est de
refus. Je n'ai que *le Mari sentimental* que je sais
bien être de M. Constant. J'ai lu *la Femme sensible*, espèce de contrepartie par Mme de Charrière ;
mais je ne connais pas la lettre à la dame blessée ;
si je la recevais, je serais exact à la rendre.

« J'ai fait remettre chez Risler pour M. Ducloux
des livres dus à M. Lèbre, un à Mlle Doy et un certain médaillon pour vous, mais je ne sais quand
tout cela vous arrivera. Je désire que M. Ducloux
paie le port et je lui en ferai tenir compte ; en un
mot, je ne veux pas que M. Lèbre, dont le lot est
le principal, paie rien.

« Il me tarde d'avoir la nouvelle et *le Chant de
l'Épée* (1) et tout ce que vous y joindrez ; vous m'a-

---

(1) Ce *Chant de l'Epée*, que Sainte-Beuve demanda à plusieurs
reprises à Juste Olivier, est du poète allemand Théodore Koerner,
qui l'écrivit sous le titre de *Schwertlied*, la nuit même de sa mort
(1813). C'est un très beau dialogue entre un cavalier et son épée, et la
traduction littérale qu'en a faite Mme Juste Olivier donne bien l'impression de l'original. Je ne vois pas cependant que Sainte-Beuve en ait tiré
parti. Le sonnet publié au tome II de ses *Poésies complètes*, p. 505,
éd. Calmann-Lévy, est de Justin Koerner, qui mourut en 1862 et sur
qui D. Strauss, l'auteur de *la Vie de Jésus*, a publié une notice bio-

vez parlé d'un travail qui vous occupait et que je verrais : qu'est-ce?

« Quel bonheur n'aurais-je pas eu de me trouver avec vous (en vous supposant sans souci grave) dans votre excellente famille d'Eysins, dans cette vie saine et moralisante par tous les pores. C'est de cela que j'ai bien besoin; la maladie est là. Un jour pourtant, je ferai avec vous ce séjour, mais sera-t-il toujours temps d'en profiter et d'en jouir? Vous voyez quelles tristesses m'échappent, chère Madame et amie, comme s'il n'y avait de vertu, de bonheur possible que dans la jeunesse; c'est là ma grande erreur à vaincre; vous deux, jeunes de cœur et de tout et heureux malgré tout, vous n'êtes pas tout à fait un exemple propre à me réfuter.

« Offrez mes respects à toute la famille d'Olivier, à son frère, sa mère, à tous et particulièrement à M. Urbain, que je connais. A Aigle, je n'ai pas besoin de vous dire mes commissions du même genre. Tendresses à M. Lèbre, à qui vous écrivez sans doute, baisers aux deux enfans, amitiés pêle-mêle aux amis qu'on rencontre; je me reproche d'avoir oublié l'autre jour Mlle Frossard dans mon catalogue homérique à Mlle Herminie.

« Vous n'êtes pas à Eysins sans doute; mais, où

graphique traduite par Charles Ritter dans les *Essais d'histoire religieuse et mélanges littéraires* de Strauss. Paris, Calmann Lévy, 1872.

que vous soyez, j'ai peur que vous fassiez un petit
voyage inutile et sans trouver de lettre ; et celle-ci
partira dès aujourd'hui,—mais il faut bien vous mettre dans l'esprit que les lettres mettent au trajet
un jour de plus toujours que ce que vous vous
figurez ; surtout en venant de Lausanne ici.

Pardonnez-moi, chère Madame et amie, embrassez pour moi Olivier ; tenez-moi bien au fait de la
tactique de *Fabius* de la commission.

« Recevez les hommages du cœur. »

« Ce dimanche, 15 juillet 1838.

« Mes chers amis,

« Vous trouverez dans la *Revue* de ce jour l'explication et, j'espère, l'excuse de mon long retard.
Votre bonne lettre m'est arrivée précisément quand
commençait pour moi ce que j'appelle ma *faction*
de Lafayette dont je n'ai été *relevé* qu'hier soir
six heures, et qui durait depuis lundi six heures
du matin. J'avais attendu au dernier moment
comme toujours, et je n'avais pas un quart d'heure
libre : j'en ai souffert, croyez-le. Votre dernière
lettre est triste ; il me hâte que vous soyez sortis
d'incertitude sur cette position. Que je regrette
qu'Olivier, en 1830, au lieu de quelques mois, ne
soit pas demeuré une couple d'années à Paris ! Au
lieu d'aimer Paris, comme il fait depuis longtemps,
avec *haine* et *aversion* (je dis cela parce que je le
crois à la lettre), il saurait tout simplement que

c'est un lieu commode et où l'on se tire toujours d'affaire avec des relations et du travail, et vous y viendriez.

« Hélas ! quand je dis qu'on se tire toujours d'affaire à Paris (ce que je maintiens vrai quand on a la plume bien taillée), je n'oublie pas ce qui vient de se passer pour nos pauvres amis, les Valmore. Le mari, qui était sous-directeur de l'Odéon, mais sans engagement écrit et à la merci de Védel, directeur des Français, a été congédié au terme où fermait le théâtre. Ils se sont trouvés sans rien ; leurs amis allèrent trouver M. Martin (du Nord), qui s'intéressa vivement à sa compatriote de Douai ; on avait découvert à M. Valmore quelque gérance dans une affaire de gaz ou de je ne sais quoi d'industriel. Une offre est venue à la traverse pour Milan, pour une place de comédien dans une troupe ambulante qui va jouer en français en Italie ! D'abord au couronnement, puis à Gênes, Rome, Naples ; il fallait oui ou non en vingt-quatre heures, puis en un quart d'heure. Tous les amis étaient conjurés contre un tel coup de désespoir : partir de Paris le 7 pour être à Milan le 14, pour y jouer le 18 ; la nécessité, le guignon, peut-être au fond l'habitude aventureuse, l'attrait du ciel d'Italie, et le goût de comédien persistant dans l'honnête Valmore, *quelque diable enfin*, tout les a poussés, et ils sont partis, toute la famille, harassés, pleurant, désolés, et pas encore malheureux. Puissent-ils ne

pas l'être là-bas ! Mme Valmore est une femme si
charmante, quand on la connaît, si naïve ! Savez-
vous (comme biographie) que ses belles élégies
brûlantes sont pour Latouche, le *loup de la vallée*,
dont elle ne s'est pas encore réveillée, dit Guttinguer (1)?

« Je vous parle au long de cela, mes chers amis,
et à vous surtout, chère Madame, parce que ç'a
été un grand trouble dans ma vie, il y a quinze
jours, et que j'ai bien participé à cette angoisse.

« Au même moment, Mme de Simonis, qui prend
vivement les douleurs de ses amis, recevait la
sienne, et une lettre de Bruxelles lui apprenait que
son vieux père n'était pas *du tout bien;* une de ces
lettres qui semblent vouloir préparer un deuil tout
accompli. Elle allait partir pour y passer trois
semaines ; elle part en poste deux jours plus tôt,
un jour avant Mme Valmore, qui n'avait plus de
gîte et, ayant rendu son logement, arrivait pour
coucher chez elle. Vous jugez de la complication des
douleurs. Votre lettre arrivant sur ces entrefaites
m'a paru combler l'augure par les craintes qu'elle
exprime sur votre situation. Pourtant, ayons espoir; déjà Mme de Simonis est hors de peine; son
vieux père est en convalescence et elle a passé d'un
désespoir de quarante-huit heures au délire de la

---

(1) Sur les relations de Latouche avec Mme Desbordes-Valmore,
voir le tome II de mon livre sur *Sainte-Beuve.*

joie. L'augure reprend meilleur cours, oh! que votre prochaine lettre le vienne confirmer!

« Depuis bien des jours, je vis seul, au travail; à part quelques visites à Mme de Tascher, à Mme Veyne (1), je ne vois personne; la voix n'est pas bien revenue, et il y a là faiblesse décidément et ressort blessé.

« J'ai reçu enfin les livres, et j'en vais faire usage. J'ai parlé à Buloz du projet de Souvestre sur M. Vinet, et il doit le lui rappeler. Je dois un remerciement à M. Monnard, à qui j'écrirai pour son article si amical qui a paru dans la *Revue du Nord*. Vous aurez, si vous êtes à Lausanne, d'ici à quelques jours, la visite de M. Michelet; je n'ai pas hésité à l'adresser à Olivier; c'est un homme distingué, bon, avide de savoir, et qu'on n'a qu'à se féliciter de connaître quand on n'a pas d'article à écrire sur lui : il vous intéressera, il a bien de l'esprit sous son emphase. Je voudrais bien répondre aux questions morales de Mme Olivier, mais il m'est difficile de le faire autrement qu'en redisant : Mes chers amis, vous avez tout mon cœur.

« Je tiens toujours au *Chant de l'Épée*. Je regrette que l'article sur le major Davel ne soit pas tout fait; je n'engage à rien, mais je désire cet article pour la *Revue*. Je désire surtout qu'Olivier, en donnant tous les documents, les fasse valoir, les

---

(1) Femme du docteur Veyne, médecin de Sainte-Beuve, qui le soigna jusqu'à sa mort et fut un de ses meilleurs amis.

interprète, ne se fie pas trop à l'intelligence de la majorité, pas plus en Cisjurane qu'en Transjurane ; en un mot, qu'il intervienne en son nom et *fasse* la chose, comme tous les vrais historiens.

« Cette lettre est trop courte et trop pressée de réparer, pour qu'il entre autre chose que mes sentimens pour vous, des baisers aux enfants, des hommages à Mlle Sylvie, des amitiés à M. Lèbre ; je ferai en sorte que les livres, en retard comme tout le reste, partent cette semaine.

« Je compte, bien avant que vous ayez reçu celle-ci, en avoir une de vous qui me gronde, qui se plaigne, et qui en même temps me marque la fin de cette incertitude sur l'avenir dans laquelle et dans lequel je suis.

« Adieu, chers et bien-aimés amis ; c'est peu pour aujourd'hui, mais c'est tout comme toujours. »

« Ce mercredi... 1838.

« Mes chers amis,

« Une lettre de moi qui a précédé votre seconde depuis l'*affaire* vous aura dit bien mal et bien à la hâte ma première impression. J'espère, je l'avoue, quelque chose de l'effet de cette pétition ; il me semble impossible que ceux mêmes qui ont fait une si méchante chose, et dont les noms m'étonnent, ne reculent pas, aussitôt leur coup porté : par malheur, ce ne sont pas les mêmes qui feront le second vote. Vous savez au reste ce résultat, et je n'ose calculer sur une chose déjà faite, sur un coup déjà porté (1).

« Quant au cours qu'on demande à Olivier d'accepter et de subir, je ne puis que vous donner un bien faible avis. Ce que je ferais, moi, je le sais bien ; mais je suis seul, je n'ai pas de famille, je n'ai pas les liens moraux qui sont tant pour vous et cette étoile du matin que vous consultez dans vos nuits dès qu'elles se prolongent un peu trop. C'est de tous ces côtés pourtant que doit venir le conseil. En ce qui est de Paris et des ressources, il y en a certainement ; en labourant ici, c'est-à-dire en écrivant, on vit. Mais où écrire? quoi écrire? c'est ce qu'on ne choisit pas toujours, c'est ce qu'il faut souvent subir, c'est ce qui devient une transaction continuelle dans laquelle la conscience peut toujours être sauve, mais où tout idéal périt. D'ailleurs, il faudrait qu'Olivier vît cela par lui-même au printemps, qu'il sondât le terrain par lui-même, et conçût l'assiette de vie qui serait possible. Il faudrait écrire dans quelque journal quo-

(1) Sainte-Beuve fait allusion ici aux difficultés que rencontrait Olivier dans le sein de l'Académie de Lausanne. Il y enseignait l'histoire depuis l'automne de 1833 à la satisfaction générale; mais, en 1838, quand il s'agit de renouveler sa nomination, qui n'était que provisoire et de lui faire une position définitive, quelques-uns posèrent, en concurrence avec la sienne, la candidature de M. Vulliemin qui, plus âgé que lui, avait aussi des titres plus sérieux, ayant déjà traduit Hottinger, publié le Chroniqueur, édité Ruchat, et fondé naguère la Société d'histoire de la Suisse romande. Olivier fut cependant renommé et occupa la chaire d'histoire jusqu'en 1845, date de la révolution du canton de Vaud qui bouleversa sa vie.

tidien, y écrire sinon de la politique, du moins de
la littéra.ure, de la critique, des nouvelles. Il faudrait avec cela quelques articles de *Revue*, et, en
outre, de temps en temps un volume, roman, par
exemple. Tous deux vous feriez cela à merveille;
je me figure un peu pour vous la vie de M. et
Mᵐᵉ Souvestre. Si le théâtre s'en mêlait, si quelque drame (sans trop de prétention d'art, mais fait
pathétiquement et un peu rondement) réussissait,
oh! alors, vous seriez riches. Je vous ai dit sur la
Revue des Deux Mondes mes conjectures et mes
craintes; je les crois très fondées. D'ici à deux ou
trois ans, pour prendre un large horizon, je serais
bien étonné si elle était aux mêmes mains. Voilà
en gros la vue; pour moi-même, elle est si vague
qu'il faut me pardonner de ne pas vous la rendre
plus précise. Mon absence de Paris m'avait refait
une sorte d'inexpérience; j'ai trop compté au
retour (et mon fardeau du cours mis bas) sur une
facilité universelle, et je me retrouve repris dans
de tels embarras de travail, d'engagements entre-
croisés, et d'argent en définitive, que je ne sais en
vérité comment je m'en tirerai, comment je conti-
nuerai. Après tout, ce ne sont que des vétilles
quand on est seul, et je ne vous le dis que pour
m'excuser de ne pas vous représenter un horizon
plus fixe, un terrain plus engageant; c'est à votre
seul coup d'œil de dire: Je camperai là. En y venant
d'abord, Madame, et comme éclaireur, il faudra

seulement prendre garde de ne pas porter avec vous
trop de cette affection expansive et de cette lumière
embellissante qui se répand aisément et fait croire
à ce qu'on désire, à ce qu'on aimerait. Il ne faudra
pas trop attendrir le coup d'œil, qui devra voir en
quelque sorte, sèchement, crûment, et non pas à
travers ce prisme qu'on appelle une larme.

« Au reste, au milieu de cette douleur et de ce
renoncement, vous avez, comme vous me l'exprimez si bien, des jouissances faites pour encourager,
pour enorgueillir si vous n'étiez pas chrétiens; vous
avez, au temps de la disette, la moisson plus
abondante de l'amitié. Que je voudrais être là pour
y apporter de ma main mon épi; pour jouir surtout avec vous et comme vous (tant je me crois
vôtre) de tout ce qu'on vous apporte de toutes parts
de tribut si sincère, si mérité!

« Tenez-moi vite au courant, chers amis, et du
second vote (si vous ne l'avez déjà fait) et de la
détermination sur le cours. Je ne vous dis rien
pour tous, c'est trop habituel, et je vous serre bien
vivement la main, cher Olivier, et vous les baise,
Madame et chère amie. »

« Ce dimanche, 22 juillet 1838.

« Vous aurez reçu ma lettre, cher Olivier, en
même temps que je recevais la vôtre. Tout ce que
vous me dites des incertitudes où vous êtes sur
l'avenir me touche bien vivement; ce que je ne

conçois pas, c'est que la décision soit rejetée au mois de novembre. Peste des républiques, si elles rendent ainsi les individus plu peureux, plus nuls, si elles paralysent les bonnes volontés personnelles et vous font instrumens serviles de la lettre de la loi! Ici, du moins, on a encore la ressource d'un ministre qui pourrait prendre sur lui un acte de justice. Mais je vois que je m'en prends à la forme de ce qui est du fond, et que c'est plutôt au caractère du pays qu'au reste qu'appartient cette méticulosité. Il ne manque plus maintenant qu'une chose, c'est que le secret rigoureux vous soit tenu jusqu'à la fin, qu'on vous cèle la détermination probable de la commission, et que votre incertitude soit complète; ils en sont bien capables, puisqu'ils ont promis le secret et que leur *moralité* les empêchera peut-être d'y faire une petite infraction. Il y a dans tout cela quelque chose qui fait plus que m'impatienter et m'inquiéter, et qui m'irrite. Mais je ne veux pas compliquer vos sentiments des miens en ce qu'ils ont d'indiscipliné; tenez-moi bien au courant de chaque mouvement.

« Je vous ai écrit ces jours-ci des petites lettres d'introduction qui ne vous arriveront peut-être jamais; Michelet est chargé de l'une, Leroux et Reynaud de l'autre; ils vont à Lausanne; y serez-vous quand ils y passeront? Ils y gagneraient beaucoup et vous-mêmes prendriez plaisir à leur mouvement d'idées; ce sont de plus d'honnêtes gens, ce qu'il devient essentiel de noter dans le signalement quand il s'agit de littérateurs de Paris.

« Je suis fort triste et fort ennuyé, quoique je me sois remis au travail. J'en suis à recopier *Port-Royal*, ce qui ira lentement ; l'impression commencera dans une quinzaine. Il s'est trouvé que, dans mes livres arrivés de Lausanne, il manque un volume in-4° de la collection des *Nouvelles ecclésiastiques* (1) ; il est impossible qu'il ait été soustrait en route, la caisse n'ayant été ouverte qu'ici. Il est difficile qu'on ait oublié là-bas de l'emballer, le volume étant si gros et dans la compagnie d'une vingtaine pareils. Pourtant, pourriez-vous demander à l'hôtel si l'on n'aurait pas retrouvé le volume quelque part dans mes chambres ou dans l'écurie où s'est fait l'emballage? Je penche à croire qu'il s'est trouvé mêlé par mégarde aux in-4° que j'ai renvoyés à la bibliothèque de Lausanne, et que c'est là parmi les *Arnauld*, les *Bossuet* ou les *Da-*

(1) Les *Nouvelles ecclésiastiques*, qui commencèrent de paraître en 1713 pendant le Concile d'Embrun, sont le document le plus précieux que l'on puisse consulter pour l'Histoire du Jansénisme au XVIII° siècle. La collection des *Nouvelles*, qui est conservée à la Bibliothèque nationale, forme 71 vol. in-4°, reliés en 26 vol. Elle s'étend de 1728 à 1798, indépendamment d'un premier volume paru en 1713 sous le titre que voici : *Nouvelles ecclésiastiques.* — Depuis l'arrivée de la Constitution en France jusqu'au 23 février 1728, que les dites nouvelles ont commencé d'être imprimées. — Ce volume a 248 pages. A la première page, on lit ce qui suit au-dessous du titre : ANNÉE 1713. Extrait d'une lettre de Paris, insérée dans le II° tome du *Journal littéraire de Hollande*, qui contient les mois de septembre et octobre 1713.

guesseau in-4° qu'on aurait le plus de chance de le retrouver; pourriez-vous en parler à M. Dumont? C'est le tome XIII du journal *les Nouvelles ecclé- siastiques*, aussi intitulé *Histoire ecclésiastique* in-4°.

« J'avais parlé à Buloz pour le Davel, et il était à merveille disposé, mais on perd tant de paroles ici qu'il ne s'apercevra de rien si vous ne faites pas, et que je pourrais même lui en reparler encore sans que cela vous oblige.

« Je suis assez engagé avec Buloz pour du tra- vail et des articles ; c'est ma seule ressource ou du moins ma plus claire. On est d'ailleurs très bien disposé pour moi chez MM. Molé et Salvandy (1),

(1) C'est **M. de Salvandy** qui avait voulu décorer Sainte-Beuve, en 1837, mais Sainte-Beuve avait refusé cette distinction, ce qui avait fait dire à Antoine de Latour, dans une lettre inédite à Guttinguer que j'ai sous les yeux : « Il a fait preuve d'une belle âme et d'un noble caractère, mais je regrette cette détermination. »
La vérité, c'est qu'alors il ne voulait rien devoir à la famille d'Orléans qu'il appelait la « race pourrie » dans une lettre à V. Pavie datée du mois d'août 1831 et qu'il lui déplaisait d'être couché dans les colonnes du *Moniteur* à côte de gens comme Libri, Ballan- che, Paulin Pâris, Charles Texier, Gustave de Beaumont, Alexis de Tocqueville, qu'il mettait bien au-dessous de lui! Plus tard, en 1844, il écrivait à Villemain toujours à propos de la décoration qu'il venait encore de refuser : « J'ai vécu avec des hommes qui ont tout sacri- fié pour ne pas signer je ne sais quel formulaire : cela paraissait une puérilité, mais ils y mettaient une idée. Je comprends très bien ces hommes. » Il n'eut pas cette révolte d'amour-propre ni ce désin- téressement en 1853, quand il fut nommé officier de la Légion d'honneur sur la proposition de M. Fortoul. Les mauvaises langues racontent même que, bien loin de rejeter la rosette, il fit toutes les démarches nécessaires pour l'obtenir. Mais je n'en crois rien, l'Em- pire était bien trop heureux de le payer de son article des *Regrets*.

mais je ne puis profiter de leur bon vouloir. J'en suis venu à ne désirer rien, sans être plus content du présent : belle sagesse ! Si, par suite de ce concours manqué, vous vous trouviez libre, où iriez-vous?... est-ce en Allemagne? Oh! un coin où l'on puisse vivre, non sans affection, en joignant toutes les ressources de l'étude et de l'intelligence avec les privilèges de la solitude ; mais ce pis-aller-là, que je rêve, ce n'est pas moins qu'un Paradis, et c'est trop *pour qui doit mourir.*

« Et comment êtes-vous, chère Madame et amie ; vous me parlez de vos inquiétudes, et Olivier me parle des secousses sensibles que cela vous a données ; il faut tâcher d'être plus forte. Parlez-moi un peu vous-même de la situation et de ce que vous en augurez. J'ai besoin d'un peu plus long de votre écriture pour reprendre goût à toutes choses. Je vous écris ces maussaderies le dimanche matin, de mon réduit sous les toits d'où je vois d'autres toits et des derrières de maisons; la pluie tombe et refroidit le temps ; comme je n'ai plus mes babouches, j'ai fourré mes pieds dans une couverture, ce qui prouve moins le froid du temps que mon peu de chaleur de sang. Telle est ma perspective en mon lac d'ici ; vous voyez les misères.

« Adieu mille baisers aux deux *Billon Billou* (1) ; si vous êtes encore à Eysins, offrez mes amitiés à

(1) Petits noms des enfants Olivier. *Billou* était peut-être la corruption du mot bijou.

M. Urbain et mes respects à tous. Tendresses à
M. Lèbre, félicitations à M. Espérandieu. Il me
coûte de supprimer tant de noms qui me reviennent, et, au risque de commencer au bas d'une page
un catalogue, je mets presque au hasard (et en pre-
nant à même du cœur) Mme Hare, Mme Forel, M. de
Brenles, les Vinet, M. Scholl, M. Diodati, M. Ma-
nuel (si impertinemment traité par M. Cousin ;
avez-vous lu *le Semeur* du 18 juillet ?), M. Ducloux,
Péclard, Monnard, Vulliemin, les Secretan, Durand,
M. et Mme Régnier, etc., la suite au prochain
numéro ; ces *demoiselles*. Je vous embrasse, mes
chers amis.

« Voulez-vous jeter à la poste ce mot de réponse
à M. Mayor. J'ai parlé à Du Bochet de la digne
Mme Murat. »

« Ce 15 août 1838.

« Vos communications deviennent plus rares et
plus lointaines, ce me semble, à mesure que vous
vous retirez de la colline à vos vallées, et que de vos
vallées vous montez à vos chalets. Il faut bien des
jours à ces petites feuilles volantes pour vous atteindre ; cela décourage un peu. J'attendais avec bien
de l'impatience et un commencement de murmure
les vôtres, Madame et chère amie ; vous les faites
plus courtes cette fois qu'à l'ordinaire, et vous en
cherchez ensuite une raison. J'y coupe net, et vous
dis seulement que, si j'ai eu peut-être mes lettres à

moi courtes, assurément je désire les vôtres longues et bien longues. Depuis ma dernière, je cherche à rallier mes souvenirs, peu importans. Rien
ici de bien neuf. J'imprime tout doucement *Port-
Royal*. J'ai déjà *deux* épreuves. J'ai revu M. de
Chateaubriand de retour de son voyage rapide dans
le Midi ; le caractère de sa conversation est le *bon
sens* ; mais quand il écrit, je ne sais quel diable
s'en mêle, et il se lâche en lui une *détente*; je lui
ai, à lui-même, entendu dire cela. Il faut un peu le
prendre comme il est, ainsi que les complimens
d'Émile Deschamps, qui sont chez celui-ci une
habitude très sincère, comme, l'autre jour à l'Académie, je prenais la pompe de M. de Salvandy distribuant les prix de vertu comme la plus sincère
dans sa bouche. Voyez-vous, je suis assez janséniste et même calviniste, surtout en ce que je ne
crois pas beaucoup à la liberté. On est (bien souvent) ce qu'on est. Voilà le fin mot d'un chacun.

« Je suis ces jours-ci tout irrité, et devinez pourquoi ? Je le suis à cause de la question suisse, de
cette demande avec menaces au sujet de M. Louis
Bonaparte ; on a ici débité de telles insultes à des
noms que je connais et honore ! Hier en lisant *les
Débats* sur M. Mennard, je n'ai pu me retenir et
j'ai écrit une lettre, pour relever un peu le faquin
qui l'insultait : la lettre a paru ce matin dans *le
Siècle* (1) ; car la *Revue* est trop compromise pour

(1) Cette lettre de Sainte-Beuve a été recueillie au t. III de sa

se brouiller avec les puissances. Ainsi, Madame, vous voyez que j'ai un peu de sang suisse dans les veines et que je ne cesse à aucun moment d'être des vôtres par le cœur.

« Il y a, à ce petit hôtel où je suis, un domestique de Savoie, proche Thonon ; c'est un digne garçon, il me parle toujours de la vallée de Chamouny et m'apporte tout fièrement les lettres timbrées d'Aigle. Il a servi, il s'est battu ici à la révolution de Juillet pour *que la Savoie revînt à la France.* Il a reçu une balle dans le poignet ; pieux d'ailleurs, lisant la Bible, et ayant une petite terre de 10.000 francs, pour laquelle sa famille s'est endettée ; il travaille ici avec son frère et, dans peu d'années, sera de retour chez lui et propriétaire ; il m'a promis de me loger chez lui, — car il va faire bâtir, — lorsque je passerai par là. Bien entendu qu'il me logera en gentleman, c'est-à-dire gratis, et tout joyeux d'avance de cette idée de loger au passage quelques Allemands ou Français qu'il a connus.

« L'autre jour, le 29 juillet, il m'arrive à neuf heures, m'apportant le déjeuner, en tablier blanc

---

Correspondance. La rapprocher de celle que l'illustre écrivain adressa au colonel Lecomte en 1869, et que nous publions plus loin. C'est la preuve que Sainte-Beuve n'avait pas changé d'opinion sur M. Monnard et je suis sûr que Chateaubriand lui aurait donné raison, car lui aussi avait beaucoup d'estime pour M. Monnard, qui lui avait servi de guide à Lausanne, en 1826. (Cf. à ce sujet la brochure de M. l'abbé Pailhès publiée en 1903 à Fribourg sous le titre : *Chateaubriand, Mme de Duras et Mlle de Constant.*)

et linge de même : « Vous voilà en vainqueur, lui
dis-je ; vous devriez avoir la croix de Juillet sur
votre tablier. » — « Ah ! Monsieur se moque, dit-
il, mais voyez-vous, Monsieur, quand j'y repense,
c'est comme un rêve ; je ne puis pas m'imaginer
comment cet enthousiasme alors m'est venu. Dans
mon idée, voyez-vous, c'est comme la Providence.
On peut dire de cette révolution-là comme du roi
Salomon, qu'il ne s'en est jamais fait de plus sage
avant et qu'il n'y en aura pas de si sage après. »
— Je l'ai laissé sortir sur ces paroles, et suis resté
édifié, plus pénétré de sa philosophie de l'histoire
que de toutes les phrases de nos Platon. Vous voyez
que c'est de la Suisse encore.

   « Quant à *Paris*, c'est si grave et si intéressant
pour tous que je n'ai pas répondu. Si Olivier *seul*
venait ici d'abord, s'il voyait, s'il sentait la chose
possible, ce serait la seule réponse. La situation ne
se ferait que par lui et au fur et à mesure ; on ne
la trouverait pas toute faite ; oui, il y a lieu ; mais
le caractère d'Olivier sera-t-il assez flexible, sa
plume assez courante sur des matières nécessairement inégales, son horizon de là-bas le laissera-
t-il assez paisible, celui d'ici lui laissera-t-il assez
de sang-froid pour qu'il se fasse à cette vie nouvelle, et ne regrette pas trop vivement ? Voilà des
questions sur lesquelles le sentiment actuel et personnel a seul la voix. Tout ce que je dis de lui, je
le dis de vous, Madame, et pourtant, malgré ses

désirs secrets avoués, je persiste à voir la plus
grande difficulté de son côté.

« Je ne comprends pas bien si, au cas où il soit
appelé à la chaire, il le serait définitivement et
comme titulaire, ou seulement provisoirement.
Vous ne m'avez pas défini ce point.

« Ma tristesse pour parler d'un point que vous-
même m'indiquez du doigt et m'invitez à définir,
n'est pas du tout telle que l'amitié n'y puisse beaucoup. Elle tient d'abord à la grande absence de
Dieu, comme vous dites, puis à beaucoup de petits
points ou de petites pointes, si vous voulez, qui
impatientent, tracassent, empêchent de s'asseoir
et gênent en marchant. Le manque d'argent surtout (1). Ainsi confessée, cette tristesse est comme
ma santé, assez tranquillisante pour les amis.

« La boutade du *major* (2) n'a pas passé jusqu'ici : Ampère seul l'a lue parce qu'il en connaît
l'auteur; il paraît n'y avoir rien compris; son bon
goût a fait la moue comme là-bas la pruderie de
Genève; ce qui ne prouve pas plus, il est vrai, car
il aura lu vite et sans être soutenu par le jugement du dehors, comme les meilleurs esprits en
ont besoin. Je lui demanderai le volume, s'il l'a,

(1) A cette époque, Sainte-Beuve gagnait peu d'argent avec sa
plume, et le plus clair de son revenu était une petite pension de cent
francs par mois que lui faisait sa mère.
(2) Il s'agit d'un opuscule d'Adolphe Pictet : *Une course à Chamouny, conte fantastique.* Paris, 1838, 8°. Voir dans la *Bibl. univ.*
de Genève, août 1856, p. 441, un article d'Amiel à ce sujet.

et le lirai à l'intention de M. Diodati et à la vôtre.
Mais de quelle légèreté on est ici et de quelle
indifférence pour tout ce qui n'est pas *natura-
lisé !*

« Dites mille respects et tendresses à M. Diodati; j'ai causé l'autre jour de lui et de plusieurs
autres avec M. Rossi que je rencontre quelquefois.
Amitiés à M. Vinet, à M. Espérandieu, à M. Vulliemin, à M. Ducloux... mais je recommence les
litanies. M. Lèbre donc, pour ne pas sortir des pé-
nates, M. et Mme Ruchet, Mlle Sylvie, voilà ce qu'il
faut bien que vous me permettiez; les baisers pêle-
mêle aux *Billon Billou*, les complimens à ces
demoiselles. J'embrasse Olivier, et ne le dispense
pas des deux mots à la suite des vôtres; n'appelez
plus *pied de mouche* ce qui dans vos hautes et
riches vallées doit courir comme les papillons des
Alpes sur les mille fleurs.

« Adieu, chère Madame et amie, recevez toutes
mes amitiés et les hommages du cœur. »

«Ce 17 août 1838.

« Je suis bien irrité de cette conclusion, mes
chers amis, et bien touché de la manière si religieuse dont vous la prenez. J'ai beau faire, il m'est
impossible d'entrer dans cette acceptation. Je vois
la ficelle, je m'explique à merveille cette contradiction apparente dans les juges, de ne dire que
du bien d'Olivier et de ne pas le nommer. C'est

qu'au fond on n'est jamais *poète* dans son pays (1);
vieux proverbe. C'est qu'il est noté dès longtemps
de ce signe de novateur qu'on ne pardonne jamais.
On peut aimer la personne, apprécier le mérite, on
ne l'emploiera pas si l'on peut s'en passer. Il y a
toujours là un ressort inconnu qui échappe à la
routine et dont elle craint la détente qui lui casserait le nez. Voilà l'histoire, cisjurane et transjurane,

« *Iliacos extra muros... et intra.*

« Olivier, Madame, vous traduira cela.

« Je ne vais pas mal, bien que la tête fendue et
tiraillée; j'ai trop à faire, et, un beau matin, je
m'en tirerai en faisant faillite à deux ou trois engagements.

« La grande nouvelle ici est l'assassinat de
Mme Flora Tristan par son mari : la voilà plus
célèbre en une heure qu'après dix années de vie
littéraire. George Sand a eu cette semaine deux
échecs en célébrité féminine : Mme Flora Tristan,
assassinée, et Mlle Dangeville, qui lui fait nargue
du haut du Mont-Blanc. A propos de celle-ci, je
viens de voir aux mains de Mme de Fontanes, son
amie intime, un petit *billet triomphal* au crayon
que l'héroïne lui a écrit au haut même du Mont-
Blanc et qu'elle a remis à un guide qui descen-
dait. Voilà un autographe curieux. Vous voyez
que je n'ai pas cessé d'être en relation directe

(1) Et, en effet, les adversaires d'Olivier lui reprochaient d'être trop
poète pour un professeur d'histoire, comme si on l'était jamais trop !

de toute façon avec les choses de Suisse (1).

« J'ai reçu une lettre de M. Monnard en réponse à une demande que je lui faisais sur la *question suisse* (2). Je désirais savoir au juste les griefs pour avoir de quoi plaider ici. J'ai remis la lettre à Buloz qui (je le crois bien) l'a fait lire à M. Molé, et bien qu'il y eût deux ou trois mots que j'aurais voulu effacer parce qu'ici on ne croit plus aux paroles ardentes et qu'on prend pour déclamation tout ce qui passe le ton, je crois qu'elle n'aura pas produit mauvais effet. Au reste toute cette fermeté est jouée ici, et si vous teniez bon, on n'irait jamais très loin, je le crois bien. — Voudrez-vous remercier M. Monnard pour moi et lui faire, ainsi qu'à sa famille, mille amitiés.

« Il faudra que vous ayez la bonté de savoir de M. Ducloux ce que je dois pour le port, et si je puis le payer à Risler.

« Qu'allez-vous faire cet hyver ? Un cours libre; mais après ? Pour la *Revue des Deux Mondes* je vous dirais (entre nous) que je ne suis pas très sûr de son long avenir, au moins dans les mêmes mains. Buloz *veut* être nommé *commissaire royal* à l'Opéra, ce qui lui donnerait 6.000 francs et lui permettrait

(1) A cette place, Olivier avait piqué cette note: « Sainte-Beuve croyait, lui aussi, que le Mont Blanc était en Suisse ! »
(2) Il s'agit des représentations faites par la France à la Suisse, au sujet du Prince Louis-Napoléon qui y avait élu domicile après son évasion et s'y trouvait « comme chez lui ».

le repos ; il perd un œil en effet et est sur les dents. Quand il aura cette place (s'il l'a), il se retirera au moins ostensiblement de la *Revue* et je ne sais trop qui sera le chef actif ; car Bonnaire, son collègue, ne pourrait tenir longtemps à cette rude manœuvre. Si on la vendait, ce serait un vaisseau qui coulerait sous nous, très probablement.

« Je me dis cela ; et mon avenir, si isolé, s'en trouble par moment. On vient de fonder des chaires en province. Quinet est professeur de littérature comparée à Lyon ; on en garde une à Marmier, je l'espère. On m'a fait offrir le choix : aller en province ! et la voix ! Pourtant, en refusant ainsi toutes choses, je ne me dissimule pas que, d'autre part, ma position à tous vents devient intenable. — Enfin l'imprévoyance est le dieu des mortels, qui n'y peuvent rien comme moi.

« Écrivez-moi, mes chers amis, le lendemain de votre première impression ; vous, Madame et chère amie, dites-moi toujours de ces bonnes paroles de foi qu'on aime à trouver comme consolation au cœur des amis, même quand on n'en a pour soi que le désir et le regret. Je me figure qu'un jour, dans quelque bonne ville de Souabe, Olivier professeur, Aloys (1) déjà un peu grand, Ziquety (2) qu'on ne porte plus, moi qui suis là depuis des mois et qui balbutie déjà pas mal d'allemand, nous nous

_____

(1-2) Nom et surnom des enfants d'Olivier.

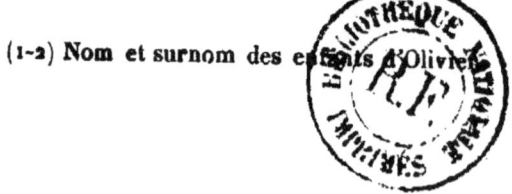

promenons tous, entre des haies de *sureau?* et nous
répétant d'un air doucement rêveur : qui l'aurait
dit (1)?

« Je vous embrasse, et l·· enfans, et M. Lèbre,
et M. Ruchet, et j'allais dire Mlle Sylvie. Je présente mes hommages à Mme Ruchet.

« Adieu à vous.

« Amitiés à M. Péclard que je me reproche toujours d'oublier.

« Je n'ai encore rien reçu de M. Melegari. »

                    . « 1838... Dimanche matin.

« J'attendais avec impatience votre seconde lettre,
Madame et chère amie, pour répondre à la première; j'espérais un résultat, une nomination par
le Conseil d'État. Enfin tout est au mieux la situation étant donnée, et le talent, l'influence et tout
le mérite d'Olivier n'en va que plus ressortir. —
Vous ne sauriez comprendre combien vous m'éton-
nez avec ces détails de guerre, lorsqu'ici personne
ne s'en doute et croit l'affaire close (2) : quel
pitoyable machiavélisme que de continuer ainsi à
démontrer quand on sait qu'il n'y a plus rien sous
le tapis et qu'on sait encore mieux que, dans aucun cas, on n'aurait été au delà de la *démonstration!* Voyez-vous, il y a en cette politique de nos

---

(1) Olivier avait eu un moment l'idée d'aller s'établir en Allemagne.
(2) Toujours l'incident Bonaparte.

gens d'État quelque chose d'absolument pareil à ce qu'il y a dans la phrase de nos grands littérateurs ; je compare ces mouvemens de troupes de Lyon vers Genève à une phrase des *Impressions de voyage* de Dumas. En prenant pourtant si au sérieux notre mensonge politique, vous faites notre gouvernement dupe plus que vous ne l'êtes ; et ce qui restera de tout cela, ce sera un allié de moins pour lui. Comme après les phrases de nos illustres, ce sont quelques admirateurs et croyants de moins qu'ils se font. Après cela, il y aurait erreur à croire qu'on en veut systématiquement à votre démocratie ; eh ! mon Dieu, c'est bien plus simple et plus sot, ils ne tiennent qu'à pousser à bout le jeu du point d'honneur et de l'air crâne. — A propos de grandes affaires, je crois que celle de Buloz est faite et qu'il est nommé commissaire royal du Théâtre-Français : du moins hier c'était arrangé, et si cela tient aujourd'hui, le voilà dans une nouvelle voie et occupé à régénérer le théâtre comme il a fait la *Revue*, il y a sept ans. Musset deviendra un auteur dramatique, et nous pourrons finir tous par hasarder notre bout de tragédie. Quant à la *Revue*, rien n'y changera d'abord en apparence ; elle n'a pas du tout l'air expirante, je vous assure ; mais c'est d'ici à six mois qu'on verra l'effet. Quant à la prendre, noble dame, j'admire la vaillance ; mais oubliez-vous ma faiblesse à moi, oubliez-vous ce flot de littérature de Paris aussitôt conjuré et vomissant tous les phoques et requins ; oubliez-vous enfin les 100 ou 200.000 fr. qu'il faudrait tout d'abord pour l'acheter ? — Car on ne fait rien ici sans être propriétaire.

« Je n'ai toujours rien par la diligence : aurait-ce été perdu ? Vous ne m'avez pas dit si, pour l'envoi dernier, je puis payer à Risler pour M. Ducloux ; dans ce cas il voudrait bien faire dire à Risler combien j'ai à remettre.

« On est toujours absent de Paris, bien qu'on aille commencer à y revenir. Ampère est en Italie. Je vois assez souvent Mme Récamier et M. de Chateaubriand à qui je lis mardi une longue notice sur Fontanes. Mme Valmore, après un désastreux voyage de Milan, où le directeur de théâtre les a dupés, s'en revient avec toute sa pauvre couvée, une aile blessée, et chantant toujours. On va avoir dans trois semaines une pièce de Hugo sur l'Espagne du temps de Charles II, je crois : on dit l'intérêt très très grand, les vers beaux et l'on compte sur un succès ; cela renouerait à *Hernani*.

« J'imprime au rebours *P.-R.(Port-Royal)*, c'est-à-dire que me voilà arrêté à la 6e ou 7e feuille, et pour je ne sais combien de temps ! Enfin, si je vis, je terminerai, mais j'ai repris par nécessité mon horizon de vingt-quatre heures ou pour mieux dire de douze heures que j'ai soin encore de couper en deux dans mon idée. Quand les nuages se pressent un peu trop, je ferme les yeux en marchant et je

crie comme chez vous : *A la garde* (1)! Ce qui
m'est bien certain au milieu de cela, chers amis,
c'est votre affection sur laquelle je compte, c'est la
mienne qui y répond à jamais.

« Respectueux hommages à Mme Ruchet, Mlle Sylvie, et amitiés à M. Ruchet, à Lèbre, à tous. »

« 29 août 1838.

« Mes chers amis,

« Je vais être pris ces deux jours-ci d'un article
sur Fortoul (2) pour le 1er, tellement que je n'aurai
pas une minute ; et je crains, si je ne vous écris ce
mot à la hâte, de vous paraître encore une fois
négligent, peut-être même de vous inquiéter.

« J'ai été très heureux de ce que me dit Olivier
et de son *bravo* patriotique. On ne sait pas ici de
nouvelles plus décisives de Lucerne, et on ne doute
pas que cela ne s'arrange au gré de l'ambassadeur.

« J'ai reçu un mot de M. Monnard, affectueux et
non politique ; il m'annonçait le mariage de sa
fille.

« On est ici très inquiet de la santé de Cousin,
dont les entrailles sont prises d'un mal plus aigu
que celui du bon M. Manuel ; il laisserait moins de
regrets. Il en laisserait pourtant à cause de la

(1) Expression de la Suisse française, sous-entendu : « à la garde
de Dieu ! »

(2) L'article ne parut que le 15 septembre 1838, la *Revue* ayant
publié, le 1er, les vers d'Alfred de Musset *Sur la naissance du
Comte de Paris*. Il figure au tome II des *Premiers Lundis*.

beauté de sa plume et de l'incomparable verve de son esprit.

« Il ne faut pas s'inquiéter de mon in-8°, s'il n'est ni à la bibliothèque ni à l'écurie de l'hôtel, il n'est nulle part.

« Charton, que j'ai vu et que j'ai tâché de rallier à la *Revue Suisse*, pour laquelle (trop pressé par Secretan) il avait donné sa démission, a été très content de *l'Honneur de Famille* (1), et on va l'imprimer ici dans un journal. J'ai pris sur moi de dire à Charton que je ne voyais pas d'inconvénient à cette reproduction ; voici un argument pour M. Ducloux contre mes doctrines sur les contre-façons.

« Et *le Chant de l'Épée !*

« Olivier pourrait-il me dire la date exacte de la représentation du *Sacrifice d'Abraham* en latin par les étudiants de Lausanne (2) ?

(1) Nouvelle de Mme Olivier.

(2) Le *Sacrifice d'Abraham* fut composé par Théodore de Bèze, à Lausanne, en 1550, et représenté la même année devant une nombreuse assistance, sur la place de la Palud de cette ville, selon l'habitude, ou peut-être cette fois dans la cathédrale. Voici le titre de l'édition originale : *Abraham sacrifiant*. Tragédie française. Auteur Théodore de Beize, natif de Vézelay en Bourgogne (Genève, Conrad Badius), 1550, in-8° de 55 pages. Cette tragédie, une des meilleures œuvres que Théodore de Bèze ait écrites en français, n'est en somme qu'un mystère ramené aux proportions du drame antique ; elle eut un grand succès à son apparition. Jouée dans beaucoup de villes protestantes, réimprimée souvent, elle fut mise à la portée des nations étrangères, dit M. Auguste Bernus dans son intéressante notice de *Th. de Bèze à Lausanne*, par des versificateurs contemporains qui

« Mais c'est très mal à lui de dire que je lui donne pour rôle les *post-scriptum* des lettres et la résistance à Paris : voilà son sourire narquois (comme si souvent à dîner), sous son grand front mélancolique !

« Michelet a vu M. Monnard à Lucerne, mais il vous aura manqués et probablement M. Vulliemin.

« On est ici dans le *Te Deum* pour le *Comte de Paris*, et la grande nouvelle est le discours aigre-doux de l'archevêque à Notre-Dame. Vous voyez à quel point la France est calme et repue; elle cancane comme un rentier après dîner.

« J'ai vu l'autre jour l'atelier de David, le statuaire; je lui ai parlé de Davel, je lui ferai lire le morceau d'Olivier. Oh ! que cet atelier vous irait à voir, mes chers amis ! quel temple ! Gutenberg, le dernier né, est debout (pour Strasbourg), laissant échapper sa première feuille imprimée de la Bible, où l'on lit : *Et la lumière fut*. Grande idée, n'est-ce pas ?

« Mme de Tascher est toujours à la campagne et je n'en ai pas de nouvelles, Mme de Castries à Dieppe (1). Mme Récamier est ici et j'y ai entendu

la traduisirent en italien, en allemand, en anglais et deux fois en latin.

(1) Sainte-Beuve lui a consacré les lignes suivantes dans l'appendice de son roman de *Volupté* :

« ... Cette ravissante personne, née de Maillé, mariée au marquis de Castries, ironique et froid, avait eu de grands succès de monde ; et sans être très jolie de figure, ornée de ses cheveux d'un blond ardent, souple de taille, et surtout d'une vivacité, d'une grâce de l'autre jour de belles pages de M. de Chateaubriand sur Fontanes pour notre édition : il y a sur moi deux lignes qui me lient désormais à l'adroit Chateaubriand d'un nœud de soie et d'un carcan d'or (1). — Mais je suis habitué, Madame, à vivre et à me mouvoir comme je puis dans les fers.

« *Port-Royal* s'imprime, comme vos examens vont, à pas de tortue. Je tombe à l'aspect du *bon à tirer* dans des scrupules infinis. Je veux tout vérifier, tout reconsulter, tout annoter. Je pratique (en littérature) la morale de nos gens.

« Adieu, mes bons amis, baisers à Billon et Billou. Simples complimens à ces demoiselles.

« Respects et hommages autour de vous, à Mme Ruchet, à Mlle Sylvie. Je voudrais bien entendre M. Ruchet sur la *question suisse* pour avoir quelque chose à répondre à nos diplomates de la

mouvemens incomparable, rien n'égalait son effet, disait-on, lorsqu'elle faisait son entrée un peu tard, sur l'heure de minuit, dans un bal de la cour. Elle s'attacha bientôt d'une passion sérieuse à M. de Metternich, fils du prince-ministre (d'un premier lit) : elle l'accompagna en Italie, et lorsqu'il mourut de la poitrine, elle le soigna jusque dans l'agonie avec un dévouement sans bornes. Je possède la croix d'argent qu'il avait baisée de ses lèvres mourantes et qu'elle voulut bien me confier dans un jour d'effusion, au moment d'un départ pour un voyage. Revenue d'Italie en France à demi paralysée des membres inférieurs, mais ayant conservé la grâce des gestes, et avec un goût très vif de l'esprit, elle se lia avec Balzac (qui l'a mise dans ses romans sous le nom de duchesse de Langeais) avec Janin. Puis le roman de *Volupté*, qui lui avait plu, commença d'elle à moi une liaison qui devint vite une tendre amitié : mes Poésies de ce temps-là en offrent plus d'un témoignage... »

(1) Retenir cette phrase : le nœud de soie et le carcan d'or ne devaient pas résister à la mort de Chateaubriand.

Revue : offrez-lui mes amitiés et au bon M. Lèbre.

« Adieu, Madame et amie, ne soyez donc pas triste et laissez ces pressentimens sur des incendies qui s'éteignent toujours. »

« 23 octobre 1838.

« Je vous réponds tout de suite, cher Olivier ; mais j'envoie pour plus de sûreté ma lettre à Lausanne. Enfin la *phrase* est faite, comme vous le dites ; mais pourquoi Mme Olivier ne m'a-t-elle pas écrit, ne fût-ce que deux mots, et pourquoi ne me dites-vous rien d'elle ? Ce n'est pas bien à elle de me traiter presque comme un ennemi. Je prends une bien vive part à cette mort du bon M. Manuel (1) ; nous avons eu ici celle de Mme de M..., qui n'a pas été moins triste humainement et moins sainte. Comment est M. Vinet lui-même ? Il ne manquerait plus que lui à ce grand coup d'aile de la mort. Au reste qu'est-ce que cela ? Six mois ou six ans... nous les suivrons tous tout à l'heure.

« Vous aurez vu, si vous lisez les journaux, le tapage de tous ces honneurs redoublés infligés à la *Revue des Deux Mondes*, et la lettre solennelle de Lerminier à Buloz qui a défrayé l'opposition pendant huit jours. Buloz paraît bien décidé à garder la *Revue* et à nous tenir tous à bord : tant mieux.

(1) Voir au tome IX des *Nouveaux Lundis*, pp. 66 et suivantes, et dans l'article sur M. Émile Deschanel, un très intéressant passage consacré à M. Manuel.

Il y aura toujours place pour *Davel* : faites donc cela une bonne fois en vue de Paris, en vue de la question historique, animé d'un sentiment patriotique et surtout moral ; écrivez cette Vie de Plutarque pour nous tous ; je réponds que l'intérêt serait général, et le succès d'ici retournerait aider le patriotisme de là-bas.

« Il faudrait me donner toute votre chanson ; j'avais demandé à Mme Olivier un *Chant de l'Épée* qu'elle ne m'a jamais envoyé, à moins qu'il ne soit chez Risler, où je n'irai prendre le paquet que demain.

« On est ici fort dans la stagnation ; le prochain événement littéraire, mais qu'on attend assez patiemment, est le drame de Hugo à ce nouveau théâtre, ce sera d'ici à quinze jours environ. Lamartine est toujours à Saint-Point, d'où il a envoyé à Gosselin trois à quatre mille variantes pour son *Ange déchu*, lesquelles variantes le susdit Gosselin distribuera au hasard et le livre sera corrigé. Lamennais est toujours à Paris, vivant dans une chambre de garçon, rue de Rivoli, et pouvant méditer tout à son aise sur la ruine des renommées ou du moins des influences. On me citait de lui l'autre jour un trait qui le peint, lorsqu'il était encore à La Chesnaie. Il voulait se faire un cachet : Un *chêne en éclats brisé par la foudre* avec cette devise : *Je romps et ne plie pas.* Mme Dudevant vient de partir pour les îles Baléares, emmenant son fils qu'on dit délicat de poitrine, mais conduite par l'ex-ministre espagnol Mendizabal?

« La plus grande nouvelle du jour est l'apparition d'une nouvelle actrice tragique au Théâtre-Français, Mlle Rachel, juive : on y court avec fureur, et Racine est plus que jamais applaudi.

« Je voudrais vous dire d'ici quelques nouvelles récréantes, sans trop vous parler de moi qui suis dans l'insipidité, et dans les brouillards d'une vie sans horizon : mais il faudrait inventer pour cela. Marmier nous arrive de Laponie, par malheur nous le garderons peu, car il est nommé professeur de littérature étrangère à la faculté de Rennes. Je vous ennuierais si je vous faisais la liste de toutes les personnes de Lausanne ou d'Aigle dont le nom me revient et auxquelles je voudrais distribuer un bonjour : il est bien triste d'éprouver que le temps et l'éloignement font pour les groupes amis ce qui a lieu également pour la perspective à mesure qu'on laisse le rivage : on discerne toujours par la pensée, mais l'expression confond et abrège. Du moins, vous qui êtes mon *seul* point essentiel et de *repère*, distribuez autour de vous immédiatement mes plus tendres souvenirs et amitiés à votre frère Urbain, à M. Ruchet, et à sa femme, à Mlle Sylvie, à Lèbre; des baisers aux enfans que ce bruit de guerre a cessé de faire sourire, je ne sais pourquoi, dans vos lettres; je n'ose plus dire à ces *demoiselles*, puisqu'il n'y en a plus qu'une. Mes hommages à la bonne Mme Régnier puisque vous l'avez nommée.

« Je baise les mains de Mme Olivier, et je vous les serre, cher ami. »

             « 1838 (novembre).Dimanche matin.

       « Madame et amie,

« Je vous réponds vite pour vous dire que j'ai vu hier M. Mickiewicz. Je suis arrivé à sa maison rue du Val-de-Grâce, n° 1, au moment où il allait quitter pour conduire sa femme dans un autre logis : la grande affaire était de la décider à s'habiller, à se chausser. Il était dans les transes ; mais dans le peu que j'ai pu lui dire, il a tout à fait adhéré ; il accepte si on le nomme (1). Son programme n'est pas encore achevé, et je ne sais s'il pourra l'envoyer à temps : la situation extraordinaire où il se trouve pourrait bien, ce me semble, faire passer là-dessus. Au reste, je lui ai fait promettre d'écrire au premier instant libre un mot à M. Jacquet, ou à M. Monnard, parlequel il déclare persister toujours dans sa candidature. Vous pouvez en attendant l'assurer.

« Mickiewicz me fait l'effet d'être un de ces seconds de Byron, le pendant de Manzoni en Italie ;

---

(1) Il était alors question d'appeler Mickiewicz à la chaire de littérature latine, à Lausanne. Cf. à cet égard la lettre que Sainte-Beuve écrivait à M. Monnard le 7 novembre 1838 pour lui recommander le poète polonais. (*Nouvelle Correspondance*, p. 51.)

ce qu'aurait pu être Lamartine en France. En lisant une traduction de son *Konrad Wallenrod*, j'avais noté de bien belles pensées, de celles dont deux ou trois suffisent à marquer la région du poète.

« Je vois avec effroi cette seconde invasion des *Burgondes* dans votre pays resté jusque là *romand*; vos hégéliens au bord du lac sont le sanglier dans la claire fontaine : malheureuse loi d'organisation qui a ainsi tout troublé! Que Lèbre donc tue ce sanglier. J'ai appris avec plaisir que son Baader n'était pas mort. Vous ne me dites plus à travers cela où en sont au juste les affaires d'Olivier.

« J'ai plaisir à apprendre ce que vous me dites de Mme Forel : mais alors il y a cas de divorce entre elle et son mari ; et, malgré ses petites lunettes, elle est encore bien assez jolie (du côté de la taille) pour y faire songer. Mais que vais-je vous dire là ? Voilà ce que c'est que d'être revenu à Paris et de revoir Marmier. Je gage que vous n'oserez pas le dire à Mme Forel, pas plus que je n'ai osé tout dire à Mme de Vallière. Quand je vois tous vos heureux et romanesques mariages du canton de Vaud, il me prend vraiment regret (par moment) de ne pas m'être laissé marier aussi pour vivre là parmi vous à demi-quart d'heure de Lausanne, sans jamais remettre les pieds à Paris : mais on ne m'aurait épousé que pour venir à Paris, et pas si bête (1).

---

(1) Pendant qu'il faisait son cours à Lausanne, on l'avait marié avec une millionnaire de Genève, mais ce n'était là qu'un bruit. « J'ai

« Paris se remplit : la politique s'aiguise ; Guizot,
Thiers, Dupin en présence assistaient l'autre jour
à l'Académie française. L'entrée de la session
sera vive. Lamartine revient bientôt avec des volumes lyriques cette fois ; il a fait de beaux vers,
dit-on, sur sa fille toujours, sur Mme de Broglie,
qui n'échappera pas à cette musique mi-partie d'é-
glise et d'opéra. M. Xavier de Maistre est à Paris :
je ne l'ai pas vu encore. M. Diodati serait bien
aimable s'il m'envoyait deux lignes d'introduction
près de lui. En attendant, on se presse à *Ruy Blas*
en s'en moquant, en trouvant que c'est la farce la
plus grosse, une omelette battue par Polyphème. On
se presse encore plus fort à Mlle Rachel ; Racine a
plus de vogue que du temps de Mme de Sévigné, et
l'on dîne une heure plus tôt pour aller à *Bazajet*.

« Voilà comme nous sommes faits : tout en en-
gouements et en reprises. Tous les dimanches à deux
heures et demie nous allons entendre chez Mme Récamier ce que M. de Chateaubriand a écrit de ses
Mémoires dans la semaine ; — avec 6.000 livres de
rente de patrimoine, la vie se passerait bien ainsi,
à très peu faire : mais avec l'aiguillon là-dessous et
la nécessité, on n'est pas heureux : on oublie, on
glisse, on tombe parfois : on voudrait s'asseoir.

« Les cours s'ouvrent la semaine prochaine ;

toujours de telles idées de mariage, écrivait-il le 30 mai 1838, que je
regarde au moins comme une mauvaise plaisanterie qu'on m'en
prête le projet, surtout avec le calcul d'argent. » (Lettre inédite.)

\

lundi on craint une petite émeute au cours de Lerminier : j'en aurais regret, car son ministérialisme
l'a rendu tout à fait bon garçon, et il vaut mieux
que les trois quarts de ceux qui crient contre lui.
Ampère, fatigué de la poitrine, passe l'hiver en
Italie.

« *Port-Royal* est un peu désert à travers tout ce
profane : les solitaires sont encore une fois dispersés ; mais vous les savez opiniâtres, ils reviendront.
En attendant, je réimprime deux nouveaux volumes
de portraits ; M. Vinet y entre. Je désirerais bien
que vous puissiez ou m'envoyer ou m'indiquer (si
Risler l'a) cette belle brochure dont l'un des Secretan nous parlait un soir, intitulée, je crois : *De la
Conscience*, et qui était une réponse dans son procès ; il paraît que c'est d'une éloquence plus libre
que le reste de ses écrits. Soyez assez bonne pour
m'éclairer sur ce point, et, si vous l'aviez par lui,
cette brochure, vous me l'adresseriez sans trop tarder. Et puis ne publie-t-on pas Monneron (1), et
ne pourrais-je pas citer, en son lieu, quelque chose
de plus que j'ai et qui serait dans le volume projeté par Olivier : vous voyez que j'entends ces *vers
à Marie*.

« Mme de Castries vient de perdre son oncle,

(1) Frédéric Monneron, jeune poète vaudois qui promettait de
prendre un essor élevé, mort à la fleur de l'âge, dans l'égarement
de l'esprit, en 1837. (Note de Sainte-Beuve au bas d'une pièce de
vers du t. II, p. 290, de ses *Poésies complètes*, édition Calmann-
Lévy.)

M. de Fitz-James, ce qui est un isolement de plus.
Son dernier chêne protecteur est tombé : elle est
pleine de courage.

« Comprenez-vous *Spiridion*? On dit que le
P. Alexis est M. de Lamennais et que le fameux
livre de *l'Esprit* est l'Encyclopédie de Leroux. Je
parle au hasard sans avoir lu ni en avoir envie (1).

« Mille souvenirs autour de vous aux Monnard,
à Mme Régnier, à Mme Hare, à M. Scholl, Vinet, à
MM. Espérandieu, Vulliemin, Durand, Ducloux :
à la famille d'Aigle, s'il vous plaît, et à ceux
d'Eysins qui me connaissent.

« Baisers aux enfants et réponse toute singulière
à Aloys. J'embrasse Olivier et vous serre les mains,
Madame, avec une respectueuse tendresse.

« Je ne vous dis jamais rien de ma mère, qui est
pourtant bien sensible à vos souvenirs et qui vous
envoie les siens plus exactement que je ne fais ;
elle va à merveille et devient de plus en plus spirituelle et maligne en vieillissant. »

« 15 novembre 1838.

« Madame et amie,

« J'avais besoin de votre mot pour me dire que je
ne vous avais offensée en rien sans le savoir; merci
de votre bonne assurance. J'étais vraiment inquiet

(1) Sainte-Beuve, en cela comme en tout ce qui touchait à Lamennais et à Leroux, était bien informé.

et je retournais ma conscience en tous sens. Seulement pourquoi, si occupée que vous soyez, ne pas
écrire un de ces mots si courts, si négligés comme
je vous écris maintes fois, et qui suffisent à l'amitié ? Voilà ce que je vous reproche. Vous aurez vu
que j'ai écrit à M. Monnard pour Mickiewicz ; mais
vous aurez su aussi le malheur arrivé, qui l'aura
sans doute forcé à revenir aussitôt ici.

« J'ai reçu enfin *l'Honneur de Famille* ; je ne
vous remercie pas de tout ce que vous y avez joint
sur Mme de Charrière et le reste que je vous avais
demandé. J'ai lu cette nouvelle si riche de fond et de
verve ; je l'ai fait lire à quelques amis. La seule
critique porterait sur le style, par momens subtil et
trop sauvage. Je ne voudrais rien ôter à la poésie,
à la hardiesse, mais ajouter par endroits à la net-
teté. Ainsi, page 36, pour dire que le peuple vaudois unit à une finesse souvent impénétrable quand
on le questionne, une fréquente indifférence sur
l'effet de sa parole (*ce qui est un peu subtil*) pourquoi ce tour : *à côté de... se manifeste au grand
jour, non moins également...* pour dire tout simplement *outre cela, il a aussi...* Un peu de Voltaire,
s'il vous plaît, pour apprendre à débrouiller ces
écheveaux. Les analyses des caractères, en s'appro-
fondissant trop, s'exagèrent un peu, ou du moins
nous en font l'effet, ce qui revient au même : plus
de modération dans l'expression, une simplicité
(qu'on obtiendrait par plus de travail peut-être)

sauverait cet effet. Il y a de plus quelques obscurités
dues à l'habitude de théologie calviniste sur la chute,
la grâce ; mais c'est notre faute, à nous qui ne savons
pas. Pourtant l'expression, encore mieux trouvée,
nous la ferait, je crois, comprendre. D'ailleurs pro-
fondeur, intérêt dramatique, puissance. Voilà en
gros, chère Madame, tout le pédantesque de ma
sentence.

« Savez-vous que dans un *keepsake* anglais, *The
literary souvenir*, London, 1830, se trouve la même
histoire sous le titre *The maison de force*. C'est
d'un Anglais qui aura su cela sur les lieux. Le
nom de la famille est *Gavin*. Je ne sais si c'est le
vrai : au lieu d'un cheval tué, c'est un vrai meurtre.
La nouvelle qu'un de mes amis a lue n'est pas
mal.

« Marmier est arrivé, et cela me débauche beaucoup ; je passe ma vie à dîner au restaurant. J'ai
toujours mon mal de voix, qui n'empire pas, mais
qui ne guérit pas. Marmier vous dit mille amitiés,
il est revenu le même, jeune, frais, non marié.

« On a donné *Ruy Blas*, je ne l'ai pas vu, ni
peut-être ne le verrai, étant à cet égard des moins
curieux. C'est le genre Hugo au complet, du fort
et du sublime selon certains, plus de grossier et de
violent que jamais : un certificat d'incurable, magnifiquement historié, et avec de grosses majus-
cules rouges.

« Je m'amuse assez de toute la politique, étant,

grâce à la *Revue*, au centre. Quelle lanterne magique ! L'article de Lerminier (1) a soulevé des tempêtes : cela a remué dans son fond toute cette mare
infecte de la presse, et il en est résulté pour lui
mainte éclaboussure. Pourtant l'infection est bien
dans la presse même et ceux qui l'ont fort attaqué
valent moins. On craint du bruit pour son cours.

« Chateaubriand continue ses *Mémoires* avec une
persistante jeunesse : j'en entends tous les dimanches deux ou trois chapitres en compagnie chez
Mme Récamier; l'autre dimanche, ç'a été plus court; il
avait brûlé le travail de la semaine, en étant peu
content : bel exemple et leçon à nous tous (2).

« Ampère est en Italie et y reste ; si j'avais de la
voix, je le suppléerais.

« Mme de Tascher, de retour ici, s'informe de
vous : elle aime fort Mickiewicz et m'a elle-même
raconté le malheur de sa femme et le sien. Mme de
Castries revient enfin de Dieppe. Si j'avais de la
voix (éternel refrain) et un cabriolet, je ferais six
lieues par jour dans Paris et ne serais quitte encore
que de l'indispensable en fait de visites.

« Cousin, qui a manqué mourir du même *mal*
exactement que M. Manuel, semble revenu à bien.
Je lui ai donné l'autre jour le bras à sa première

(1) *La Presse politique*, dans la *Revue* du 15 octobre 1838.
(2) Cette partie des *Mémoires* de Chateaubriand comprend le récit
de sa carrière littéraire, de 1800 à 1814, et d'une partie de sa carrière
politique, de 1814 à 1828. Elle fut composée de 1836 à 1839 et remplit les quatre derniers volumes.

sortie pour aller à l'Académie. A Paris, tout est une épigramme.

« Mon *Fontanes* va paraître dans la *Revue* le 1ᵉʳ et le 15 décembre ; lisez-le, ce sera mon chef-d'œuvre classique (1). Je me suis piqué de coquetterie, et j'ai dit en relisant La Harpe : *Et moi aussi !* ou comme Dumas : *Pourquoi pas ?*

« Où en est la *Revue Suisse ?* Passera-t-elle nouveau bail ? Je ne suis pas en mesure de donner *Mᵐᵉ de Charrière* : aussi n'en dites mot, s'il vous plaît.

« Voilà un an passé de quelques jours que j'arrivais parmi vous ; j'ai songé à cet anniversaire, non sans tristesse. Nos fêtes étaient ces jours-là même (2) ; mais je ne m'en suis aperçu qu'après coup et par hasard. Nous n'avons pas besoin de cela.

« Tranquillisez-moi, Madame et chère amie, sur votre santé, sur celle du petit ; un baiser à Aloys. Tendresses à Olivier, à Lèbre ; respects et souvenirs à tous, Mᵐᵉ Hare, Mᵐᵉˢ Ruchet, Sylvie, Herminie, je ne veux pas vous faire sourire avec mon catalogue.

« Bonjour, et à vous du cœur. »

(1) Sainte-Beuve avait raison d'appeler son *Fontanes* classique. C'est vraiment là qu'il rompit délibérément et définitivement avec les romantiques. Le « charme » avait cessé.

(2) Le 4 novembre, fête de Saint-Charles. Mᵐᵉ Olivier s'appelait Caroline.

« Paris, le 5 décembre 1838.

  « Madame et amie,

  « J'ai eu assez de peine à atteindre Mickiewicz qui avait déménagé ; ma bonne l'a enfin trouvé au bout des Champs-Elysées et lui a remis de moi une lettre pressante à laquelle il aura répondu à Lausanne, je l'espère ; vous avez sans doute en ce moment sa décision, et vous me la direz, car je ne la sais pas encore de lui : il y a tout Paris entre nous.

  « Je suis un peu souffrant depuis quelques jours et cela suffit très vite à rabattre ma joie et mon ton alerte. Je me remets en même temps à *Port-Royal*, d'aujourd'hui seulement, mais enfin je m'y remets et vais faire encore une pointe de ce côté, un bon coup de collier. Vous voyez que d'être un peu malade me va bien littérairement et moralement : je me refais ermite.

  « Je ne vous ai pas assez parlé de votre nouvelle *l'Honneur de Famille* : d'autres personnes qui l'ont lue depuis ont appuyé mes éloges, et comme l'homme est plus sûr de lui quand il a l'affirmation d'un autre homme (selon Pascal), je m'enhardis à vous les redoubler. Ce caractère de Marie est admirable ; la fin est bien belle de pathétique. Comme addition à mes critiques de style et pour mieux vous les préciser, je vous rappellerai cette phrase vers la fin où, à propos des luttes intérieures du

8.

vieux Mesnard, vous dites du *Roi du Mal* qui *oublie souvent à quel rang il est tombé de mendiant dont tout l'avoir est une grâce* : on ne sait pas si c'est *de mendiant* qu'il était, qu'il est *tombé*, ou s'il est *tombé au rang de mendiant*; et pour qui n'est pas calviniste, cela d'ailleurs ne peut s'entendre. Cette phrase résume tous les défauts que je critique, tout à l'entour il n'y a que des éloges et des pleurs.

« Les nouvelles politiques et littéraires continuent ici à se presser. Avez-vous lu *Ruy-Blas* ? J'ai vu hier au Français *la Popularité* de M. Casimir Delavigne; cela ne m'a pas trop ennuyé : il y a de beaux vers et même de spirituels, mais comme il y a peu d'esprit dans la manière de comprendre la vie et le fond des choses ! Comme c'est toujours l'honnête garçon qui ne sort pas de sa ligne, même pour voir ! Au fait c'est la plus belle comédie *juste-milieu* qu'on pût faire ; le public applaudit toutes ces tirades contre la mauvaise presse et la fausse popularité, comme s'il était un converti.

« Lerminier pourtant assistait l'autre soir dans la loge de Buloz à la pièce : il était en vue, et à la manière dont le regardait le parterre, il a pu s'assurer que la leçon qu'on applaudissait ne corrigeait pas.

« On n'est jamais plus volé que quand on assiste dans les foules à l'exposition publique des voleurs.

« Je n'ai jamais su la décision positive du Conseil d'État sur Olivier : est-il appelé provisoirement

ou définitivement ? Je devine par votre dernière
lettre que ce dernier cas n'a pas lieu. Quel a donc
été l'effet de toutes ces pétitions ? L'hiver passé, y
a-t-il chance que le Conseil d'État le nomme définitivement? Tout cela, chère Madame, est resté dans
l'intervalle de vos lettres.

« Lamartine est revenu d'hier à Paris : je ne l'ai
pas vu encore. mais malgré nos dissidences (un
peu trop exprimées par moi (1), je le crains) nous
nous rencontrerons et ce sera au mieux : il est la
générosité même. — Mme Sand est à Palma, dans
les Baléares : j'ai vu d'elle l'autre jour la plus jolie
et la plus folle lettre qu'on puisse imaginer, écrite
par elle à Mme Buloz du milieu des orangers : cela
donne regret vraiment de ne plus l'aimer. Elle est
avec le pianiste polonais Chopin qui *règne :* avec
Mickiewicz, prenez garde à ce point-là. Noble poète,
il en est encore sur son compte à la foi, à l'amour :
je n'en suis plus qu'à l'admiration, mais il ne faut
jamais blesser l'amour.

« Au reste, vous l'aimez tous un peu, surtout
Olivier, et moi un *petit* peu encore, cela pourrait
bien être.

« Je dînais l'autre jour chez Mme de Jussieu avec
M. Hollard, et à propos de la décision de la commission de Lausanne concernant Olivier, je suis
entré dans une grande colère qui revenait à M. de

_____

(1) Dans son article sur *la Chute d'un ange.*

Felice, et à toutes les étroites cervelles. Je n'ai pas eu l'air de savoir à qui cela allait et j'en ai dit d'autant plus.

« J'apprends de Mme de Tascher tout à l'heure que Mickiewicz a dû accepter ; elle lui avait déjà fait dire (d'elle seule) le nom de Mme Olivier, et que c'était une personne aussi bonne que spirituelle et que charmante en tout : je ne fais que répéter les paroles. Vous voyez qu'elle a bien réellement passé à Lausanne et qu'elle s'en souvient. Il paraît que Mme Mickiewicz va mieux et qu'elle a pu se promener avec son mari aux Champs-Élysées.

« Mille tendresses à Olivier et à la maison, aux deux petits, à Lèbre, à M. Ruchet, à sa femme, à Mlle Sylvie entre toutes, à Mlle Frossard que je n'oubliais pas non plus que son frère, mais que je croyais hors de portée, à M. Urbain, enfin à MM. Vulliemin, Scholl, Vinet, Monnard, Péclard, Ducloux, les Espérandieu, Régnier, Durand, Gindroz, pas de dames en détail pour aujourd'hui.

« A vous de cœur et de respect, chère Madame. »

« Paris, le 19 décembre 1838.

« Madame et amie,

« Rien d'ennuyeux comme les lettres qui se croisent, aussi j'aurais bien voulu en recevoir une de vous avant que celle-ci n'allât croiser sa correspondante qui est sans doute en chemin dans ce moment. Pourtant il me semble que c'est trop

attendre comme cela. — J'ai vu depuis ma dernière
M. de la Harpe; j'ai reçu par lui le mot d'Olivier
et tous vos obligeants messages. Je dîne ce soir
avec lui chez Pinson en tête à tête, pour causer un
peu à fond des indications qu'il désire et dont en
effet on a fort besoin ici.

« Votre dernière lettre, Madame, s'il m'en souvient bien, est assez triste et légèrement grondeuse.
Il ne faut pas trop accuser mon ami Marmier d'a-
bord : il y a plus de plaisanterie que de vérité
dans ce dont je l'ai chargé devant vous. Je le vois
même à peine maintenant qu'il paraît installé ici
pour l'hiver, et que tout est rentré dans l'ordre
accoutumé.

« Je n'ai pas eu de nouvelles plus précises de
Mickiewicz. Hier, j'ai rencontré son compatriote
le prince Czartoryski qui ne m'a pas assuré qu'il
eût accepté encore : il en serait temps toutefois;
ma lettre, à lui, était positive et pressante. — La
lettre de M. Vinet à M. Manuel m'a bien touché :
quel excellent pays, quel regrettable asile que celui
où les gens de talent sentent et vivent ainsi !

« J'entrevois que ma demande sur les vers de
Monneron a paru un peu indiscrète, et je sens
le besoin de la répéter pour vous montrer qu'elle
ne l'est pas. En réimprimant, je ne sais plus
quand, au reste, cet article sur M. Vinet, j'y
rencontre le nom de Monneron; il m'est impossible de n'y pas ajouter un mot sur sa mort; les

vers que je cite de lui dans l'article sont inférieurs
à son mérite ; quoi de plus naturel que je désire y
joindre une pièce admirable, un petit chef-d'œuvre
de sentiment et d'imagination, *A vous*, rien autre
chose ? Si la pièce doit paraître dans ses œuvres,
je ne fais que la mettre d'avance ; si le recueil ne
paraît pas, je la sauve. Voilà mon excuse, si j'en
ai besoin, pour avoir parlé de cela.

« Ce 20. — Un retard de ma lettre fait que je
reçois la vôtre du 15. Je me hâte d'écrire à Mickiewicz. Je le presse, mais il n'aura peut-être pas le
temps d'écrire le programme.

« Je vais m'informer sur M. Hollard : mais je
n'en saurai guère plus que je n'en sais ; c'est un
homme instruit dans certaines branches spéciales
de l'histoire naturelle. Son plus grand inconvénient, à mon sens, est de voir partout les causes
finales, et d'étudier les insectes ou autres animaux
en vue continuelle de Dieu et du christianisme. Le
microscope solaire et ses merveilles lui paraissent
comme à M. Hentsch de Genève une démonstration *directe* de la Providence et une pièce à l'appui
de la Bible : est-ce un inconvénient là-bas ? Il est
excellent homme, instruit (médiocrement d'esprit,
je le crois), mais du sens ; je m'informerai pour
savoir quel est son débit et sa faconde comme professeur. — Dites de tout ceci ce que vous jurerez
bon, en vous souvenant que j'ai un vrai respect
pour M. Hollard, qui a toujours été très aimable

pour moi. Je répondrai du reste à M. Monnard, par un petit mot dans une prochaine.

« Je sens un grand besoin de revenir à *Port-Royal*, d'autant plus que je suis devancé : un Allemand, le docteur Hermann Reuchlin, fait une histoire de *Port-Royal* et du jansénisme, un premier gros volume va paraître en février à Hambourg : il est à Paris, lui, en ce moment, et je le vois. Je profiterai de sa théologie savante, et tâcherai qu'il profite à son tour pour ses deux derniers volumes des miens parus dans l'intervalle.

« Je suis toujours souffrant, avec des palpitations, mais je vais, je suis en proie à ma vie d'obligations et de devoirs du monde, de dîners en ville, de soirées, à laquelle je cède, me disant que je cesserai demain, et en vérité je m'y soustrairai au premier jour.

« M. Delécluse (l'auteur de *Mademoiselle Liron* et de la *Vie du peintre Robert*) a écrit une histoire du peintre David et de son école, dont il a été. Il a connu M. Naef (1), lequel ne s'est pas souvenu de son nom quand je lui en ai parlé une fois. Mais enfin, si vous pouviez faire raconter à M. Naef quelques détails sur la fuite de David en Suisse, et cette belle scène où il le voit assis désolé sur

(1) Jean-Pierre-Samuel Naëf, peintre, né à Genève en 1778. Il fit ses études dans l'atelier du peintre David, enseigna ensuite le dessin dans l'Institut Pesta'ozzi, à Yverdon, s'établit vers 1808 à Lausanne où il fut professeur estimé, et mourut dans cette ville au mois de juillet 1856.

une borne du chemin proche de Vevey, en un mot
ce coin du proscrit à Minturnes, ce serait rendre
service à M. Delécluse et à l'histoire de David que
de l'écrire et me l'envoyer.

« Mille tendresses pour cette année finissante ;
baisers aux enfans, amitiés à Lèbre, à M. Ruchet.
J'embrasse Olivier et j'allais presque dire vous-
même, Madame. Au jour de l'An donc.

« Et à vous de cœur, chers amis.

« Vous lisez tout à Mme Forel, me dites-vous ;
je le crois bien, mais en sautant les parenthèses, ce
qui rend la bravoure facile. Dites-lui pourtant encore, ce que je me reproche d'avoir toujours omis,
de vouloir bien présenter mes souvenirs respectueux et reconnaissants à M. de Brenles. »

« 23 décembre 1838.

« Comment vous dire assez vivement combien
je suis touché de ces attentions nouvelles et si imprévues, quoique je m'attende à tout ce qui est
amical et bon de vous, Madame ; me voilà tout en
fleurs sans que je sache pourquoi, sinon que vous
l'avez voulu. Est-ce que c'est à cause de la veille de
Noël ? Est-ce que vous avez deviné que c'est aujourd'hui même mon jour de naissance, le 23 ? Si
vous ne le savez pas, voyez quelle rencontre singulière, et où vous avez été planter le bouquet. Ma
vie, bien que si peu heureuse en général, en est
bien heureuse aujourd'hui, elle le sera toujours

toutes les fois qu'elle s'approchera de votre foyer
si ami, toutes les fois qu'elle regardera de ce côté
si uni, si profond, si sûr, et qu'elle en recevra de
tels parfums ou qu'elle en entendra *les deux voix* (1)
n'en faisant qu'une, ou que simplement, comme
il nous arrive quelquefois le soir, elle restera là
immobile et silencieuse à côté de votre silence qui
rêve et de votre âme qui s'oublie. »

« Mercredi, 26 décembre 1838.

« Mes chers amis,

« Je voudrais avoir grande joie au cœur pour
vous offrir quelque bouquet de jour de l'an ; si
j'étais près de vous, comme l'an dernier, je ne
serais pas embarrassé, votre joie serait la mienne, et
je vous porterais le bouquet cueilli chez vous. Mais
ici, dans cette vie de fatigue et de dispersion, ou
de retraite hargneuse, dans cette vie sans solennité
domestique, surtout pour les gens qui errent comme
moi, où sont les fleurs ? où sont les sourires, sinon
ceux que vous donnent les amis heureux ? et pour
cela, il faudrait les voir, et être à portée de leur
journée radieuse. Ainsi donc, placez-moi auprès
de vous dans cette journée de l'an et au milieu des
Billon et Billou joyeux et de moins en moins bé-
gayants, placez-moi là dans un coin du cercle comme
une légère ombre, attentive à tout et silencieuse, qui

(1) Allusion au volume de poésies publié par M. et Mme Juste
Olivier sous le titre : *les Deux Voix.*

n'attriste ni n'obscurcit, mais qui voile un peu : léger nuage que Billon et Billou traversent dans leurs jeux sans s'en apercevoir, mais qui se retourne après et que n'a cessé de voir l'œil des parens. Vous me raconterez comment tout cela s'est passé, et l'effet sur vous de l'*ombre*.

« Je crains bien que toutes les négociations et lettres près de Mickiewicz n'aient échoué. Sa douleur est telle qu'on n'en peut rien tirer; le pauvre homme, il dit toujours *demain,* espérant que *demain* elle sera guérie. On ne peut même savoir l'état au juste de sa femme, et il y a toujours un double bulletin contradictoire : je penche pour le plus fâcheux.

« Je me suis bien informé sur le compte de M. Hollard. Il paraît qu'il professe très suffisamment pour l'élocution, et qu'il a des doctrines anatomiques et organiques élevées et, m'a-t-on dit, plus *larges* que ses croyances. C'est un médecin *humanitaire* qui m'a donné ces renseignemens. C'est l'*anatomie comparée* qu'il professe, ce qui est d'un intérêt plus général que quelque branche de la zoologie.

« J'ai revu Lamartine, que j'ai trouvé avec bonheur très peu optimiste, contre son habitude, et jugeant la politique dont il est témoin, et cette misérable intrigue qu'on appelle la *coalition* avec un dégoût profond qui lui va et qui promet un retour aux beaux vers.

« Mais que vais-je vous parler de *coalition* et de ces turpitudes chétives ? En attendant, le ministère tombe, et comme ce système, en ce qu'il a de mauvais, ne changera pas, il est permis de regretter d'honnêtes gens et personnellement pleins de facilités obligeantes, même charitables. Oh ! mes amis, dans quel triste état politique nous sommes, comme peuple ! et combien, à part les coups d'éclat, nous avons peu de ce qui remplit honorablement le *tous les jours* d'une nation !

« En attendant, Marmier nous donne ce soir dans sa chambrette une petite soirée où l'on dira des vers. Il y aura Brizeux, Turquety, de Latour, et deux dames que ce dernier doit amener, on ne sait trop encore lesquelles, mais de belles dames, peut-être la comtesse *Dash*, qui fait des romans *quelque peu Balzac*.

« Mme Valmore a fait paraître ses *Pauvres Fleurs*. Il y en a de charmantes, et je n'y veux voir que celles-là.

« A chaque lettre il y a une commission ennuyeuse, autant que rien peut ennuyer de bons amis si empressés. Cette fois, je reviens à demander à Olivier, qui est dans ses livres, s'il pourrait me donner la note précise sur le *Sacrifice d'Abraham* représenté en latin par les étudians de Lausanne, en 15... ?

« Je me suis remis à *Port-Royal ;* j'y ai bien peu avancé, mais mon ardeur redouble et n'a jamais été plus jeune. Je vais durant des mois me caserner, censé à la campagne, dînant dans ma chambre, et ne sortant que le soir, en voleur, le nez dans mon manteau. Je pousserais ainsi une bonne pointe, jusqu'à nouvelle débâcle qui, à son tour, se réparera encore. La vie se compose ainsi de débandades et d'assauts, jusqu'à la grande débandade finale, d'où l'on ne se relève pas.

« Mais que vais-je dire, apporter ainsi une image funèbre dans votre joie fervente, mon squelette desséché dans un festin qui n'est pas celui de Trimalcion, mais celui de la famille, du foyer, des modestes et des immortelles espérances ? Adieu donc, chers amis, aimez-moi, embrassez les enfans chéris, Lèbre, Mlle Sylvie, si elle y est (c'est jour d'exception), tous enfin.

« A vous de cœur, à vous, Madame et chère amie.

« Marmier va à merveille et vous salue. »

1839

« Ce 6 janvier 1839.

« J'ai reçu avec bien du bonheur la chère lettre du jour de l'an : je me suis revu parmi vous ; ma journée d'ici en a été plus embellie qu'elle n'avait coutume, et dans l'air de fête que j'ai porté à quelques amis de Paris, vous entriez pour beaucoup. J'avais dès le matin le gracieux bonjour dans le cœur.

« Vous aurez reçu enfin des lettres de Mickiewicz, trop tardives je le crains. Je joins ici le seul mot que j'aie de lui depuis toutes nos lettres : sa douleur si vraie, si respectable et belle, le rendait incapable de toute autre pensée.

« Mme de Tascher est bien souffrante depuis quelques jours ; en général, tout le monde ici a quelque chose : Mme de Castries et son fils ont été atteints aussi. C'est inconcevable comme, cet hiver, on meurt aisément. Cela fait trembler ; et puis les chagrins,... tous mes amis d'ici en ont plus ou moins, et plutôt plus. Guttinguer en a

eu un affreux par un gendre en fuite et désho-
noré (1). Si j'énumérais d'autres noms, je ne ferais
que changer d'accidents. Buloz lui-même est au lit
depuis quinze jours, pris dans tous les membres,
et incapable de tout soin : on craint qu'il n'en ait
pour des mois. En attendant, le gouvernail flotte
un peu : c'est fâcheux en cette crise politique. Pour
la littérature, nous y subvenons à qui mieux mieux.

« C'est en partie cette disette qui m'a fait donner avant-hier pour la *Revue de Paris* d'aujour-
d'hui quelques imitations en vers et sonnets de
Lausanne, ces petites pièces d'Uhland, vues à travers Lèbre, les vers à la Société de Zofingue, les
sonnets sur le lac et la bise, et celui à Madame (2)...

Il est doux, vers le soir au printemps qui commence...

en un mot, tout un petit bouquet de Lausanne que
vous pourrez respirer cette semaine dès qu'il y sera
revenu. S'il y a parfum, ce sera votre pensée. En
quelle année donc le major Davel a-t-il été exécuté?
Question à Olivier l'historien.

---

(1) Au mois de juin suivant, Mme Victor Hugo écrivait à ce sujet
à Ulric Guttinguer : « Mon cher Monsieur, je suis beaucoup mieux
de santé depuis quelques jours. J'emploie ce mieux à répondre à
votre lettre si furieuse contre vos gendres; ceci nous prouve la vérité du proverbe : il ne faut pas désunir ce que Dieu a uni. Entre
l'arbre et l'écorce il ne faut pas mettre le doigt, surtout quand l'arbre est tant soit peu véreux, ajouterais-je... » (*Lettre inédite
communiquée par M. Gabriel Guttinguer.*)
(2) Toutes ces pièces figurent au tome II de ses *Poésies complètes..*

« Chez Marmier, l'autre jour, nous avons eu le petit punch. Les dames ont manqué ; décidément, dans sa mansarde c'eût été trop compromettant. Nous nous en sommes passés. Nous avons dit des vers, petits, courts, vifs, comme le punch qu'à petits coups nous buvions. Brizeux en a dit de jolis, pareils à des fleurettes franches et sauvages qu'une chèvre d'Arcadie irait mordre aux fentes des rochers. En qualité de *Grec* par le goût, il est, à un certain moment, entré dans une violente colère contre le Nord et contre *les sapins.* Un Russe qui était là, M. de Tourgueneff, a répondu ; nous avons plaidé pour le Nord, et tout d'un coup Marmier allant à un rayon de sa bibliothèque y prit le livre des *Deux Voix ;* alors j'ai lu *le Sapin* à Brizeux, qui s'est déclaré désarmé ; il a aimé surtout le *sang rose* (1).

(1) Voici cette pièce du *Sapin,* qui dans son temps fut très populaire.

LE SAPIN

Ainsi qu'une grande pensée
Qui féconde un cœur désolé,
Sur la cime étroite, élancée,
Se dresse un sapin exilé.
Jouant avec leur chevelure,
Le vent seul arrache un murmure
A ses rameaux, fléchis en vain,
Car nul oiseau ne les caresse,
Et la voix des forêts sans cesse
Roule autour d'eux son chant lointain.

L'arbre a grandi, fier et sublime,
Sur son piédestal glorieux,

« Voilà nos fêtes; elles ressemblent aux vôtres, poésie, amitié, souvenir des absents.

N'aimant que l'aigle de l'abîme,
Le soleil, la neige et les cieux.
Il buvait la tiède rosée,
Les parfums qu'à l'herbe embrasée
Enlève un souffle humide et frais;
Et d'air pur baignant ses feuillages,
Il s'enveloppait de nuages
Afin de s'endormir en paix.

Parfois, sur la couche glacée
Où tombent ses fruits résineux,
Une empreinte rouge est tracée;
Des ours la laissent après eux.
Ce sang vermeil comme la rose
Sous les vents de la nuit éclose,
Est la seule fleur du rocher:
Mais lorsqu'il paraît sous ses branches,
L'arbre y jette ses barbes blanches,
Et semble vouloir le cacher.

Il hait aussi l'épervier sombre,
Quand il vient, d'un vol tournoyant,
Enlacer sa tige dans l'ombre,
Ou mesurer son front géant.
Au battement confus des ailes
Il mêle des plaintes nouvelles,
Et, froissant ses dards à grand bruit,
Il dresse ses bras, les balance,
Frissonne, et mugit, et s'élance...
Epouvanté, l'oiseau s'enfuit.

Pourquoi souffrirait-il l'approche
De quelque habitant du vallon?
Il doit vivre seul sur sa roche,
Que le temps lui soit court ou long:
Il doit tout ignorer du monde;
Et sans une voix qui réponde
A ses vagues appels d'amour
Il faut qu'il vieillisse et supporte

« Bien des grâces à Mˡˡᵉ Sylvie, que je crois
bien avoir embrassée l'autre fois ; amitiés à tous, à
M. Ruchet, Urbain, Durand, Ducloux, etc. J'écris
un mot à Lèbre.

« Adieu, cher Olivier, bon courage dans votre

Ce que chaque an nouveau rapporte,
Et les tourments de chaque jour.

Ainsi, roidissant son courage,
Il revoit toujours, au matin,
Bondir l'avalanche sauvage
Qu'éveille un murmure incertain.
Il entend le glacier sonore
Longtemps après gronder encore,
Imitant la foudre en courroux ;
Et sur la cascade troublée,
Quand tombe une roche écroulée,
Il sait ce que font de tels coups.

Ne le plaignez pas, si la terre
A fui son abri soucieux.
Il est malheureux, solitaire,
Oui ! mais sa tête est près des cieux.
Qui sait quelle haleine bénie,
Ou quelle enivrante harmonie
A parfois bercé son sommeil ?
Ah ! pour lui les anges peut-être
N'ont pas dédaigné d'apparaître
Dans un blanc rayon du soleil.

Un jour, luttant avec l'orage
Qui tourmentait ses longs rameaux,
Il gémit, et d'un cri sauvage
Salua des destins nouveaux,
Car la nue, agitant ses ailes,
Sur lui jetant des étincelles,
Semblait un céleste envoyé.
Et l'embrassant avec furie,
L'arbre au tonnerre se marie ;
Puis il retombe foudroyé.

9

pénible et studieux hiver, et à vous, Madame et amie, bon courage aussi dans votre hiver mondain auquel vous prendrez peut-être plus de goût que que je ne voudrais vraiment. Je baise les enfans et remercie Mlle Lucie, à qui je souhaite tout bonheur sous ce toit du ciel.

« Votre souvenir exprimé par vous-même m'a été bien doux, cher monsieur Lèbre ; j'y comptais, mais offert ainsi, il a un parfum pour moi qui n'appartient qu'aux fleurs de vos coteaux et à la pureté de vos cœurs; tendre salut évangélique qui m'arrive à travers Clarens. Vous avez pris maintenant vos quartiers d'hiver : vous en avez de Gryon pour quelque temps, mais je suis sûr que le samedi soir le soleil vous tente encore avec les belles gelées, et que vous faites toujours le pèlerin. J'ai su vos luttes anti-hégéliennes, j'aurais bien voulu me retrouver dans cette même salle comme auditeur et spectateur :

suave, mari magno...

« Suivez-vous toujours votre pensée de grand ouvrage? Heureux celui qui est fidèle jusqu'au bout à la haute pensée de sa jeunesse! Gardez-moi toujours ce coin précieux de souvenir où je me reprends dans mes ennuis et mes dégoûts trop mérités; j'apprécie du moins ce que vaut l'asile de telles amitiés et ce qu'elles nous laissent d'espoir à l'horizon; c'est un passé qui promet l'avenir (1). »

« Ce 19 janvier 1839.

« Mes chers amis,

« J'ai reçu vos deux lettres si pleines de bonnes choses, j'ai hâte d'y répondre. Votre lettre, cher Olivier, est allée à Delécluse, qui profitera des indications que vous m'y donnez et qui se mettra directement en rapport avec M. Naef. La vôtre, Madame, a été relue plusieurs fois depuis hier ainsi que le mot qu'y a joint Olivier. Vous êtes donc à Lausanne dans des troubles ecclésiastiques et académiques comme nous dans des intrigues politiques. J'y assiste en observateur très éveillé. J'ai, l'autre jour, dîné avec des doctrinaires : Rémusat, Piscatory; hier soir, j'ai rencontré Duvergier de Hauranne, qui *sonna la charge* et qui sonne déjà *la victoire*, Je vais chez M. Molé entre deux, et Mme de Tascher m'a fait l'autre hier dîner avec le girondin ultra-gouvernemental, son frère. Je puis vous assurer que si jamais je fais ce roman politique qui sera le pendant de *Volupté*, et dont l'objet, sinon le titre, sera *Ambition*, c'est en ce

(1) On voit par cette lettre et celles qui la précèdent la place qu'Ad. Lèbre s'était faite dans le cœur et l'esprit de Sainte-Beuve. Nous lui consacrerons plus loin une petite notice à l'occasion de son arrivée à Paris.

moment ou jamais que je le fais, que je le pense :
j'approfondis tous les jours mon cardinal de Retz
sans avoir besoin de le relire. Mais pour écrire ce
livre, mes chers amis, oh ! qu'il me faudrait du repos !
du loisir ! un nid ! Car, à part ces distractions du
Balcon, ma vie actuelle n'est pas tenable. Pardonnez-moi de vous en parler. Avant tout, j'ai
Port-Royal à finir, mes embarras d'argent étant
extrêmes et tels que je ne pouvais plus aller comme
cela, j'ai dû prendre un parti. Je me suis arrangé
avec Renduel pour me donner le droit de mettre
dans la *Revue* douze morceaux, tirés de *P.-R.*,
douze portraits ; la *Revue* me les payera ; mon
double travail de livre et de revue ne fera plus
qu'un, et je vivrai dessus. A partir de mardi, je ne
vais plus sortir qu'au soir, je refuserai tout et tiendrai bon dans ma forteresse jusqu'à terme. S'il ne
me fallait absolument Paris pour des livres et tous
les menus assortimens littéraires nécessaires au
dernier apprêt et que j'avais négligés là-bas, j'irais
chez quelque ami, dans un château vide, m'en-
terrer et finir l'œuvre : mais j'ai besoin, six fois
par jour, de vérification à la bibliothèque, — ainsi
à partir de mardi (je le répète devant vous comme
un serment pour me garantir moi-même), je prends
un parti moindre que celui de faire là-bas le cours,
mais un parti analogue, et que je tâcherai de tenir
également. Après quoi, œuvre faite, *Port-Royal*
jeté au monde, je regarderai dans la vie et me

remettrai à lutter au hasard avec le tous les jours.

« Je vous avoue que l'avenir commence à m'inquiéter; car les désirs se font plus vastes en des cœurs vieillissans, quand ils n'ont pas été apaisés à temps, ni réglés jamais. Il me prend des regrets amers de voir, dans la misère de notre nation et de notre gouvernement, qu'il n'y a là aucune place pour des intelligences mûres et fermes qui s'y voudraient longuement employer (1). Je me rejette alors au roman, à cette vie privée pour laquelle j'ai eu tant de penchant, mais que je commence à ne plus considérer en mes meilleurs jours que comme un pis-aller. J'essaie en idée toutes les perspectives, je change d'allée dix fois en une heure pour me demander : *Est-ce que celle-là n'est pas le chemin ?* Je me retrouve, après tout ce pirouettement sur moi-même, plus désorienté que jamais, plus perdu dans le carrefour de cette forêt dont Dante a parlé.

« Vous allez me rappeler à demi voix : *alle stelle!* mais non, avant tout, la terre où me poser, l'ombre où m'asseoir, la source et l'oubli s'il se peut : les étoiles, si elles sont durables et vraies, me luiront alors.

« Vous prendrez idée de tout ce que j'agite

(1) C'est la première fois peut-être que Sainte-Beuve regrettait de ne jouer aucun rôle politique, mais ce regret n'était pas très sérieux au fond; l'ambition, pour me servir du titre de son roman projeté, ne le prit que sur le tard, et encore, quand il brigua le poste de sénateur sous l'Empire, était-ce moins par ambition que par intérêt, pour se mettre à l'abri des soucis d'argent qui le poursuivaient.

9.

d'extrême en ma détresse quand je vous dirai que le *mariage !* lui-même s'est présenté à mon esprit avec ses chances et n'a pas été tout d'abord anéanti et que je me suis demandé s'il n'y avait pas de ce côté un port, un gazon où l'on échoue.

« M. de Maistre, que je voyais l'autre jour ingénu, sensible, à soixante-seize ans, venant à Paris pour la première fois, étonné, doucement malin et souriant, m'offrait l'image d'une vie, ainsi passée sous des cieux bien divers et gardant sans mélange son grain attique parce qu'elle l'avait reçu en naissant. — Et je comprenais qu'avoir vécu ainsi serait un soir plus doux après une après-midi promeneuse, que toutes nos existences rongées, dévorées, amaigries, d'académie ou de chambre. — Et, tâchant d'oublier le bon Fortoul et de n'être point plagiaire, je me voyais à un quart d'heure de chez vous, aux pentes du lac, non loin de Mme Hare, et sachant, aux jours du plus grand émoi, entrer dans les récits de M. Frossard sur les imposition-naires, même y ajouter mon grain en narquois rusti-que du terroir. Car j'en serais, j'aurais quelques arbres à moi, un petit trône de verdure comme celui de derrière *Mon repos*, la vie privée enfin dans sa douceur sinon dans sa grandeur.

« Voilà les rêves que je refais à certaines minu-tes comme il y a quinze ans, oubliant ces années venues, l'âme ternie, l'ennui facile et la dérision de la vie.

Romæ Tibur amem ventosus, Tibur Romam,

(pour Olivier) oubliant que vous-mêmes n'êtes plus sûrement à ce nid où vous êtes nés, que le nid flotte, et que vous sortirez peut-être de votre lac pour notre mer aux prochaines crues.

« Vous m'avez quelquefois accusé, mes chers amis, de ne pas vous parler de moi et du fond ; je me suis assez échappé cette fois pour vous montrer que je ne rougis de rien avec vous, et que si je me tais souvent, c'est habitude plutôt prise envers moi-même.

« A vous de cœur.

« Amitiés à Lèbre, M. Vulliemin, Ducloux, Vinet, etc.

« Et toutes vos dames à commencer par Mlle Sylvie, qui me fait bien attendre...

« N. B. — De Mickiewicz, si vous n'avez rien, il n'y faut plus compter. Sa femme ne guérit pas. S'il n'a pas pris un parti, il n'y a aucune raison pour qu'il en prenne un dorénavant. Il est comme la pauvre Nina, il attend. »

« Ce dimanche, 10 février 1839.

« Mes chers amis,

« J'espère que ces maladies auront un peu cessé et que peut-être votre hiver est comme le nôtre, finissant. Il me tarderait de le savoir. Sans être malade, je suis aussi empêché que possible par la quantité d'occupations et de pensées qui font siège alentour. Notre situation ici est plus embrouillée que jamais, et il m'est impossible de n'y pas songer beaucoup. Je n'ai jamais été si désintéressé ni si complètement éteint sur la passion politique, mais je n'en vois qu'avec plus d'intérêt, de curiosité et de dégoût tout ce qui se passe, tout ce qui remonte : le fond du vase est en jeu. Je travaille à travers cela à *Port-Royal*, avec lenteur toutefois, bien que je tienne mon serment.

« La publication que médite M. Eynard pourrait avoir de l'intérêt : Madame de Genlis est usée ici, elle a tant publié ! M. de Montesquiou n'a jamais été usé, ni même connu autre part que dans un certain monde dont il était l'oracle. Mais indépendamment des deux principaux personnages, il doit y avoir un trésor intéressant dans cette correspondance ; si, lorsqu'elle paraîtra, je suis ici, j'y aiderai de grand cœur par quelque article un peu développé.

« Il n'y a aucun moyen d'avoir le *Joubert* qui n'avait été tiré qu'à 150 exemplaires : il faut attendre, on prépare une seconde édition plus complète, qui paraîtra d'ici un an. Nous ne la manquerons pas. Je n'ai pu encore avoir avec précision la liste des publications de Saint-Simon et de Fourrier, ce qui n'est pas peu de chose : il faut que je me fasse donner cela par quelqu'un de compétent. Encore ce qu'il y a de plus curieux en faid'ouvrages *primitifs* de l'un et de l'autre ne se pourra procurer, je le crains. Leurs écoles ont reproduit les ouvrages plus dogmatiques et qui servaient leurs vues de prédication ; mais les ouvrages les plus propres à faire connaître les génies dans leur jet original, tels que la *Théorie des quatre mouvements* de Fourrier, et l'*Introduction à la philophie du XIXe siècle* de Saint-Simon, sont devenus introuvables.

« Muston m'a fait remettre l'autre jour un petit volume de vers où, parmi force hiatus et des fautes de français assez nombreuses, je trouve un parfum franc. Ce petit quatrain m'a transporté :

LE PÈLERIN

Regardant une étoile au ciel épanouie
Un jeune homme marchait : son léger manteau bleu
Diminuait toujours. Ce manteau c'est la vie.
Le jeune homme c'est l'âme, et l'étoile c'est Dieu !

« Avec des petites pièces comme celles-là, comme les quatre vers d'Olivier en tête des poésies recueillies *par des sentiers fleuris*, etc., on ferait une charmante anthologie après le christianisme.

« J'aurais bien besoin, pour me faire une exacte idée de la victoire de M. Druey (1), des explications de M. Frossard : je suis un peu tenté de croire, comme Berryer, à la coalition des philo-

_____

(1) M. Druey fut plus tard le principal auteur de la révolution qui bouleversa le canton de Vaud, en 1845.

sophes hégéliens ou voltairiens avec les radicaux
chrétiens dans cette abolition de la confession
d'Augsbourg : est-ce donc une bêtise que je dis
là ? J'en ai parlé l'autre jour à la rencontre avec
M. Rossi, mais c'était moi qui étais le mieux
informé.

« Je vois souvent Mme de Tascher, qui a passé
assez bien cet hiver : je ris avec elle de tout cela,
et de notre coalition ici et de toutes choses, et très
innocemment ; car elle a la foi au fond, et le rire
avec elle n'a rien d'amer. Elle s'informe toujours de
Mme Olivier ; mais nous allons même jusqu'à rire
de ma *belle fiancée*, comme elle dit, que je lui mon-
trai au haut du grand escalier, beau papillon d'argent aux grandes ailes bleues. — Les ailes ne sont-
elles pas déjà un peu tombées ?

« Rappelez-moi au souvenir de tous : j'ai dîné
une fois avec M. Verny, le pasteur protestant, ami
de M. Vinet.

« Comment sont-ils ?

« Amitiés à M. Espérandieu, Ducloux, Vulliemin, Péclard, Durand, Scholl, etc., à Mme Régnier ;
j'espère que Mlle Sylvie est mieux : j'offre mes
hommages à Mme Ruchet. Je serre la main à M. Ruchet, à Lèbre, à M. Urbain si vous êtes à portée ;
j'embrasse les petits sur les quatre joues.

« J'embrasse même Mme Olivier et vous, cher ami.

« Par Mme Forel, que je salue bien respectueusement, je vous prie de me rappeler au souvenir de M. de Brenles; et puisque je suis dans les octogénaires, je n'oublierai pas Mme Murat.

« Et puis si le vieux M. Cassat a encore un souffle sur André Chénier, faites-lui rendre l'oracle. Qu'en sait-il ? Quel jugement en ferait-il ? Nous en sommes à écouter les moindres échos. »

« Le 6 mars 1839.

« Mes chers amis,

« Nos lettres se croiseront encore une fois, mais, malgré l'impatience que cela donne, je ne veux pas plus tarder, et celle de vous écrire l'emporte. Il paraît qu'il se passe de véritables révolutions dans le canton de Vaud, que la réaction anti-méthodiste est en pleine veine, qu'on attaque au Grand Conseil les tendances de l'enseignement religieux, et que les pétitions vont même contre un candidat méthodiste à la place de pasteur à Lausanne. Quoique je ne cesse pas d'être au milieu de vous, vous le voyez, tout cela m'est bien égal si les désirs d'Olivier et les vôtres, Madame et chère amie, n'en sont pas contrariés : mais il m'est impossible de croire que votre vie très anti-méthodiste de cet hiver, Madame, n'ait pas levé tous les obstacles. Quand donc toute cette incertitude sera-t-elle terminée ?

« Nous sommes plus que jamais ici dans le gâchis politique par le résultat des élections qui rend à peu près la même Chambre, empêchant le ministère de

continuer et ne désignant pas nettement ses successeurs. Je n'en suis au reste qu'aux nouvelles
d'hier, et peut-être le télégraphe qui achève d'apprendre les nominations a-t-il déjà tout changé.

« Je vis toujours très retiré, travaillant. Je vais
avoir deux gros volumes et portraits imprimés dans
un mois : *Port-Royal* retarde de plus en plus ; ces
deux volumes m'absorbent par les détails d'épreuves
et d'additions. A propos, quoique la *Revue Suisse*
vive, je ne puis m'empêcher de faire ce portrait de
Mme de Charrière et de le donner ici : est-ce bien
mal ? Il sera dans la *Revue* du 15. J'en avais besoin
pour compléter mon dernier volume de portraits ;
je m'y suis donc mis et je l'achève en ce moment,
à la veille de l'impression, selon mon usage. Apaisez
Secretan (1) s'il est toujours directeur de ladite
Revue Suisse, et s'il s'aperçoit que l'article passe
ici. S'il gronde trop, faites ma rançon, promettez
autre chose, et sur les lieux (si j'existe), je paierai.

« Je relis votre dernière lettre, chère Madame,
elle est bien jolie, à l'endroit des bas bleus et du
vaudeville de M. Porchat (lequel se trouve ainsi
donner le doigt au panthéiste M. Druey), et de
tout. Mais, vers la fin, il y a des reproches voilés,
et je vous jure qu'en lisant et relisant il m'est impossible d'y rien voir sinon que j'ai eu quelque gros
tort dont je ne me suis pas aperçu. Expliquez-vous,

(1) Le philosophe Charles Secretan, qui avait fondé en 1837 la
Revue Suisse, dont il ne devait abandonner la direction qu'en 1843.

je vous prie, dites *quoi*. Et entre nous, pas de ces nuages.

« Je suis bien stérile de nouvelles et d'idées, n'étant depuis des jours que dans l'œuvre de mes épreuves ; je hâte, voyez-vous, ces volumes qui me donneront de *l'argent*, nerf de tout et clé de l'avenir. Cet avenir, c'est le printemps dans deux mois, et je ne sais quoi, que je n'ose préciser encore. En attendant, je pousse à mes volumes, qui me laisseront, en paraissant, le moyen d'aller, si rien d'absolu ne me retient.

« Adieu, que j'aille ou que je tarde, aimez-moi toujours autant et, en distribuant des amitiés à M. Vulliemin, Ducloux, gardez les meilleures pour le logis, pour Lèbre, pour M. Ruchet, M. Urbain, embrassez les petits, et Olivier, Madame, comme je vous embrasse tous. Comment est Mlle Sylvie ?

« Ci-joint un mot pour jeter à M. Chatelain à Rolle. »

« Ce 15 mars 1839.

« Madame et chère amie,

« Je reçois votre lettre et j'y veux répondre aussitôt, sûr cette fois d'avoir exorcisé ce guignon des lettres croisées. Voici bien au net mes projets, mes désirs, mon idylle, à moins d'accidents. J'irai vous voir de très bonne heure, je partirais dans cinq ou *six* semaines, je suppose, ou *deux* mois. Après quelque temps de séjour (et non limité) j'irais près d'Avi-

10

gnon voir la sœur de Mme Buloz, chez laquelle ils
seraient tous, et je m'en reviendrais à travers la
France, par le midi ou par le milieu jusqu'à *Pouvray*, terre de Mme de Tascher (dans le *Perche*), où
je passerais un mois. A Lausanne, je ne voudrais
voir quasi personne, c'est-à-dire les amis seuls, et
non le monde ; d'ailleurs je suis toujours hors d'état
de causer plus d'une ou deux fois par jour. Je ne
voudrais arriver vers vous qu'après la décision du
sort d'Olivier : quand sera-ce fait ? Votre hospitalité entière serait tout acceptée, croyez-le, sinon
pour deux ou trois petites raisons *de santé* vraiment : j'ai besoin de me coucher deux ou trois fois
le jour, de dormir sitôt que l'envie m'en prend, etc.
(je ne parle pas du reste). Pour tout cela, j'ai un
peu besoin de chambre à l'hôtel ; je tiendrais bien
à mon bon M. Backoser, à qui j'ai promis de revenir : ils me donneraient une jolie chambre à leur
bel hôtel avec vue sur le lac ; l'argent, l'argent, j'en
aurai un peu : qu'est-ce que cela fait ? Avec mon
double logement, j'échapperai aux ennuyeux et
j'irai choisir les amis. Je ne sais vos projets d'été,
mais vous quitterez peut-être Lausanne ; j'aimerais
assez y rester très peu et aller ou à Aigle, ou à
Eysins, ou par les montagnes dès les neiges fon-
dues (et elles doivent fondre de bonne heure cette
année). Je règle tout cela à ma guise. Ne dites pas
aux gens que je viens ; laissez la chose en l'air : ce
sera toujours quelques jours de gagnés en arrivant.

« J'ai toujours dans mon cœur des désirs de séjour chaque année dans le canton de Vaud : cette fois je serai libre et je pourrai voir clair à tout cela surtout avec vos *quatre-s-yeux.*

« Votre exposé de la situation morale des chrétiens en tous lieux est à merveille, et d'une vue tout à fait haute et mâle : je sens le vrai de tout cela. Nous sommes ici dans le détail des personnes plus que jamais; Thiers gagne la partie de plus en plus, il finira par *fourber* tout le monde : il n'y a de garantie qu'en son esprit; en aura-t-il assez pour comprendre qu'il n'en faut pas avoir trop ?

« Une question encore par l'obligeante Mᵐᵉ Forel, votre amie, à M. de Brenles sur *Mᵐᵉ de Charrière* (qui a paru aujourd'hui), mais c'est pour la réimpression. Le nom de son mari, quel est-il au long : ce nom de *St-Hyacinthe de Charrière*, qu'on lui donne, est-il à son mari ? Qu'est-ce que la *St-Hyacinthe ?* est-ce comme le *Clavel* de Brenles ? Y faut-il le *de*, *de St-Hyacinthe*. Est-ce *St* ou *Ste ?* toutes questions graves comme vous voulez. Offrez pour toute cette sotte peine à Mᵐᵉ Forel mes excuses entourées de mes plus respectueux souvenirs; ainsi que pour M. de Brenles (et réponse par la prochaine, s'il vous plaît).

« Quoi ? je ne verrai pas M. Lèbre à cause de ses *vers à soie* que j'avais fini par croire des êtres fabuleux ! mais il ne sera pas encore si tôt parti ?

« Vous ne me dites pas assez de nouvelles d'Oli-

vier et de ses cours : son *Histoire du Canton* a-t-
elle continué de s'imprimer(1), ne fût-ce que lentement? Il importe qu'il l'achève ; et il y compte,
n'est-ce pas?

« Vous n'irez pas à Genève sans offrir tous mes
souvenirs à Mme Hare : vous ne soufflez plus mot
du mariage Espérandieu : ne voyez-vous pas sa
femme ? Pauvre Mme Clara, je la vois encore montant, avec ses grandes ailes bleues flottantes, Martheray (2), et moi derrière, tout *poussif* que j'étais
alors, forcé de ralentir mon pas très lent pour ne
pas devancer le sien et pour jouir à mon aise de
cette démarche gracieusement languissante. Est-
elle donc sérieusement malade ?

« Ampère est arrivé avant-hier de Rome : grand
événement parmi les amis auxquels son entrain si
spirituel et si affectueux manquait beaucoup.

« Adieu, chère Madame et amie, baisez pour moi
Billon et Billou ; embrassez Olivier et dites à Lèbre
toutes mes grâces.

« Bonjour et de tous mes respects et du cœur. »

« Samedi.

« Il faut que ceci parte afin d'éviter de nouveau
l'imbroglio des lettres croisées. — Qui, moi? jeter
des pierres dans votre lac? attaquer qui ou quoi
que ce soit du côté de Lausanne? Mais comment

(1) Juste Olivier n'acheva cet ouvrage qu'en 1842.
(2) Rue très montante de Lausanne où habitait Juste Olivier.

m'avez-vous cru capable d'un tel méfait? Je n'ai jeté quelques petits cailloux que du côté de Neuchâtel, ce qui est bien différent; j'ai fait ma petite moue à Genève encore; — mais à Lausanne! Je suis vaudois et très vaudois; je croyais faire plaisir à Lausanne même par ces petites pointes contre les antipathies d'à côté. Voilà comme on est injuste. Vous êtes bien sévère Madame, pour mon français; mais savez-vous que, sans m'en être douté, j'ai pour moi l'Académie : oui, ouvrez le gros dictionnaire de 1835, tome II, page 91, et mon *que* triomphe : il restera donc comme une Dent de Morcles sur Aigle. Vous voilà prise, chère prêcheuse. Allons, allons, la grammaire n'est pas notre fait à l'un ni à l'autre : aussi Mme Jacquet (1) a-t-elle plus raison : estre la *colonelle?* Vous voilà à Genève, près de votre amie et dans toutes les émotions d'un printemps de cœur : j'espère qu'aucune bise ne viendra à la traverse. Pourquoi Mme Hare n'est-elle plus à Vevey? Je l'aimerais mieux encore là ; c'est un cadre plus à part ; je suis du bout du lac décidément ; c'est vous qui m'en avez fait, et j'aurais peine à me réaccoutumer à Genève, à moins que Mme Hare n'y reste : ce qui sera fait aussi aisément dans ce cas-là que toutes les choses impossibles

(1) Femme du conseiller d'Etat qui, le 1er novembre 1837, présida la cérémonie de l'installation de Vinet et de Sainte-Beuve comme professeurs à l'Académie de Lausanne, car, chose remarquable, ils furent installés le même jour.

qui se retournent en un clin d'œil au gré du cœur. —
Je voudrais bien, quand je serai là-bas, rester le
moins possible à Lausanne même ; je ne voudrais pas
plus dîner en ville que la première fois, ne pas voir
plus de monde que quelques visites d'amis le matin
et le soir chez vous. Enfin je suis décidé à esquiver
encore une fois les invitations. Aussi je vous réitère
ceci : quand Olivier sera-t-il nommé ? Quand sera-
t-il un peu libre de ses cours ? Mes gros volumes de
portraits s'achèvent dans une dizaine de jours :
mais Buloz devient insatiable d'articles, et m'en
demande presque pour chaque numéro. Ce qui ac-
commoderait bien mes finances, si je ne les perdais
tout aussitôt par des achats de livres et par un tas
de sottes complaisances (souscriptions, etc.) avec
lesquelles on vous arrache ici vos écus. Aussi je
partirais bien volontiers (pour les mille raisons,
sans parler de l'unique) dès que je saurais Olivier
près d'être installé : car je ne puis douter qu'il le
soit.

« Mme de Tascher, que j'ai vue hier, vous dit
mille choses : elle ne va pas plus mal et sa gaîté
est toujours charmante ; ce sont des quarts d'heure
de bonheur que ceux où je la vois : n'en soyez
pas jalouse, car vous y êtes souvent, et elle désire
pour moi les mêmes choses sérieuses que vous.

« Adieu, chère Madame et amie, j'embrasse
Olivier sans savoir si vous êtes à portée, je baise
plus certainement la main à Mme Hare, et offre mes

complimens à son mari, et, là-bas, à Lèbre. J'embrasse le lac en un mot. »

« Ce vendredi.

« Avez-vous le printemps là-bas, chère Madame et amie, ou n'est-ce qu'un leurre pour rendre plus piquante la bise? Ici nous filons un assez doux mois; je m'inquiète un peu de ces variations d'air pour ma poitrine, qui n'est pas devenue des plus vaillantes et il me faut là-bas un vrai printemps. Tous les détails que vous me donnez sont bien excellens; je ne suis pas si effrayé que vous de la ruche de Mme Backoser et de la quantité de frelons que ne tue pas cette fumée. Il n'y aura plus de feu alors, partant plus de fumée (quoique je sache bien des fumées sans feu); j'échapperais aux Français et aux Genevois en fermant ma porte et mettant une clef en dedans : on se sauve souvent plus à l'aide du grand nombre. Enfin nous verrons ; mais j'ai presque avec Mme Backoser, les sommeliers et sommelières, des engagemens de cœur auxquels il me coûterait de manquer pour d'autres Backoser.

« Vous m'effrayez avec ces ajournemens perpétuels que vous me dites pour le sort futur d'Olivier : est-ce donc chez vous plus lent encore que chez nous, où, depuis trois semaines, depuis la chute du ministère Molé, à l'aide de trois conférences par jour, on n'a pu encore organiser le moindre ministère? Cela devient ici la plus amère plaisanterie contre le gouvernement représentatif ; et je crois que si ça continue et si l'on trouve sous sa main un bon despote, on le prendra : pitié, pitié que les théories ! Le fait est que, dans notre singulier bateau à vapeur, du moment que les accidens extérieurs ont cessé et que tout a paru dans l'ordre, tout d'un coup la machine n'a plus fonctionné, sans qu'on puisse absolument savoir à quoi cela tient.

« En attendant, je fais des articles à la *Revue* et j'achève de réimprimer les anciens en volume. Je viens de dire enfin mon mot (ô douleur) sur Lamartine à propos de ses *Recueillements,* qui sont des *débordements* (1). J'ai accepté la coupe et le glaive, j'ai bu l'une et j'ai frappé avec l'autre : il le fallait tôt ou tard, à moins d'abdiquer. Cela pourtant n'a pas été sans des amertumes intérieures sur la nécessité de la condition et la dureté du métier : *Paupertas impulit audax* (demandez à Olivier).

« Marmier est revenu ici passer les vacances de Pâques ; il vient de Rennes où il a commencé son cours de littérature et donné douze leçons. Les dames en ont raffolé, elles ont fait invasion dans la salle, au grand scandale de l'Université ; Cousin a tonné là contre dans le Conseil. On a fait à Rennes une complainte sur certaine dame trop assidue, et depuis le départ de Marmier, on chante cela à

(1) Voyez la *Revue* du 1er avril 1839.

la beauté sous son balcon. Vous voyez que l'espèce est partout la même et qu'assez peu importe l'individu. Thésée ou Bacchus! Ariane toujours.— Marmier d'ailleurs paraît décidé, avec raison selon moi, à en rester là, à ne pas retourner après ce premier et vif succès : il y trouverait en effet des ennuis, ne fût-ce que de la part de notre très pédante et morale Université. Il est toujours très gentil et aimable poète : vous lirez son livre sur *la Littérature du Nord*.

« Didier se marie, dites-le à Mlle Frossard ; je vous envoie ci-joint les lignes de faire part. La demoiselle qu'il épouse, et qui est un peu femme libre, est jolie, dit-on, amie de Mme Sand, Belge, assez bien posée dans le monde et ayant quelque fortune et encore plus d'espérances.

« Amitiés à tous, chère Madame; si vous n'êtes pas encore à Genève, portez-y mes hommages à Mme Hare. Embrassez les Billou, Billon, le cher Olivier; et un tendre bonjour à Lèbre. J'abrège les litanies d'amis à cause de la vue prochaine.

« Adieu et mille hommages de cœur. »

                                        « Lundi.

« Oui, je suis bien coupable et je me le suis dit tous les jours, mais j'ai été ballotté dans une telle incertitude et repris par une occupation si à jour fixe, que j'étais forcé de remettre. Buloz, me voyant toujours ici, m'a fait demander un article pour sa

                                        10.

prochaine, à cause de la pesanteur philosophique
et de la longueur des *Cordes de la lyre*; on avait
besoin de menu, il m'a fallu écrire au plus vite le
portrait du bon M. Xavier de Maistre, et ce n'est
que d'hier que j'en suis quitte. De plus un coup de
vent a soufflé dans les projets de voyage : je souffre toujours de la poitrine, j'en étouffe et ne suis
pas notablement mieux que quand vous m'avez
connu ; la gorge n'est presque rien, mais c'est plus
bas : j'en suis, comme toujours, à compter une
conversation de plus ou de moins, bref on m'a
poussé au Midi avant la Suisse. Ce qui m'effrayerait
à Lausanne en ce moment c'est moins le reste de
bise (que nous avons aussi) que la nécessité d'être
à tous et d'accepter quelques invitations : ici, en
les refusant à peu près toutes et en vivant en loup-
garou, je trouve moyen d'être essoufflé encore et
d'avoir les plus pénibles lassitudes de nuit à la poitrine. Aussi voici ce que je fais : je ne puis plus
attendre ici sans m'irriter horriblement ; si j'arrive
à Lausanne dans huit jours, je suis au bout de trois
jours sur les dents, ne pouvant échapper ni fuir
comme si tout était décidé pour vous et les vacances
commencées. Je fais donc un détour pour humer
du soleil et accumuler du silence. Je pars vendredi
pour Marseille, je m'embarque droit pour Naples,
où je reste quinze jours au plus ; je reviens par mer
à Rome, où je reste huit jours ; et je reprends la
mer pour tendre droit à Lausanne par le plus

court, soit par Gênes, Turin et le Mont-Cenis, soit
Livourne, Milan et le Simplon. Je compte être à
Naples une douzaine de jours après mon départ
d'ici ; je n'ai à faire route en voiture que jusqu'à
Chalon-sur-Saône : là on prend le bateau à vapeur
qui, par la Saône et le Rhône, vous mène jusqu'à
cet autre bateau de Marseille (1). Je ne resterai à
Naples et à Rome que le temps strict que je vous
dis, et, ces deux villes entrevues, l'été régnant, je
vous arrive de par les monts en juin : le voyage de
Buloz près d'Avignon ne se fera très probablement
pas à cause de ces changements de ministère. Il y
a, dans cette nouvelle distribution de mon été, une
si grande contrariété à ne vous voir que plus tard,
qu'il faut l'utilité bien sentie du soleil, de la solitude et le sentiment surtout qu'il est temps d'en finir
avec ce mal opiniâtre, pour que je me décide à un
retard qu'il y a quelques jours encore je ne prévoyais pas. Je le prévoyais si peu que, traduisant
à ma guise un sonnet de Bowles, je m'amusais à
me supposer à Lausanne, vous étant ici à ma place,
et au lieu du *Sombre bois* dont parle l'Anglais, je
mettais Rovéréa et disais, chère Madame :

Étrange est la musique aux derniers soirs d'automne
Quand vers Rovéréa, solitaire j'entends

1) Sainte-Beuve écrivait un jour (29 juillet 1869) à M. Albert
Collignon que Beyle lui avait donné un petit guide-âne pour son
voyage d'Italie en 1839. (*Corresp.*, t. II, p. 378.)

Craquer l'orme noueux et mugir les autans
Dans le feuillage mort qui roule et tourbillonne.

Mais qu'est-ce, si surtout sous la même couronne,
De ces bois alors verts, et sur ces mêmes bancs,
On eut, soir et matin, la douceur des printemps
Auprès d'un cœur ami de qui l'absence étonne ?

Reviens donc, ô printemps ! renais, feuillage aimé !
Mois des zéphyrs, accours ! chante chanson de mai !
Mais triste elle sera, mais presque désolée,

Si ne revient aussi, charme de ta saison,
Printemps de ton printemps, rayon de ton rayon,
Celle qui de ces bois bien loin s'en est allée (1) !

« Pour vous expliquer plus encore le choix
extrême de Naples, je vous dirai que j'y ai un ami
banquier qui m'aplanira avec le plus grand plaisir
toutes les petites difficultés d'un frais débarqué, et
me renseignera surtout sans m'obliger à plus que
je ne voudrai. Pardon, chers amis, de tous ces
détails qui me touchent, mais que je vous devais par
cette raison même. Mon ami Marmier part dans
trois semaines pour un nouveau voyage du Nord,
pour les îles Féroë et la Laponie encore. Que ces
incertitudes de l'Académie sont pitoyables et quelles
pétaudières vraiment sont les démocraties ! On ne
sait à qui s'en prendre. J'ai appris avec grand plai-

---

(1) Ce sonnet a été publié par Sainte-Beuve au tome II de ses
Poésies complètes, p. 305. avec ces variantes : vers 5, si *déjà*, au
lieu de si *surtout* ; vers 11 : mais triste *tu seras*, au lieu de : *elle
sera*.

sir la nouvelle du mémoire de M. Vinet sur l'Église
et l'État (1) par *le Semeur;* mais n'est-ce pas le
compte de M.Druey, qui ne voulait pas autre chose?
J'ai passé une soirée chez M. Hollard, il y a eu un
mois, avec M. Verny, M. Lutheroth, Mme de Pressensé.

« Me voilà d'aujourd'hui dans les préparatifs les
plus hâtés : je recevrai votre prochaine à Naples,
poste restante, si vous voulez bien; j'y répondrai
aussitôt, et, lorsque je le ferai, je serai presque
déjà en train de revenir vers vous.

« Je n'embrasse pas Lèbre, que je rencontrerai
peut-être sur le bateau : ce serait une grande joie.
J'embrasse Olivier, sérieux et noble dans son
attente du sort, mais quelle petitesse encore une
fois à tous ces gens ! Je baise les deux petits ; quant
au reste des amis, je n'en nommerai aucun de peur
d'en glisser un par mégarde qui soit pour quelqu'un
des moyens termes et pour les faux-fuyants académiques.

« Adieu, chère Madame et amie, je compte sur
bien des affectueuses indulgences, et vous donne à
tous mes respects du cœur. »

(1) Vinet s'était de bonne heure prononcé pour la séparation de
l'Église et de l'État, qu'il considérait comme la garantie de la liberté religieuse. Il écrivait dès 1824: « La protection du gouvernement est un joug pour l'Église. Les relations qu'on a établies entre
l'État et la religion, entre la société politique et le royaume des
cieux me paraissent, je l'avoue, adultères et funestes. »

« Ce 21 mai 1839, Naples.

« Je reçois, Madame et chère amie, votre bonne
lettre au retour d'une petite expédition à Sorrente,
Capri, Ischia, qui m'a pris trois jours; je suis
étonné moi-même de citer ces noms d'original et
pour les avoir vérifiés sur les lieux : j'y crois à
peine, et pourtant j'en jouis. Le soleil de Naples
est un idéal qui disparaît un peu de près; tout le
monde ici se plaint du changement de saison, c'est
comme à Paris, à peine plus de pesanteur; et j'attends encore le ciel bleu de nos rêves. Mais l'horizon est grand, les paysages sont agrestes et riches,
la mer y joint des beautés divines : je ne suis donc
pas désappointé. En demeurant, on trouverait d'autres beautés moins indiquées, et ce sont les plus
douces, comme mon séjour en Suisse me l'a déjà
appris. Je ne suis plus ici que pour peu de jours :
je vais aller à Rome; avant d'oser attaquer cette
grande cité dans *Port-Royal*, il m'est bon de la connaître, j'espère en revenir plus respectueux, au
moins plus indulgent comme pour quelque chose
qu'on a aimé (1). Au milieu des cérémonies et des
superstitions de Naples, j'ai bien souvent songé à
Lausanne. J'ai mieux compris les églises dépouillées de la Réforme devant les autels d'argent de

(1) Il devait y avoir pour guide l'abbé Gerbet, celui de tous les
disciples de Lamennais auquel il est resté le plus fidèle. Se rappeler
le beau portrait qu'il a tracé de lui au tome VI des *Lundis*.

saint Janvier. On y voit sur un devant d'autel les Sirènes qui sourient et dansent parce qu'on leur apporte le sang de saint Janvier martyr, et elles ont bien raison de sourire et de danser, car ce sang ne les gênera pas du tout. Je suis hier monté au Vésuve : auprès des excursions suisses, ce n'est rien du tout ; mais au retour, j'ai bien joui de la vue du golfe et de nommer dans mon cœur toutes les côtes déjà par moi parcourues. Je vous parle de moi, chers amis, et ne vous ai pas encore dit ma joie de savoir votre position fixée enfin dans la patrie de votre amour et de vos amis, car j'en suis de cette patrie aussi. Vous voyez ce qu'est la France. Une poignée de fous et d'atroces qui viennent toujours à propos pour donner raison aux hypocrites, aux peureux et aux politiques. Les cœurs libres, fiers et purs n'ont rien à y faire : heureux ceux qui ont leur Léman !

« Oh ! je suis si las : ne pourrais-je m'y reposer ? Je dis cela tout le long des chemins, à chaque vallée heureuse.

« Votre loyauté délicate, chère Madame, s'est trompée (comme elle fait quelquefois) sur le sens bien innocent d'une phrase sur mon ami le banquier : puis-je donc me plaindre d'un soin qui n'accuse que l'amitié même ? Non, je ne crains pas les chères obligations de là-bas. Qui sait ? je vous reviendrai peut-être si désarmé et si déplumé au retour d'Italie que je logerai sans trop de façon chez mes chers amis les *Professeurs*. Vous seriez bien étonnée, n'est-ce-pas ?

« Les excès de fatigue m'ont un peu rendu l'irritation de poitrine qui avait cessé, je vais tâcher de la faire de nouveau disparaître. Une grande irritation de caractère s'y était mêlée dans ces derniers temps : elle n'échappait pas à mes amis de Paris, pas même à moi. J'ai cru nécessaire ce voyage solitaire pour mieux réfléchir sur moi-même et mieux réfléchir en moi l'horizon attristé au moment du passage de la jeunesse à l'âge qui la suit. Rome et Naples ne sont là que des bordures : le vrai paysage est celui des années arides et dépouillées qui s'avancent et que j'ai vu surgir !

« Amitiés à nos amis, Ducloux, Espérandieu, Vinet, Vulliemin, Durand, Lèbre. Celui-ci est-il revenu ? Le long de mon chemin dans le midi de la France, je n'ai cessé de voir ses mûriers. J'embrasse les chers petits. Je salue respectueusement Mlle Sylvie, amitiés à M. Ruchet, à M. Urbain, à toute la famille. J'embrasse de cœur Olivier. Je pourrai recevoir encore une lettre de vous, après quoi ce sera moi. Adieu. »

« Marseille, 22 juin, matin.

« Mes chers amis,

« Me voici revenu d'Italie hier soir. J'ai quitté Rome dans la nuit du 18, après y avoir excédé de bien peu le temps que j'avais marqué. Je vous reviens bien fatigué, mais d'un autre genre de fatigue que celui dont je souffrais auparavant; la poitrine m'a l'air d'être très bien autant que je la puis distinguer dans la fatigue générale. J'ai assez bien vu Rome et dans le sens où je la voulais voir : je comprends ce que c'est maintenant. On y devient aisément dévot, chacun à son saint, l'un à l'Apollon du Belvédère et au grec, l'autre à Raphaël, l'autre aux chapelets; j'ai vu des dévots de toutes les sortes et qui chacun ne voyaient que leur objet. Rome et son séjour prolongé sont le plus grand prétexte à la paresse de l'âme et à un parti pris : on y penche tout d'un côté et rien ne vous y contrarie dans ce grand silence. Au fond , tout cela est mort; Rome n'est qu'une grande ville de province, traversée d'étrangers. Ce qui y vit ou qui achève d'y mourir (et achèvera longtemps) a le petit pouls d'un vieillard : ce qu'était le ministère Fleury en France. C'est mon impression (1);

(1) Rapprocher de cette lettre sur Rome celle que Sainte-Beuve écrivait de Lausanne à Victor Pavie quelques jours après. Il y a là des nuances qui, pour être curieuses, s'expliquent par ce fait que Pavie était catholique et Juste Olivier protestant. Voici la lettre à Pavie :

« Lausanne, 5 juillet 1839.

« Heureux qui comme Ulysse a fait un beau voyage.
. . . .
« Et mon petit Liré que le mont Palatin. . . . . .

Vous vous rappelez, cher Pavie, ce sonnet de votre du Bellay, à son *retour de Rome* (1).

« Rome a égalé toute mon attente, bien qu'à d'autres endroits que

(1) Ce n'est pas à son retour de Rome, mais à Rome même, que fut composé le sonnet du *Petit Liré*.

gardez-la pour vous, mes chers amis ; n'en dites surtout rien à Mickiewicz, si, comme on me l'a assuré à Rome, il est enfin parmi vous ; dans ce cas, faites-lui des amitiés de tout le petit couvent de Rome, de Jérôme Kaiziwicz, du comte César Plater, et d'un Russe même qui m'a prié de lui serrer fortement la main, M. Nicolas de Gogol. Je n'ai eu aucune nouvelle de France ni de personne depuis cinq semaines ; je vais en attendre à Lyon de ma mère. Trois jours ici, autant à Lyon je suppose, et le temps des trajets ; je vous arriverai donc un de ces matins du mois finissant. Me voudrez-vous bien loger, chère Madame et amie, à con-

ceux que j'aurais d'avance indiqués ; au reste, j'avais essayé de ne me rien figurer et je me suis laissé faire.

« C'est beau, c'est grand, mais à tout moment j'y mêlais des regrets. *Urbain VIII* a gâté bien des choses ! Et cet *Urbain VIII* remonte quelquefois très près de Michel-Ange. Il faut oublier le gothique et tout ce qui tient à nos chères notions d'art religieux ; il faut consentir au Romain, au cintre, trop heureux quand on le trouve simple et antique, et quand le *Saint-Sulpice* ne masque pas tout cela. Pour vous exprimer plus vivement ma pensée, je vous dirai que je serais bien étonné que Hugo *ne décolèrerait pas* ici. Franchement, Saint-Pierre (la place à part) est le sublime du mauvais goût, mais il y a un tel degré de richesse, de splendeur et de grandeur, qu'on s'oublie à la fin et qu'on avoue que c'est sublime. Je l'avoue donc, mais aucune âme d'artiste ne le croira. Quant au Vatican, c'est autre chose ! Gracieuse et grande architecture de Bramante, et le Raphaël là dedans. J'ai vu Raphaël à toutes ses grandes pages. Quand Rome ne m'aurait appris que cela et ne m'aurait montré à l'autre bout que le Colisée, ce serait assez pour remplir la mémoire durant une vie : mais il y a mieux, l'oserais-je dire ? Il y a les petites églises et les couvents détournés, les boutiques où l'on n'entre qu'en sonnant, en passant par le cloître et où l'on respire dès l'abord l'odeur du christianisme primitif, parmi des colonnes de jaspe et de vert antique, des sacristies ouvertes sur ce grand ciel tout éclairé. »

dition de ne pas vous déranger? de ne pas déranger le travail d'Olivier ni de M. Lèbre? Si la disposition de la maison est la même, la petite chambre bleue, celle d'où vous me montriez du canapé la Dent de Morcles, ferait bien mon affaire. Je vous reviens plus épris du Léman que jamais; je suis bien content d'avoir vu l'Italie, Naples et son beau ciel, pour savoir que le beau ciel est le même quasi partout, que le rayon est le rayon, et le Léman un de ces beaux miroirs que nulle comparaison ne ternit. Il faut que j'y vive, que j'y passe régulièrement cinq mois d'été, à l'étude libre, à la pensée, à la poésie, à la solitude, à la tristesse, à l'amitié; je reviendrai passer l'hiver de sept mois à Paris et jy faire le condottiere, le pirate critique infatigable et autant que se pourra équitable. Mais j'aurai mes étés, et les aurai près de vous.

« Nous verrons à arranger tout cela (1). Aucun adieu donc, mais mille bonjours et à tous nos amis dont je n'énumère plus les noms, puisque je les vois déjà et les salue de la main. Des baisers aux petits.

« A bientôt et toujours. »

« Ce mardi (milieu d'août).

« Votre charmante lettre m'est arrivée hier; je

(1) Hélas! l'homme propose et Dieu dispose. Sainte-Beuve devenu de plus en plus Parisien, malgré ses prédilections marquées pour la petite patrie vaudoise, ne devait plus revoir le Léman qu'une seule fois, en 1839.

n'étais que depuis un jour à Paris. En effet, parti le mardi à une heure du matin, je suis arrivé à Besançon le soir et n'ai pu trouver une place de coupé que pour le surlendemain. J'ai dû passer là tout un jour et l'ai employé à visiter mon ami M. Weiss le bibliothécaire, l'ami de Nodier, le *tome premier* de Nodier déposé là dès l'enfance, moins doré à la tranche, mais moins tacheté au dedans : charmant et bonhomme, très savant (1). J'étais installé dans

(1) M. Weiss a laissé un manuscrit conservé à la Bibl. de Besançon d'où sont extraites les lignes suivantes qui se rapportent au séjour de Sainte-Beuve et que me communique fort aimablement M. Léonce Pingaud :

« 7 août 1839.

« Sainte-Beuve, qui vient de terminer son cours de littérature, est arrivé hier soir ici retournant à Paris. Il nous a trouvés, Viencin et moi, dînant très modestement et nous nous sommes mis à jaser comme gens qui ne se sont pas vus depuis longtemps et qui, par conséquent, ont mille choses à se dire : et puis est venu tout d'abord sa brouillerie avec Hugo qu'il n'a pas très bien expliquée, et puis le théâtre, la littérature avec les menus propos et les jugements tranchants. La première curiosité satisfaite, Sainte-Beuve nous a parlé de son Histoire de Port-Royal prise au point de vue littéraire, qu'il compte publier dans cinq à six mois, nous contant des remarques curieuses sur Saint-Cyran, Arnauld, Pascal, Nicole, etc. Comme il était fatigué, nous l'avons reconduit à l'hôtel de France, nous ajournant au lendemain. Il a passé l'après-midi sur les bancs de Granville et à la Bibliothèque et nous sommes allés dîner au Pré-aux-Clercs tous les trois. La conversation a roulé sur son édition de Fontanes qu'il ne lui a pas été permis de donner complète par les scrupules de Mme de Fontanes, sur Chateaubriand, Ballanche, le chevalier de Langeac, etc. A dix heures, il a témoigné le désir de s'en retourner. Ainsi s'est terminée cette douce apparition. Il sera samedi matin à Paris. »

« 8 août.

« M. de Gingins, arrivé hier des bains de Bade, dont il ne sait s'il doit se louer ou se plaindre. Il est venu s'installer à la bibliothèque,

son cabinet à le questionner sur Nodier, quand
arrive M. de Gingins (1); je me sauve, non sans
le voir; mais que dites-vous, Olivier, de l'âge de
M. de Gingins? Il n'a au plus que trente-huit ans.
Il venait lire des manuscrits bourguignons à Dijon.
J'ai encore dû passer presque un jour : je suis donc
arrivé à Paris dans la nuit du samedi au dimanche.
Dès sept heures du matin, j'arrivais chez ma mère
en toilette : j'ai été un peu frappé de sa pâleur et
de son air plus défait avant sa toilette à elle. Sa
chute l'avait affaiblie; elle va bien maintenant, mais
j'ai senti avec tristesse qu'elle était moins verte
qu'à mon départ. J'ai repris à l'instant mes habitudes de travail et rouvert mes brouillons de *Port-
Royal* sur lesquels en ce moment même je vous
écris. J'ai peu vu de monde encore. Pourtant
Buloz tout d'abord. Je l'ai trouvé très fatigué de
santé, très découragé au fond, et ayant quelque
raison de l'être. On le fait menacer tous les matins
de destitution; on veut l'effrayer pour éteindre son

où il va passer une quinzaine de jours à recueillir des matériaux pour
une histoire du duc Charles le Hardi, à laquelle il se propose de
consacrer le reste de sa vie. »

(1) Gingins La Sarraz (baron Frédéric de), président honoraire
de la Société d'histoire de la Suisse romande, né à Eclepens (canton de Vaud) en 1790, mort à Lausanne en 1863. — Parmi ses publications, il faut citer : 1° les *Dépêches des ambassadeurs milanais
sur les campagnes de Charles le Hardi, duc de Bourgogne*, de
1474 à 1477. Cherbuliez, Genève, 1857 ; — 2° *l'Histoire de la ville
d'Orbe et de son château dans le moyen-âge*. Lausanne, Martignier,
1865 ; — 3° *l'Histoire de la ville de Vevey et de son avoirie, depuis
son origine jusqu'au XIX° siècle*. Lausanne, 1862.

opposition ; il va avoir une audience du maréchal
Soult avant de partir pour chercher sa femme. La
littérature est dans la même crise que la librairie ;
il y a eu toutes sortes de faillites ; tous les libraires
avisés (Gosselin, Renduel) se retirent et ne font
plus d'affaires. Enfin c'est une triste perspective,
Buloz me l'a déroulée et je la crois peu exagérée.
Après tout, les individus s'en pourront toujours
tirer par exception, et il nous faut tâcher d'être de
ceux-là. Je ferai en sorte qu'il ait lu *le Davel* avant
son départ, quoique cela ne doive servir qu'à ouvrir
les voies à la seconde partie qu'il ne pourra lire
qu'à son retour ; il part samedi. De mes amis
d'ici, je n'ai encore rien à vous raconter, mes chers
amis, car je n'en ai vu presque aucun, excepté la
belle Mᵐᵉ Gaillard, que la maternité a tout à fait
couronnée. Mˡˡᵉ Geli, la beauté de la (*illisible*) a
eu ici grand succès quand elle y est venue avec son
père : elle se marie chez vous avec un avocat nommé Jacquard. Savez-vous cela ? J'ai mis en ordre
les vers, et Bonnaire les insérera dans sa *Revue de
Paris* de dimanche. Ainsi, chère Madame, vous
n'aurez pas à en entendre parler aux demoiselles
Herminie, ni au club Forel, puisque vous ne serez
pas à Lausanne. Ici la pièce de L... me fera plus
d'obligations que là-bas et pour d'autres causes ;
ils ne trouvent plus la dame assez jolie. Et hier,
j'entendais décider en pleine *Revue* qu'elle était
décidément trop maigre. C'est ainsi qu'une mon-

tagne ou une rivière, ou seulement le pont de
Saint-Maurice, renverse toute une moralité. Bien
aimable êtes-vous, chère Madame, de penser à ces
mœurs valaisannes, notez-moi tout cela ; notez
pour vous aussi les indices de romans à faire, nous
passerons un bon bout de notre vie à dévider (en
Transjurane), entre Mont-Blanc et Dôle, ces sujets
vaudois, y compris *Fabrice*, qui s'achèvera, je le
jure, par *Davel :* ce sera joli de travailler ainsi à
qui mieux mieux tous les trois, dépeçant chacun
et historiant notre canton de Vaud. Travaillez
donc, et aimez-moi toujours ; j'embrasse Olivier,
son père, sa mère, M. Urbain, j'offre mes hommages reconnaissans à Mᵐᵉ Urbain et à Mˡˡᵉ...
Quant à Doudou, c'est un petit railleur que je renvoie par-devant Aloys le grave, non sans les baiser
tous les deux. Mille bonjours pour aujourd'hui et
tendresses à tous.

« S'il vient des lettres, inutile de vous prier de
me les renvoyer ici, lorsque vous passerez à Lausanne ; de même pour la brochure de Monnard que
vous pourriez mettre sous bande, ou bien attendre
une occasion. On s'est présenté chez M. Risler pour
remettre les 100 francs dus à M. Ducloux. M. Risler
était à la campagne et pour quelque temps encore ;
il y a donc eu retard jusqu'à son retour. Voudrez-
vous le dire à M. Ducloux. Bonjour. »

« Mes chers amis,

« Voici que nos lettres vont encore se croiser et j'en enrage. Je n'avais pas répondu tout aussitôt à la lettre d'Olivier, et de jour en jour j'attendais un mot de vous, Madame, pour riposter et voilà que le mot tarde, et que le mien va vous chercher sans trop savoir si c'est à Eysins encore, à Aigle déjà, ou dans l'entredeux qu'il vous faut saisir. J'ai reçu le manuscrit d'Olivier à merveille; Buloz partait le lendemain; il n'a pu lire, mais il sera ici de retour le 10 du mois prochain : ainsi le retard sera de peu. Je ferai les petites corrections qu'Olivier m'indique : il m'en coûte pourtant d'ôter pour *annuler le roi*. Je me suis remis tout à fait au travail et c'est d'un grand attrait, le seul qui me soit donné loin de toutes les douceurs auxquelles vous m'aviez si bien accoutumé. C'est sur *Port-Royal* que je me suis jeté : il faut me hâter, car chacun ici se jette sur le xviie siècle ; on le dépèce en tous sens, c'est une exploitation à dégoûter ceux qui l'aiment avec culte et discrétion. Mais, à peine à *Port-Royal*, il faut mener de front la *Revue*, donner un article pour le prochain numéro : le cerveau se tiraille, l'enfer recommence. Oh ! que je suis donc loin d'Eysins ! Mon cœur y revole pourtant.

« Ces vers n'ont pu paraître encore dans la *Revue*

de Paris : ils font trente-six pages, c'est une difficulté de les faire entrer ; ils ne passeront, je pense,
que dans huit jours. Je n'ai encore reçu que de
très rares amis, Ampère est allé passer une quinzaine chez Tocqueville, avec qui il est très lié et il
a grand'raison ; ce sont des âmes pures, un coin
enviable dans ce tableau du temps si sali. J'ai
revu un soir Mme Valmore, j'ai retenu de son album
ces vers :

L'HORLOGE ARRÊTÉE

Horloge d'où s'élançait l'heure
Vibrante en passant dans l'or pur,
. Comme l'oiseau qui chante ou pleure
Dans un arbre où son nid est sûr !
Ton haleine égale et sonore
Sous le froid cadran ne bat plus :
Tout s'éteint-il comme l'aurore
Des beaux jours qu'à ton front j'ai lus ?

« Je vois Labitte souvent et nous tenons de grands
discours littéraires, des projets d'articles ; il m'est
d'une amitié bien secourable dans tout ce travail
d'érudition dont il s'agit d'assaisonner le bas des
pages de Port-Royal.

« Vous savez, mes chers amis, à peu près tout
de ma vie d'ici : des soirées sans emploi, que le
beau temps et la promenade diminuent encore, mais
qui deviennent de plus en plus tristes avec les ombres. Hier, en me promenant par les larges quais

11

devant les grands horizons de Paris et ses lignes
de monumens je me figurais que je vous condui-
sais ; j'étais fier d'un Paris si vaste, je me croyais à
Naples pour la clarté, je jouissais de songer que les
Alpes mêmes ne vous empêcheraient pas de trouver
cela beau ; je me figurais aussi M. Ducloux avec vous
et son étonnement à lui qui s'imagine Paris comme
un tas de pierres, sans air ni ciel. Enfin pardonnez-
moi toute cette rêverie moins triste un moment, puisque c'est avec vous que je la parcourais, puisque
c'est à vous que je la montrais. Retombé avec moi-
même, je suis bien insipide et ne me figure plus rien
Écrivez-moi donc, chère Madame et amie, et dites-
moi où vous en êtes de votre roman et de vos rêves.
Vous savez combien j'aime tout cela et comme j'y
entre ; j'ai toujours vécu chez les autres, j'ai cherché toujours mon nid dans leurs âmes, et ce n'est
pas maintenant que je changerai.

« Adieu ou à bientôt, c'est le même ; si vous
êtes à Eysins, mes amitiés et mes respects à tous ; si
vous êtes à Aigle, un redoublement d'hommages à
Mlle Sylvie, et partout baisers à toutes les joues des
petits.

« J'embrasse Olivier.

« J'ai reçu une lettre renvoyée de Lausanne sans
autre adresse que Paris ; elle avait toute chance
pour ne pas m'arriver. Il faudrait avoir la complaisance ou de recevoir les lettres qui m'arriveraient

ou d'y faire mettre à la poste une adresse complète. Cette lettre, qui a couru tout Paris, était de
M. Reuchlin (1). Adieu. »

« Le 1er septembre.

« Madame et chère amie,

« Je reçois votre seconde lettre avant d'avoir encore répondu à l'autre et l'harmonie est rétablie. Vous
m'écrivez des choses fort bonnes et très capables
d'adoucir les ennuis très recommencés d'ici. Il n'y
a que ma santé qui soit à merveille : elle a épou-
vanté mes amis à force de couleur et de fleuri,
surtout de bravoure. J'ai donc repris le travail,
Port-Royal court assez. J'ai en même temps entamé
la guerre depuis longtemps méditée envers et contre tous, par un article dans la *Revue des Deux
Mondes* d'aujourd'hui sur *la Littérature industrielle*; j'y frappe à droite et à gauche et le plus de
la pointe que je puis. Buloz n'est pas encore revenu ; il ne sera ici que dans huit jours. Moi-même
je profite de l'intervalle des deux *Revues*, pour
payer le devoir que vous savez à Mme de Tascher;
je pars ce soir pour être revenu dimanche ou lundi
prochain : c'est assez loin, il faut passer une nuit
en voiture, mais elle m'a témoigné tant de plaisir à
me voir que je dois retrancher au cloître et à la
guerre ces huit jours encore. Après quoi, je ne sors
plus du casque ni du froc. Travaillez bien vous-

(1) L'historien allemand de Port-Royal.

même ; votre idée d'un recueil religieux poétique est très bonne (1), il va paraître ici un recueil un peu analogue fait en commun par Mme et M. Lenormant (nièce et neveu de Mme Récamier); mais il y aura bien assez de différence pour que cela ne vous serve que d'une indication de plus : je vous le ferai tenir dès qu'il aura paru. Ils s'arrêtent à Voltaire et ne citent rien au delà, mais ils remontent aussi dans le xvie siècle; enfin vous verrez. Ce que vous voyez pour les voyageurs en Suisse est partout; le flot montant inonde et ravage; la démocratie, le vulgaire, le *tout le monde* sera dans tout. Il n'y aura plus qu'à se cacher dans quelque pli de terrain, si l'on en trouve, à s'y tenir coi et surtout à ne pas se lever (comme ont fait ces guides maladroits de M. Emery, vous savez) avant que la troupe soit passée; ainsi on échappe encore et on pourra rêver seul ou à deux dans son buisson. Mais quel triste état général de société ! Surtout pour ceux qui ont rêvé le choix, le roman, le mystère. Cela nous consolera de vieillir et de mourir, je le vois bien.

« Si Olivier a visité son Mont-Rose, qu'il m'en parle un peu, je ferai tout cela un jour : oui, je serai intrépide en avançant; il ne me faut que du temps et un peu de réflexion pour oser. Nous visiterons nos monts aux endroits vierges, et, revenu

(1) Allusion au livre que Mme Juste Olivier publia en 1839 sous le titre : *Poésie chrétienne, recueillie de divers auteurs français.*

ici, j'en parlerai le moins possible pour qu'on n'aille pas dénicher nos nids. On dit que Lamartine est en train d'achever une tragédie pour Mlle Rachel (1). Hugo fait son drame aussi. De Vigny revient d'Angleterre où il va souvent; il a hérité de son beau-père une fortune dans l'Inde : être riche, cela lui sied et réjouit ses amis. Sa poésie d'ivoire y gagnera. Un peu d'or au pied de l'albâtre.

« Je vous écris peu à cause des préparatifs et de la malle entre-bâillée qui m'attend. Nous causerons de vous avec Mme de Tascher. J'aurai plus de loisir là de rêver à vous; j'y pense toujours, mais rêver demande plus de place, et les bois de Pouvray sont infinis.

« J'embrasse Olivier, les chers enfans, j'offre mes hommages très tendres à Mlle Sylvie, mes respects à Mme Ruchet, mes amitiés à votre père.

« Adieu, c'est-à-dire bonjour et toujours.

« J'ai payé Risler pour M. Ducloux. »

« Ce dimanche, 15 septembre.

« Chère Madame et amie,

« Votre lettre m'arrive le lendemain de mon retour même, mais elle m'a pris dans l'avant-veille d'une *Revue*, et il m'a fallu attendre les relevailles, qui ne sont que de ce matin. J'ai passé aussi mes huit jours en plein repos, sinon aussi cotonneux

(1) *Toussaint-Louverture.*

11.

que celui d'Aigle, du moins très doux, très silencieux, très champêtre, à perte de vue de bois et de
haies. Une vieille bibliothèque que je *dépouillais*
(style de bibliographe) occupait le premier matin;
puis le déjeuner à 9 heures et demie; puis un peu
de lecture et de notes encore; et des courses ensuite
longues et solitaires, pour mériter le dîner de 5
heures. Vers 4 heures et demie, j'entrais au salon
causer avec Mme de Tascher, assez bien portante,
quoique avec toux par quinte, mais l'ensemble de
sa santé est mieux, ce me semble; après le dîner,
promenade en commun, musique quelquefois de
Mlle Marie, et vers 8 heures et demie, bâillement
universel dû à nos fatigues, et l'on se couchait.
Voilà le train des huit jours, sauf quelques sorties
en cha.- à bancs avec M. de Tascher, très aimable
et soigneux hôte, qui a voulu me montrer quelques
points des environs.

« Nous avons causé de vous, et j'y ai surtout
pensé. Pas de vers pourtant, Lausanne avait tout
pris, et ma verve n'était plus qu'aux annotations
sur les vieux livres. Comme grande diversion, nous
avons eu la visite du médecin de campagne,
homme instruit et d'esprit, la visite et le prône à
la messe du curé, le plus amusant et le plus sim-
plet des gens de la robe : le dimanche que j'ai passé
à Pouvray était juste celui de la fête du village,
dédiée à la Vierge. La messe a duré trois grandes
heures; le curé s'est mis en frais d'éloquence sur la

Vierge. J'ai soutenu à Mme de Tascher que, s'il avait débité cela à Paris il y a quelque trente ans, on l'aurait nommé membre de l'Académie française. Nous avons bien ri (après la messe s'entend); M. de Tascher rendait le pain bénit ce jour-là, et Mlle Marie a quêté : sa quête a été de 16 francs, ce qui, de temps immémorial, ne s'était vu à Pouvray, aussi le curé en était d'une joie naïve qu'il motivait. Voilà où en sont nos cures de village ; *Madame la ministre* de Crassier a quelque chose de plus idéal, et mon cousin Berthollet (1) me semble un peu plus éloquent. Mais le bonhomme de Pouvray est pieux, et je serais fâché qu'il fût autre. Je suis revenu de Pouvray enchanté, reconnaissant de la chère hospitalité (seulement comparable à une autre que vous savez). En arrivant j'ai trouvé les affaires, le combat. Mon article contre *la Littérature industrielle* a fait son coup; on a crié, on m'a répondu des injures, au moins quelques-unes, mais j'ai atteint pour le moment mon but, et nous allons continuer de ramer dans cette bonne galère de la *Revue*. Nous sommes occupés d'y rallier pour le quart d'heure les doctrinaires, M. Guizot, de Rémusat, etc., l'ancien *Globe*, de faire en un mot une vraie coalition de bon sens et de bon goût, et non de passion : y réussirons-nous ?

« Zurich occupe beaucoup ici : ce bête de *Semeur*,

(1) Pasteur distingué du canton de Vaud, parent de la famille Olivier.

avec sa béate admiration pour la première émeute contre Strauss, reste la bouche ouverte. Mais au moins, chez vous, le torrent débordé rentre assez vite dans son lit et ne fait pas trop de limon. C'est la *Grande-Eau* près d'Aigle, on ne laisse pas d'y vivre très bien.

« Buloz revenu pour huit jours repart aujourd'hui chercher sa femme, qu'il avait ramenée d'Avignon dans le Berry ; il revient dans huit autres jours, il a le *Major* (Davel) sans l'avoir encore lu ; dans quinze jours, j'espère vous écrire le *oui* d'insertion. Qu'Olivier écrive donc pour nous, pour la *Revue*, sa course au Mont-Rose : on aime fort ces récits chez nous ; cher Olivier, faites donc cela. Je n'ai pas oublié ces vers à moi que vous désirez ravoir : je vous les copierais aujourd'hui, mais je suis un peu pressé ; vous les aurez bientôt.

« Il faut me dire sur ces vers ce que vous pensez et ne pas attendre de se voir pour cela, mais me l'écrire la prochaine fois pour ne pas l'oublier et que j'en profite. Nous en aurons bientôt de Brizeux, j'espère.

« Je suis toujours dans *Port-Royal*, mais avec bien des fenêtres à mon pauvre cloître : c'est égal, j'y suis.

« Aimez-moi toujours, pensez toujours à moi, chers amis, M. Lèbre ne viendra donc jamais à Paris ? Mille amitiés à lui, à tout Aigle, à M. et Mme Ruchet, à Mlle Sylvie, en relevant cela de tous

les respects. A Eysins de même ; baisers aux petits,
et distributions de bonnes grâces à tous les amis
qui vous parleront de moi. »

« Le 1er octobre 1839.

« Chère Madame et amie,

« J'étais vraiment inquiet quand votre lettre est
arrivée : j'apprends avec plaisir que vous êtes bien
(sauf la fluxion d'Olivier) et que c'est le séjour de
Burier qui seul vous a un peu ensommeillée. Ici
on dort très peu ; l'activité est grande, autant que
la disette, la famine au propre et au figuré. La littérature s'en ressent plus que jamais ; ce sont des
concurrences, des *entre-mangeries* perpétuelles.
L'autre jour, Villemain a failli provoquer comme
ministre la fondation d'un immense journal littéraire et scientifique qui tuait tous ceux qu'il n'en-
globait pas. A son insu, on m'avait offert la branche
littéraire à diriger, et j'ai ainsi tout appris : l'affaire
n'est qu'ajournée. C'est un aiguillon pour Buloz et
aussi une angoisse ; pour moi, je meurs de faim
presque à la lettre, ou du moins sauf le dîner, je
manque de tout. Depuis mon manifeste contre les
industriels, je suis forcé d'être plus fier que jamais
et partant plus gueux : voilà ce que c'est que
l'honneur. A cela il y a des compensations, l'automne est redevenu charmant : chaque matin,
Paris est émaillé de monde. La vie physique et le
soleil sont beaucoup dans la joie.

« Je n'ai pourtant que ce qui fait le strict nécessaire, croyez-le bien. J'espère que l'article d'Olivier pourra passer dans la *Revue* du 15 octobre.
Buloz, qui n'a pas encore lu, y compte, et j'espère
qu'il ne lira que pour la forme ; il est tout préparé.
Il est assez en goût de Topffer de Genève, ce serait
assez bon de le recruter. On aurait ainsi, parmi les
troupes d'élite et sa garde royale, un peloton de
Suisses français. Mlle Rachel a la poitrine très
atteinte ; elle ne joue plus, elle a grandi de deux
pouces. On croit qu'elle s'en va. Elle est si jeune
pourtant. Mme Dudevant a donné un drame aux
Français, qu'on va jouer dans quelques jours : *la
Haine dans l'amour* (1). C'est la grande nouvelle.
Il paraît que c'est très bien.

« O mauvaise plume critique et trop amie pour
cela ! Vous n'avez pas osé, peureuse, et vous
m'avez chatouillé au lieu de me piquer :

« J'ai compris ainsi à travers les triples voiles et
la rougeur ; les vers sur l'Italie, et notamment certain sonnet sur *Saint-Laurent* sont vraiment trop
doux pour être nés en si beau lieu. Passe encore
quand on est entre Aï ou sur le chemin nouveau
caillouteux des Cépés. Est-ce cela ? car à quoi sert-
il de me dire (c'est M. de Maistre qui dit cela) qu'il
y a des serpens en général et de prendre garde, au
lieu de me dire, il y a là un serpent, voyez, et éloi-
gnez-vous.

(1) Qui demeura sous le titre de *Cosima*.

« Je suis bien en hâte ; j'embrasse Olivier, les chers petits, toute la famille d'Aigle, Mlle Sylvie aussi (de loin comme toujours), amitiés à M. Ruchet, hommages à Mesdames, souvenirs à Eysins.

« Nous avons assez de peine à trouver des libraires, pauvres écrivains, sans croire qu'on viendra voler nos tiroirs : c'était bon au siècle de Voltaire et de *la Pucelle*. Adieu. »

« Le 1er novembre.

« Cher ami,

« A vous d'abord, et sur *Davel*, puisque vous me pressez. Rien n'est décidé encore : Buloz trouve l'affaire longue et l'héroïsme du major ne lui est pas entré ; il trouve qu'il s'est laissé prendre sans y parer, *comme un sot* (il a dit cela) ; il est vrai qu'il n'avait pas encore achevé quand il me l'a dit. Je lui ai fait redemander ce matin même le manuscrit, de peur que quelque feuillet ne s'égarât à la longue ; voici sa réponse que je reçois à l'instant et qui vous exprimera son reste de doute. Revoyant au point de vue d'ici, il me semble qu'il aurait fallu ne pas *discuter* l'acte, mais le raconter, l'expliquer, l'affirmer. Un mot sur la relation de Berne et de Lausanne au commencement ; un historique rapide de la vie du major jusque-là ; un énoncé, conjectural, peu importe, mais net de ses intentions, son entreprise, l'exécution : ne pas cesser de raconter, en un mot. Attendons pourtant à dimanche, et, s'il y a jour, en retranchant sans mutiler, nous irons. On est ici plus inattentif que jamais, voulant du nouveau et être amusé, à tout prix, et n'accordant pas une minute de mise en train à l'amusement : là sont en littérature (comme dans tout) les plus réelles difficultés de la position. On est blasé et on reste vif.

« Je n'ai pas encore vu M. Vulliemin, mes chers amis ; j'espère qu'il ne m'en voudra pas, Madame, de cette soirée toujours ajournée et peut-être un peu par votre faute, je le crois bien. Maintenant que vous êtes à Lausanne, vous m'en donnerez un peu des nouvelles : sur Mickiewicz et son cours (1) ; sur M. Frossard et son mal ; sur M. Vinet et ce qu'il écrit. Je m'occupe toujours beaucoup, en idée, des Vaudois. Hier, c'était du vieux M. Cassat ou bien de M. Charles Eynard (2) dont je voudrais voir mainte biographie copieuse ; dans une dernière revue, je l'y pousse. J'espère que toutes ces fami-

---

(1) Vinet fut conquis dès le premier jour par la puissance de la parole de Mickiewicz et a défini en deux mots l'impression que lui fit sa poésie : « Effrayant et sublime. » (*Alexandre Vinet*, par E. Rambert, t. II, p. 45.)

(2) C'est à lui qu'il écrivait un jour, après que les Olivier l'eurent rejoint à Paris : « Nous causons de vous ici quelquefois avec nos amis Olivier : il y a toute une colonie vaudoise ; j'en suis un peu exilé comme eux, c'est mon impression constante. Je suis de ceux qui n'ont plus de patrie. Paris n'en est pas une, c'est un grand hôtel où l'on vit à l'entresol. On y arrive pour passer quelques jours et on y reste toute sa vie, mais toujours pressé, toujours impatient et sentant que ce n'est pas là le lieu où l'on s'assied. » (*Correspondance* de Sainte-Beuve, t. III, p. 3.)

liarités (sans parler des autres) ne scandalisent pas
trop, même Mme Forel. Ici tout cela coule, on ne se
doute même pas qu'il y ait des différences. Paris,
si méchant qu'il soit, a bien son charme pour cette
facilité-là. On revient à qui mieux mieux de la
campagne. Mme de Tascher est de retour ; je lis
demain du *Port-Royal* chez Mme Récamier à M. de
Chateaubriand. Ampère nous a lu l'autre jour un
petit roman gallo-romain et franc du ve siècle, un
appendice en vignette à ses deux volumes : c'est fort
ingénieux, il n'y manque que quelques touches lu-
mineuses pour que ce soit tout à fait bien. Marmier
va revenir de Stockholm. Je suis assez mondain,
au moins les soirs ; car je travaille très exactement
toutes les journées. J'ai revu les Nodier et l'Arsenal
et cherche, par ces dissipations d'esprit et ces éclairs
de souvenir, à tromper l'ennui présent, l'avenir
douteux et si empêché, dites aussi l'absence. Tout
le monde est si gueux ici que j'ai appris avec une
vraie satisfaction et sentiment de condoléance que
notre roi Louis-Philippe, malgré ses 12 millions
tant reprochés, n'a pas de quoi payer ses fournis-
seurs et qu'il s'endette journellement. Quand tout
le monde est si mal à l'aise, cela finit par consoler.
La philosophie ne consiste souvent qu'à se bien pénétrer du mal des autres. C'est le moitié chemin de la
charité.

« Travaillez bien, chère Madame, sans ternir
pourtant vos yeux par toutes les poudreuses lectures ;

12

faites et défaites les poètes, relevez Du Bartas et
battez-moi, je serai heureux de tout, de votre part.

« Embrassez les chers petits ; amitiés à Lèbre,
et à tous ceux qui vous parleront de moi. J'embrasse
Olivier. Bien à vous.

« Eysins et Aigle toujours. »

« Le 15 novembre.

« Cher Olivier,

« Vous me demandez le *Davel* d'un ton d'empressement qui me fait peur, et je n'obéis pas, craignant que vous ne vouliez mettre le major aux
oubliettes. J'ai le manuscrit ; je n'ai plus le droit de
vous exprimer un avis. Mais il me semble pourtant
que ce travail imprimé tel qu'il est, sans y changer
un seul mot, ferait une brochure des plus intéres-
santes ; qu'imprimé à Lausanne, par exemple, et
envoyé ici à une trentaine d'exemplaires, elle se
pourrait distribuer aux gens les plus compétens en
histoire (1) ; qu'il pourrait en être rendu compte
dans quelques journaux ; que je m'en chargerais
moi-même dans la *Revue* et qu'une partie de l'effet
ne serait perdu ni pour le major ni pour son historien. Celui-ci est toujours de cette race poétique
(que je sais) qui dit volontiers *tout ou rien*, et qui
joue gros jeu en galant homme : l'historien doit
mieux savoir les tiers-partis et biaiser avec le monde

---

(1) C'est le parti auquel s'arrêta Juste Olivier : *le Major Davel*,
première des « Etudes d'histoire nationale », parut en 1842.

qui, depuis qu'il y a histoire (et quelques Attilas à part), n'est qu'un biais perpétuel. A cette condition, je vous renvoie le manuscrit, sans en prendre copie au préalable.

« J'ai vu une fois M. Vulliemin après nous être cherchés plusieurs : c'était le dimanche soir dans sa famille ; il a été très gentil et paraît ici assez amusé. Je l'ai fort engagé à aller voir une petite pièce de vaudeville : *Passé minuit*, et je crois qu'il ne s'en fera pas faute : en attendant, il visite force archives et historiens. M. Rossi, qui est au centre et au sommet, l'y pilote en ami. J'ai eu grand plaisir à paraître si bien informé de toutes les nouvelles de Lausanne, du mariage de Mlle Herminie. Je suis Vaudois plus que vous ne le croyez, plus que vous ne vous l'êtes dit depuis quinze jours assurément, Madame ; car je suis clairvoyant aussi, mais toujours je ne le dis pas, de peur de me tromper. Beaucoup de clairvoyance demande encore plus de prudence, car dans cette clairvoyance entre aussi la vue du cœur des gens, et de ce cœur avec ses bonnes et moins bonnes choses, avec son amitié, sa susceptibilité, sa vanité même. J'ai toujours vu que, si l'on se mettait une seule minute à dire chacun tout haut ce que l'on pense, la société à l'instant croulerait tout entière abîmée dans un épouvantable fracas : ce qui est vrai de la société, n'est pas tout à fait faux de l'amitié même. Mais vous me direz, chère Madame, que vous n'avez rien dit tout haut,

mais seulement bien bas ; je prends donc que vous
n'ayez rien dit et prends que je n'ai écouté ni
répondu.

« Mme Delphine (Gay) Girardin a lu avant-hier
chez elle une comédie en vers, déjà lue aux Français, dirigée contre M. Thiers et son mariage. C'est
une revanche. Elle s'est dit : on m'attaque, où sont
les purs ? Et, en Romaine, elle a porté la guerre à
Carthage ; tout y est, la belle-mère, les frères, les
sœurs ; à la fin, M. Thiers, il est vrai, sort blanc
comme neige; et cela s'intitule : *l'École du journa-
lisme*, c'est-à-dire de la calomnie. Le piquant est
qu'elle avait deux cents personnes et tous les journalistes, qui faisaient la grimace, mais n'avaient
pas résisté à l'hameçon. D'ailleurs, des gens graves
aussi : M. Ballanche y était.

« Pourriez-vous me dire, cher Olivier, quel journal rédigeait, en 1798, à Lausanne, Mme de Polier,
dans lequel parurent pour la première fois quelques-unes des poésies attribuées à Clotilde de Surville ; cela aussi nous est venu d'abord du canton
de Vaud (1) ?

« Si j'avais fini *Port-Royal*, je me réconcilierais
avec Villemain tout exprès pour me faire attacher
à la commission scientifique d'Afrique, et pour voir
du pays, et pour aller jusqu'à ce qu'on tombe.

----

(1) La chanoinesse Polier dirigeait alors le *Journal de Lausanne*,
publication littéraire à laquelle Gibbon, en séjour à Lausanne, s'in-
téressait beaucoup.

Cette expédition des *Portes de fer* m'a tenté.

« Bonjour, chers amis, soyez indulgents pour la fièvre involontaire de Paris et croyez surtout qu'on vous aime. »

« Samedi.

« Madame et chère amie,

« Je ne vous écrirai qu'un mot, mais je ne veux pas paraître oublier. Je ne suis qu'occupé outre mesure et souffrant par là même du cerveau. Notre vie, au fond, n'est pas tenable : nous avons trop à penser. Il faut faire la *Revue* et *Port-Royal* : c'est trop de la moitié. Il faut vivre au jour le jour et penser à l'avenir ; je n'y tiens plus déjà. L'article d'Olivier n'a pu être mis au dernier numéro par suite de l'encombrement et du reste de ces longs articles *Gœthe, Melanchton*. Je crains que Buloz ne trouve trop longue la deuxième partie : il ne l'a pas lue encore, mais seulement le commencement et la fin et avait trouvé l'épitaphe inutile. Nous arrangerons tout cela, et les noms de la Gruyère ne seront pas écorchés. Cette affaire du grand journal est ajournée faute *du nerf*, ce qui est au fond de tout : Villemain n'a pas voulu donner de fonds, et les libraires ont reculé. Dans aucun cas, je n'en eusse été. J'écoutais seulement pour me tenir au courant. Il faut avoir quelque fidélité en sa vie, et selon son ordre, à Buloz (1), sinon à son

(1) Sainte-Beuve ne fut pas toujours fidèle à M. Buloz, mais il

Roi et à son Empereur : on ne choisit pas toujours les objets de sa fidélité, mais il y faut tenir, dût-on crever. Voilà une chevalerie, chère Madame, bien véritable sous sa crudité : il en est de plus douces, mais ce n'est plus à Paris qu'elles règnent. Tout est ici intérêt, aigreur, misère. Je n'exagère pas.

« Je ne croyais pas que Hugo fût allé à Lausanne : il paraît qu'il s'est sauvé à Marseille, battu

---

faut lui rendre cette justice que, tant que dura sa collaboration à la *Revue des Deux Mondes*, il lui fut profondément dévoué.

Au mois de février 1840, à la suite d'un article paru dans la *Revue* du 1ᵉʳ de ce mois sur la comédie de *l'Ecole du Monde*, de M. Walewski, le journal *le Messager* ayant ouvert une série d'attaques directes et même de dénonciations formelles contre M. Buloz, commissaire du roi auprès du Théâtre-Français, et lui ayant reproché, d'un air méprisant, ses titres mêmes à la fondation de la *Revue des Deux Mondes*, Sainte-Beuve riposta en ces termes :

« Nous n'avons pas à discuter ici la question soulevée par *le Messager* en ce qui concerne l'administration et l'organisation même du Théâtre-Français. Mais l'espèce de dédain affiché pour la capacité personnelle et la compétence du jugement de M. le commissaire royal est vraiment plaisante : faut-il donc avoir écrit de médiocres feuilletons ou de fades comédies pour obtenir de les juger ? On prouve déjà son droit à les rejeter par ce bon sens qui a empêché de les commettre. La *Revue des Deux Mondes*, tant reprochée à M. Buloz, demeure son titre, comme, dans sa lettre au *Journal des Débats* du 10 de ce mois, il l'a très bien revendiqué. Fonder à une époque de dissolution et de charlatanisme une entreprise littéraire élevée, consciencieuse, durable, unir la plupart des talents solides ou brillants, résister aux médiocrités conjurées, à leurs insinuations, à leurs menaces, à leurs grosses vengeances, paraître s'en apercevoir le moins possible et redoubler d'efforts vers le mieux, c'est là un rôle que les entrepreneurs de la *Revue* (pour parler le langage du *Messager*) doivent s'honorer d'avoir conçu, et où il ne leur reste qu'à s'affermir. » (*Revue des Deux Mondes* du 15 février 1840).

par le froid et la bise des monts : ce que vous me dites de ces Gargantuas poétiques est bien joli. Qu'y faire! Le canton de Vaud fait aussi partie du monde, lequel est donné en usufruit à tous, et n'appartient en propre à aucun. Toujours, toujours, sous une forme ou une autre, il survient des Burgondes. Heureux ceux qui ne les voient pas! M. de Gingins ne se doute pas de ceux-là, j'en suis sûr. Tâchez d'être sourds comme lui.

« C'est tout pour aujourd'hui, l'imprimeur vient ; baisers aux chers petits (qui sont des Burgondes aussi), salut à Aigle et à Eysins au premier beau couchant. vu de la fenêtre.

« Amitiés et dévouement à vous deux. Et Lèbre. »

« Dimanche.

« Croyez-vous, chère Madame, qu'on puisse vous répondre tout incontinent? quand on est dans des veilles et des avant-veilles de revue; les petits bouts de critique, les épreuves du voisin à revoir, tout le menu tracas qu'on finit par aimer, et que Buloz (notre Roi) exige, vous confisquent des quartiers entiers de quinzaine, et de là les phrases avec les amis restent en suspens comme un télégraphe arrêté par le brouillard. Mon rayon du soleil d'ici répond bien tard à celui qui s'est levé plus tôt sur Rovéréa, mais voici pourtant qu'il y répond.

« Mme de Tascher a été bien vraiment sensible à votre souvenir et elle vous rend le sien avec cette grâce aimante qu'elle garde dans une santé toujours inquiétante pour ses amis. Je ne ris jamais tant qu'avec elle, et nous devons aller tous manger du gâteau mardi à une boulangerie viennoise très splendide et très friande. Mlle Marie aime beaucoup les gâteaux, et son cousin, revenu d'Alger, et qui vient d'être nommé capitaine, nous paie à tous ce joyeux régal. Mlle Rachel, ressuscitée plus forte et plus tragédienne que jamais, a hier ravi tout Paris dans Émilie de *Cinna*. Mme Dudevant attend pour faire jouer son drame (1) que Mme Dorval soit libre d'un engagement avec un autre théâtre. Mme d'Agoult, qui est revenue ici précédant Liszt de quelques mois, est un peu en froid avec elle, mais on est en train de s'expliquer, et il n'y a pas à désespérer que l'amnistie ne soit complète et que tout finisse par une réconciliation générale. Mme d'Agoult m'a beaucoup parlé de M. Diodati, qu'elle connaît et qu'elle apprécie à merveille ; c'est une bien noble personne et digne de mieux que d'aucune indulgence. Il paraît dans la *Revue* de ce matin un article éloquent de Mme Dudevant sur Gœthe, Byron et Mickiewicz : ce dernier y reçoit une couronne ardente. Il y a trois grandes victimes : Gœthe, le Tsar et le catholicisme ; mais à

(1) *Cosima*, qui fut représentée au Théâtre-Français le 29 avril 1840.

George Sand on passe tout, et bon nombre de vérités critiques profondes éclatent dans ce coup de foudre. La chaire de Mickiewicz en sera là-bas un peu illuminée.

« Je n'ai pas revu M. Vulliemin et remets de soir en soir, étant (passé de certaines heures réservées au travail) dans un vrai torrent de chaque jour, et ne pouvant subvenir physiquement aux choses indispensables. A la garde! comme on dit dans notre canton. Comment, sérieusement, faut-il renvoyer l'article d'Olivier? Par la poste, cela me paraît impossible, vu la grosseur et la dimension des premiers feuillets; pourrait-on par Risler en adressant à M. Ducloux?

« J'ai reçu une lettre de M. Ch. Eynard et son volume de Tissot par une dame russe (comtesse Edling) que j'ai cherché à voir sans réussir à l'atteindre. Remerciez bien M. Eynard à l'occasion.

« Ne m'oubliez pas auprès de tous les amis que je ne nomme plus, mais auxquels souvent je pense, M. Ducloux, Espérandieu, Monnard.

« Je remettrai à Risler, un de ces jours, le petit volume de Mme Favre, à moins que je ne le confie à M. Vulliemin. Je suis heureux de savoir Olivier si bien, et il faut, tout occupé qu'il est, qu'il me le dise quelquefois, ne fût-ce que par deux lignes d'un sourire moqueur, comme il sait si bien faire.

« Pour moi, je suis bien brisé dans mes os et mes muscles; je suis un véritable invalide et mon

cerveau s'en ressent. Non pas mon cœur, s'il vous
plaît; prêtez-lui donc, chers amis, tout ce qu'il a et
ne dit pas assez. J'embrasse les deux enfants et
salue les deux bouts du lac. »

« Mardi.

« Mille grâces, chère Madame et chers amis, de
vos détails impatiemment attendus : je m'ennuyais
bien de ce long silence ; vous le justifiez, mais il n'a
pas moins été bien long. J'ai laissé partir M. Vulliemin sans le voir et sans lui donner de lettres,
attendant toujours. Vous me demandez des nouvelles de moi, chère Madame, elles ne sont guère bonnes. A part le travail que je tâche de sauver avant
tout, le reste va comme il peut; et, comme je ne
fais jamais d'examen de conscience, je ne sais plus
le lendemain ce que j'ai fait la veille. *Au hasard,
au hasard !* C'est là mon seul mot d'ordre qui rime
avec l'*art*, sans trop s'inquiéter de la raison. Je fais
Port-Royal : un volume, d'ici à trois semaines ou
un mois, sera imprimé; mais cela m'avance peu
puisqu'il y en a quatre énormes de plus de cinq
cents pages. Quand j'en aurai deux de prêts, je les
lâcherai peut-être. Ce qui ruine tout bonheur, c'est
la vie matérielle non arrangée, et la nécessité de
penser en ce sens ou en l'autre selon les nécessi-
tés de la bourse. Des quartiers de mois s'en vont
ainsi dans des trains de travaux ennuyeux, irritans,
futiles; et, comme je n'ai pas l'*ancre* au dedans, le

coin du feu, la famille, et que j'en suis incapable, je
me fais pirate de plus en plus. Tout cela vient de ce
qu'on n'a pas d'argent et uniquement de cela : c'est
bête, mais les choses du monde sont ainsi. Un grain
de sable ici ou là, dit Pascal, interrompt une pensée,
ruine une ambition et change le monde. Voilà une
fois pour toutes ma triste histoire intérieure. Sans
argent, pas de loisir ; sans loisir, pas d'amour :

Otia si tollas, periere cupidinis arcus

(demandez à Olivier, Madame) ; pas de poésie même,
trop peu d'amitié aussi, du moins dans la culture et
les témoignages. On est sec, ou on le paraît, parce
qu'on est pressé. Mais il fallait commencer, me
direz-vous, par borner ses besoins et par modérer
ses désirs. Oui, mais quand on ne l'a pas fait ; et
que les besoins sont acquis, que les désirs sont de
grands garçons, et même déjà de vieux garçons ?

« En attendant, je vous aime toujours et beaucoup. Je vous félicite, chère Madame, de vos succès
d'éditeur et de critique. Le petit livre de Mme Lenormant a paru ; à part quelques vers de Desmarets,
Arnauld d'Andilly, etc., vous connaissez probablement tout ce qui s'y trouve. Je vous lirai, quoi
que vous en disiez. J'ai reçu de M. Monnard une
belle biographie de Jean de Muller : remerciez-le
bien en attendant que la *Revue* le fasse. N'avez-
vous pas toujours la biographie de M. Manuel par
lui et pour moi? En ce cas, un jour, par Risler,

glissez-la moi. Quelle occasion trouver donc pour renvoyer le *Davel* ?

« Il faut, en cette fin d'année, que vous fassiez bien nommément mes amitiés à ceux qui là-bas se souviennent le plus de moi, M. Monnard, M. Vinet, Ducloux, Mme Régnier, Mme Forel,... enfin, vous savez; je n'oublie personne, et ces années (oui, ce sont des années et non des mois) passées là forment déjà pour moi un fond lointain de souvenir, c'est-à-dire ce qu'il y a de plus vrai et de plus durable dans le souvenir.

« Mais, à Eysins, à Aigle, rappelez-moi tout singulièrement et faites mes hommages et mes vœux au père d'Olivier, à son excellente mère, à M. Urbain, à sa femme, à M. Ruchet et à Madame, à Mlle Sylvie toujours présente à l'extrême bord à la grande tour d'Aï. J'embrasse Lèbre, qui est de la maison; je voudrais bien donner des bonbons à Aloys et à Édouard et écouter la chanson du papa ; je me suis laissé inviter à dîner le Jour de l'an chez Mme Valmore (et bien des choses à ces *demoiselles* aussi).

« Adieu, chère Madame, cher Olivier, et tous mes vœux.

« Hugo n'est pas encore de l'Académie ; ç'a été la grande nouvelle des trois dernières semaines : l'élection a été remise à trois mois : dans l'intervalle, il mourra quelques académiciens ; Hugo entrera-t-il? Il a toutes nos destinées académiques

dans ses flancs : savez-vous que, si j'étais de l'Académie, j'aurais sans peine deux ou trois mille francs
par an (étant d'une des commissions) ; ce jour-là,
je mettrais une perruque, je renoncerais à tout projet de cour près de Mme Forel, mais j'aurais plus le
temps, sinon de vous aimer, du moins de vous le
dire. »

1840

« Que ce miroir et cet autre miroir et ce troisième miroir où l'on vous rencontre et où l'on vous reconnaît est agréable et trompeur (1) ! Je me suis retourné comme M. Vinet, et je n'ai rien vu, tandis que lui, il ne tenait qu'à lui de vous voir. Vous me ferez lire ce livre, chère Madame, et vous ne me punirez pas de la longue privation où j'ai été de vous depuis ces quinze longs jours. J'ai été pris depuis les huit derniers sans désemparer par un article, et ce qui restait des devoirs du jour de l'An, venant à travers, me dilapidait la vie en vérité. Votre dernière lettre était fort aimable pourtant, elle l'était surtout par la promesse qu'elle laissait échapper. Venez donc au printemps, et n'ayez peur de rien vérifier : vous auriez trop à faire pour vous y recon-

(1) Allusion à un petit volume de *Poésies* que M⁻ᵉ Juste Olivier avait envoyé à Sainte-Beuve en lui disant : « Je souhaite que vous ne trouviez pas le miroir trop effacé, ni surtout la facette que vous en avez fournie trop gâtée. Soyez indulgent et ami comme toujours... »

naître, c'est par là que j'espère bien me dérober, et c'est par là aussi, chère Madame, que je suis innocent. A force de me dissiper, je demeure très fidèle ; et grâce à cet art à la Louis XI de diviser, vous régnez. Vous régneriez sans cela encore, mais je parle comme une personne qui doute et qui demande presque des démonstrations.

« J'ai lu avant-hier du *Port-Royal* chez Mme Récamier ; comme je ne voulais lire qu'un chapitre, il m'a fallu donner des explications, et de fil en aiguille je me suis surpris faisant quasi un cours comme à Lausanne. Je me suis arrêté aussitôt, car il y a des choses qu'il faut laisser dans tout l'idéal du souvenir. Il y avait un monde très bigarré que Mme Récamier avait choisi sans me consulter, sachant bien qu'elle concilierait tout par un sourire : M. de Custine !!! (1). Mme Tastu, la rationaliste et raisonneuse trois fois sensée depuis que la lyre

(1) Saint-Cyran, c'était lui que je lisais devant M. de Custine (note de S.-B.). Adolphe-Louis Léonor, marquis de Custine (1793-1857), est l'auteur d'un livre sur la Russie qui eut à son apparition (1839) un grand succès. Quelques années auparavant 1833) il avait fait représenter à la Porte-Saint-Martin un drame en cinq actes et en vers, *Béatrix Cenci*, qui tint assez longtemps l'affiche. Malheureusement sa vie n'était pas digne de son talent. Philarète Chasles, qui l'a beaucoup connu, dit de lui dans ses *Mémoires*, t. I, p. 310 : « Je n'ai su que plus tard la véritable vie de cet être extraordinaire et malheureux, problème et type, phénomène et paradoxe, que le vice le plus odieux chevauchait, domptait, opprimait et ravalait ; qui, au vu et au su de toute la société française, y pataugeait, y vivait..., et qui d'autre côté était, sans se racheter, loyal, généreux, honnête, charitable, éloquent, spirituel, philosophe, distingué, presque poète. »

n'est plus, Mme d'Hautefeuille, auteur de *L'Ame
exilée* et du *Lys .d'Israël*, un fin bas-bleu catholique ; que sais-je encore? Le soir je suis allé dîner
chez une dame qui n'était pas là le matin, et je
me suis trouvé à table à côté de Mme Delphine de
Girardin (Gay). J'avais, il me semble, écrit sur son
mari il y a deux mois dans un article contre les
journalistes industriels ; elle a été fort gracieuse
et je n'ai été gêné qu'autant qu'il le fallait pour ne
pas être trop pardonné ni par conséquent engagé
pour l'avenir.

« Voilà une belle vie, me direz-vous, et bien
petite en effet d'intérêt et d'aspiration : mais c'est
précisément, chère Madame, ce que je voulais vous
faire dire, afin que vous ne pensiez pas qu'on puisse
avoir trop d'intérêt sérieux et d'inspiration profonde
loin des *reines des prés* d'Eysins et du grand orme
de Rovérée. Ce que je dis là combien je le pense !

« Ecrivez-moi de meilleures choses que celles-ci,
donnez-moi des nouvelles de tous et de votre livre
et des travaux qui y ont succédé. J'ai fait bien
exactement vos souvenirs à Mme de Tascher, à ma
mère, et elles y ont été bien sensibles. Marmier est
revenu depuis cinq jours, c'est une dissipation
assez douce au prix de tant d'autres plus obligées.
J'ai été heureux de le revoir si bien portant et
n'ayant pas trop encore la ride de trente ans. La
mienne est bien creusée, ma santé, sans être plus
mauvaise, est celle d'un homme qui ne peut plus

beaucoup marcher sans fatigue, qui a un *paletau* et un *cache-nez* au moindre froid, et qui aurait ùn essai de perruque, s'il osait. Je crois bien que Hugo passera décidément à l'Académie. Mille amitiés au cher Olivier, baisers aux petits grandissants et à vous du cœur, chère Madame,

« Je n'oublie pas l'excellent Lèbre. »

« Samedi, 9 février 1840.

« Mon cher Olivier,

« J'ai tardé à vous écrire, espérant toujours qu'un mot me viendrait de la part de Mme Olivier, qui me rassurerait sur sa santé et sur ce que votre lettre me laissait d'un peu trop incertain. Est-elle donc assez indisposée pour ne pouvoir écrire ? Veuillez me dire ce qui en est au juste, mon cher ami, car je suis inquiet. Cette inquiétude empêche toute autre pensée d'aller vers vous pour vous distraire avec les choses d'ici. Si vous étiez gai, si Mme Olivier était bien portante, s'il n'y avait qu'une prochaine menace d'une petite sœur à Doudou et à Aloys, je vous dirais alors que la mascarade d'ici ne continue pas mal : nous dînons chez Buloz mercredi avec Mme Sand, à savoir Musset, M. Rossi, M. de Rémusat qui l'a désiré, etc., j'omets les autres, mais vous voyez que cela ne commence pas mal. Sa pièce est en répétition (1), M. de Chateau-

(1) *Cosima*, de George Sand.

briand a été assez malade d'un gros rhume ; il a
eu les sangsues, a gardé la chambre ; enfin ç'a été
tout l'appareil d'une petite maladie, lui qui semblait invulnérable comme un demi-dieu. Je répondrai à M. Monnard la prochaine fois et aurai soin
que le nom du paysagiste distingué dont il me
parle aille à l'oreille du mystérieux critique des
beaux-arts qui doit faire le Salon à la *Revue*.

« Je suis très occupé, très tiraillé par le monde, y
succombant un peu, et dans de réels soucis d'avenir. Pourquoi ma vie n'a-t-elle pu s'arranger à temps
dans un coin du canton de Vaud ?

« Amitiés à ceux qui se souviennent de moi
(Vulliemin, M. Ducloux, Lèbre, Espérandieu, Vinet,
le Père Cassat, Frossard, et à M*** Sylvie particulièrement, à la famille d'Eysins, à M. Ruchet. Mais
il me faut un mot qui me rassure, mon cher Olivier. Vous, travaillez, et nous irons aux Étoiles,
ô poète, quoi que vous en disiez.

« A vous. »

« 6 mars 1840.

« Madame et chère amie,

« Votre lettre était bien attendue, et avec une
inquiétude qui s'accroissait chaque matin. Enfin
vous n'êtes pas trop mal pour le moment, votre
crainte n'est qu'à l'avenir...Soyez donc plus calme et
ne voyez rien de fermé dans vos horizons : seulement
une étoile de plus là-bas dans ce buisson tout con-

tre la terre. Ce qu'Olivier me dit de Mickiewicz me
fait bien plaisir : quelle jolie et poétique Académie
on ferait en vous allant rejoindre ! Tout ce qu'il y
a d'imprévu est possible pour moi! Car ma vie
que je livre à tous vents n'est pas longtemps tenable ainsi. J'ai eu hier une joie à votre sujet. Le
dîner avec Mme Dudevant s'est si bien passé et elle
a été si bonne enfant que je suis allé la voir chez
elle : elle m'en avait donné la permission après le
dîner. Je lui ai parlé de mes voyages en Suisse,
de Lausanne : « Oh ! je connais là, m'a-t-elle dit
(*textuel*), un jeune *pasteur* fort aimable appelé
Olivier, qui m'a un jour apporté des fleurs d'une
manière charmante, de ces fleurs bleues qui crois-
sent en haut des montagnes : il avait su je ne sais
comment que je les aimais; il m'a beaucoup parlé
de sa femme aussi (1). » Je n'ajoute rien, mais alors
j'ai ajouté beaucoup comme vous pouvez croire ; je
lui ai parlé du *Sapin* et de la chanson sur les *beaux
jours envolés* (2) : c'est mon refrain quand je parle
d'Olivier, parce qu'en deux mots cela le déclare
grand poète. Je lui ai cité la dernière strophe.
Elle m'a dit qu'elle voudrait avoir le tout. J'ai

(1) Il y a dans les *Chansons lointaines* de Juste Olivier une poésie intitulée : *La Fleur bleue. A George Sand à qui l'auteur offrit
un jour, à Genève, des gentianes des Alpes, et qui le prit pour un
jeune pasteur.*
(2) C'est la pièce des *Vieux chênes* qu'on trouvera plus loin et
dont chaque strophe se termine par le vers :
    Le souvenir des beaux jours envolés.

répondu que je vous demanderais toute la chanson. Ainsi le cher Olivier me l'adressera à son intention, et non sans une fleur bleue, s'il lui plaît (1). En somme, j'ai été content de la revoir très simple, pas folle, pas hautaine, avec ses bons instincts et décidée à être sage désormais, m'a-t-elle dit, car il est grand temps. Cela fait tomber bien des calomnies et de sottes paroles de revoir tout simplement les gens qu'on a sincèrement aimés et qui ont eu quelque affection pour vous, pourvu toutefois qu'il n'y ait pas eu l'*irréparable* entre vous (2).

Je griffonne incroyablement, mais je suis accablé d'épreuves de mes *Poésies* et de *Volupté* (3)

---

(1) Après avoir reçu l'ode d'Olivier sur les *Vieux chênes*, George Sand lui écrivit : « Je suis bien heureuse, Monsieur, de l'aimable indiscrétion que Sainte-Beuve a commise en vous disant ma méprise à votre égard, puisqu'elle me vaut de charmants vers et l'envoi de la belle ode sur les *Vieux chênes*. Recevez-en tous mes remerciemens de cœur. » Lettre du 12 mars 1840.

(2) Quoiqu'ils aient passé le temps à se quitter et à se reprendre, il faut croire qu'il n'y eut jamais l'*irréparable* entre George Sand et Sainte-Beuve, car la première demeura, malgré tout, fidèle au second qu'elle appelait *la chère lumière de sa vie*, et le jour des funérailles de Sainte-Beuve personne ne s'étonna d'y voir George Sand appuyée sur le bras d'Alexandre Dumas fils.

(3) On s'est demandé souvent pourquoi Sainte-Beuve avait donné à son roman ce titre de *Volupté* qui a l'inconvénient, de son propre aveu, « de ne pas s'offrir de lui-même dans le juste sens, de faire naître à l'idée quelque chose de plus attrayant qu'il ne convient. » Il a dit lui-même dans la préface que ce titre, ayant été d'abord publié à la légère, n'avait pu être ensuite retiré. S'il faut en croire les *Lettres de van Engelgoum* (Jules Lecomte), pamphlet belge publié en 1836, ce serait l'éditeur de Sainte-Beuve, Renduel par conséquent, qui aurait baptisé ainsi le roman longtemps avant qu'il vînt au monde. Renduel demandait tous les jours à Sainte-Beuve le titre de l'ouvrage qu'il avait en train pour pouvoir l'annoncer d'a-

qu'on réimprime, et je veux que cette lettre vous
arrive par le courrier d'aujourd'hui, pour vous porter, chère Madame, toutes mes affections et mes
espérances, et tous les vœux d'une pensée qui n'a
jamais cessé de courir vers vous à travers les si-
lences et les absences.

« Je vous embrasse tous et Lèbre. »

« Vendredi, 13 mars 1840.

« Je suis bien en retard, chère Madame et cher
Olivier; mais toujours les mêmes excuses. Les vers
ont été accueillis avec beaucoup de plaisir : Mme Dudevant doit me donner une lettre pour vous la prochaine fois que je la verrai. *Les Fleurs bleues* l'ont
charmée et elle a admiré *les Vieux chênes* (1). Elle

vance dans son catalogue, mais Sainte-Beuve peu pressé ne s'exé-
cutait pas. A la fin pourtant, fatigué des importunités de Renduel,
il lui aurait dit : « Mettez le titre que vous voudrez. Quand le livre
sera fait, je prendrai le titre qui me conviendra. » Et pendant près
de deux ans Renduel annonça *Volupté* comme étant sous presse ou
pour paraître prochainement. Si bien que Sainte-Beuve finit par accepter ce titre. *Volupté* fut mis en vente le 19 juillet 1834 sans nom
d'auteur.

(1) Voici le texte de cette chanson :

  L'ombre du chêne à ces landes arides
  Tient lieu de source, et d'herbe et de printemps
  Là, de nos fronts pour détendre les rides,
  Ensemble, amis, rêvons quelques instants.
  De nos matins les plus fraîches haleines
  Semblent renaître en nos cœurs accablés.
  Chantons, amis, chantons sous les vieux chênes,
  Le souvenir des beaux jours envolés.

  Du souvenir les cloches argentines
  Font dans notre âme un murmure tremblant ;

a lu ceux-ci à M. de Lamennais qui était chez elle lorsqu'elle les a reçus, et l'austère banni du sanc-

Sur le roc sombre ainsi les églantines,
Filles des monts, jettent leur voile blanc.
J'aime la nuit, le babil des fontaines ;
J'aime un bruit vague aux endroits désolés.
Chantons, amis, chantons sous les vieux chênes,
Le souvenir des beaux jours envolés.

Songes d'azur qui, planant sur nos fêtes,
Y répandiez comme un souffle enchanté,
Vous avez fui, découronnant nos têtes,
Printemps en fleur par l'orage emporté !
Mais dans les airs, mais dans les voix lointaines,
N'est-ce pas vous qui tout bas appelez ?
Chantons, amis, chantons sous les vieux chênes,
Le souvenir des beaux jours envolés.

Autour de nous, sur la terre durcie,
Tombent déjà, du premier froid des ans,
Jeunesse, gloire, avenir, poésie,
Rameaux de fruits à peine mûrissans.
Le vent d'hiver sèmera-t-il leurs graines ?
Nous verrons-nous en eux renouvelés ?
Chantons, amis, chantons sous les vieux chênes,
Le souvenir des beaux jours envolés.

Perçant la brume où les chênes confondent,
Vieux compagnons, leurs vieux bras fatigués,
Des cris jaloux sourdement se répondent,
Voix de corbeaux dans le brouillard ligués.
L'aigle retourne à ses hauteurs sereines ;
L'oiseau se tait dans les bois dépeuplés.
Chantons, amis, chantons sous les vieux chênes
Le souvenir des beaux jours envolés.

Nous avons pris l'aile de l'espérance
Pour retomber à l'horizon qui fuit ;
Nous avons eu notre part de souffrance,
Notre nuage avant d'avoir la nuit ;
Et, dans la lutte, aux sables des arènes,
Nos derniers pas sont déjà nivelés,

tuaire a répété avec émotion et application à lui-même la dernière strophe :

Aux nouveaux dieux, ivres de l'encensoir.

« Voilà des fortunes auxquelles les feuilles envolées de Rovéréa ne s'attendaient pas. Ils ont si sérieusement lu et admiré qu'elle m'a transmis une critique qu'ils ont faite, la seule dans *les Vieux chênes*, c'est l'endroit et le mot de *maugréant* (1). Croyez donc à tout le reste.

« Mon premier volume de *Port-Royal* va être mis en vente dans une quinzaine de jours (2) ; il a plus de 5oo pages très remplies et ne va que jusqu'à la prison de M. de Saint-Cyran. M. Ducloux veut-il que Renduel lui en envoie un certain nombre d'exemplaires ? Demandez-le lui avec toutes mes amitiés.

« Le livre de *poésies* ne se passera pas en complimens, et je le veux, chère Madame ; envoyez-

Chantons, amis, chantons sous les vieux chênes,
Le souvenir des beaux jours envolés.

Rien n'est propice à qui ne sacrifie
Aux nouveaux dieux, ivres de l'encensoir ;
Sous notre pied, qui déjà se défie,
Rien ne grandit que les ombres du soir.
Avant d'entrer dans les pâles domaines
Du noir faucheur dont nous sommes les blés,
Chantons, amis, chantons sous les vieux chênes,
Le souvenir des beaux jours envolés.

(1) Comme ce mot n'y figure plus, on peut en conclure que Juste Olivier l'effaça de sa pièce à la suite de la lettre de Sainte-Beuve.
(2) Il parut le 18 avril 1840, chez Renduel.

moi cette première feuille de Rovéréa, car je le lirai
ce livre, comme de vous.

« Vinet m'en a donné le secret. Veuillez dire à
M. Monnard toutes mes amitiés et hontes de n'a-
voir pas répondu encore. Sa vie de Muller (1) me
charme, m'élève ; quel noble emploi des facultés
dans le grand historien ! J'ai vu aussi au Salon les
très grands paysages de M. D....., le genevois ;
ils m'ont rappelé cette grande et chère Suisse. On
ne sait encore qui en parlera à la *Revue*, tant sont
courts nos horizons ! — Voilà de nouveaux ministres, un ami de M. de Rémusat, une espèce d'ennemi intime de Cousin, nous les appuierons, car, si on
renversait Thiers dans huit jours (ce qui est possible), on le jetterait dans la gauche pure, et alors
on jouerait gros jeu. Tout cet avenir est des plus
incertains et même des plus sombres pour peu
qu'on veuille le voir ainsi.

« J'ignore complètement la vie de cet été et de
ce printemps de demain ; j'aurai à continuer mes
volumes, mais je ne sais où je trouverai gîte à
portée de Paris et des Bibliothèques. Oh ! qu'Olivier fait bien d'être mon caissier, car moi je ne le
suis pas.

« Soyez calme, espérante, vous, chère Madame,
qui avez une étoile et qui l'êtes ; embrassez bien
Aloys et deux fois Doudou pour ce soleil si vrai ;

---

(1) C'est l'ouvrage capital de M. Monnard.

remerciez Louise. Amitiés à Lèbre dont Ravaisson,
qui le connaît par Ch. Secretan, me parlait et qu'on
attendra toujours ici.

« Adieu, cher Olivier, et mille tendresses, chère
Madame et amie.

« Je n'oublie ni Eysins ni Aigle. Je vois beaucoup des petites nièces du marquis de Langallerie,
les filles du général Pelletier, et là un M. de
Saint-Julien (le fils du comte de Saint-Julien qui
demeure près de Lausanne) (1) : Qui est-ce ?
M. Ducloux le doit savoir. »

« 19 mars, 184o.

« Je m'empresse, chère Madame et amie, de
répondre à vos intimations semi-officielles sur
l'affaire M... (2). Je crois que rien n'est moins sûr
ici et qu'il ne faut pas pousser l'illusion trop loin
comme trop souvent l'ont fait les compatriotes de
l'illustre poète. Personne au monde ne sait si le
ministère subsistera dans trois jours. Il a contre
lui M. Molé, M. de Lamartine, M. de Salvandy,
M. Villemain, M. D... Je parcours tous les degrés,
toutes les notes de la gamme politique. Et qui pis
est, il a pour lui la gauche, danger nouveau. Pour-

(1) La question relative à ce M. de Saint-Julien laisserait supposer
que Sainte-Beuve, qui faisait la cour à l'une des filles du général
Pelletier, redoutait en lui un concurrent. — (Voir à l'*appendice* la
lettre X de Mᵐᵉ Olivier).

(2) Mickiewicz : il s'agissait de le nommer professeur de littérature
et de langue slaves au Collège de France.

13

tant, à force de dextérité, d'habileté dans le tête-
à-tête à détacher les députés un à un, de tour de
force de paroles dans les explications demandées,
et où Thiers saurait se réconcilier la droite, sans
s'aliéner la gauche, ils pourront emporter le vote
des fonds secrets, et par conséquent rester ! En ce
cas, Mickiewicz aurait certes des chances ; ce ministère pourrait (avec raison) croire l'honorer devant l'opposition de gauche en le nommant, et cela
équivaudrait à un doigt de gant jeté à la Russie
sans danger. Cousin, de plus, tout sans cœur qu'il
est, ose et sait vouloir quelquefois. Dans tous les
cas, cela tarderait ; je crois qu'il faudrait attendre
jusqu'après le budget, puisque c'est alors seulement que les fonds pourraient être votés pour une
telle chose. Voilà, en mettant la chose au mieux, les
termes les plus prochains. Je n'en parlerai pas à
Cousin, que je n'ai pas encore vu depuis qu'il est
ministre, et les paroles qu'il dirait ne signifieraient
rien pour moi qui lui en ait tant entendu cra-
cher ; je craindrais, si elles étaient favorables,
d'être dupe et de leurrer votre ami. Si je savais
quels amis ici appuient Mickiewicz près de lui, je
pourrais apprécier un peu la force du ressort, l'autorité et la valeur des témoignages. La question
au reste me paraît simple, puisqu'il s'agit, non pas
de choisir entre deux chaires, mais entre une chaire
positive, et une promesse de chaire qui, en mettant
tout au mieux, ne peut avoir plein effet que dans

deux ou trois mois : avenir fabuleux désormais pour tout ministère !

« Renduel à son retour écrira à M. Ducloux, s'il le juge à propos : car il est allé à sa terre (1) et a fermé son magasin, comme il fait maintenant très souvent depuis qu'il est propriétaire, il est las de la librairie. Si ses arrangemens ne conviennent pas à M. Ducloux, que celui-ci fasse à sa guise. Mais je dirai à Renduel la chose, dès son retour dans une dizaine de jours. Hormis les deux ou trois premiers jours, je ne m'occuperai pas du tout de cette publication, c'est bien assez d'être accouché, à d'autres l'enfant !

« Ce comte de Saint-Julien, qui est retourné ces jours-ci à Lausanne, demeure du côté de Crissier, non loin de Vernand et de la belle Mme Clara, car elle est toujours belle dans mon cœur.

« Savez-vous, chère Madame, que cela rentre bien dans mes idées de savoir que vous lisez mes vers en tête-à-tête avec Mickiewicz ? Voyez-vous ! la plus grande gloire des poètes morts ou absents consiste à ce que les vivants heureux et présents les lisent pour en faire un accompagnement et un pré-texte à leurs pensées : le piano du fond pendant lequel on cause. La Rochefoucauld a dit : « Nos actions sont comme les bouts-rimés que chacun

(1) Le château de Beuvron, dans la Nièvre, que Renduel venait d'acheter et où il mourut le 19 octobre 1874.

fait rapporter à ce qui lui plaît. » Jugez si cela est encore plus vrai de nos vers.

« Je donnerais donc tout l'honneur d'être lu par vous avec lui, au bonheur de lire près de vous ses vers et le *Pharis* (1) ou le sonnet en *Ah! Ah!* ou n'importe quoi interrompu par une parole de vous, par un sourire ou par de fous rires. — Et si lui, Mickiewicz, en était fier, il serait bien bon enfant vraiment ! — « Je serais bien fâché d'être immortel, dit Heine (le poète), parce que si j'étais immortel je verrais bien vite que je ne le suis pas. » Vous aurez reçu un mot de G. Sand que j'ai mis à la poste à l'instant pour vous en hâter le plaisir.

« Qui donc peut vous dire méchante (2)? Ne soyez pas triste seulement, regardez du côté du lac à ces cimes éclairées qui couronnent Aigle, et ne laissez pas trop longtemps les nuages les obscurcir.

« A vous de cœur,

« Et à Olivier, et aux chers petits. »

« Avril 1840. — Vendredi.

« Chers amis,

« J'avais trop présumé de nos hommes d'État.

(1) *Pharis*. — Livre III du recueil de poésies de Mickiewicz, page 351. — Le Pharis est un chevalier bédouin.
(2) Qui me dit méchante? Tout le monde, excepté vous, même Olivier, et comme sans s'en apercevoir on reçoit l'empreinte d'une goutte d'eau qui tombe tous les jours, j'allais commencer à le croire si vous ne veniez bien doucement me rassurer. (Lettre de M⁰⁰ Olivier à Sainte-Beuve. — Voir à l'*appendice*.)

Il y a trois jours M. Barthélemy Saint-Hilaire, secrétaire du cabinet de M. Cousin, est venu chez moi
sans me trouver : je l'ai été voir au ministère le
lendemain. Il était chargé par M. Cousin de me
consulter confidentiellement non sur les talents,
mais sur la prudence et l'irréprochabilité sociale et
politique de Mickiewicz. J'ai répondu sans avoir
besoin de m'en référer à de plus amples informations. Hier, après avoir dîné chez M. Cousin, celui-
ci m'a pris à part pour m'en parler.

« Il veut décidément fonder au *Collège de
France* une chaire de littérature et de langue slaves,
dédommagement intellectuel de la nationalité polonaise trop désertée par la France.

« Il prévoit des obstacles en haut lieu, de la part
d'un personnage, dit-il, qu'il connaissait bien jusqu'ici, mais qu'il apprend chaque jour à mieux
connaître. Ce personnage, qui a boudé au vote de
Villemain pour la Pologne, bondira bien plus à la
pensée d'une fondation qui sera un *vote perma-
nent.*

« M. Cousin espère en triompher : il ne demandera
à Mickiewicz que de choisir pour la première année
une langue et une branche slave autre que la polonaise.

« Il sera obligé de lui demander la nationalisa-
tion française, qui est de rigueur.

« Il lui écrira lui-même, aussitôt la loi passée
pour la fondation, ou peut-être avant.

13.

« Voilà les termes nouveaux : si la chose se faisait aussi solennellement, devant les Chambres, au bruit de l'artillerie de la presse contre l'Empereur Nicolas avec une pensée d'hommage national à la Pologne, il se pourrait que l'adhésion de Mickiewicz fût commandée ! Au reste, je ne suis que rapporteur. Il faut attendre et il n'y a rien de mieux à faire que de remplir sa chaire là-bas comme s'il ne s'agissait d'autre chose, *à la garde* le reste, comme on dit chez vous.

« Le ministère triomphe ; son succès un moment des plus douteux est complet : ce dîner chez Cousin était curieux. J'étais à deux places de Hugo, Nisard de l'autre côté, Scribe, Delavigne à l'autre bout. Hugo courtisant Pongerville qui lui donne sa voix ; la grande conciliation universelle est en train de se faire ! Quelle comédie ! Dans les salons de M. de Rémusat tout passe, opposition, littérature, conservateurs : c'est une fureur de transaction, comme avant c'en était une de combat. Je n'ai jamais rien vu de si amusant ni de si bigarré. C'est Thiers, le grand escamoteur, qui a joué ce tour de passe-passe.

Étant allé voir Sand l'autre jour à deux heures, par le premier beau matin de printemps, comme elle sortait en voiture avec sa fille et Chopin, je l'ai accompagnée à la promenade et nous avons été au Bois de Boulogne entendre le bruit des pins dans une petite sapinière près de la mare d'Auteuil ;

nous y avons causé Suisse et canton de Vaud. Elle m'a questionné sur Mlle Doy, sa correspondante ; j'ai été discret ; nous avons parlé de vous, et je ne l'ai pas été du tout, chère Madame. Vous n'avez pas besoin de lui répondre, je lui ai fait vos remerciements et amitiés. Ce que j'ai admiré, c'est que, durant ces trois heures de promenade printanière et sensée, elle n'a pas songé à me parler de sa pièce (1) qui se joue et ne s'en est plus même souvenue : voilà un trait rare et qui compense bien des fautes d'écrivain ! Elle a vraiment tout mon cœur depuis cette reprise d'amitié.

« Nous poussons à la conciliation au sein de la *Revue* : voilà Duvergier de Hauranne qui y récrit ; nous attisons les cendres du *Globe*. Dans ces passes politiques périlleuses, c'est Rossi qui tient le gouvernail de la *chronique* avec grand succès (ne le nommez pas trop autour de vous). En un mot, ce n'est ici qu'alliances et rapprochements.

« Je vous parlerai dans ma prochaine du canton de Vaud et de mes projets encore vagues de cette saison ; ces rayons renaissants ont rallumé tout mon amour, qui ne s'était jamais refroidi pour votre belle nature.

« A vous tous, chers amis, chère Madame. »

(1) *Cosima*.

« Vendredi, 10 avril 1840.

« Chère Madame,

« Me voilà encore négociateur et presque officiel. M. Cousin, que j'ai vu hier à sa soirée, m'a retenu quand je sortais, et, avec une insistance qui me prouve sa résolution, malgré la foule des survenants, m'a dit (chaque phrase était coupée par une personne qu'on annonçait et qui venait saluer : « Je suis au pied du mur, mon cher S.-B., encore deux ou trois petites affaires et je m'occupe de celle de M... Je trouverai des difficultés en haut lieu, mais je les surmonterai. Maintenant c'est de M. Mickiewicz qu'il faut que je sois sûr. Le prince Adam (Czartoryski, probablement) de ses amis et des miens me répond de sa prudence, de sa modération de conduite ; je sais d'ailleurs tous ses talents et ses vertus. Mais il y a ici un parti polonais : il importe que sa présence dans une chaire n'ait qu'un caractère scientifique. Qu'il soit sûr d'une chose : la seule présence de son nom sur l'affiche du Collège de France est un fait politique suffisant. Il faudrait donc que, par le choix de ses sujets d'abord, par la sévérité de sa parole, par son influence près de ses amis enfin, il remplisse cette convenance. Ce que je lui dirai en ministre, tâchez qu'on le lui dise en ami. J'ai envie d'une chose : dans quelques jours, tout simplement, de lui écrire, de ma belle main, le fait, le projet, notre désir... »

Je l'y ai fort engagé, ajoutant que c'était la seule manière d'avoir de Mickiewicz, engagé là-bas, une réponse sur laquelle on pût compter; que Mickiewicz ne pouvait même, dans sa situation, avoir un avis sur ce projet que d'après une information positive et officielle. Il va le faire dans quelques jours. En attendant, on prépare le rapport sur la fondation de la chaire, on amasse les documents sur le slave, et Barthélemy Saint-Hilaire est chargé de digérer tout cela en corps : il doit me le montrer dès que ce sera prêt. Voilà, mes chers amis, la situation. Votre devoir, ce me semble, est d'informer Mickiewicz et de le laisser dans la plénitude de sa réflexion. Après tout, cette dispute qu'on fait de lui au canton de Vaud ne peut être que glorieuse à ce digne canton qui a pris les devants. Vous verrez dans ma préface de *Port-Royal*, que vous recevrez dès qu'on aura la réponse de M. Ducloux, combien je suis vaudois et de l'Académie de Lausanne toujours.

« A propos de cela, chers amis et chère Madame, me voilà en quête d'un gîte pour six ou huit mois encore : où vivre caché avec des livres, sans trop de dépense? J'essaie toutes les combinaisons depuis Passy à la porte de Paris, jusqu'à Pouvray, de Mme de Tascher, jusqu'à quelque chambre qui donne sur ce beau lac si chéri. La difficulté est : 1° dans les livres dont j'ai besoin à tout moment; 2° dans l'argent que j'ai à peine et que je ne puis gagner par des articles, faisant le *Port-Royal*.

Pour les livres, j'emporterai avec moi une malle, et Lausanne (en y joignant M. Cassat (1) et le libraire mystique, etc.) me fournirait les menus mieux que ville de France. Je pourrais même à la rigueur en tirer de la Bibliothèque du Roi, de Paris.

« Quant à l'argent, si on trouvait une petite chambre ou deux petites chambres en maison sûre, sans bruit, sans punaise, sans voisin, sans fumée, où l'on pût vivre dans un rigoureux incognito, ne venant que chez vous à de certaines heures peut-être! car il faut quitter absolument Paris dans trois semaines et je ne sais où aller.

« J'ai vieilli, je souffre un peu de corps, de poitrine, surtout de cerveau : j'ai besoin de repos, de travail suivi, de solitude rigoureuse.

« L'histoire du comte de Saint-Julien est charmante, j'en avais un arrière-souvenir de l'avoir entendue de M. Ducloux. Son fils est un jeune homme charmant aussi, mais je vois que la fin de tout ceci est comme toutes les fins, il faut fermer le roman à temps.

(1) Louis-François Cassat, né à Lutry le 3 mars 1758, était à Paris quand éclata la Révolution. Il y publia le *Journal de la Cour et de la Ville*, 1789-1792, feuille anti-révolutionnaire, faillit périr dans les massacres de Septembre auxquels il n'échappa que grâce à l'amitié de Danton, et revint à Lausanne. Il joua un rôle en vue dans l'émancipation du pays de Vaud, remplit diverses fonctions publiques, entre autres dans l'ordre judiciaire et mourut en 1843 (Cf. Juste Olivier, *Le canton de Vaud* ; Verdeil, *Histoire du canton de Vaud*).

« Nous, chère Madame, qui ne faisons pas un roman du tout, mais une histoire douce et sage, il ne faut pas fermer, mais lire toujours davantage, et voilà comment votre lac me rappelle si aisément quoique je ne sache encore si cela sera. Mais voyez en attendant. Je me livre à votre amitié.

« A vous et aux chers petits.

« Et d'Aigle à Eysins, comme Hugo dirait du Kremlin à l'Escurial. »

« Mardi, 28 avril 1840.

« Chère Madame, chers amis, je suis bien en retard et en négligence, ce semble, avec vous ; il n'y a pas de ma faute ; j'achève de tout à l'heure seulement un grand article *Nodier* pour la *Revue*, qui m'occupe depuis quinze jours sans relâche. Mon *Port-Royal* est publié et en route vers vous : il y a trois exemplaires de moi, l'un pour vous, l'un pour M. Monnard, l'autre pour M. Vinet ; le reste est de Renduel à M. Ducloux. Ce livre réussit fort ici et surpasse mes désirs. M. Royer-Collard, le patron de la chose, a donné le ton en en parlant tout haut, et nos belles dames ou nos beaux messieurs jasent à ravir depuis huit jours de la Mère Angélique (1).

(1) Sainte-Beuve n'exagérait rien. Quelque temps après, le 4 octobre 1840, le P. Lacordaire, qui avait été son collaborateur improvisé, quand il fit *Volupté*, écrivait de Sainte-Sabine à Mme la comtesse Eudoxie de la Tour du Pin :

« Ma *Vie de Saint Dominique* est sous presse, vous l'aurez à la

« Vous savez de Mickiewicz plus ou autant que
moi. Je n'ai pas eu le temps de revoir M. Cousin,
le rapport sur la chaire slave a paru sans que
j'eusse à m'en occuper; les journaux vont leur
train et le public est saisi de l'affaire. *Il ne faut pas
oublier une chose*, c'est qu'il serait possible que la
Chambre, qui n'avait pas été sondée à l'avance et
qui ne savait ce que c'était que le slave (quand on
a prononcé tous les noms de dialectes, cela les a
fait rire), ne *votât* pas le projet de loi. Je dis que
ce serait possible, et Mickiewicz doit prévoir ce cas
dans son attitude là-bas, il ne faut pas qu'il se
prononce avant le vote. J'espère pourtant que son
nom fera voter la loi. — De plus, il y a ici d'autres noms mis en avant comme capables, à son refus, de la chaire : quand une place est créée, il ne
manque jamais de gens capables; on cite deux
noms, ce me semble, qui, au besoin, pourraient
être assez appuyés; il ne faut donc pas qu'il se

fin de novembre. Mme Swetchine en raffole, et je n'ose presque
croire tout ce qu'elle m'en dit de bien. Elle sera précédée d'un beau
portrait de saint Dominique, gravé par un de nos meilleurs artistes,
d'après Angélique de Fiesole, dominicain lui-même et peintre célèbre du xve siècle.

« J'espère que cette lecture vous remettra un peu de M. Sainte-
Beuve. L'histoire de *Port-Royal* ne ressuscitera pas le jansénisme;
M. Sainte-Beuve n'a fait que lui mettre une épitaphe en style aussi
subtil que cette hérésie pouvait souhaiter... » (Cf. *les Lettres du P.
Lacordaire à la comtesse Eudoxie de la Tour du Pin*, pp. 67-68.)
— Je pense que la correspondante de l'éloquent dominicain était
parente au marquis Aynard de la Tour du Pin, dont Sainte-Beuve a
publié dans l'appendice de *Volupté* un si remarquable mémoire sur
ce livre.

prononce là-bas avant d'avoir eu à se prononcer officiellement par devers M. Cousin.

« Vous aurez reçu par la poste un petit volume de vers qui m'a donné de la satisfaction paternelle, à le voir si joliment imprimé. Je n'ai pas encore reçu votre envoi par Risler ; pourquoi si tard ?

« Quant au point auquel vous et moi pensons le plus, au départ, je n'ose dire encore : le grand obstacle est : 1° ma mère et son âge ; 2° les livres à charrier, et pas tous encore. *Je pars officiellement* depuis le 1er mai, c'est-à-dire dans trois jours ; je n'y serai plus pour personne. Mme Pelegrin (mère de Mme Gaillard) (1) m'offre Précy. Si c'était possible, je resterais caché dans mon galetas, ici, ne sortant que de nuit et labourant tout le jour sans voir personne que la bonne de ma mère pour guichetière (2). Mais je crains que ce ne soit là un roman malgré ma volonté. Voilà ma situation vraie, chers amis, dans toute sa flottaison. Comme à partir du 1er mai je serai tout à ma réflexion solitaire je me fixerai vite et, une fois fixé à un but, j'y tiendrai.

« Permettez-moi, chers amis, de ne pas répondre jusque-là à ces arrangemens qui seraient si doux et si faciles, moi une fois sur les lieux.

(1) M. Gaillard, ancien conseiller général de l'Oise.
(2) S'il faut en croire les souvenirs de Th. Pavie, Sainte-Beuve faisait du feu dans sa chambre en toute saison, et c'était la bonne de sa mère qui lui apportait du bois chaque matin.

14

« J'ai dîné, il y a quelque temps, avec M. Rigaud, l'ex-syndic de Genève, chez M. de Salvandy. Il m'a appris le malheur de M. Diodati. — M. Rigaud m'a fait au dîner un sensible plaisir : on l'interrogeait sur Genève, sur le Valais ; quelqu'un passant la frontière lui fit une question sur le canton de Vaud, il allait répondre, quand, se tournant vers moi, il me passa la parole en disant : « Mais voilà M. S.-B. qui pourra vous répondre mieux que moi. » Mon orgueil vaudois s'est redressé et j'ai souri et rougi.

« Comment vont vos santés, vous, Madame, qui êtes en souffrance permanente, et Olivier, qui était fatigué à l'autre lettre ? Parlez-moi des enfans, d'Eysins, d'Aigle, de tous nos amis, même des *on-dit* et du comte de Saint-Julien ou de tout autre. — La pièce de Mme Sand passe demain et l'on attend d'un jour à l'autre *Rayons et Ombres* de Hugo.

« A vous, chère Madame et cher ami, aux vôtres.

« Amitiés à Lèbre. »

« 16 mai 1840.

« Chère Madame,

« Rien de nouveau sur Mickiewicz. Cousin, que j'ai revu et qui avait reçu sa lettre, m'a dit qu'il comptait (après l'explication qu'il avait donnée à la commission) que la loi passerait, au moins en ce qui concernait la chaire slave.

« J'ai reçu enfin le petit volume de *Poésie chré-*

tienne et la biographie de M. Manuel. Remerciez bien M. Monnard du plaisir qu'il m'a fait (1). Je lis avec plaisir et grignotte en tous sens ce petit volume de poésies où il y en a tant de rares et imprévues. Que celle de M. Vinet me touche : *D'où vient, Seigneur !* Cela bien chanté doit faire éclater en larmes. Comme vous êtes savante, chère Madame, et ingénieuse critique, d'avoir composé ce volume ainsi ! on est donc tout dans ce cher canton de Vaud.

« J'y voudrais être : mais les livres, les notes à chaque page, les manuscrits à vérifier (j'en ai deux ou trois volumes in-folios sur ma table, qui longent mon récit), tout cela est bien difficile à porter. Je me le dis et j'en souffre : ma solitude si courte que je la fasse ici est incomplète et pénible. Mes amis m'en veulent de ce que je n'y vais pas. Je me brouille avec aucuns. Le plus simple sera peut-être à un certain moment où je n'y pourrai plus tenir de chaleur, d'ennui, de travail et de brouilleries, d'aller passer quinze jours là-bas sans livres. Vous voyez que je bats la campagne et suis moins maî-

---

(1) Au lendemain de la mort de M. Manuel, Vinet écrivait à M. Verny : « Je cherche en vain quelle plus grande perte notre pays aurait pu faire, quel homme serait plus regrettable que Manuel... Quant à ses vastes connaissances littéraires et philosophiques, il les prodiguait dans la conversation, il se laissait, si l'on peut parler ainsi, exploiter et piller par le premier venu ; on a pu, en sortant de ses entretiens, se trouver en possession de la substance d'un livre, mais lui n'en a jamais fait et n'en eût jamais fait. Faut-il le regretter, s'il a donné comme pasteur à son troupeau, aux indigents surtout — le temps que la composition lui aurait pris ?... » (*Lettres de Vinet*, t. II, p. 57.)

tre que jamais ; au fait, quelque chose de tout cela se fera.

« Je ne conçois pas que vous n'ayez pas encore reçu ces *Port-Royal* : on disait que ce serait à Lausanne dans huit jours.

« Le cher Olivier est bien bon de mettre de longs *post-scriptum* à vos courts billets. Quand il mêle le nom de Mlle Sylvie, malgré le sourire narquois et vaudois du messager, j'accepte l'augure et je crois comme si... je croyais encore. Mais non, je ne crois plus à toutes ces choses où il se glisse un brin de *tendre*. Je ne suis plus qu'un caustique qui se contente d'être moins méchant au fond qu'il ne paraît.

« Je n'ai pas encore lu le volume de Victor Hugo. Pour *Cosima* notre bravoure de chevalier ne nous a pas empêchés d'être battus à *plate couture*, mais en chevalerie ces petits accidents-là ne tirent pas à conséquence. On se relève de dessus l'herbe un peu bosselé, un peu chiffonné, et tout est dit.

« Amitiés à tous, à ceux qui se souviennent de moi, aux deux bouts du lac; baisers aux quatre joues roses.

« A vous, chère Madame et cher Olivier.

« Mille choses à Lèbre : que fait-il ? va-t-il encore à Clarens ? »

« 27 mai 1840.

« Cher ami et chère Madame,

« J'ai reçu des compliments par ces deux lettres, mais pas si doux que les vôtres assurément. Ici cela a été très bien : j'ai pour moi M. Royer-Collard (1) et Janin et l'entre-deux. Aussi je crains fort qu'aux volumes suivants on n'attende trop et qu'on ne crie à la décadence. Nos journaux n'ont encore rien dit du tout, mais en littérature comme en tout, ils ne disent qu'après ou à côté. Il ne faut pas s'en soucier.

« Qu'est-ce que ce *Courrier suisse* qui est éclos (2), est-il à M. Druey ou à M. Monnard? Que m'avez-vous dit une fois, Madame, des poésies de M. Delâtre ? est-il de Lausanne? précisez tout cela un peu (3).

« Ici le ministère tient : la loi sur le slave n'a pas encore été discutée. On a rogné hier à la Chambre un million (sur deux proposés) à la translation de Napoléon : c'est là le bruit à la mode. *Polyeucte* a été joué par Mlle Rachel et les autres comédiens français avec un succès inimaginable. Ce n'avait

(1) C'est Royer-Collard qui disait un jour à Sainte-Beuve : « Qui ne connaît pas *Port-Royal* ne connaît pas toute la nature humaine.»
(2) C'était un journal « politique-conservateur-libéral-antiradical-*progressiste*-philosophique, raisonnable, amusant et religieux que venait de fonder une société d'actionnaires » dont faisaient partie MM. Jaquet, Forel, Monnard, Berger, etc... M. Monnard, toujours intrépide, faisait la partie suisse... (Voir lettre de Mme Olivier, de mars 1840.)
(3) M. Delâtre était rédacteur du *Courrier Suisse*.

pas été joué depuis plus de vingt ans : cela paraît la plus belle pièce du monde et presque d'un bout à l'autre ; il y a foule, applaudissemens, on suit dans son livre pour ne rien perdre. Le malheur est que la charmante, noble et simple Rachel se fatigue beaucoup et a peine à suffire.

« Marmier va partir pour la Hollande avec une mission de M. de Rémusat pour prétexte, mais en réalité pour compléter ses études sur le Nord et faire un livre sur la littérature hollandaise, ce sera neuf et joli.

« *Les Rayons et les Ombres* ont paru ; il y a de très belles choses, d'aussi belles que jamais, mais aussi de plus détestables. A côté de vers charmans sur l'amour :

> Aimer c'est..... croire au rayon,
>   c'est..... regarder à l'étoile,
>   c'est.....
>   mettre la main à ce qui bout.

« N'est-ce pas comme si, au milieu d'un beau salon, on apportait tout d'un coup une marmite ? Il y a beaucoup de ces incongruités-là. Ce ne sont plus des taches, ce sont des immondices.

« Lamartine, qui décidément est un grand orateur politique, a une tragédie en train pour Mlle Rachel : le sujet en est Toussaint-Louverture et l'émancipation des noirs.

« Voilà des nouvelles, chère Madame, en réponse des vôtres. Mais tâchez donc d'être mieux et de vous ressentir du printemps.

« Mille tendresses à Olivier et à Doudou, Aloys étant absent.

« Voici une lettre pour Mlle Herminie ; si elle est encore à Rolle, veuillez y mettre l'adresse et l'envoyer. J'écrirai à M. Vinet dans la prochaine. Remerciez bien Mme Regnier de son doux suffrage. »

« Mardi, 9 juin 1840.

« C'est égal, je n'y comprends rien, et si je tenais M. Bezencenet ou M. Pellis il faudrait bien qu'ils missent un nom scientifique à ce mal-là. Permis à vous de l'ignorer, belle Dame, mais tout a un nom. — Savez-vous que d'ici à très peu de jours l'affaire de Mickiewicz va passer à la Chambre : mais Cousin a si mal défendu jusqu'ici son budget que je crains, si, ce jour-là, la Chambre est en veine d'économie. Il s'est fait grand tort sur un point, c'est en ayant Mme Collet (la femme-poète) publiquement pour maîtresse : elle est enceinte, il a été à Nanterre pour la nourrice. Ce polisson d'Alphonse Karr dans ses *Guêpes* a raconté tout cela (1). De plus Cousin est malade, fatigué, de sorte que ce

(1) Polisson n'était pas trop fort, et Sainte-Beuve y aurait encore ajouté s'il avait pu prévoir que trois ans après il découvrirait de même Mme Victor-Hugo, son *amie*, à propos du *Livre d'amour*. Sur les relations de V. Cousin avec Mme Collet, lire dans les *Annales romantiques* (n° de juin-juillet 1904) l'article de M. J. Chambon intitulé : *Deux passions d'un philosophe*.

vote dans l'état où est la Chambre, avec la moitié
des députés qui décampent, dépend un peu d'un
coup de dés. Je m'effraye peut-être trop ; mais, de
plus, quand la loi passerait, il n'est pas très sûr
que Cousin puisse rester longtemps et soit là pour
en surveiller les suites par rapport à Mickiewicz.
Comme, dans tous les cas, ce serait Thiers qui aurait la haute main, on serait sûr par lui d'un résultat. Ce sont toujours des lenteurs et des chances.

« Je travaille peu et suis très fatigué : je passe la
journée seul à rêver, à dormir, à émietter quelque
livre. Je dîne chez Pinson ou en ville, car depuis
un mois la bonne de ma mère a été assez gravement malade. Je vais assez dans le monde et j'observe (1). J'ai hier dîné avec Mme Sand et avant-
hier chez M. Thiers. Buloz me demandant à cor
et à cris une nouvelle, je me suis à peu près décidé
à lui faire *M. de* *** (2), vous savez ? cette histoire
d'Orbe, chère Madame. Ne soyez pas trop sévère,
si j'en gâte quelque chose. Écrivez-moi à temps vos
pensées là-dessus, s'il vous plaît. En mettant la
scène dans le pays de Vaud vers 1793, on y était
encore sous la domination bernoise, n'est-ce pas ?
on était sous des baillis comme Bonstetten (3). J'ai

(1) J'observe ! Tout Sainte-Beuve est là, et c'est évidemment autant
pour observer que pour s'amuser qu'il allait dans le monde.

(2) Cette nouvelle, dont Olivier lui avait donné le sujet, est restée à
l'état d'esquisse.

(3) Bonstetten (Charles-Victor de), naturaliste suisse, né à Berne
en 1745, mort à Genève en 1832. Saint-René Taillandier a publié

envie de faire faire à la demoiselle et au monsieur le voyage des *Ormonts* ; les Ormonts étaient alors partie du pays de Vaud, n'est-ce pas ? et sous Berne. La Gruyère était à Fribourg, n'est-ce pas ? Pour qu'ils se marient, lui étant catholique, ne pourrait-elle pas l'être aussi, par une certaine combinaison de famille (son père serait catholique et sa mère protestante) qui lui permettrait d'avoir cependant toute la pureté vaudoise et même cette raideur de la seconde virginité. Mais je n'ai rien d'arrêté là-dessus. Si la plume vous fatigue, dictez à Olivier vos vues sur mes questions ou laissez-les lui deviner (1).

« Marmier repart après-demain pour un long voyage, il visite d'abord ses parens près de Colmar et de là va en Hollande, où il restera l'hiver. Il y fera un volume sur la littérature de ce pays. M. de Rémusat lui a donné comme prétexte une mission pour les archives, moyennant cela, il clora son cycle du Nord.

« Quand vous aurez le temps de lire un roman, chère Madame, et que vous n'en craindrez pas les émotions, lisez *Léonore de Biran*, de Mme de Cubières, femme de notre ministre de la Guerre ; Jay vous aura cela, c'est à lire, et *Marie d'Enambuch*

---

des lettres inédites de lui. Bonstetten est l'auteur du *Latium ancien et moderne* ou voyage sur la scène des six derniers livres de l'*Enéide*.

(1) Voir à *l'appendice*, la lettre X de Mme Juste Olivier.

de Mme Reybaud aussi (*Revue des Deux Mondes*).

« Vous devriez bien me raconter quelques-unes de ces conversations d'Aloys et de Doudou, qui rappellent le monde enfant et les bégaiemens de l'Éden. Je suis sûr que, malgré tous vos maux de nerfs, cela ne vous fatiguerait pas.

Donnez-moi aussi quelques détails, cher Olivier, sur vos travaux, sur l'Académie, sur votre histoire surtout (1). Je ne vous parle pas de tant de personnes dont je me souviens pourtant si bien. Comment va le genou de M. Frossard ?

« Adieu, chers amis, baisers aux enfans ; bonjour à Eysins et à Aigle et plus près à M. Ruchet, qui paraît devoir être chez vous.

« Rien de Lèbre. »

                                        « 20 juin 1840.

    « Chère Madame,

La chaire est votée et à une belle majorité : c'est très heureux. Cousin n'était guère sûr de la chose quelques jours auparavant, il suffisait d'une boutade de la Chambre pour ajourner à l'année prochaine, c'est-à-dire après l'an 40. Hier Cousin m'a dit en me faisant participer à son triomphe : Et bien ! notre chaire est votée. — Il n'y a donc plus qu'à quitter Mickiewicz. Cependant la chose n'a point eu ici le caractère politique et l'hommage à

---

(1) *L'Histoire du Canton de Vaud,* le meilleur ouvrage de Juste Olivier.

la Pologne que j'aurais voulu. N'importe : il faut que les destins aient leur cours et que la Pologne, en attendant le réveil (s'il doit y en avoir), campe à Paris.

« Que vous êtes bonne et attentive (Olivier et vous) dans tous les renseignemens : la nouvelle se trouve encore ajournée ; j'aimerais n'écrire. ces choses-là que sur les lieux mêmes, près de vous, mais les destins parlent parfois à mon oreille, et j'obéis à Buloz-Radhamante.

« Oui je vis dans une mondanité déterminée; avec deux santés, une chétive et gisante jusqu'à quatre heures de l'après-midi, l'autre vive et curieuse de quatre heures à minuit. Je vais où on m'invite, n'importe où, je fais des projets, je suis en colère continuellement à propos de tout ce qui me révolte; la colère est de l'amour rentré bien souvent, et comme voilà le soleil et la saison d'aimer, je passe tout en colère et me dédommage par là.

« A propos savez-vous que Mᵐᵉ Collet, insultée par Karr dans ses *Guêpes* (il a écrit, le misérable, en propres termes, qu'elle était enceinte de Cousin), est allée chez lui et lui a donné un coup de couteau qui a glissé, bien que, dit-elle, elle ait frappé ferme. Karr était tremblant et l'a priée que cela restât entre eux. On commence pourtant à en parler, mais la justice, je crois, s'abstiendra : honneur à Mᵐᵉ Collet et aux Charlotte Corday :

O vertu, le poignard !

« Elle a fait ce coup étant enceinte de huit mois et demi, qu'en dites-vous?

« Le dialogue des enfans est adorable : envoyez-m'en comme cela encore. Je raconte cela aux momens où je ne suis pas en colère, ce qui arrive bien encore quelquefois.

Mme de Tascher part bientôt pour Pouvray et veut m'emmener, je résiste sans dire non, c'est une manière plus sûre de résister. Mais voilà que je dis leur secret aux femmes.

« Je suis bien participant de cœur aux succès de M. Ruchet ; qu'il devienne donc aussi conseiller d'État ; il faut se mettre en selle quand le moment est venu, et ne plus poser pied à terre que quand on vous y jette.

Le pauvre M. Daunou en est bien près : il se meurt vraiment d'un mal de vessie : ce sera une grande perte encore prématurée malgré ses soixante-dix-neuf ans (1).

Je lirai M. Diodati (2) dès que j'atteindrai cette *Bibliothèque* : dites-lui en attendant toute ma reconnaissance.

Adieu, chère Madame et amie, je crains que ma gaieté ne vous ennuie, car vous verrez bien qu'elle

(1) C'était Daunou, son compatriote de Boulogne, qui avait ouvert la voie littéraire à Sainte-Beuve et l'avait engagé à écrire le *Tableau de la poésie française au XVIe siècle.*

(2) M. Diodati avait fait, dans la *Bibliothèque universelle* de Genève, un grand article sur *Port-Royal.*

est factice et qu'il n'y a de bonheur que plus près de vous.

« A vous et à Olivier et aux vôtres, à Mlle Sylvie en particulier. »

« Vendredi, 10 juillet 1840.

« Vous me grondez, chère Madame et amie, et c'est bien mal, car grondé que je suis par moi-même si vous y ajoutez votre blâme, je n'ai plus de recours et suis en complète *despondence*. Pour finir les affaires, la Chambre de Paris a hier voté la loi slave; il n'y a plus maintenant que la signature de Louis-Philippe à obtenir pour Mickiewicz. Dans tout ceci je ne crois pas avoir fait défection, mais simple commission. On m'a chargé de dire, j'ai dit; j'ai été boîte aux lettres, très fidèle et impartiale, voilà tout. Au fond, Mickiewicz va avoir ici au Collège de France 5.000 francs pour trois leçons par semaine, *sans aucun soin ni devoir adminis-tratif universitaire*. On y joindra, en le chargeant de dresser un catalogue raisonné des manuscrits slaves qui sont à la bibliothèque du Roi, un sur-croît d'appointemens de 2.000 francs à peu près ou peut-être 3.000. C'est du moins le projet de M. Cousin. Avec cela, mettez-y le côté national et polonais qu'il représente. A moins d'un choix très déclaré de sa part pour Lausanne, était-il permis à ses amis de le retenir? Vous-même l'avez senti avec votre parfaite délicatesse. Il eût fallu pour nous enhardir qu'il ne voulût pas. Or, il voulait, il veut tout bas; les tracas académiques l'ennuient, il se trouve surchargé du nombre de leçons et des autres devoirs. Je l'ai su ici par Faucher, son allié (beau-frère, je crois). Donc laissons, et que les destins s'accomplissent.

Je ne sais si les miens s'accompliront jamais : je suis fort souffrant au fond et d'une force vitale bien accablée : je ne puis travailler réellement et la vie que je mène, peu fatigante d'ailleurs, est quasi une distraction que je m'impose ou du moins que je me permets faute de mieux. Mon cerveau est, à la lettre, sur les dents; ces atroces mœurs que je vois de près me dégoûtent et flétrissent au dedans toute idéale pensée. Il y faut rester plongé, et l'iro-nie alors, aussi froide que possible, est le seul état convenable. *Item*, *il faut vivre*, dit très bien M. d'Ormond. Je crois que je vais sauter le pas et accepter une place de bibliothécaire qui probable-ment va être vacante par suite des mouvemens que cause le remplacement de M. Daunou (1). Au moins je ne serai plus dans la rue qui n'est plus tenable. Je serai *dedans* et protégé, mais adieu liberté, fantaisie, loisir ! Cela me coûte moins au

(1) Depuis longtemps Victor Cousin et Buloz pressaient Sainte-Beuve d'accepter un poste fixe qui lui permît de quitter sa man-sarde du passage du Commerce, mansarde que, d'après cette mau-vaise langue de Th. Pavie, il n'avait prise en 1830 que pour échapper, sous le pseudonyme de M. Delorme, à la tyrannie de la garde natio-nale et peut-être aussi à la surveillance par moments très gênante de sa mère. (Cf. *Victor Pavie, sa jeunesse, ses relations littéraires.*)

reste aujourd'hui que j'ai dit depuis déjà longtemps :

« Plus d'amour, partant plus de joie !

« J'aurai toujours des vacances vers septembre, dans cette nouvelle condition, et en ayant moins, peut-être en userai-je mieux.

« Le seul plaisir que j'aie eu depuis peu, c'est de rencontrer La Moricière, notre héros du jour, qui est arrivé depuis peu d'Afrique, et le plus jeune de nos généraux. C'est un nom tout populaire, les enfans savent son nom et courent après lui, et j'ai fait comme les enfans. Vous savez tous mes instincts belliqueux ; continuez d'en sourire.

« J'ai reçu, je ne sais par qui, les vers de M. Delâtre. J'ai lu l'éloge de M. Porchat. Voyez-vous, la gloire n'est pas de ce monde. Le succès est au sot comme au fin, il est à tout le monde et c'est pour cela qu'il est fait. On me dit qu'il y a dans la *Gazette d'Augsbourg* un article où j'étais comparé à Planche et à Janin : quoi que je fasse en critique, c'est là le comble de la gloire où j'atteindrai. Vos *Deux Voix* et les fables de M. Porchat (1) seront appareillées tout de même, et cela par les mains les plus habiles et les plus délicates. Après quoi il n'y a

---

(1) Je viens de lire les *Fables et Paraboles* de J.-J. Porchat dans la 4ᵉ édition revue et augmentée publiée à Paris, chez M. Meyrueis en 1854. Évidemment cela ne vaut pas *les Deux Voix* ni *les Chansons lointaines* de Juste Olivier, mais il y a tout de même de bonnes choses exprimées dans une langue sans prétention, mais non sans charme.

qu'à se tourner vers Dieu, la seule gloire, ou vers l'ironie, la seule vérité après Dieu.

« Donnez-moi des nouvelles de votre santé, chère Madame ; j'embrasse Olivier, les petits, je serre la main à Lèbre, et après tous les tributs de cœur payés aux deux bouts du lac, je vous prie d'offrir de loin mes respects à M. Erskine.

« A vous, chers amis. »

« 3 août 1840.

Chère Madame,

« Votre lettre m'a fait grand plaisir, surtout par l'idée que votre santé était bien, que l'aplomb était retrouvé, que cette organisation de Romaine que vous avez reçue de la nature triomphe sans peine cette fois des nerfs et autres superstitions acquises, bref que tout se passera aisément, promptement, à bonne fin.

« Nous sommes ici dans des émotions d'un autre genre, dans ces émotions belliqueuses que vous savez que j'aime tant et qui cette fois pourraient avoir quelque velléité sérieuse plus qu'en d'autres circonstances, ô noble Helvétienne. Dites à Olivier qu'il lise (à titre d'historien) l'article de la dernière *Revue des Deux Mondes* du 1er août intitulé *Espagne Orient* signé xxxx. C'est là la pensée vraie et directe du Cabinet. Pour moi, je ne suis pourtant pas si belliqueux que de sortir de mon *Port-Royal;* vous en verrez trace dans cette même revue. Pour

tant j'avance peu : je vais à très petits pas, et ma
pensée n'est point sans bien des partages et même
plus d'un souci. Je porte la peine de toute ma vie
antérieure, en arrivant aux saisons déjà nues,
auxquelles j'étais si peu préparé. Je ne sais rien
absolument de nouveau sur Mickiewicz, n'ayant
pas vu M. Cousin depuis près d'un mois. L'autre
soir, par le beau Paris d'été un peu désert, et en
veine de souvenirs, je me suis acheminé vers
Emile Deschamps, que je n'avais vu depuis des
années, je crois. Je l'ai trouvé seul avec sa femme
devant un grand tiroir plein de vers et les limant.
Nous en avons lu, nous avons causé du passé et
du présent, c'est-à-dire de vous; j'ai récité de mémoire ceux de vos vers que je sais (j'en sais, chère
Madame); enfin il était onze heures et quart du
soir que je ne songeais pas à m'en aller. Mais en
voilà pour un an ou deux peut-être encore. De
Vigny est décidément à sec, en pure adoration
stérile de lui-même et de ses sept volumes d'œuvres
complètes qui ne bougent de dessus sa table. Le
second article de M. Vinet sur Hugo m'a plu bien
mieux que le premier. Mme Sand passe au communisme, à la prédication des ouvriers : son futur
roman sera, je le crains, dans ce sens. Elle ne se
conduit pas trop bien. Et afin de rester au mieux
avec elle, je ne la vois pas du tout. Musset fait des
vers charmans et semble redevenu un homme bien
portant en même temps que son goût est de plus

en plus sain. La *Colomba* de Mérimée est un chef-
d'œuvre qui a réuni ici tous les suffrages. On n'a
parlé que de cela durant quinze jours en tous lieux.
Je ne connais rien de lui de si beau, de si parfait,
de si fin : n'en pensez-vous pas ainsi?

« Envoyez à M. Ruchet tous mes respects en Diète
s'il y est encore, mes humbles et respectueuses
tendresses à Mlle Sylvie pour peu qu'elle les reçoive.
Faites-en autant, selon les mesures et les proportions que vous savez, pour Mme Régnier, Mme Forel,
Mlle Herminie, Mme Hare, Mme Clara.

« Je salue bien respectueusement vos bons parens
d'Eysins, M. Urbain et sa femme, tous enfin. Dites-
moi des dialogues d'Aloys et de Doudou, s'ils en
font encore. Lèbre vous viendra cette fois, j'espère.

« Quant à nos amis moins rapprochés, et dont je
pourrais faire l'énumération, soyez assez sûrs que
je ne les oublie pas, pour leur faire nos complimens à la rencontre.

« A vous, chère Madame et cher Olivier, de tout
cœur. »

« 1er septembre 1840.

« Cher Olivier,

« C'est à vous que j'écris, craignant que Mme Olivier ne soit en couches, l'espérant aussi, afin que
ce cap de tourmente soit passé : j'espère qu'à l'heure
qu'il est vous êtes heureux et rassuré. Vous me le

direz aussitôt; il me semble impossible que cela tarde encore.

« Je vous aurais écrit ces jours précédens si moi, mon cher ami, je ne me trouvais très malheureux. Un bout d'imprimé poétique (1) (tiré à trois ou quatre exemplaires) et *que vous ne montrerez à personne* vous apprendra avant peu le fil intérieur des sentimens auxquels je fais allusion : vous le recevrez par la poste et le mettrez dans les *Arcana*. Voici le fait prosaïque, cher ami : je me flattais depuis quelques mois d'un bonheur charmant, et enfin d'un bonheur permis. Je croyais avoir trouvé, il me semblait qu'on me répondait; il me semblait que mon plus grand ennemi était en moi-même, dans mon habitude incurable d'indépendance. J'ai lutté contre moi, contre mes idées, j'avais compris le mariage : cette place que j'ai prise n'était que pour avoir droit de me présenter (2). Eh bien ! j'ai été refusé, — avec grâce, mais, je le crains, sans retour. La douleur que j'en ai éprouvée et que j'en éprouve est inexprimable; imaginez que j'y suis retourné malgré moi dès le surlendemain du refus, j'y retournerai, qui sait? ce soir même. L'objet est des plus purs, des plus dignes : mais mes vers vous diront cela.

---

(1) Sainte-Beuve désignait ainsi le recueil des quelques poésies que Mlle Pelletier, la fille du général, lui avait inspirées et qu'il a publiées à la fin de ses Poésies complètes sous le titre : *Dernier rêve*.
(2) La place de Bibliothécaire à la Mazarine.

« Ainsi, cher ami, au moment où vous êtes inquiet ou heureux, je ne suis plus ni l'un ni l'autre, mais abattu net (1). J'ai erré ces trois jours durant comme un chien sous le soleil : *Hæret lateri arundo.*

« Je ne garderai pas cette place (entre nous), mais seulement un an ou deux pour me refaire. Si je puis être de l'Académie, avec le peu que j'aurai de ma pauvre mère, je quitterai un jour Paris, je serai riche en Suisse, j'y vieillirai en face de vos montagnes et vous me les montrerez en silence bleues et mornes comme ce certain soir que vous savez. Voilà mes pensées. Mais j'ai besoin des vôtres, de savoir l'état de Mme Olivier; dites-moi où elle en est. Je lui écrirai dans peu de jours, mais je voudrais auparavant une réponse de vous.

« J'ai écrit à M. Diodati dont j'ai lu l'article si bienveillant sur moi.

« A vous de cœur et à tous les vôtres, cher Olivier. »

« Mercredi, 2 septembre.

« Cher ami,

« Je reçois votre lettre, non pas au réveil, bien

(1) Ce projet de mariage ne devait pourtant pas être le dernier qu'ait caressé Sainte-Beuve. Quelques années après il faillit épouser Ondine Valmore, mais, comme il l'écrivait un jour, il avait laissé passer l'heure et sa destinée était de rester garçon. « Pourquoi se marier? disait-il à Collombet, de Lyon, au mois de septembre 1847; si la chair ne le demande pas, si le cœur ne le dit pas, à quoi bon cette complaisance pour je ne sais quoi et je ne sais qui? Vieillissons, mon cher ami, vieillissons, moi entre *Théocrite* et *Port-Royal*, — vous, entre *saint Jérôme* et *Synésius*. »

que ce soit tout au matin; enfin voilà, j'espère, un accouchement heureux et les suites aussi le seront, tout me le dit : les préambules se sont trop bien passés. Or çà, quel clan des Olivier, quelle milice helvétique vous allez faire ! Comment nommerai-je celui-ci ? Charles, je crois : car Mme Olivier s'appelle Caroline. Pour moi *Charles-Augustin*. Merci d'avoir si bien compris mon offre du cœur (1).

« Quels beaux vers! mais en confidence, cher matois, ils sont de vous, car vous avez le burin aussi. Je voudrais *fend* le ciel en *courroux*, au lieu de l'*espace*. Garderez-vous donc Mickiewicz? Je croyais la bataille perdue. C'est bien plus beau de regagner une bataille perdue que de la gagner tout d'abord. Qu'a répondu Mickiewicz? Car aux poètes comme aux femmes il faut donner les vers qu'on fait pour eux.

« M. Ruchet n'était pas encore conseiller d'État à la dernière lettre de Mme Olivier. L'y voilà; à la bonne heure ! Tôt ou tard il faut quitter la chasse au chamois.

« Ma Mazarine, c'est 4.000 francs par an, plus un logement dans les bâtimens de l'Institut. Je n'aurai guère ce logement que dans cinq ou six mois. Le directeur est M. de Féletz, ancien rédacteur des *Débats*. Sous son administration de *confrère*, sont *ex æquo* en pouvoir, mais non en appointemens,

---

(1) Sainte-Beuve avait demandé à être le parrain du troisième fils de Juste Olivier.

5 conservateurs, un abbé Guillon qui a quatre-vingts ans passés et n'y paraît plus, Sacy des *Débats*, Chasles, un M. Pignollet et moi. Sacy et et moi sommes les mieux payés : cette inégalité dépend purement du hasard de celui qu'on remplace : M. Naudet avait un bon lot et je l'ai eu.

« On est donc (M. Guillon et M. de Féletz ne prenant guère part active) en tétrarchie, chacun son jour de séance de dix heures à trois heures, au public, quel ennui ! mais c'est tout.

« Pardon ! et la garde nationale ! ! ! (1).

« Voilà pour votre amitié qui s'intéresse à cela tout autant que ma mère, la seule de nous deux qui en soit joyeuse. Embrassez les chers aimés, et que la maman embrasse pour moi le petit Charlot ! Mille tendresses à Mme Olivier et à tous, et à vous, cher ami, et père glorieux.

« Tenez-moi de près au courant. »

« 20 septembre 1840.

« Cher Olivier,

« C'est encore à vous que j'écris jusqu'à ce que Mme Olivier m'ait certifié de sa belle main qu'il n'est plus question d'aucun bobo et que tout est dans l'ordre accoutumé. J'espère que vous êtes toujours

---

(1) La garde nationale ne le gênait guère, si j'en crois les dires de Victor Pavie. Il paraît qu'il ne s'était réfugié dans la cour du Commerce que pour échapper, sous le nom de Charles Delorme, aux corvées de la garde nationale. (Cf. *Victor Pavie, sa jeunesse, ses relations littéraires.*)

bien, *petit*, père et mère. M. Zündel, que j'ai vu
l'autre matin, avait reçu une lettre de vous. J'ai
oublié dans les dernières de faire compliment à
M. Urbain de son héritage à mi-côte : est-il toujours à ce château qu'il faisait valoir? ou va-t-il se
retirer tout à fait dans ses foyers de propriétaire?
Dites-moi des nouvelles de ce côté.

. . . .

« Puisque ces vers sont de Mme Olivier, c'est que,
poète comme elle a toujours été, elle a pris près de
vous une main plus ferme, un peu de ce gantelet
qui ne nuit en rien aux naturelles beautés. Honneur à tous deux !

« J'ai commencé avant-hier pour la première fois
mon *service* : cinq heures sans autre chose que de
répondre à tout venant; je m'en suis tiré assez bien
pour cette première fois. Allons, je serai libraire
et bouquiniste très achalandé tous les trois et quatre jours; le reste du temps je serai cachément ce
que je pourrai, ou poète, ou rien du tout.

« Vous n'avez pas reçu par la poste cette feuille
imprimée parce que le remords d'indignation m'a
pris : elle seule l'a eu entre les mains, c'est
assez (1).

« J'ai des projets d'étude, car j'ai toujours eu si
peu de temps pour étudier; je veux savoir l'espagnol, me remettre au grec (2). De tout cela il ne se

(1) Toujours *le Dernier Rêve*.
(2) Il s'y remit si sérieusement, que, quelques années après, lors

fera peut-être rien, car le vent change vite sur ma tête, et peu m'importe qu'il change, puisque je suis au port (me dit-on) et moi je me dis puisqu'il n'est plus de port pour moi.

« Le canton de Vaud l'eût été : pourquoi s'est-il trouvé si loin de mes racines, ce lieu de douceur où l'arbre sentait sa cime si heureusement exposée et où il eût pu refleurir par de meilleurs rameaux ? Ma mère tout bas ennemie (en mère jalouse) de tout ce que j'aime, l'absence de fortune et de moyens de vivre là-bas sans travail, sans emploi, c'est-à-dire sans ce qui gâtait le séjour, les *astres* enfin qui ne permettent pas qu'on vive deux vies et qu'on ait sous le soleil deux jeunesses, tout cela s'est opposé à des vœux qui étaient bien vrais et qui à un moment me semblaient comme à vous si possibles. Maintenant, qu'est-ce ? Un court mois de vacances dans tout un an ; et les liens d'ici, les plantes parasites et grimpantes qui vont avoir le temps de m'enlacer, de me clouer. Car me voilà immobile et exposé comme une souche. Il s'y viendra tout loger, hors le nid d'abeilles.

« Adieu, cher ami, que nos cœurs du moins s'en-

---

des représentations d'*Antigone* traduite par MM. Paul Meurice et Auguste Vacquerie, il s'amusa à relever dans une de ses chroniques de la *Revue Suisse* les erreurs commises par les traducteurs. Et pour se pénétrer à fond des beautés de la langue d'Homère et de Théocrite, ses deux poètes favoris, il prit pour professeur un Grec d'origine nommé Pantasidès. Je dois ajouter, car c'est la vérité, que M. Adert, avec son *Théocrite*, ne fut pas étranger au beau feu dont se prit Sainte-Beuve pour le grec.

tendent ; des nouvelles de Mme Olivier, s'il vous plaît, et toute sorte d'amitiés à tous. »

« Mercredi, 21 octobre 1840.

« Je reçois votre lettre, chère Madame, avec le sentiment, en effet, de ma très grande faute. J'ai été profondément découragé, maussade, et, je vous le dis tout bas, méchant : méchant à moi-même et par conséquent muet aux amis et aux meilleurs. Cette méchanceté en ce qui me concerne n'est pas encore passée, et il m'en restera, je le crains, un grand fonds pour longtemps encore. Mais je dissimulerai.

« Dites-moi de bonnes choses, j'en ai peu à vous dire d'ici. La politique va tristement, Thiers a été un peu jusqu'ici au-dessous de la position qu'il a soulevée. Peut-être a-t-il voulu attendre les Chambres pour avoir raison avec plus d'éclat.

« Il a contre lui les conservateurs, il a contre lui le parti démocratique et le Roi n'est pas pour lui. Mais je vous ennuie de mes craintes; dans ce moment cet état de choses en France est une de mes douleurs. J'en aurais pourtant bien assez sans cela. Ce qui n'en est pas une, c'est l'incroyable cynisme d'attaques dont nous, la *Revue* et votre ami en particulier, sont l'objet depuis quelques mois. En même temps que les Abélard, les Meunier et les *Dasmée* tirent sur les puissants, il est en critique des coupe-jarrets qui tirent sur ceux qu'ils croient

15

puissants. Mais, à voir ce qui se passe de tous côtés et au-dessus de soi, on n'a pas droit de se plaindre.

Je n'ai pas encore vu Lèbre ni reçu le manuscrit. Je ferai comme vous désirez, j'espère qu'il n'est pas parti. Je n'ai pas encore vu Mickiewicz. Voici un sonnet imité de Ruckert qui vous paraîtra peut-être avoir un lointain écho de *ranz des vaches* :

> Et moi je fus aussi pasteur en Arcadie,
> J'y fus ou j'y dois être, et c'est là mon berceau,
> Mais l'exil m'en arrache : à l'arbuste, au roseau
> Je vais redemandant flûtes et mélodie.
>
> Où donc est mon vallon ? partout je le mendie,
> Une femme aux doux yeux qui montait le coteau :
> « Suis-moi, dit-elle, allons à ton vallon si beau. »
> Je crois, elle m'entraîne et fuit. O perfidie !
>
> Une autre femme vient et me dit à son tour :
> « Celle qui t'a trompé, c'est *Promesse d'amour ;*
> Moi je suis *Poésie* et n'ai point de mensonge.
>
> Dans ta chère Arcadie, au delà du réel,
> Je te puis emporter, et sur un arc-en-ciel
> Mais d'esprit seulement, — vois s'il suffit du songe ? »

« Il est vrai que mon cœur répond *non* sans hésiter (1).

« Adieu, j'embrasse les chers petits et le petit Charles sur sa cerise.

« Mille amitiés dévouées. »

---

(1) Ce sonnet a été publié sans retouche au tome II des Poésies complètes de Sainte-Beuve ; il aurait pu servir d'épilogue au *Dernier rêve,* car il s'y rapporte évidemment.

« Jeudi, 19 novembre 1840.

« Chère Madame,

« Je suis bien en retard avec vous, mais ce n'est pas ma pensée qui a fait faute. Lèbre (1), qui est

---

(1) J'ai attendu jusqu'ici pour parler de Lèbre. A présent qu'il a quitté Lausanne pour venir habiter Paris, il faut que je le présente. On a vu le cas que Sainte-Beuve faisait de son intelligence. De tous ceux qu'il avait rencontrés chez Juste Olivier, Adolphe Lèbre était certainement celui qui lui avait laissé le plus profond souvenir, après Vinet. Pourtant il n'avait rien écrit encore, mais avec une « organisation délicate, élevée, timide, harmonieuse », il apportait à l'étude des plus grands problèmes de la science et de la philosophie « un esprit dégagé de tout préjugé et l'ardeur dévorante d'une sainte curiosité ». Vinet disait de lui qu'il n'avait jamais connu un amant plus sincère, plus désintéressé et plus religieux de la vérité. « C'est un esprit de philosophe et un cœur de chrétien, » mandait-il à M. Verny, quand Lèbre partit pour Paris. Orphelin de bonne heure, les Olivier le regardaient comme leur fils adoptif et l'avaient recueilli chez eux. Il aimait la vie de famille qu'il avait trouvée à leur foyer et à laquelle il s'était associé dans ses moindres détails, « berçant un enfant d'aussi bon cœur que s'il se fût agi d'une étude philosophique, se laissant gronder avec soumission, quand la fièvre intellectuelle qui l'a dévoré toute sa vie s'exaltait au point de faire de son travail une véritable maladie ». Les enfants d'Olivier l'appelaient l'oncle Lèbre. Ce fut Sainte-Beuve qui l'attira à Paris. Après avoir été quelque temps, dans une famille protestante comme précepteur de M. Edmond de Pressensé, il s'essaya à la *Revue des Deux Mondes* et y obtint un grand succès avec un premier article sur l'Egypte. « Renvoyez-nous Lèbre retrempé aux lacs vaudois, écrivait Sainte-Beuve à Mme Olivier dans le courant de l'automne de 1842, mais avec une provision d'activité parisienne. Il peut, s'il le veut, dans la disette où l'on est, et agréé comme il l'est, devenir le premier écrivain de la *Revue*, l'un des plus fréquents. Cela n'est pas à mépriser... » Et il ajoutait : « Qui nous eût dit cela et le reste à l'un des soirs de 1838 ? » Mais, hélas! la folie le guettait. Après avoir publié dans la *Revue des Deux Mondes* un très remarquable article sur Baader et deux ou trois autres sur la crise de la philosophie allemande, qui le posèrent définitivement dans le monde intellectuel, il donna subitement des signes de dérangement d'esprit et l'on fut obligé de l'en-

maintenant un témoin, pourra vous dire comme ici
les jours et les semaines vont plus vite que torrent :
je me suis un peu laissé entraîner à la dérive.
J'aurais voulu ne répondre à l'envoi du second
article que par un numéro de *Revue* où il se serait
trouvé inséré ; par malheur, je crains que cela ne
se puisse : l'idée en est très ingénieuse et jolie :
Voltaire n'a fait qu'une idylle en Suisse et c'est à
Lausanne qu'il l'a faite. Seulement, pour le point
de vue de Paris, il aurait fallu absolument insister
plus sur Voltaire, et moins sur Lausanne (1). Pour
le monde d'ici la bordure du cadre tient trop de
place : l'épisode sur les Calandrini ne serait pas
entendu, on connaît à peine Aïssé : on la connaît
bien moins que chez vous. En un mot, l'article,
excellent s'il était imprimé dans un recueil du pays,
ne me paraît pas pointé juste pour ici. Si bon
arbalétrier et arquebusier qu'on soit (et vous l'êtes),
il est excusable de ne pas mettre dans le trou à

fermer dans une maison de santé où il mourut quelque temps après,
laissant un vide immense dans le cœur de tous ceux qui l'avaient
approché. M. Marc Debrit, aujourd'hui directeur du *Journal de
Genève*, a recueilli et publié ses œuvres, en 1856, chez G. Bridel à
Lausanne, avec une excellente notice biographique de Juste Olivier.
Lèbre était né de parents français, à Lausanne, le 16 juin 1814 ;
comme il est mort le 26 mars 1844, il n'avait donc que 30 ans à
peine quand il fut ravi aux lettres et à ses amis.

(1) Juste Olivier jouait de malheur avec la *Revue des Deux Mondes* et il en était d'autant plus navré que, pour son article sur *Voltaire à Lausanne* comme pour l'autre sur *Davel*, Sainte-Beuve lui
avait mis l'eau à la bouche en lui faisant espérer que Buloz le
prendrait.

cette distance. La réponse à la question que vous m'adressez, chère Madame, est toute dans la solution de cette difficulté. Un article de *Revue* est comme un mets de restaurateur, servi un peu à la minute : le fond est le même partout où l'on vit sainement, mais l'assaisonnement varie ; il faut ici celui du jour, du matin. Comment le deviner de si loin ? Voilà ma seule crainte.

« J'ai eu le plaisir de dîner hier avec Lèbre, le soir nous sommes allés à une première représentation de Scribe. C'était une de ses plus jolies pièces, j'ai peur seulement qu'elle n'ait paru trop mièvre et plus que badine à qui habite dans le Sha-Hahmeh et dans les épopées d'Orient. Enfin c'était une de nos meilleures comédies depuis longtemps.

« Ce qui m'a fait moins plaisir à dîner, c'est qu'il n'avait pas de nouvelles à me donner de vous, ni des chers petits, ni du petit Charles, à qui j'ai pensé le jour baptismal et depuis.

« Lèbre m'a fait lire l'article de M. Chavannes qui m'a touché beaucoup : je tâcherai de remplir son désidératum sur la querelle d'Arnauld avec Jurieu (1). Je lui écris un mot que vous serez bien bonne de lui faire tenir.

(1) Cette querelle portait sur l'article de la Transsubstantiation. « Arnauld et Nicole s'efforcèrent toujours de faire concorder le dogme de la Présence réelle avec l'explication cartésienne du témoignage des sens, ou du moins de montrer qu'il n'y avait point opposition : les ministres protestants en tiraient parti contre eux pour mettre leur bonne foi en doute, et Jurieu les accusait d'être en cela

« Embrassez pour moi vos chers enfans, chère Madame. Je serre la main à Olivier et envoie des souvenirs aux amis d'Aigle et d'Eysins, et aussi depuis La Saraz et Bury, jusqu'à Crissier. »

« 1ᵉʳ décembre 1840.

« Cher Olivier,

« Je recevais votre aimable lettre en même temps que Mᵐᵉ Olivier en recevait une de moi qui vous portait mes excuses. Ne faites jamais sur mon compte de telles suppositions, je vous en prie, dussé-je être le plus muet des amis. Il s'est opéré et il s'opère en moi des révolutions bien tristes : la joie du cœur a sombré, et le cœur aussi, je le crains, au moins pour un moment. Il existe encore, mais au fond de l'abîme, et je n'ai pas toujours le temps et le courage d'y plonger. Ma nouvelle position, au lieu de me procurer plus de loisirs, comme il serait raisonnable d'en prendre, ne fait que m'exciter à des travaux les plus divers, et je m'y livre pour m'étourdir, comme d'autres au jeu ou à la boisson. Je fais des articles, coup sur coup. Je me jette en plein cœur dans le gribouillage. Au moins pendant ces courtes et fréquentes fièvres, le reste pour moi n'existe plus et je crois qu'on me couperait les pattes

tout autant cartésiens que catholiques. » (*Port-Royal*, t. V, p. 352.) On voit par cette note que Sainte-Beuve tint compte de l'observation de M. Chavannes.

alors (comme aux rats en rut) que je ne m'en apercevrais pas.

« Averti sur le mal, cher ami, vous me serez très indulgent. La politique est déplorable ici : tout le mal vient du Roi, qui croit que la France ne doit avoir aucune politique extérieure. « La paix à tout prix (1), on m'accuse de vouloir cela, disait-il l'autre jour. Eh bien ! qu'ils touchent à Strasbourg et puis l'on verra ! »

« Grande parole digne de Louis XIV et de Richelieu. O historien qu'en dites-vous ? — Et celle-ci encore : « Vous venez d'Alsace, M. M..., on y est dans les meilleures dispositions : à la bonne heure ! Allez, croyez-moi, l'Alsace vaut encore mieux que la Syrie. »

« Thiers, à qui on fait maintenant tant de reproches, a été trop confiant, trop bon enfant, trop peu machiavélique. Les préjugés constitutionnels nous tuent. Guizot accepte tout et s'en vante : « Per-

(1) Le 20 octobre de la même année, Antoine de Latour, qui était précepteur du duc de Montpensier, écrivait à Ulric Guttinguer : « ... Pendant que nous nous enfonçons sous ces sombres avenues de l'imagination, le canon semble vouloir recommencer la poésie de l'Empire, non celle de Lormian ou d'Arnault, mais celle de Napoléon, le seul poète de son temps. Aurons-nous la guerre ou la paix ? Mon ami, ni l'un ni l'autre, je le crains. L'Europe me rappelle en ce moment la scène des deux Ours dans *l'Ours et le Pacha*, mais lequel des deux est le véritable ours, et lequel a le plus peur de l'autre ? C'est ce que votre fils sait aussi bien que vous et moi. J'ai grand'peur que vous n'ayez trop raison et que nous n'entrions dans l'ère de barbarie. Cela vaudrait mieux que l'âge d'airain de la calomnie écrite. Après l'âge d'or, l'âge d'argent et l'âge de fer. » (Lettre communiquée par M. Gabriel Guttinguer.)

sonne n'est plus digne que lui à faire une recu-
lade, » disait de lui Cousin. Quand il y aura la
République, ce qui pourrait bien nous arriver, je
m'en irai aussitôt d'ici, et m'enterrerai dans un clos
du canton où pourtant je n'ai pas été et ne serai
point, hélas ! pasteur.

« Je voudrais avoir une occasion pour vous plus
prochaine et plus solide que celle du mois de janvier. Je voudrais saluer mon filleul de quelque jou-
jou. Embrassez-le et les chers aimés. Je baise les
mains à Mme Olivier. A tous. Mme Olivier est-elle
tout à fait bien ? Amitiés particulières à M. Urbain
et remerciemens touchés pour ses offres charmantes. »

« Dimanche, 27 décembre 1840.

« Je vais être pris d'ici au jour de l'an par un
article peu amusant, sur P. Lebrun et sa *Marie
Stuart* (1) qu'on vient de reprendre : mais c'est
une dette à un souvenir d'autrefois. Je ne veux
donc pas différer mon bonjour de l'an, dût-il vous
arriver la veille : vous lui pardonnerez d'être si
empressé. Je ne crois plus beaucoup, chère Madame, à des coquetteries d'amitié, mais de votre
part je crois avoir bien de la certitude à l'amitié et
jé serais fâché que le découragement atteignît jamais le fond ; vous me répondez du contraire et j'y
ai confiance. Nous sommes tristes ici ; notre politi-

(1) Voyez la *Revue des Deux Mondes* du 15 janvier 1841.

que est bien humiliée; ç'a été une douleur pour
ceux qui s'étaient laissé reprendre à un moment
d'espoir et de sentiment national. En particulier je
suis triste pour la *Revue*; Guizot menace Buloz de
destitution, s'il ne se soumet; c'est d'un cynisme
qui me révolte. Il me tarde d'être désintéressé dans
tout cela et d'avoir mis mon bonnet de nuit final
sur ces choses du moment. Cela viendra. *Port-Royal*
achevé et l'Académie me mettront hors de tout.
Alors seulement je serai vraiment sage, immobile
et dans la suprême apathie. C'est le 7 janvier que
se décide l'élection de Hugo et par suite les nôtres.
On se remue fort pour et contre. A propos, nous
ne sommes plus ennemis à mort : un cadeau de
jour de l'an offert par moi et accepté par lui pour
ma filleule (car j'ai là une filleule) nous a permis de
nous donner la main, mais c'est tout (1).

« Il y a des siècles, c'est-à-dire des semaines, que
je n'ai vu Lèbre, mais il est venu visiter ma mère
très gentiment. Mickiewicz, que je n'ai pas vu encore, a commencé son cours, avec grande affluence,
et un succès de fond qui s'accroîtra dans la forme:
il y a eu pourtant, à ce qu'il paraît, à travers
l'émotion du début et la gêne du langage, des

---

(1) Sainte-Beuve était le parrain d'Adèle Hugo, celle qui vint au
monde « au milieu de la canonnade » de Juillet et qu'il a chantée
dans la pièce du *Livre d'amour* qui commence par ces vers:

 « Enfant délicieux que sa mère m'envoie,
 « Dernier né des époux dont j'ai troublé la joie... »

moments d'éloquence. Le voilà bien posé et salué de tous *illustre*.

« J'ai revu George Sand, qui m'a fort parlé de lui et un peu de vous. Avez-vous lu, chère Madame, son dernier roman ? Dites-m'en votre avis ; on est assez partagé ici et la plupart sont très défavorables. Je sais pourtant un ou deux suffrages qui me font douter. Je n'ai rien lu et attends des autres le vent. Lamennais et Leroux ont fait aussi de gros livres de philosophie qui ont eu ici dans les salons une manière de succès de circonstance (1). Mais je vous ennuie de nos sornettes. Vous êtes plus sensés et plus heureux là-bas dans votre vie saine au coin de votre feu et sous l'arbre de Noël tout illuminé ! Quelques vraiment beaux livres et les cimes immortelles en face, cela dispense et console de beaucoup. J'y reviens souvent en idée, en regret plus qu'en désir. Je ne désire plus. Etre aussi pourtant avec vous quelque soir comme ceux que vous me peignez et que je sais, ce serait bien doux.

« Amitiés à tous, baisers aussi, oui même à vous, mademoiselle Sylvie, qui ne pouvez plus fuir sur vos montagnes : il est vrai que je suis bien loin.

« Adieu, chers amis.

(1) Lamennais venait de publier *Esquisse d'une philosophie*, et Pierre Leroux : *De l'Humanité, de son principe, etc.; son avenir où se trouve exposée la vraie définition de la religion, et où l'on explique le sens, la suite et l'enchaînement du mosaïsme et du socialisme.*

« Voici, chère Madame et amie, quelques petites commissions encore.

« D'abord remerciemens à l'excellent M. Monnard pour la note du Ronsard. J'ai oublié de lui donner l'adresse du *libraire M. Toulouse* que voici : *rue du Foin-Saint-Jacques, n° 8*. Veuillez la lui transmettre bien copiée sans pattes de mouche. Et puis remerciemens à vous, cher Olivier, pour la note d'armoiries.

« On va faire ici une petite édition des *Nouvelles* de M. Töpffer, de Genève : j'y mettrai une petite notice. J'ai besoin d'y citer deux strophes sur le Léman, *ce lac sans mémoire...où ne fleurit pas le laurier*. Mais mes *Deux voix* sont perdues, elles sont restées (hélas) ! chez de jeunes personnes chez qui j'ai laissé bien des choses tendres et des parties de moi-même (1). Il faut donc que de votre écriture, chère Madame, à pattes de mouche ou non, vous me rendiez copiées ces deux strophes.

« A vous. »

(1) Mlle Pelletier.

1841

« J'ai été bien affairé, chère Madame, Lèbre vous a dû l'écrire ; de plus, je suis véritablement souffrant et dans cet accablement interne qui mène à la *Procrastination* des vieillards, comme dit Olivier de M. Cassat. Depuis que je vous ai écrit, j'ai entendu Mickiewicz (sans pourtant lui dire bonjour encore, nous continuons de nous chercher), je l'ai entendu à distance et j'ai été très satisfait. Il y a de l'éloquence sous ses empêchements mêmes, et l'accent profond marque mieux sous les efforts. Mme Sand y est très assidue et l'autre jour on l'y a applaudie. Avez-vous lu son article sur Majorque ? C'est charmant. A peine l'avais-je lu que toutes mes tendresses pour elle (et j'en ai) se sont réveillées et j'ai couru la voir. J'ai dîné un jour avec Eynard et Lèbre, mais ils doivent me trouver bien maussade à la fois et bien frivole, n'abordant pas les graves sujets et n'ayant pas en revanche la gaieté du rien-dire. Enfin je les aime beaucoup et ils sont indulgents. — Eynard voit beaucoup le monde d'ici et il pourra vous en dire d'exactes nouvelles là-bas.

« Voilà Hugo nommé, mais tout n'est pas gagné encore. On craint fort que Ballanche ne soit pas nommé (1) et qu'Ancelot, cette fois, ne l'emporte. C'est le 28 qu'a lieu cette seconde bataille. Si (ce que je ne crois pas) Ballanche est nommé, nous ne passons pourtant pas encore. On continue aux prochaines (et très prochaines) morts de nommer des gens politiques : Tocqueville, Berryer. — Après eux, s'il en reste. — Hugo apporte comme candidats de sa prédilection et de sa charge quatre illustres : Alexandre Dumas, Balzac, de Vigny ; je suis le quatrième très indigne et pourtant moins impossible encore, je crois, qu'aucun des trois autres (2). Dans deux ou trois ans, les catarrhes aidant, tout ceci sera fait au moins pour moi. Voilà mes riants présages.

« M. de Broglie, que j'ai rencontré l'autre jour, apprécie fort M. Vinet ; il l'appelle un *bon Cyclope* (c'est un peu comme le *nègre blanc* d'Olivier) ; il le compare encore au bon géant du *Morgante Maggiore*. Je ne le remercie pas encore cette fois, ayant un petit mot assez pressé à joindre ici pour M. Monnard.

« Je n'embrasse plus toute la maison, depuis qu'il

---

(1) Il ne fut élu que le 17 février 1842, en remplacement d'Alexandre Duval.

(2) Il disait vrai, puisqu'il fut élu avant Alfred de Vigny et que Dumas et Balzac ne le furent jamais.

y a un nouveau et jeune visage inconnu. Mais
c'est à vous, chère Madame, à distribuer mes souvenirs comme vous le voudrez ; vous les avez tous.

« A vous. »

« De ma bibliothèque, ce 19 février 1841.

« Chère Madame et amie,

« Votre lettre s'est bien fait attendre et je vous
assure que je commençais fort à m'en apercevoir.
Vous êtes bien bonne dans tout ce que vous me
dites de détails lausannois, j'y suis très présent et
non sans quelque regret de n'y pas être plus en
personne, ne fût-ce qu'avec quelque arrière-pen-
sée aussi d'expliquer de son mieux à Mlle Marianne
le pourquoi de *n'avoir pas aimé*. A propos, hier
soir, étant chez Mme d'Agoult, qui me força à dire
des vers, je lus cette pièce des *Consolations* dont
votre lettre de ce matin vient me rendre l'écho. Je
suis des plus mondains cet hiver, probablement
pour me distraire des graves douleurs d'il y a quelques mois. Je vais partout où l'on m'invite, de
sorte que je ne saurais dire où je ne vais pas, ne
fût-ce qu'une ou deux fois. L'autre jour, à la soirée chez M. Lebrun, j'ai fait pendant une heure ma
cour respectueuse à Mlle Léopoldine Hugo, l'aînée
des enfants, la plus charmante et la plus perlée des
ballades de son père : elle a dix-sept ans. Je la trai-
tais comme une très grande et très sérieuse per-

sonne qu'elle est, et elle avait l'air charmé. Ce sont
là mes plus vives émotions; j'appelle cela de la
poésie, la seule qui me reste. Tout m'est égal, et
je donnerais mon âme et l'avenir, tout mon
royaume pour un éclair. Voilà des aveux, mais
vous m'en demandez presque et le printemps qui
recommence m'ouvre le cœur et les lèvres. Cela
pourtant ne saurait durer; dès qu'il faudra travailler j'aurai à rompre ; comment le ferai-je ? Je
ne sais ; — alors, comme alors. — Le canton de
Vaud se présente toujours à moi comme un coin
de refuge, un nid sûr, mais je tomberai en chemin, je le crains, avant d'y pouvoir retourner.
Plaignez-moi un peu, aimez-moi toujours.

« Michel (Francisque) est un manant et un *animal*,
il ne faut pas lui écrire. P...» est un envieux et un
ignorant, il ne faut pas lui écrire davantage. Qu'Olivier veuille me dire quel genre de renseignemens
il désire, et je lui indiquerai quelque personne honnête et plus savante dans ces spécialités d'anti-
quailles qu'aucune des deux.

« J'ai vu l'autre soir Mme Sand : elle aime fort
Mickiewicz, mais sans, je crois, lui faire la *cour*, ni
songer à malice. Ce sont de sots contes et Mickiewicz d'ailleurs n'est pas homme à se laisser faire.
Ils sont bien ensemble, voilà tout.

« Lèbre vous en écrira sur nos prédicateurs, nos
professeurs, nos talents et nos légèretés plus vivement que moi qui dois y être moins sensible que lui.

« J'embrasse les chers petits, les trois Suisses du
lac. — J'ai bien pris part à tous les accidens et à
la convalescence de M. Vinet : Eynard a pour lui
les *Panégyriques* du *P. Sénault*, qu'il désirait (1).

« Croyez, chère Madame, que je n'ai jamais été si
heureux que près de vous dans cette année que
j'appelais d'exil, croyez que mon cœur s'y reporte
souvent et qu'ici je tourbillonne, mais ne vis pas.

« A vous donc, cher Olivier. »

« 16 mars 1841.

« Ce n'est pas en arrivant aux *Agites* (2), mais
bien aux *Cépés*, que j'ai récité un sonnet. Le souvenir de tout ceci m'est très présent et je n'ai pas
oublié un seul de nos pas durant ces trois jours, pas
même, chère Madame, ce pas si périlleux et où il me
paraît bien que je ne brillais point par l'audace. Qui
me rendra de telles émotions et de si beaux jours,
et le promenoir des Tours, et le dîner au bord du
torrent et les omelettes de l'auberge des Mosses ?
Le printemps qui commence déjà ses rayons m'a
réveillé tous les désirs et les regrets (3). Me voilà, au

(1) Le P. Sénault (1599-1672), qui fut supérieur de l'Oratoire, eut
de son vivant une très grande réputation de prédicateur. Ses œuvres
choisies ont été recueillies par l'abbé Migne ant. VI de la « Collection intégrale et universelle des Orateurs sacrés » et le P. Ingold,
lui a consacré en ces dernières années tout un volume de la petite
bibliothèque oratorienne.

(2) Allusion à une course dans la montagne que Sainte-Beuve fit
avec Juste Olivier pendant son séjour à Lausanne, et qu'Olivier a
racontée dans ses *Souvenirs littéraires*.

(3) Voir à *l'appendice* la lettre XII de Mme Juste Olivier.

lieu de cela, accroché dans une cage du pont des
Arts comme du raisin très vert que viennent piquer
tous les oiseaux qui passent. J'en enrage au fond
en ayant l'air de sourire, j'en rougis au plus avant
de mon antique chevalerie humiliée : j'en souffre
au cœur de ma pauvre poésie qui s'en outrage. Je
lui redis comme Ronsard à sa forêt : *tu perdras
ton silence !* Enfin il n'y a qu'à dissimuler pour le
quart d'heure. Mais ceci devra finir.

Si là-bas d'ici à quelques mois, à quelques années,
que sais-je ? il y avait quelque moyen, quelque combinaison de vie simple et studieuse (et non pro-
fessorale), une revue à faire ensemble, un je ne sais
quoi de possible et d'imprévu, qui donnât le pain
et ne fût pas toute la vie, en vérité... je n'ose achever, car cela vous paraîtra fou. Malheureusement,
ce n'est qu'impossible (1).

« J'ai enfin vu Mickiewicz ; j'ai dîné avec lui chez
M. de Kergolay, de nos amis. Nous avons fort
parlé de vous ; il vous désire ici à l'un de ces printemps, et je me suis chargé de vous le dire. Ils
sont fort jolis en effet (nos printemps) et M. Eynard
paraît les goûter en toute légèreté. Il est fort aimable, il m'a fait dîner plusieurs fois chez son oncle,
et se trouve tellement répandu parmi tous nos politiques et littérateurs qu'il vous en rendra ensuite
le plus fidèle compte.

(1) Cet article parut dans la *Revue des Deux Mondes* du 15 mars
1841.

« J'ai fait un article sur Töpffer où vous avez passé;
soyez indulgente, chère Madame, à ces souvenirs
détournés et comme *obliques*. Les affections bien
vraies ont leur pudeur et craignent d'en trop dire
devant tous (1).

« Ma lettre est courte, mais je suis plus plein de
vous et de vos doux lieux et de la pensée d'y revo-
ler que je ne l'ai jamais été. Que vous ajouterai-je
qui vous puisse être un entretien plus direct et
plus long ?

« A vous, chère Madame, et à Olivier.

« J'embrasse les trois enfans. »

« 5 avril 1841.

« Je trouvais, en effet, que c'était bien long, mais
Lèbre m'avait dit que vous étiez dans les élections
et je vous croyais en tournée électorale, belle dame,
comme font ici les nôtres qui au besoin recru-
tent pour leurs mari et frère (2). Vous m'édifiez
trop avec ce mariage de M. de Brenles, je ne croyais
pas que l'idylle pût aller si loin. Elle me plaît peu
à ce degré; la mort est trop là toute voisine et sur
le dos du vieil époux.

« Vous recevrez d'ici à quelque temps une visite
d'un ami de Mme Sand à qui j'ai donné une lettre
de recommandation pour vous. C'est son ami le

(1) C'est pour cela sans doute qu'il a gardé un silence quasi-reli-
gieux à l'égard de Mme d'Arbouville que nous trouverons un peu plus
loin.

(2) Voir à *l'appendice* la lettre XII de Mme Juste Olivier.

Malgache tant célébré dans les Lettres d'un voyageur : son vrai nom est M. Néraud (ou Nérault). Il est botaniste, très simple, me dit-elle; il voyage à pied, a de gros souliers et a l'air d'un jardinier : assez savant d'ailleurs, modeste et excellent; elle m'a dit qu'elle n'avait pas osé vous écrire elle-même, mais ce que vous pourrez faire pour lui lui sera agréable. (Quelques lettres à des botanistes, si vous en connaissez.)

« M. Chateaubriand est très content des vers qu'il a lus sur *le lac sans mémoire* (1). Vous avez bien tort, Madame, de ne pas m'écrire tout ce qui vous vient à la pensée à mon endroit; cela donne envie de faire aussi de mon côté des réticences. Nous irions loin dans cette voie-là.

Voilà ma lettre coupée par un visiteur à la Bibliothèque et je ne recommence que deux jours après : le malheur de Paris est la vie morcelée, comme la pensée; tout le monde conspire contre vous et vous met au pillage. Sans cela, on aurait trop de sentiment et de talent; on écraserait les autres. O misère de l'homme et de la société !

« Vivre aux champs est toujours mon idéal; et le poison que je respire, non sans douceur, à bien des soirées d'ici, me rend incapable de jouir de cet idéal s'il me disait : *Me voilà !*

« Qu'entendez-vous, chère Madame, par ces mots :

_____

(1) Poésie de Juste Olivier.

Notre avenir littéraire se dessine ? Dites-moi, sans métaphores, quels projets d'ouvrage avez-vous ? Quelle *lutte*, quel *théâtre* entrevu ?

« Une idée m'est venue souvent. Y aurait-il moyen jamais de faire un jour à Lausanne une édition complète, à mon gré, de mes œuvres ? J'en aurai la propriété dans quelques années. Y aurait-il moyen, croyez-vous *à vue de pays*, sans demander d'argent et non plus sans en débourser, de faire réimprimer là mes *Portraits*, mon *Seizième Siècle*, mes vers, mon roman, et même *Port-Royal*. Ce serait un nombre considérable de volumes; je ne tiendrais, pour mon compte, qu'à la correction. Pas d'argent; mais un libraire tel que M. Ducloux, par exemple, se risquerait-il à de tels frais d'impression ? — Questions de rêveur, allez-vous me dire, — répondez toujours. Cela habitue l'aiguille à se diriger à propos de tout, d'un certain côté.

« Il n'est plus question d'Académie; d'abord il n'y a pas de morts. Et puis le goût m'en est passé. Je sens qu'il faudrait trop d'efforts. Allons, je n'en serai pas encore d'ici à quelques années, et ne ferai rien pour cela.

« J'embrasse vos enfans; mes amitiés et respects à Eysins et à Bonmont. Hommages à Mlle Sylvie. Poignée de main à M. Ruchet; il va être, n'est-ce pas, réélu conseiller ? J'y compte.

« A vous, cher Olivier, et chère Madame. »

« 27 avril 1841.

« Votre lettre est très bonne, chère Madame, elle l'était même sans le post-scriptum qui est si affectueux dans sa crainte de ne pas assez l'être. Vous vous faites de Paris une idée fausse, nous disions cela avec Mickiewicz le seul jour où je l'ai vu. Vous vous imaginez que c'est je ne sais quoi qui fait qu'on perd le sentiment du reste ; il y a dans Paris, quand on le pratique beaucoup, une espèce d'empoisonnement insensible et profond qui fait qu'on ne peut guère vivre et se supporter ailleurs ; mais quand on est à Paris, on ne sent pas cela, et on s'imagine toujours que le reste est mieux ou qu'il y a des plaisirs inconnus. On ne rit donc pas des autres lieux, on en parlerait plutôt avec enthousiasme, — durant un soir au moins. — Quant à moi, je ne suis pas ainsi, j'en parle un soir et tous les soirs et tous les matins, ou mieux j'y pense, tout empoisonné que je suis jusqu'à la moelle. Au fait, je souffre ; ma santé est très mauvaise, et ma débilité de poitrine est revenue. Je suis tenu à cette bibliothèque, et par elle au monde qui sait que je suis là et qu'on m'y peut saisir. Je ne vois pas trop jour à ma délivrance, parce que je ne me sens plus capable de gagner ma vie comme auparavant par des coups de collier ou de main dans quelque journal. Mes besoins de plus sont augmentés et sont devenus plus aristocratiques, effet naturel de l'em-

16.

poisonnement. Voilà des misères, ayez-en pitié et
n'en riez pas à votre tour; mais pourquoi vous
dire cela ? Je sais bien que non, et que vous y saurez compatir.

« Votre misérable gouvernement républicain va
donc remettre en cause l'Académie : tous les ans
ou deux ans sans doute cette chance va se poser :
c'est à dégoûter.

« Le second article de M. Vinet sur Soumet est
quasi ridicule de révérence, j'en suis bien fâché.
Ce Soumet est un fou et un cerveau creux, un *plâ-
tre* (*Bellum Caput*); demandez à Olivier, Madame.
Il n'y a dans tout ce prétendu succès que du charlatanisme et rien autre du tout.

« J'ai vu M. Delâtre qui m'a paru assez bien, mais
je n'ai pu le chercher encore. Eynard vous aura
parlé de nous; il a vu Paris en trois mois de la
meilleure place et comme si on l'avait choisie. Tout
défilait devant lui à la table de son oncle, qui est
riche, et un bon riche.

« Le *Malgache* est, je crois, ce que vous me demandez s'il l'est. Il est de province, c'est déjà une
garantie. Il a voyagé beaucoup et seul à pied, sup-
portant les fatigues, aimant la nature. Mme Sand
a paru craindre seulement qu'il ne vous parût un
peu trop paysan, et qu'il se livrât à des accès d'humeur un peu rabelaisienne. Ce sont d'honnêtes
défauts, vous voyez, et de pure nature.

« J'ai reçu une lettre circulaire de M. Dufournet

sur les organisations de bibliothèque. Y faut-il
répondre, ne fût-ce que pour lui dire que je n'ai
pas de réponse à y faire, n'étant pas administra-
teur? Sa lettre n'était pas de sa main, mais sténo-
graphiée.

« Baisers aux enfans; salut aux lieux connus,
à Rovéréa, à Chamblande; amitiés à Eysins, à
Dhuillier, à Bonmont, à Villamont, à tout ce que
vous savez et que je n'oublie pas. Souvenir à
M. Frossart, dont un rappel m'est venu par Lèbre.

« A vous, chère Madame et cher Olivier.

« J'ai reçu de M. Vulliemin deux beaux volumes
de son histoire; dites-lui que j'aurai l'honneur de
lui en écrire. »

« 18 mai 1841.

« Cher ami,

« J'ai un peu tardé à vous répondre parce que je
voulais avoir des renseignemens positifs. Je me suis
adressé à un de nos amis, M. Chabaille, la personne qui lit le mieux en vieux manuscrits et qui
est d'une grande science grammaticale et philolo-
gique sur cette langue intermédiaire du XIIIᵉ siècle.
Voici sa réponse in extenso. Il a lu toute la première moitié d'Aubery; la seconde branche n'a
rien d'historique. Il paraît qu'il n'y a rien dans
ce roman de ce que vous pouviez conjecturer d'historique, vous concernant. Le romancier n'a pas
l'air de bien savoir lui-même de quoi il parle quand

il parle de Gênes *sur la mer*, puis des *Genevois :*
c'est plutôt l'autre *Gênes* d'Italie. Rien de Lausanne. Enfin voyez et lisez. Vous pouvez compter
sur l'exactitude parfaite de la *copie* de M. Chabaille, là où il vous cite des vers, ce qui ne les
rend pas plus clairs. Si vous jugez à propos d'en
imprimer, envoyez-moi ici l'épreuve pour qu'il véri-
fie la correction, car son travail ayant été écrit très
vite, il se pourrait que vous ne lussiez pas bien le
tout. Le manuscrit qu'il a choisi pour l'extraire
est très bon et d'un bon temps, ainsi c'est *la
bonne orthographe!* Écrivez-moi un petit mot de
remerciement pour lui (1).

« Maintenant, chère Madame, je puis à peine
répondre, du milieu de cette grammairerie, à tout
ce que votre dernière contient d'aimable et de
vivant. Je suis très souffrant depuis bien des jours
et par conséquent très peu en printemps, aussi peu
que vous l'êtes beaucoup là-bas. M. Delâtre s'agite
beaucoup ici pour percer, mais il veut aller un peu
vite. Il voit le même jour et *ex æquo* M. Burnouf
et M. de Roosmalen, le professeur de déclamation;
il a une médaille du duc d'Orléans et il me l'apporte. Il voit Émile Deschamps et a l'air de goûter
ses sucreries. Je ne lui en ai pas donné et lui ai parlé
assez franc. Il est persuadé que pour réussir ici il
suffit d'avoir des prôneurs, il commence par la fin
et est en train de se tromper.

(1) Voir à *l'appendice* la lettre XIX de Mme Juste Olivier.

« Le *Malgache* va à Genève par Gênes, par le Gênes d'Italie, de là le retard.

« M. de Lamennais, dans un petit livre de pensées et non-pensées, écrit sous les verrous ou du moins imprimé à travers, vient de dire comme quoi décidément les femmes sont incapables de suivre un raisonnement sérieux plus d'un demi-quart d'heure. Ce sont des amérités de moine qu'il rend à Mme Sand pour ses assistances de Clorinde.

« M. Vinet, en réfutant Soumet, est véritablement retombé dans le cauchemar qui a suivi sa chute ; ce livre n'est que ridicule, le succès ici n'a été que factice ; tout le monde s'en moque ou personne n'en parle. Est-il possible de faire une telle dépense de larmes et d'encens à l'encontre d'une telle fadaise.

« Il m'arrive de Genève, depuis mon article Töpffer, une quantité de lettres, de livres et d'hommages ; je réponds à tous poliment, et *néant* du reste.

« Mille amitiés, mille ennuis de n'être point à Rovéréa, à Chamblandes, et à Villamont. Je traîne ici mon boulet habillé de velours, mais enfin c'est un boulet. A vous les ailes.

« Et à tous les vôtres, enfans, sœur, frère, à vous surtout, chère Madame.»

« 2 juin 1841.

« M. Chabaille a sa lettre de remerciemens. La petite gentiane est entre deux pages de l'*Imita-*

tion (1) où elle jouit de l'immortalité des choses du cœur et de l'esprit. Je ne ferai pour M. Vulliemin autre chose qu'un petit mot de remerciement que vous lui ferez passer, rien de plus, rien de public ; ma paresse jouira du bénéfice de votre colère, chère Madame, vos paroles très affectueuses m'ont fait un vrai bonheur autant que quelque chose peut m'en faire. Je suis bien flétri, ma situation me déplaît ; mon moral y souffre ; la nécessité m'y retient. Ma mère qui, avec beaucoup d'esprit, n'a jamais ni intelligence, ni condescendance pour ma rêverie, prend la chose si vivement qu'il m'est impossible de songer à mettre un terme à ma chaîne. Tout cela m'irrite et corrompt tout. Je travaille peu et en deviens peu capable par ma santé, par mon cerveau endolori et meurtri. Si *Port-Royal* était fini, je me considérerais, après tout, comme dans une demi-liberté ; mais la disposition où je suis est peu propre à me le faire hâter. Je vais à pas de tortue. Voilà les maux, puisque vous êtes assez bonne pour me les demander. Ma vocation serait, quand vient le printemps, de partir avec les hirondelles qui arrivent, de m'en aller vers vous, vers Naples un moment, vers vous encore, de me retrouver aux Agites ou

(1) Nous verrons plus loin qu'il légua un jour son *Imitation* à Mᵐᵉ d'Arbouville. Ce fut longtemps son livre de chevet. Il avait écrit sur la feuille de garde, du temps qu'il était janséniste ou qu'il croyait l'être, ces mots dignes de Gerson : « *Ama nesciri*, aime à être ignoré, complais-toi dans l'obscurité. »

même en Lhioson (1), dussé-je y ramper encore
très peu héroïquement, et de gambader au retour.
Au lieu de cela, je suis exposé à mon Institut et
vais l'être de plus en plus en y logeant, exposé
comme une *Andromède sur le rocher*. Image très
fidèle, à la beauté près, car cet Institut fait pro-
montoire au bord de la rivière, au plus beau centre
de Paris. Me voilà, au lieu d'un buisson clos derrière Eysins, me voilà exposé à tous les monstres.
Plaignez-moi donc en me regrettant.

« C'est demain que V. Hugo est reçu académi-
cien, ou, comme on dit, est *sacré*; c'est son sacre,
en effet, c'est à qui s'arrachera un billet. Le discours, dit-on d'avance, est étourdissant, est éblouis-
sant, est resplendissant : ce sont les seules variantes. Salvandy dit qu'il est *écarlate*, et quel écarlate
que celui qui semble tel à Salvandy! C'est ce dernier qui répond à Hugo. Le discours de Hugo
durera six quarts d'heure et même sept, en comptant un quart d'heure pour les applaudissemens. Il
y est moins question de Lemercier que de l'Empereur, *lui! toujours lui!* La coupole de l'Institut
n'aura jamais ouï tant de métaphores, une telle
explosion d'images : Salvandy n'y nuira pas. Ce
sera une séance à la Paixhans (2), disait M. de
Rémusat (3).

(1) Joli lac de montagne.
(2) Paixhans, général d'artillerie (1783-1857).
(3) Voir à l'*appendice* la lettre XX de Mme Olivier.

« Je n'ai pas vu Lèbre depuis des siècles, c'est ma faute, mais il y a eu enchaînement d'obstacles.

« Vous aurez vu dans la *Revue* du 1er ou vous verrez une lettre de G. Sand au Malgache, cela doit le couronner là-bas, s'il y est encore.

« Dites bien à M. Vinet qu'il ne baisse pas; ses articles sont très beaux, je les trouve seulement trop beaux pour Soumet.

« Respects, amitiés à tous, à Eysins, à Bonmont, à Villamont; vous voyez que je n'oublie rien, tous les essaims y sont compris.

« Et aux trois petits Suisses trois baisers.

« A vous, chère Madame et cher Olivier.

« A propos de l'article de G. Sand sur Jean-Jacques, il me revient ceci : mais comment Mme Olivier n'a-t-elle pas lu de tout temps Rousseau? Sur les lieux, avec de telles affinités d'âmes, mais c'est impardonnable !

« Ainsi je finis par une gronderie. »

17 juillet 1841 (1).

« Vous avez raison sur le discours académique, chère Madame, nous avons été déçus. Ç'a été simplement de la part du grand homme un pathos long et lourd. Je dis cela bien bas, et il y a si peu de goût que tous ne sont pas de cet avis. Pourtant dans la séance même, le sens mondain, et même le sens moral de l'auditoire ont été choqués. Tout

(1) Voir à l'*appendice* la lettre XV de Mme Olivier.

louer, tout apothéoser, Empire, Convention, avenir, temps présent (la Restauration pourtant omise, à laquelle il doit bien quelque chose), cela a paru un peu grossier : *Mortel, il faut choisir*, Dieu seul, le Dieu des Panthéistes, est à cette hauteur d'impassibilité. En somme, le discours de Hugo, très bon à mugir dans un Colisée, devant des Romains, des Thraces et des bêtes, était tout à fait disproportionné sous cette coupole de l'Institut et devant ce public élégant. Salvandy a eu tous les honneurs de la séance, mais le lendemain les journaux ont remis la chose en doute, on se dispute encore, et Hugo, là comme toujours, n'a réussi qu'à instituer autour de sa parole un combat.

« Je vous envoie, comme curiosité, un échantillon de nos chansons populaires d'ici, un *canard* (on appelle cela ainsi) sur *Napoléon et Jésus-Christ*. Chose remarquable ! il y a déjà plusieurs chansons de la sorte sur ce sujet, plusieurs versions et rédactions, comme pour les romances du Cid. Celle que je vous envoie est une des plus bêtes. Dans une autre il est dit :

> Napoléon aimait la guerre
> Et son peuple comme Jésus.

« On crie cela dans les rues ; on vend deux liards ou un sou, avec autorisation de la police, ces éléments de la religion et de la civilisation future. Napoléon, *cette âme grande et bonne*, a dit Hugo qui s'en vante. Et voilà où nous ont menés sur le grand homme les ampoules de Hugo, les niaiseries de Mignet, les fourberies de Thiers et les patelinages de Béranger.

« Le Delâtre est décidément passé à la folie; il vient de m'écrire la lettre ci-jointe que vous pourrez montrer à M. Monnard, Forel et à ceux qui s'intéressent à lui. C'est ainsi qu'il répond à des notes obligeantes et indulgentes, après tout, de la *Revue de Paris* et des *Deux Mondes.* Je lui ai répondu d'importance en le remettant à sa place. Je ne le reverrai ni ne l'écouterai plus.

« Revenons aux choses aimables, chère Madame; vous m'en dites de bien douces et qui me font croire qu'au moment même où vous vous tournez vers Martheray, je monte en longeant le mur, pour ne pas être vu et avoir le plaisir de vous surprendre. Que ce serait pour moi un délicieux moment ! Vous ne sauriez croire (avec vos doutes de cœur) combien je parle vrai en disant ainsi. Mais, hélas ! il faut finir mon volume de *Port-Royal* pour décembre sans faute : ai-je une minute à moi d'ici là ? Et puis mes vacances ne commencent qu'au 1er août.

« Je n'accepte pas tous les complimens sur le personnage littéraire que vous me supposez : sans doute je ne ferai pas, j'espère bien, les bêtises des autres, mais il est à craindre que je ne fasse rien. La puissance, ils l'ont, ils en abusent ; je ne l'ai pas, de là plus de clairvoyance et de sobriété. Votre

affection fait le reste. Minerve frappait Ulysse de
son rameau d'or et le rendait pareil à un jeune
homme ou à un Dieu. Toute sage Minerve qu'on
est, et avec le sévère profil de la déesse, on est
capable de ces métamorphoses-là, pour peu qu'on
y mette affection et faveur. Mais je profite avec
joie et orgueil de cette faveur, chère Madame, ne
me la retirez pas.

« J'offre tous mes respectueux souvenirs à vos
bons paiens d'Eysins et à ceux d'Aigle : M. Ruchet pourtant, en qualité de conseiller d'État, doit
toujours résider à Lausanne, n'est-ce pas ? J'embrasse vos trois petits ; Mˡˡᵉ Sylvie a sa part de mes
très constantes pensées : dans ces termes-là, elle ne
doit pas s'empêcher d'y croire.

« Amitiés, cher Olivier, et tout à vous, chère
Madame. »

« 2 septembre 1841.

« J'éprouve un trop sensible plaisir de vos aimables lettres pour ne pas vous l'exprimer aussitôt.
Vous vous trompez ; je ne suis jamais fâché qu'on
me dise des douceurs ; quand on m'en dit et que
j'ai l'air contrarié, c'est de n'y pas assez répondre.
Ainsi, chère Madame, vous voilà avertie, et ne vous
méprenez plus à l'avenir.

« J'ai plus que vous ou, pour parler sans aucune
équivoque, *autant* que vous, regret à ces huit jours
que j'aurais pu dérober ; je dis que j'aurais pu, et

je ne l'ai pu en effet, tant de choses me tiennent que je ne puis secouer nettement ; ma santé d'abord dont je ne fais plus ce que je veux, l'argent ensuite qui, bien que j'en aie plus qu'auparavant, s'accoutume à être dépensé plus vite et ne fait pas faute moins souvent... Et puis, et puis... tout ce que je vous aurais eu bientôt dit en huit jours, — dès le premier jour — et les sept autres nous n'aurions parlé que de vous.

« Malgré mes goûts d'ici, malgré le plaisir que souvent j'y prends et que mon observation désormais, bien plus que mon cœur, savoure ; malgré les vieux liens renoués, ma destinée était, elle est encore, je le sens, de vivre là-bas, d'y vieillir. Oui, je ne puis me figurer que, dès que certains malheurs viendront, dès que je n'aurai plus devoir d'être ici, ce n'est pas là, auprès de vous tout d'abord, que je courrai, que je vivrai au moins six mois de l'année, en solitaire inconnu. Au pire, ce serait dans Eysins ou vers Bonmont que je prendrais le gîte caché, de là j'irais vous visiter souvent : je me sentirais dans votre atmosphère et vous n'auriez qu'à me tendre la main pour que je puisse la toucher, au moins par le bout des doigts. Mais ne pressons pas ce triste à la fois et doux avenir.

« En attendant, j'use les heures, les saisons ; je vole où le vent me chasse, j'échoue où je veux, je suis en *proie*. Vous y viendrez à ce Paris, j'ai toujours craint en effet de vous y paraître, non pas autre de cœur et de soin, mais autre à cause du cadre même. Eh bien ! pour en avoir le cœur net, vous y viendrez à l'un de ces premiers printemps, vous reconnaîtrez que je suis bien le même, que là encore où je suis le plus mouvant et le plus mobile, il suffit tout bonnement de me ressaisir. Vous me tiendrez et vous me trouverez, comme dit le poète, *fidèle à ceux qui m'ont.*

« Ce que vous me dites de Mᵐᵉ Isabelle m'intéresse, je suis un peu jaloux d'elle, je l'ai toujours été. C'est ce qui s'est opposé à plus de témoignages de moi à elle, bien véritablement, chère Madame. Mais je l'aime surtout pour une chose, c'est que, sans elle, je n'aurais pas eu la journée de *La Sarraz*, et ce beau retour le long du lac, par une lune élyséenne. Savez-vous que c'est déjà un bien lointain passé ? Je devrais une réponse à M. Vinet pour une aimable lettre en faveur d'un ami qui a écrit un livre intitulé : *l'Homme devant la Bible.* M. Vinet m'a paru désirer que j'en parlasse à la *Revue*, mais c'est difficile ; nous n'y sommes pas assez chrétien pour cela. De son côté, l'auteur du livre, M. Bouchet, m'écrivait à propos de mon séjour de Lausanne et des bons fruits qu'il en désirait, qu'il en réclamait pour moi : « Vous avez connu Vinet, c'est une grande responsabilité ! »

« Moi je sais que je vous ai connue surtout, chère Madame ; responsabilité ou non, je ne m'en inquiète pas ; et les méthodistes les plus respectables

me font sourire de croire que ce n'était pas là le
principal de ma vie alors, et mon plus cher regret
maintenant.

« A la bonne heure ! Je félicite Olivier d'avoir
visité l'Oberland. Il n'était pas du tout pardonnable
d'avoir tant tardé. Je n'y retournerai probablement
plus, dans l'Oberland, qui a été mon premier assaut
en Suisse ; mais il me racontera cela, et je le saurai
comme tant de choses que j'ai appris à sentir par
lui.

« Adieu et toutes sortes de tendresses et de respects, chère Madame ; amitiés aux vôtres. Je salue
de loin les *chevrettes*, mais je ne cours plus après.

« A vous. »

« Ce samedi, septembre-octobre 1841.

« Chère Madame,

« J'aurais dû écrire bien plus tôt : aussi je n'a-
dresse pas à Eysins ; ma lettre ne mérite pas d'y arriver, et vous pourriez n'y plus être. Je ne suis plus
en vacances depuis le 15 ; je suis de plus occupé à
déménager, à prendre définitivement possession
de ce logement à l'Institut qui va tuer mon reste
de liberté : je n'ai pu me décider encore à y aller
coucher, mais au premier soir il faudra franchir
le seuil et sauter le pas. Voilà les ennuis qui sont
mes excuses.

« J'ai écrit à votre frère un mot sur M. Boulian ;
c'était inutile, mais ma lettre était partie. Je lui

aurai du moins témoigné de ma bonne volonté et de mon dévoué souvenir.

« Nous avons eu des orages nouveaux, des coups de pistolet, des velléités d'émeute ! Notre société est de plus en plus malade. Et je n'entrevois plus de médecin. De près, au reste, cela ébranle moins qu'on ne croit de loin et qu'on ne devrait : on vit chacun de sa vie, au travers.

« Je n'ai pas eu révélation de M. Espérandieu. Lèbre est revenu de la campagne : il se plaint de vos rigueurs. Il va enfin quitter sa maison métho-diste (1) et vivre rue Saint-Jacques de la vie d'étu-diant. Il le faut, il a besoin de secouer le Baader (2) et de s'en purger radicalement. Dites-le lui sur tous les tons. Je le lui répéterai. Une grisette du voisi-nage le lui dirait bien mieux. Avez-vous lu *Mathilde*, roman en feuilleton dans *la Presse* par Eugène Sue ? Lèbre trouve cela beau, il me l'a dit en levant au ciel des yeux tristement mystiques comme qui dirait : c'est bien abominable, mais c'est bien beau !

« Ce doit n'être que faux, maniéré, corrompu. Pour le punir, je lui ai dit : J'écrirai cela à Mme Olivier.

« Il est si charmant garçon qu'il nous faut tâcher de le lancer et de le mettre en pleine vie. Qu'en dites-vous, chère Madame ? Le narquois Olivier sourit.

(1) Lèbre était à ce moment précepteur de M. Edmond de Pres-sensé.

(2) Baader, philosophe allemand dont Lèbre s'était imprégné Manich.

« Votre lettre était si aimable, si pleine des senteurs d'Eysins, des joies des enfans, des caquetages charmans de Mme Hare, que j'ai assisté à tout : ne me croyez jamais indifférent à de telles scènes. Si j'y reste muet, c'est que je boude contre mon cœur, c'est que je souffre de ne les aimer que de loin. J'étais né pour être pasteur en Arcadie.

« Je lis, j'épèle en grec pour le moment les *idylles* de Théocrite. C'est vraiment beau et très peu capable de me guérir de ma passion pour les chevrettes des montagnes.

« Comment feriez-vous donc pour aller camper en Allemagne et sur les bords du Rhin ? Est-ce possible ? Vous allez y faire encore de nouvelles connaissances, y gagner de nouveaux amis, des Mickiewicz, des M. Aimeri (1) et je vais être jaloux : Madame, vous êtes une conquérante. — J'ai nommé Mickiewicz, malgré tout, je ne sais rien sur lui et n'ai vu personne d'intermédiaire. Ma lettre partira sans cela.

« A vous, cher ami, du fond du cœur ; à vous, chère Madame, si vous êtes encore à Eysins, je n'ai pas besoin de vous dire quels respects j'y répands autour de vous et quels souvenirs ».

« Novembre 1841.

« Eh bien venez donc, votre arrivée sera une fête

(1) Aimeri ou plutôt Emery : de son vrai nom Melegari, alors réfugié politique italien, depuis chargé d'affaires du gouvernement italien auprès du gouvernement fédéral à Berne.

pour nous, ayez le cœur net de nous, puisque vous .
appelez cela ainsi. Six semaines ou deux mois à
Paris sont toujours (au pire) une bonne chose, et
vous ne vous en repentirez jamais.

« L'essentiel, comme vous le dites, est de songer à
un gîte convenable. Je vous répondrai sur ma mère
sans aucun embarras. Ma mère a tout à l'heure
soixante-seize ans, des habitudes restreintes, de
l'esprit, mais nulle tendresse (hors pour moi); ce
serait bien une raison d'en avoir pour vous, chère
Madame, mais elle ne va pas si loin. En supposant
qu'il y eût dans sa petite maison une chambre, alors
non louée; en supposant que son logis ne fût pas à
une extrémité de Paris (ce qui est à considérer l'hiver et devant sortir beaucoup), il y a en elle quelque
chose qui s'opposerait toujours à ce que je lui propo-
sasse rien de tel pour personne surtout de mes amis.

« Il faut voir d'un autre côté : une maison convenable, peu chère et *centrale*, ceci est très important: J'y songerai et vous ferai part de ce qui me
viendra.

« Venez à Paris avec le désir de le voir, de le
connaître, de nous faire plaisir, et vous n'y
aurez aucun mécompte. Quant à la littérature,
vous la forcerez vous-même à rendre l'oracle.

« Mickiewicz est bien. . . . .
. . . .
De la Pologne et de son rétablissement je ne sache
pas qu'il en ait été le moins du monde question.

Un Polonais que j'ai rencontré hier m'a dit que, pour le moment, Mme Mickiewicz était remise.

« Je n'ai reçu aucune lettre de Mme Hare. Entre nous ces barons parisiens me font peur : c'est le plus mauvais tour qu'on puisse me jouer, une baronne, à la bonne heure, elle vous écrit qu'elle est ici, on y va une ou deux fois, et c'est bien, mais moi qui ne reçois pas, je ne sais que faire d'un homme qui arrive sur moi et pour qui je ne puis rien.

« Je suis maintenant à *l'Institut:* adressez-y vos lettres : mon logement est assez commode, mais j'y suis en état de siège à la lettre, défendant ma porte à outrance et mes débris de liberté.

« Lèbre est enfin devenu un étudiant du quartier Saint-Jacques. Je voudrais vous voir ici vers nos quartiers, entre lui et moi, mais bien plus près de moi. C'est ce quartier qu'il vous faut. Mme de Tascher demeure à deux pas.

« Lèbre me dit que le *Canton de Vaud* est terminé, j'en suis heureux pour Olivier; c'est une grande liberté qu'il va retrouver pour son temps et encore plus pour sa pensée..... dites-lui toutes mes tendresses.

« Il est bien aimable surtout de vous céder ainsi à nous pour un temps : qui l'empêcherait donc de venir vous chercher, n'y restât-il qu'une huitaine. Je vais doucement ruminer pour le gîte et à la première idée je verrai et vous ferai part.

« Mille bonnes amitiés. »

« Ce mardi, novembre 1841.

« Chère Madame,

« En y réfléchissant, voici ce qui m'a semblé le plus convenable, le plus commode et le plus simple. Il y a dans le faubourg Saint-Germain un hôtel appelé *le Bon La Fontaine;* il suffit de le nommer pour qu'on ôte à l'instant son chapeau. Tous les abbés y logent; les dames que protègent M. Ballanche y descendent, Mme de Tascher, à qui j'en ai parlé, m'a dit qu'elle n'hésiterait pas à y loger sa sœur ou sa nièce : elle a même ajouté que pour Lausanne ce serait plus convenable que chez ma mère et qu'il ne saurait y avoir lieu à aucun *qu'en dira-t-on.* Pour Paris, pour y recevoir des visites, pour être honorablement à tous égards, c'est la perfection. Je ne crois pas que ce soit bien cher. On s'assurerait de deux chambres pour deux mois, il y a un restaurant dans la maison; on demande ce que l'on veut. On y est d'une manière assez centrale et à la fois dans un quartier de bonnes mœurs. Voilà, chère Madame, mon ouverture : vous me direz s'il convient de la suivre. Il ne faudrait pas venir en janvier même, mais plutôt pour le commencement de février, où Paris s'accommode déjà et est moins boueux. Voilà ce que Mme de Tascher me dit tout en causant de vous.

« Quant à Mme Sand, ne pensez pas trop à tou-

tes ces choses. Sa *Revue* (1) est un coup de tête ; le
but est le communisme, Leroux en est le pape, ils
sont déconsidérés en naissant et n'en ont pas pour
six mois. Il n'y a à Paris que deux *Revues* qui
vivent et qui paient tant bien que mal (et même
assez bien), les nôtres. Et puis il y a les journaux
quotidiens, *les Débats, la Presse* ; le reste ne vaut
pas l'honneur d'être nommé (littérairement parlant). Et puis rien.

« Toute autre statistique est illusoire et un peu
effet de la perspective.

« J'oublie pourtant quelques journaux spéciaux,
Gazette des femmes, Journaux des enfants, où
d'honnêtes gens vivotent à tant la colonne.

« Aussi ne faites point, chère Madame, de ces projets qui aboutiraient à un mécompte ; mais là où
le terrain est solide, on tâcherait d'y mettre le pied
et de vous y donner la main.

« Je suis bien fier du souvenir de l'Académie (2) :
j'en suis vraiment très heureux. Je tiens à avoir
laissé là-bas un bon souvenir, ç'a été mon pinacle
et je vivrai longtemps là-dessus et là-dessous.

« Ma santé n'est pas bien bonne, c'est l'équilibre
de l'ensemble que j'ai perdu et que je ne retrouverai
pas. C'est ainsi apparemment qu'on vit et qu'on se
porte quand on a passé la jeunesse. Et qu'impor-

(1) La *Revue Indépendante.*
(2) L'Académie de Lausanne avait décidé de lui décerner un brevet
de professeur honoraire, en souvenir de son cours sur *Port-Royal.*

tent toutes choses quand la jeunesse est passée? Que
l'amitié pourtant... vous savez les doux vers :

> Je la suivis, mais je pleurai
> De ne pouvoir plus suivre qu'elle.

« Mille et mille tendres hommages; vous me donnerez vos ordres. J'embrasse le cher Olivier et les
petits. C'était votre fête l'autre jour en même temps
que la mienne. »

« Ce 18 décembre 1841.

« Il ne faut pas vous tourmenter, chère Madame,
ni vous faire un monstre à l'avance? Quant à cet
hôtel, il sera toujours temps, une huitaine avant,
de s'informer; je ne vous en parlais qu'en vue de
renseignemens. Paris est le lieu le moins redoutable pour les étrangers, même les étrangères. On
y fait ce qu'on veut; on y est pris à sa convenance.
on y est reçu sur le pied où l'on se pose. Quant à
Lausanne, je ne vois trop ce qu'il aurait à voir et à
dire là. — Je travaille à force en ce moment, pour
terminer mon second volume : je voudrais qu'il eût
paru d'ici à deux mois. Si je ne le fais pas plus
gros que le premier, ce sera possible, mais je suis
obligé de dépasser un peu mes limites, la matière
m'y poussant; et encore n'y pourrai-je faire entrer
à beaucoup près ce que je projetais. Si ce volume
était fait à votre arrivée, ce serait une double joie,

17.

ou plutôt ce serait une même joie, puisque j'y gagnerais de la liberté vers vous.

« Ma santé n'est pas bien bonne, pourtant cela va sans chavirer.

« Je suis vraiment peiné de cette révolution de Genève. Cela va gâter une ville européenne ; certaines gens, en arrivant au pouvoir, tracasseront et dégoûteront les riches et les étrangers. Sa montre était vieille et bonne, et allait bien ; pourquoi y toucher ? —Mais tout se gâte en ce monde, même au bord des lacs tranquilles et le miroir inaltérable n'est nulle part.

« Notre politique ici est bien misérable ; notre littérature ne vaut guère mieux. Rien de nouveau ni qui promette, ne se produit. Si vous avez lu les deux numéros de la *Revue indépendante* vous aurez vu jusqu'où vont le pathos et la promiscuité.

« Ce Leroux écrit philosophie comme un buffle qui patauge dans un marais.

« J'ai reçu mon brevet honoraire (1) et me suis empressé de répondre à l'instant. Pourquoi n'ai-je pas eu une poitrine ? J'aurais fait de temps en temps une campagne de ce côté-là, tandis que voilà que je deviens bonhomme ici. Tout à fait bonhomme : il n'y manque que la tabatière.

« Je n'ai pas vu Mme Sand depuis son retour ; il y a des gens que je n'aimerais pas y rencontrer, et

(1) De professeur à l'Académie de Lausanne.

qui doivent y être souvent. Pour peu que je tarde, comme elle est injurieuse, cela nous brouillera encore, sans autre cause.

« J'ai compris, depuis, ce que vous me vouliez dire un jour avec vos craintes sur Mickiewicz et ses fausses espérances de Pologne. Il paraît qu'il est dupe, en effet, d'une espèce de charlatan et de prophète. A quoi sert donc la religion, si elle mène droit des hommes éclairés à ces écueils ?

« Adieu, chère Madame et amie; apaisez-vous, pensez à nous *de biais*, c'est le moyen sûr d'y venir comme les bons navigateurs le savent bien. J'embrasse vos chers petits, et Olivier, je pense à vous, très en face. »

1842

« Ce 1er janvier 1842.

« Le torrent d'ici est tel que je n'ai pu à la lettre depuis quatre jours ressaisir un quart d'heure pour vous saluer, chère Madame, et vous offrir tout ce que vous savez et que vous avez, vous et les vôtres, depuis longtemps. Je le fais aujourd'hui au réveil, et c'est une de mes premières pensées. Puissiez-vous, le cher Olivier et vous, continuer et prolonger votre bonheur de plus en plus établi jusque bien tard ou les années que j'appelle crépusculaires, et qui sont encore loin de vous !

« Nous n'avons rien de bien gai ici pour cette année qui commence. La chose sociale s'en va toujours de plus en plus à vue d'œil. Lamartine vient de faire des bêtises avec sa candidature ; le détail de tout cela est affligeant pour l'intelligence humaine. Se peut-il que le génie politique soit affligé d'une niaiserie si flagrante, d'une candeur d'intrigue si bête !

« On n'est jamais sûr, disait l'autre jour M. Royer-

Collard, que lorsqu'on vient d'entendre de lui un magnifique discours presque sublime en le rencontrant dans les couloirs de la Chambre et en le félicitant, il ne vous réponde à l'oreille : « Cela n'est pas étonnant, voyez-vous, car entre nous je suis le Père Éternel ! »

« *Judith* est étrangement mêlée à tout cela, et plus que vous ne pourriez soupçonner. Elle a été lue d'abord au Comité des *Français* et refusée par les comédiens et par le terrible Buloz. Voilà le vrai. Mais quand on possède un journal de nos jours, on n'est jamais battu que quand on le veut. Les Girardin de *la Presse* ont tant agi que le ministre a promis d'intervenir et de faire jouer par ordre, s'il ne le pouvait autrement. Il est même probable que la candidature de Lamartine n'a été soulevée par *la Presse* que pour menace au ministère et le forcer de se hâter sur cette *Judith!*

« Je ne sais si vous comprenez rien à toutes ces vilenies. *Judith* lue dans le salon de Mme de Girardin a donc réussi comme toutes les lectures de salon, mais elle est d'avance jugée, je le crains pour elle. Tout ce qu'on en pourra écrire dans les journaux sera factice et faux comme tout ce qui est dans les journaux, coterie et compérage désormais organisés pour tromper le public. Et ce faux-là devient, au bout de quelque temps, une espèce de demi-vérité, puisqu'on y croit.

« Je commence donc l'année comme Alceste, chère

Madame, et me voilà bien loin des parfums de Rovéréa : ils sont en moi et je me garde bien d'ouvrir
la petite boîte qui les recèle, pour ne pas les livrer
au vain courant qui passe. C'est le moyen de les
sauver, de les retrouver un jour peut-être plus
sûrement.

« A vous de cœur, chère Madame, à Olivier et à
vos chers enfans. Offrez, je vous prie, mes vœux
bien sincères aussi à la famille de Villamont, et à
celle d'Eysins.

« Je vous embrasse. »

« Février 1842.

« Chère Madame,

. . . .

« Mme de Tascher à qui j'ai annoncé votre arrivée
a poussé un cri de joie ; ce sera la plus facile et la
moins cérémonieuse de vos relations.

« J'ai heureusément terminé mon deuxième
volume de P.-R. qui paraît demain.

« Il faudra, chère Madame, apporter ici avec vous
une certaine quantité de *Deux Voix* : c'est essentiel comme prétexte, comme explication abrégée
et carte de visite.

« Qu'est-ce que Mme O...? c'est un poète fort distingué, mais très distingué. — Ah ! oui. — Tenez,
lisez cela; lisez *le Sapin*, je crois bien que c'est
d'elle. Voilà ce qui se peut dire ou à Mme Buloz, ou
à Mme d'Agoult, même à Mme Sand, qui, je crois

bien, a lu cela, et n'en a pas d'ailleurs besoin pour vous connaître (à Mme Valmore encore).

« Remerciez bien le bon Olivier de son excellente pensée. Pour moi, chère Madame, je n'aurai que trop occasion et sujet de vous prier d'excuser les inégalités d'un homme déjà bien vieilli depuis ces deux années ; et dont l'humeur *marque* de plus en plus. Mais vous savez l'amitié vraie, elle couvrira tout.

« Je me hâte, car il faut que la lettre parte. *Céleste* sous les armes attend.

« Je vous embrasse tous et bien du cœur. »

« Ce 6 février 1842.

« Mon cher Olivier,

« L'adresse est passée... le ministère reste, il est sorti de la lutte avec ses *drapeaux déchirés*.

Pareils aux fiers drapeaux qu'on rapporte des guerres
Avec leurs lambeaux déchirés (vers de Hugo).

« C'est moins beau en politique qu'à la guerre, mais enfin on n'est pas fier et on reste. M. Guizot a d'ailleurs eu bien du talent. Lamartine (quoi que Lèbre en pense) a été insensé; à quoi bon ce revirement en ce moment de calme plat? où est la la tempête? Au moment surtout où lui, Lamartine, est pour le droit de visite. C'est la mort du duc d'Orléans qui lui a tourné la tête. Il rêve un grand rôle et la régence, et s'y prépare. Il veut (les autres

hommes politiques étant alors supposés usés) arriver comme le chef et le rallieur des générations
neuves. Il se prépare à ces grandes choses. Hors
de la Chambre par malheur, cela réussit assez.
Voyez Lèbre (1) : ainsi tous les jeunes gens — il
est des plus sages. — Mais cela chez tous les autres décrie le talent, achève de faire crier au *poète*
comme au *fou.* La Fontaine a dit :

. « Puis fiez-vous à rimeur qui répond d'un seul
moment. Dieu ne fit la sagesse pour les cerveaux
que hantent les neuf sœurs

> Trop bien ont-ils quelque art qui vous peut plaire,
> Quelque jargon plein d'assez de douceurs,
> Mais d'être sûrs, ce n'est.là leur affaire.

« Voilà ce que tout le monde va redire de plus en
plus après ces splendides niaiseries. Le roi (Louis-
Philippe), en apprenant ce discours qui attaque si
fort son immuable pensée depuis treize ans, s'est
exhalé, il paraît, contre Lamartine en un torrent
de b. et de f. qui n'étaient pas piqués des vers (des
torrens *piqués,* mais c'est égal), en un mot il a juré
comme un templier cè b. de... « Je savais bien que

_____

(1) C'est que Lèbre voyait par ses yeux ou ceux du gros public,
tandis que Sainte-Beuve voyait, en politique tout au moins, par ceux
de M. Molé et des Doctrinaires. Nous avons vu plus haut qu'il
craignait de voir M. Thiers aller trop à gauche. Sa peur de la République s'accrut quand il entendit les discours de Lamartine, et c'est
évidemment cela qui changea en une sorte de haine irréfléchie et
quelque peu ridicule l'admiration profonde qu'il avait eue si longtemps pour le poète des *Méditations* et des *Harmonies.*

le b... était un pitoyable poète, mais je ne savais pas qu'il fût encore... » Il a contre lui un vers à cœur dans *le Chant du sacre* :

Le fils a racheté les *crimes* de son père

ce qui a changé en :

Le fils a racheté les *armes* de son père.

« Faites de tout ceci ce que vous voudrez, mais je vous dis mes impressions en fidèle correspondant de la *Gazette d'Augsbourg* (1).

« Tout ceci est, je m'aperçois, pour vous plus que pour Mme Olivier, à qui je n'ai que le temps de baiser les mains.

« A vous, cher Olivier, et aux vôtres. »

« Ce 5 mai 1842.

« Mon cher Olivier,

« J'ai eu de mauvaises nouvelles que Lèbre a dû vous transmettre. Bonnaire avait lu une quarantaine de pages lundi ; son avis était formé, mais il voulait continuer. Il a en effet achevé et m'a écrit deux ou trois jours après une lettre assez motivée à sa manière, dont Lèbre a dû vous transmettre la substance. De Mars a été grondé et son jugement cassé. Tout ce que j'avais pris de précautions a tourné contre

---

(1) La collaboration de Sainte-Beuve à cette vénérable *Gazette* était si peu connue que c'est cette lettre qui l'a révélée à son légataire universel.

18

la réussite. J'avais pensé que de tous les lecteurs du bureau de la *Revue* (et le résultat l'a prouvé) De Mars était le mieux disposé à accueillir une œuvre intime et élevée. J'avais cru depuis qu'avec cet avis préalable et les petits changements qui lui paraîtraient indispensables, on pourrait emporter l'affaire près de Bonnaire, qui tient à ne pas me désobliger. Tout cela, je le crois encore, se serait passé de la sorte, si la longueur de l'article n'avait fait que Bonnaire a voulu y regarder à deux ou trois fois. Cette longueur, que je n'avais pas prévue et qui a remis tout en question, est une chose capitale pour eux. En me renvoyant le manuscrit, Bonnaire, dans un second billet, me réitère le désir d'être agréable à Mme Olivier, dans les limites de la *Revue* : il serait allé la voir, si elle avait été encore ici. Voyez quel fond vous pouvez faire sur tout cela, car vous connaissez déjà le terrain ou plutôt le sable mouvant presque aussi bien que moi. Si *Olimpe Mancini* est finie et vous paraît se pouvoir détacher, risquez-la.

« Mme Buloz n'a pas été favorable (sans malveillance aucune), mais cela tient à des riens de détails, de descriptions qui accrochent ici les esprits. L'impression de Buloz a été prise sur quelques mots de sa femme.

« Je me trouve en ce moment et pour un long quart d'heure en brouille et plus que brouille avec Buloz qui, pour un article sur l'Académie, m'a

voulu cacher une intervention autre que la mienne :
j'ai découvert le jeu et l'ai traité avec tant de colère
qu'il est impossible qu'il l'oublie jamais. Mais dans
ce moment, moi restant à l'écart, cela servirait
plutôt *Olimpe*.

« Voilà bien des ennuis, mon cher Olivier, qui
vous arrivent par moi dont je n'ai pu vous sauver
aucun. J'en ai un regret amer. Au lieu de toutes
les prévenances qui m'ont rendu par vous Lausanne si facile, je n'ai pu encore vous faire le Paris
littéraire abordable sur un seul point.

« Adieu pour aujourd'hui, je ne saurais rien vous
dire d'agréable. L'affaire d'Académie m'a fait échouer
hier assez médiocrement : ce sera difficile même
pour une fois prochaine.

« Mille amitiés à tous ; j'offre mes meilleurs hommages à Mᵐᵉ Olivier, et j'embrasse les enfans. »

                           « 23-25 mai 1842.

« Voilà donc encore un résultat négatif ; Olivier
doit en être triste — j'en suis furieux. Les paroles
ici ne ratifient rien, c'est comme pour le *droit de
visite* en politique qui est un pays de mensonges,
passe encore, mais en littérature, c'est la décadence
même. Me voilà brouillé avec la *Revue* : je n'ai pas
vu les chefs depuis un long mois. J'espérais qu'en
restant sous la tente j'influerais peut-être mieux
sur une détermination qui, selon eux, aurait pu
nous raccommoder si elle m'avait satisfait. Mais ce

moyen même a été insuffisant. Il faut donc, après un long détour et du temps et des espérances perdues, en revenir à Souvestre, lui écrire le fait, et attendre de lui et de son obligeance une nouvelle occasion de s'accrocher à un libraire, ce qui doit lui arriver assez souvent, car il imprime plus d'une fois dans l'année. Tout cela me décourage fort et si jamais j'ai du pouvoir absolu, je le ferai payer à plus d'un que je sais, pour me venger. Malheureusement il n'est pas de coin de terre où l'homme vaille mieux, où l'influence soit à de meilleures conditions, et même à Lausanne, en ce canton de nos rêves, il faut lutter et s'armer de griffes terriblement.

« Lèbre me dit que Mme Olivier pourrait revenir en automne pour régler cette affaire et réparer l'occasion manquée. Je garde le premier manuscrit (de *Madame de Flers*); Lèbre doit avoir le second. Je n'ai pas encore remis à M. Thierry la lettre, attendant les opuscules qui doivent l'accompagner. Nous avons eu ici un intermède assez poétique; Jasmin, le poète gascon, coiffeur, est venu à Paris et il a eu pendant vingt-cinq jours tous les honneurs, les mêmes honneurs que le drame de M. de Rémusat; son flageolet l'a emporté sur l'explosion du chemin de fer. On l'a promené de maison en maison, et il a fini le dernier soir par Mme d'Ossonville. Sérieusement cette attention bienveillante et intelligente a fait honneur à la société d'ici autant qu'à

lui. On a fait preuve d'un vrai goût pour le bien
(à condition qu'il fût nouveau) et on a montré, sans
trop y songer, combien l'égalité par l'esprit était
entrée dans nos mœurs. On l'a conduit à Neuilly
où il a récité des vers au roi et pour plus de com-
modité, il s'est *assis* en récitant, ce qui a été très
bien pris.

« Je voudrais vous distraire, mes chers amis, par
quelque histoire, mais je n'en sais pas de plus ré-
créative. Je prends plus part que vous ne pouvez
imaginer à ces ennuis que je n'ai pas eu le pouvoir
de vous sauver.

« J'embrasse les chers enfans, qui sont le vrai
bonheur ; j'envoie des amitiés à tous les bouts du
lac, mais surtout autour de vous, à votre excellente
famille de Villamont et à celle d'Eysins.

« A vous, chère Madame et cher Olivier. Je
remercierai directement M. Vinet de l'éloquent
volume que j'ai reçu et que je lis. »

« 19 juin 1842.

        « Mes chers amis,

« Je suis bien en retard pour vous répondre : j'ai
été bien occupé par des liquidations d'anciens
engagemens et je m'en tire comme je peux. Lèbre
avec qui j'ai dîné hier me donne des nouvelles de
Lausanne et de ses propres ennuis. Il va dans le
Midi, et la *Nouvelle* qu'il attendait devra m'être
adressée à son défaut, si elle n'est pas arrivée avant

jeudi. Ma position avec la *Revue* reste la même que depuis ma brouille. Je n'ai pas revu Buloz. Je vois quelquefois Bonnaire; celui-ci doit désirer m'être agréable, et si cela pouvait le décider enfin je lui sourirais de mon mieux — mais plus à Buloz.

« Pour *Davel*, mon cher Olivier, j'ai pensé que peut-être si je pouvais arriver à en écrire un portrait taillé à vos frais, dans le vôtre, et en vous en faisant l'honneur, je rendrais plus de services à votre livre et j'agirais plus selon mon désir. Je vois d'ici cet article tout fait et très facile : il passerait dans la *Revue de Paris* qui deviendra mon refuge et mon camp des Volsques. Mais je n'ose dire quand ce serait fait : j'en vais toujours cultiver l'idée et me bercer des Dion et des Timolion, des Armodions et des Arcibogitons chrétiens et martyrs.

« Mme Valmore m'a beaucoup parlé de Mme Olivier : elle m'a dit qu'elle me donnerait un billet pour elle ; mais elle vient de partir pour Rouen et ce ne pourra être qu'à son retour. Nous venons enfin de recueillir ses poésies chez Charpentier (1). Elles paraissent dans deux ou trois jours. En voulez-vous un exemplaire? et comment vous l'adresser ?

« Je ne suis pas du tout allé aux eaux ni en train d'y aller, chère Madame; mes fonctions me fixent jusqu'au 1er août. A partir de là, que ferai-je? Rien

(1) C'est Sainte-Beuve qui en fit la préface.

probablement, une course ou deux dans le rayon de Paris, et c'en sera fait d'un printemps et d'un été encore.

« Un des fils de Hugo, le second, est très malade ; il a treize ans. On croit sa poitrine prise, c'est très grave.

« J'entends d'ici les cris de douleur de cette pauvre Mᵐᵉ Régnier dont Lèbre me parlait hier. — On me dit M. Ruchet à Louèche pour sa gorge ; mais mes regards et mes regrets se portent surtout vers Eysins et le pied du Jura.

« M. Vinet est puni par où il a péché ; pourquoi s'occupe-t-il avec son beau talent des Soumet, des Guiraud, des sots (1) ? Ils lui répondent, il doit leur répliquer : cela n'a plus de fin ; au lieu de se moquer d'eux une bonne fois, ou mieux de les punir tout d'abord d'un éternel silence.

« Vous avez laissé, chère Madame, un très présent souvenir dans l'esprit de M. Doudan qui m'a souvent reparlé de vous et qui regrette, m'a-t-il dit, de vous avoir si peu vue. Ce qu'il aime en vous c'est un mélange (m'a-t-il dit encore) et de simplicité naïve et de supériorité ou de confiance tenant à l'esprit. Il se rappelle encore votre air aisé et rougissant quand vous êtes arrivée tard à ce dîner chez Mᵐᵉ Eynard. Cela, sans que vous vous en soyez doutée, vous a beaucoup réussi. Je ne

_____

(1) **Dernière preuve** que Sainte-Beuve avait rompu entièrement avec tout le clan romantique en rompant avec Victor Hugo.

vous dirais pas tout cela si je ne savais que vous
avez distingué l'esprit et le goût de M. Doudan. Le
voilà justifié.

« Adieu, chère Madame et cher Olivier, j'embrasse vos enfans et dis mille amitiés par votre
bouche à ceux qui voudront se souvenir de moi.

« Surtout à Mlle Sylvie. »

« Troyes, vendredi, 1er août 1842.

« Chère Madame,

« Ce n'est plus de Paris que je vous écris ; je
suis venu ici (à Troyes) (1) pour consulter les manuscrits jansénistes que j'avais tant différé à visiter.
J'ai profité pour cela du premier jour de mes
vacances. La fatigue extrême que m'a causée ce petit
voyage et la peine que j'ai à me refaire me mon-
trent combien je suis loin des dernières et encore
récentes années. J'ai emporté de Paris un petit
mot de Mme Valmore à votre intention. Toute la
famille Senancour aura été bien sensible à votre
gracieux accueil, et moi je vous en remercie, quoique cela vous paraisse tout simple.

« Nous avons reçu à Paris et dans toute la
France un grand coup par cette mort du duc
d'Orléans ; l'impression a été profonde et vraie ;
et pour mon compte j'en vois l'avenir deux fois
assombri. Le duc d'Orléans était à peu près un

(1) Il y vint encore en 1849, en revenant de Lyon, où il était allé
visiter Mme d'Arbouville, alors gravement malade.

contemporain ; il connaissait tous et en était connu ; nous n'aurons donc pas même pour notre seconde moitié de vie cet accord avec le gouvernant, qui a manqué déjà à notre jeunesse : nous ne tomberons juste sur aucun point de la chose publique. La Restauration était odieuse à notre générosité première, et notre prudence finale aura à s'inquiéter sur des berceaux.

« Vous, dans votre pli de vallées et de montagnes, vous échappez à ces soucis ; vous en avez d'autres, mais qui, politiquement parlant, se renouvellent et se réparent plus vite. La nature d'ailleurs est plus près pour vous consoler. J'en suis bien loin en cette Champagne dite *pouilleuse*. Et puis, qu'importe la nature maintenant pour moi ? Lac, Rovéréa et le reste, vous subsistez au fond de mes plus anciens souvenirs, mais je ne vous espère plus.

« Olivier est-il en Allemagne maintenant ? Voudriez-vous le prier, chère Madame, de me donner, s'il vous plaît, l'indication bibliographique exacte des écrits de M. de Gingins sur Charles le Téméraire, j'ai à écrire un jour ou l'autre quelque chose sur l'*Histoire des ducs de Bourgogne* de M. de Barante et j'aimerais savoir le point de vue du savant vaudois tel qu'il le déduit lui-même. Si les mémoires de M. de Gingins se trouvent dans le *Recueil des mémoires de l'Académie de Turin*, qu'Olivier veuille me l'indiquer.

« Je n'avais pas reçu à mon départ de Paris de

18.

nouvelles de vous, chère Madame ; comme je ne
serai guère encore que huit jours ici, le retard ne
serait pas grand si le paquet était arrivé pendant
mon absence.

« Lèbre est très en crédit à la *Revue des Deux
Mondes* ; son article sur l'Egypte a réussi. Le voici
posé. C'est M. Letrône qui a corrigé les épreuves,
et quand l'éloge n'était qu'au positif il y glissait le
superlatif. Ce sont les seules corrections qu'on se
soit permis.

« Embrassez pour moi vos enfans, chère Madame,
je serre la main à Olivier et distribue par vous les
souvenirs plus fidèles qu'expansifs que je garde à
votre bon pays.

« A vous d'un cœur respectueux. »

« Paris, le 21 septembre 1842.

« Certainement, très cher Olivier, je veux vous
écrire et vous féliciter de votre courageuse résolution dont vous recueillerez ensuite les fruits. Je suis
bien sûr que déjà vous mordez plus à l'allemand
que vous n'osez en convenir, et que ce que vous en
dites en en faisant les honneurs est par égard pour
nous autres petites bouches et restées *précieuses*
quoi que nous en ayons. Le caractère des nations
est opiniâtre et reparaît sous toutes les formes, sous
toutes les perruques, et même au front chauve des
Socrates. Quoi ? *Hermann et Dorothée* n'est-ce
donc pas la plus gracieuse et la plus fraîche des

idylles, n'est-ce pas un *Paul et Virginie* avec quelque idéal en moins, mais avec la vérité domestique et le rythme de plus ? Voyez comme il est plus court de ne pas savoir et de ne pas lire dans l'original pour admirer.

« Les vers de votre frère (1) sont charmants ; vous avez beau laisser le *front* sans son épithète et découronné ; je ne m'en suis pas tenu dans mes conjectures et restitutions au *grave et beau*, mais j'ai osé *vrai flambeau*, d'après un vers d'Homère qui dit cela du front d'Ulysse, il est vrai, d'Ulysse un peu chauve, voilà toute une glose.

« J'ai reçu de Mme Olivier un mot tout aimable ; elle supporte bravement votre absence, quoiqu'elle souffre ; cela vous sera un hiver plus heureux, et un arbre de Noël mieux illuminé.

Ici rien après ce grand malheur, calme plat. Paris est désert. Le dernier grand fait est le retour de Thiers à la conservation. Quant au passage de Lamartine à la gauche, c'est une pure variante poétique, mais qui ne laisse pas de le fort déconsidérer.

« J'ai à vous remercier de votre indication sur M. de Gingins : je fais ainsi des amas sur certains sujets, mais le temps d'écrire me manque et je mourrai entre des tas de petits papiers.

« Il s'est fait dans ces derniers temps ici de grands travaux sur Pascal et il y a eu même toutes sortes

(1) Urbain.

de combats. L'ancienne édition des *Pensées* a été mise en inévitable état de suspicion par M. Cousin qui a fait d'ingénieux et hardis articles (1). Il est prouvé plus que jamais que le siècle de Louis XIV (à part trois ou quatre hommes Pascal, Boileau, Molière, La Fontaine) avait le goût timoré, l'Académie pousse de toutes ses forces à l'éclaircissement.

« A vous, cher Olivier, de tous mes vœux et de toute mon amitié.

« Labitte présent vous dit ses amitiés, car j'écris de la bibliothèque. »

« Ce mercredi,   1842.

« Je pensais à vous écrire. Ma lettre aurait commencé ainsi : vous ne m'aimez plus, chère Madame, et vous avez tort... Voyez combien j'avais tort moi-même, mais vous m'excuserez par le plaisir que me fait votre bonne et affectueuse lettre. Tout est sombre en effet dans la vie en avançant. Je le disais hier à Lèbre en causant. Ici la face des choses se renouvelle de plus en plus et nous échappe. Comme dernière preuve de mon impuissance trop réelle et trop avérée aux Revues, vous n'avez qu'à jeter les yeux sur celle de Paris du

(1) L'édition de Victor Cousin parut à la fin de l'année 1842, à la suite de son Rapport à l'Académie française sur la nécessité d'une nouvelle édition des *Pensées de Pascal*, lu dans les séances des 1er avril, 1er juin, 1er juillet et 1er août 1842.

3o octobre ; les dernières pages de l'article de Paul de Musset vous montreront combien on a peu de *chez soi* ici, et combien l'hospitalité est peu respectée : on n'a que des cafés, et encore peu sûrs.

« Me voici, par suite du progrès lent des choses et de ma raideur aussi, éliminé tout comme vous, et n'étaient les chaires de bibliothèque et les volumes commencés à terminer, en mesure de recommencer une campagne à l'étranger, mais cet étranger-là était fait pour être ma patrie.

« Ma santé continue d'être chétive et, sans maladie, de gêner toute mon activité de travail. Je ne puis plus faire qu'une seule chose à la fois : je suis dans des réimpressions et *Port-Royal* chôme. Si l'on reçoit là-bas le *Journal des Savants* demandez les six articles qu'y a publiés M. Cousin sur Pascal : cela vous intéressera, Olivier aussi certainement.

« En lisant dans Muller (septième et huitième volumes) les détails de cette guerre de Grandson et de Morat, j'ai encore mieux compris ce que me disait Olivier, que le canton de Vaud n'avait d'histoire que récente et que le passé propre lui manquait. Mais il a eu Davel, c'est un beau commencement, un précurseur qui, en noble originalité, ne le cède à nul autre. J'ai vu avec plaisir dans *le Semeur*, la résurrection littéraire de notre ami Frossard, jusqu'à l'*esthétisation* exclusivement ; mais les deux premiers articles sont bien.

« Ici on commence à revenir de la campagne,
Mme de Tascher est de retour et s'informe toujours
de vous. Mme Valmore, qui n'a pas bougé, vous
aime tendrement. Rien n'est bien nouveau d'ailleurs à Paris. Mlle Rachel a toujours la faveur, et
Mme Récamier aime à l'entendre chez elle. *Les
Mystères de Paris*, de M. Sue, font le même effet
que *Mathilde*, je crois, faisait durant votre séjour.
On va donner *Judith*, de Mme de Girardin, au Théâtre-Français : ce ne saurait être un succès.
Mme Sand poursuit l'interminable *Consuelo*, et ne
parvient pas à épuiser les heureux hasards de son
talent si mal dépensé. Chacun continue de vivre
bien ou mal comme il a commencé : Alfred de
Musset se perfectionne et jouit de la vogue du moment, vers et prose ; avez-vous lu dans *le Journal
des Débats* son *Merle blanc* ? Marmier est revenu
encore une fois du Nord, de Russie, cette fois, et
de Finlande.

« Voilà, chère Madame, mes aperçus à ces
approches d'hiver. J'embrasse vos enfans présens
et futurs ; je salue vos excellentes familles, et suis
à vous, chère Madame, et à Olivier, de tout cœur. »

« Et son allemand, le tient-il enfin et a-t-il en-
chaîné le cyclope ? »

« Ce dimanche   1842.

« Je trouvais, chère Madame, qu'il y avait bien
longtemps que je n'avais reçu de vos nouvelles. Un

mot de Zurich, d'Olivier, qui me disait que vous
étiez souffrante, ne me rassurait pas. Il y a en effet
de tristes défilés dans la vie morale et physique ; et
ce qu'il y a de pis, c'est qu'on y passe comme fata-
lement, les voyant d'avance, les voyant pendant,
s'y poussant soi-même par une sorte de loi intérieure et supérieure. Je ne dis pas cela pour vous,
mais pour nous tous ; j'ai connu de tels défilés et
j'ai tout fait pour m'y briser, tout en ne voulant
pas. Vous, chère Madame, vous retrouvez, après
cette saison de privation et de souffrance, les joies
de la famille, le bras de l'époux, et vous n'avez
pas quitté les embrassemens de vos enfans. Votre
part est donc encore belle et votre défilé serait
pour beaucoup un vrai golfe d'abri.

« Mais la souffrance physique, il faut tâcher de
vous en débarrasser, ne pas trop insister sur le
travail et sur les soucis en ce moment-là, cultiver
surtout le sommeil, ce dieu trop méconnu.

« Je lui voue pour mon compte bien des momens
qu'il ne récompense pas toujours : mais alors je ne
m'impatiente pas et j'attends. Il finit quelquefois
par avoir pitié.

« J'ai envoyé votre mot à Mme Valmore. Il n'y a
en ce moment à Paris aucune des personnes que
vous y avez connues. Pour y rester il faut être
bibliothécaire, ce que je sens que je suis plus que
jamais. Cette corde au cou devient ma seule ressource pour ne pas me noyer. Car je sens bien que

je ne pourrais plus vivre de ma plume au jour le
jour, avec mes gaîtés et mon entrain d'autrefois.

« Hélas ! hélas! chère Madame, j'ai passé auprès
de vous à Lausanne les derniers jours qui comp-
taient un peu vivement pour moi. Dites-vous cela
pour m'excuser ensuite dans mes ennuis fades et
dans l'expansion moindre que vous trouverez en
moi. Je regrette, mais dans ce que je regrette il y
a certainement quelque chose où vous étiez.

Renvoyez-nous Lèbre retrempé aux lacs vaudois,
mais avec une provision d'activité parisienne. Il
peut, s'il le veut, dans la disette où l'on est et agréé
comme il l'est, devenir le premier écrivain de la
Revue, l'un des plus fréquents. Cela n'est pas à
mépriser. Qui nous eût dit cela et le reste, à l'un
des soirs de 1838 ?

« Mille amitiés, chère Madame, souvenirs à vos
bons parens et baisers à vos enfans.

« Et Mlle Sylvie, si je ne la nomme, qui va croire
encore que je l'oublie.

« Merci des utiles renseignemens Gingins. »

                    « Ce vendredi décembre 1842.

     « Chère Madame,

Je reçois votre aimable lettre et suis dans un état
de souffrance et d'irritation qui vous vaudra une
réponse bien prompte, car j'ai besoin de m'épan-
cher vers les amis. D'abord je suis furieux contre
M. Vinet ou pour mieux dire blessé. Quoi? c'est

lui qui dans *le Semeur* a osé louer et recommander
et dire qu'il aimait un livre ou libelle d'un M. Michiels (1) qui nous insulte tous et nous calomnie.
Il a osé écrire *qu'il aimait* le livre et la manière et
l'auteur quand même. Décidément, l'optimisme ne
mène à rien qu'à tout confondre. Moi, je suis plus
que jamais pour la grâce prise au sens grossier et
dès ici-bas, les bons et les mauvais, les honnêtes
gens et les méchants. Ce Michiels est des derniers,
fou et grossier, n'ayant répondu que par des insultes à nos désirs et à nos efforts stériles pour le
servir. Sérieusement je ne passerai jamais cela à
M. Vinet, et si je lui reparle ou lui écris jamais,
ce sera pour débuter par ce que je vous dis là. La
charité est une bêtise. Vous pouvez le lui dire.

« Le monde ici se partage de plus en plus et bien
inégalement entre les honnêtes gens et les autres ;
les preuves, si vous étiez ici, seraient trop nombreuses et trop palpables. De loin cela salirait le
papier.

« Littérature de régence et de Sade ;

« Critique de Lapithe et de Sicambre.

« Quel est donc ce Russe vaudois ? Est-ce M. de

---

(1) **Michiels Alfred** venait de publier sous le titre : *Histoire des
idées littéraires en France au XIXe siècle, de leurs origines dans
les siècles antérieurs,* un livre en 2 vol. qui faisait grand bruit
(Paris, Coquebert, 1842). — Le 27 septembre 1841, Alfred Tattet
écrivait à Ulric Guttinguer, à propos de la *France littéraire* où
paraissaient les articles de Michiels : « ... Un M. Alfred Michiels
est en train d'y écharper Sainte-Beuve... » (V. le tome Ier de notre
Sainte-Beuve.)

Ribeaupierre. Est-ce M. Golowkin? Le nom dans votre lettre est resté en blanc.

« M. Porchat a réussi assez bien ici ; il a une fadeur assez spirituelle, il nous a récité des fables et des chansons chez M. Gaillard. Il s'en retournera content de Paris... et oublié.

« Le «.... *latiniste* est piloté par lui qui a causé avec les compétens ; je n'aurai d'autre moyen d'information que ceux qu'il a eus lui-même.

« Vous recevrez peut-être par M. Porchat, que j'espère en charger, un petit volume qui ne se vend pas (1) : c'est d'une assez mauvaise morale ; j'en offrirai pourtant un à la bibliothèque de Lausanne. Le paquet vous dira les détails fastidieux ici.

« Je travaille de plus en plus à liquider mes affaires littéraires, en vue de la mort. Il est si rare de trouver un éditeur pieux. Vous m'en servirez, mon cher Olivier, si je m'en vais. Je suis assez en chemin vraiment. J'en suis, je crois, à ce qu'on a droit d'appeler les *infirmités*.

« Ne travaillez pas trop, chère Madame, et soignez pourtant votre santé ; ne vous fiez pas à l'enivrement du travail, on paie cela après. Je présente mes souvenirs à tout votre canton, à Villamont d'abord et à Mlle Sylvie qui m'a certainement oublié, à nos amis d'Eysins, et à tout ce qui se rencontrera

---

(1) Il s'agit ici du petit volume sur La Bruyère et La Rochefoucauld, de décembre 1842.

dans l'entre-deux. Je baise les trois enfans et adresse mon compliment à Aloys.

« A vous, chère Madame, et à l'excellent Olivier.

« La *Revue indépendante* semble prendre un corps ; elle paraît tous les quinze jours et a de l'argent. Pourquoi ne tenteriez-vous pas fortune ou Dieu de ce côté ? En choisissant dans vos nouvelles, en écrivant et adressant à Mme Sand, ce serait peut-être facile, ou à Souvestre, car il en est. »

« Ce 28 décembre 1842.

« Chère Madame,

« Tout cela est à merveille ; il n'est que d'être maître et chez soi ; il n'est que de tirer son sac de sa propre terre, on en grandit plus vite, et tous vous en respectent davantage. Je vois un moment où l'on fera d'ici des propositions, quand on vous verra établis et réussissant là-bas. Vous pouvez faire la meilleure revue critique, il n'y a plus de critique ici et pour toutes sortes de causes.

« 1° Les écrivains romanciers donnent des feuilletons qui les font collaborateurs de tous les journaux et dès lors inviolables.

« 2° Les journaux, ayant baissé de prix, dépendent des annonces et des libraires qu'ils doivent servir. Complaisance et rivalité, c'est là toute l'histoire.

« En France depuis dix ans toute tradition littéraire vraie est interrompue ; ceux qui auraient pu

servir de maîtres et faire progéniture sont passés à
la politique et aux affaires.

« L'Université, l'Ecole normale produisent des éru-
dits et *lourdauds* littéraires très estimables, à l'allemande; pas un *talent* purement littéraire depuis
dix ans. Ceux qui se sentent un peu d'espiègle et
de léger se jettent dans le facile et dans le feuilleton, et, ne trouvant pas à quoi se rattacher, s'y
gâtent vite.

« On commence ici la saison d'hiver et à publier.
Le livre de Cousin des *Pensées de Pascal* vient de
paraître : pourquoi M. Vinet n'en parlerait-il pas
chez vous? Lui seul pourra remettre cette question
sur un bon pied, c'est digne de lui, et il le doit à
la doctrine de la *Grâce*, sans quoi je le tiens pour
Cartésien (1).

« Il a paru un livre sérieux, encore inachevé
(2 volumes de la princesse Belgiojoso, *Essai sur
la Formation du Dogme catholique*) ; c'est sérieux,
catholique d'intention, semi-pélagien et origénien
de fond, d'un style très ferme, très simple, enfin
une très précieuse curiosité venant d'une Italienne
galante, d'une Trivulce. Son nom n'y est pas, mais
elle l'avoue. L'ouvrage s'étend jusqu'ici depuis
saint Justin jusqu'à saint Augustin : il reste encore
deux volumes à paraître.

---

(1) M. Vinet n'avait pas attendu le livre de M. Cousin pour dire
son sentiment sur les *Pensées de Pascal*. Dès 1838, il en avait fait
l'objet d'un *Essai* pour *le Semeur*, t. VIII, pp. 48-52.

« Mlle Rachel est toujours la *lionne* et le grand événement littéraire. On raffole d'*Esther* dont elle récite quelques scènes dans quelques salons et dans les soirées qu'elle donne et où il va tout ce qu'il y a de mieux en hommes. Elle s'essaie sur *Phèdre*, jusqu'à présent les avis sont partagés sur les scènes d'échantillon qu'on a entendues. La passion, cette *grâce*, lui viendrait-elle ?

« L'Académie Française, en ses séances parti-culières, s'anime sur son dictionnaire, comme au bon temps de Pellisson et de Chapelain; on dispute sur une phrase de Buffon. L'autre jour, Hugo, Cousin, M. de Barante ont pris feu sur le mot *a b c d* que lisait Nodier. Celui-ci, se voyant contesté, voulait donner sa démission : on l'a consolé, et il continuera de faire le dictionnaire que tous conti-nueront à plaisir de discuter. Le 8 décembre M. Mi-gnet recevait à l'Académie M. Pasquier; dans huit ou dix jours M. de Barante va recevoir M. Patin. On ne sort pas de ces bals de noces de beaux esprits, Mlle Rachel et l'Académie, les oreilles en tintent dans tous les salons. En un mot, il y a ici une recrudescence de classicisme, de siècle de Louis XIV, de goût pour *Esther* et de dilettan-tisme académique. C'est là toute ma conclusion.

« Pourtant on attend un drame de Hugo aux Français, dans un mois, qui viendra en concurrence avec *Phèdre*, *les Chevaliers du Rhin*, où il y a force vieillards, un vrai drame centenaire, quatre générations à la file depuis l'âge de 108 ans, 78,44, 24. — Je dis les chiffres à peu près, une cascade de vieillards avec le but, dit-on, d'Horace...

Progeniem vitiosiorem (1).

« Demandez à Olivier, chère Madame; il veut prouver la décadence du moyen âge et des races. Je crains qu'en vieillissant le *centenaire* chez lui ne remplace le jeune géant. *Mathusalem-Quasimodo.* Mais tout ceci pour vous seuls.

« Je vais, moi, écrire aux *Débats*, mais sur l'ancienne littérature seulement, sur Homère et Théocrite; plus un moderne : j'en ai assez.

« Je serai heureux de vous prouver que je suis des vôtres par quelque témoignage public. L'occasion en viendra, le cœur y étant.

« Mais voilà une singulière lettre de jour de l'an, une lettre de vrai correspondant de la *Gazette d'Augsbourg*. Mais à travers toute cette traînée de nouvelles vous distinguerez le courant caché et tous les vœux qu'il charrie sur vous, sur les vôtres, sur vos chers enfans que j'embrasse.

« A vous à toujours, chère Madame et cher Olivier.

« Qu'Olivier m'adresse avec précision les questions qu'il jugerait à propos. »

(1) Œtas parentum, pejor avis, tulit
Nos nequiores, mox daturos
Progeniem vitiosiorem.

1843

« Ce 18 janvier 1843.

Cher Olivier,

« *Les Burgraves* sont un peu ajournés : il y a un rôle de femme et de vieille femme que l'auteur a retiré à Mlle Maxime comme peu capable ; ou paraît espérer Mme Dorval, qui entrerait aux Français *ad hoc*, mais elle refuse. Tout cela retardera. Hugo voudrait Mlle Georges. *Old Nick* c'est un M. *Forgues*, homme d'esprit, assez jeune et d'une plume assez fringante et indépendante (1) : il eût pu faire mieux, mais il gagne ainsi beaucoup d'argent. Quoique assez aristocratique de goût et de ton, il s'est cantonné au *National* et y dirige le feuilleton littérature. Mieux vaut un petit royaume, même dans la République, qu'une ferme dans un royaume.

Il n'y a rien sur les rapports *secrets* des deux Revues. D'abord la *Revue des Deux Mondes* n'accepte pas, je pense, la rivalité sur le pied égal, et elle ignore l'autre qui en effet n'est guère mena-

(1) C'est lui qui devait éditer la correspondance de Lamennais.

çante malgré son brai. Celle-ci (*l'Indépendante*) a
passé politiquement sous la direction d'Anselme
Petetin (1), ancien rédacteur du *Journal de Lyon*
vers 1831-1833. C'est un petit homme court, à
grosses moustaches, à grosse voix, d'ailleurs agent
à Paris et *délégué* de l'industrie de la ville de Saint-
Etienne, ayant assez d'idées pacifiques et d'organisation radicale industrielle. Comprenez si vous
pouvez. On doit donner *Phèdre*, samedi, peut-être
cela retardera-t-il? aussi j'écris toujours en attendant. *Les Mystères de Paris* ont eu comme
Mathilde un grand succès de curiosité; tout le
monde, salon et antichambre, les lit. Les salons
s'accordent à trouver cela mauvais, hideux, faux
quand il s'agit de duchesses, joli et *vrai* quand il
s'agit de grisettes (ce qui n'est pas, ce n'est qu'à
moitié vrai, je m'y connais), mais enfin on veut à
la fin de chaque feuilleton savoir la suite ; c'est un
intérêt physique, une sensation, comme dans *les
Mystères d'Udolphe*. Sue a des parties du conteur.
D'ailleurs pure vogue, et impossibilité de relire.
Au même moment le roman de Sue est tourné et
parodié en vaudeville; il a mis lui-même sa
Mathilde en mélodrame, et il remplit le boulevard
de ses drames (*les Chauffeurs* à la *Gatté*, je crois);
il mène en un mot la vie à grandes guides et à
quatre chevaux. Musset (Alfred), dans *les Animaux*

(1) Qui devint plus tard directeur de l'Imprimerie impériale.

peints par eux-mêmes, a fait une jolie satire de cette manière de roman à la Sue et à la Balzac dans *le Merle blanc.* Au moment le plus dramatique, on se met à décrire ; *quinze pages d'écuelle.* Voyez *le Merle blanc* dans un feuilleton des *Débats* de *septembre* dernier ou *octobre.* C'est de la bonne plaisanterie, à l'Hamilton. Je crois votre indication du sujet des *Burgraves* peu exacte. Au reste, on ne sait trop rien encore, et peu de personnes ont entendu.

« De Vigny a reparu dans la *Revue des Deux Mondes* par des vers tirés et figés : cela réussit peu, on aime peu les vers pour le quart d'heure, que quelques-uns de Musset.

« Le sérieux n'est pas pourtant trop rare depuis quelque temps, au moins en apparence. Ce qu'il y a de plus sérieux depuis quelque temps, c'est l'attitude que prend chez nous le parti catholique : il a fort regagné depuis Juillet et bien lui a pris d'être séparé de la Restauration qui le compromettait; on s'est mis à devenir chrétien, au moins chrétien de salon et de sermon. Tout cela était à merveille, mais depuis une couple d'années, le vertige a pris au clergé ; il s'est cru près de ressaisir le pouvoir, l'éducation ; les laïques ont fait des mandemens anti-philosophiques ; surtout les journaux, ceux de *l'Univers* en particulier, ont des injures qui sont d'une fétidité singulière pour avoir passé par la sacristie. A cet *Univers* était d'abord

Saint-Chéron, gendre de Barard, le pape saint-
simonien et lui-même de cette bande, mais converti
et payant en ferveur l'arriéré avec les intérêts,
passé d'une sacristie à l'autre. Aujourd'hui Saint-
Chéron lui-même est dépassé et évincé; c'est un
M. Veuillot qui domine, un jeune impudent, assez
délateur, dit-on, le *Granier de Cassagnac du catholicisme*. Ce sont les casse-cou du parti ; les gens
sages, les bons chrétiens de mes amis déplorent
tout bas, désavouent *tout bas*, mais n'oseraient
plus haut. L'abbé de Genoude et la *Gazette* mêlent
à cela leur venin et leur machiavélisme arsenical
infâme, un vil parti.

Les honnêtes gens essayent de fonder un organe,
le Nouveau Correspondant, dont un numéro vient
de paraître, Revue mutuelle. C'est MM. de Champagny, Boré, Foisset de Dijon, Lenormant, neveu
de Mme Récamier, mi-catholique de système et de
cervelle (entre nous), [Cazalès s'il était ici (mais il
est à Rome à se faire prêtre)], Carné s'il osait se
séparer de la *Revue des Deux Mondes* et si l'homme
politique en lui ne l'emportait. Enfin, des restes
d'un ancien *Correspondant* de 1828-1831 ; espèce
de *Globe* catholique et centre-droit de ce temps-ci
rédigé par Cazalès et les mêmes. Tout cela est du
réchauffé et a peu de vie.

« On vient de fonder une espèce de *Club* sous le
nom de *Cercle catholique*, rue de Grenelle ; on y
fait des cours, on y est admis avec abonnement,

l'abbé Bautain en est l'âme, comme il le sera peut-être du *Nouveau Correspondant*. Ce même abbé Bautain a acquis le pensionnat de Juilly près Paris et le dirige. Une espèce de Cousin catholique, visé à un rôle, ambitieux : mais trop mystique dès qu'il en vient à ses doctrines propres.

« M. Vinet a donc pris Léon de Laborde pour un catholique et un chrétien : ce sont de pures formes de style et une simple précaution d'érudit ; il est catholique comme moi et même un peu moins.

« Mme Desbordes-Valmore vient de publier un joli volume de poésies : *Bouquets et Prières*. Ayez-le : citez cette préface charmante. Et la pièce. *Merci, mon Dieu !* et celle de l'*Arc de Triomphe*, et sur les *Hirondelles*. Elle répond joliment à ce petit fat *Monsieur Gaston de Molênes*, qui l'avait offensée dans la *Revue des Deux Mondes* et avait dénié aux femmes le droit d'écrire et de chanter. Voyez la page 189 :

> «Jeune homme irrité sur un banc d'école
> . . . .
> «Un peu furieux de nos chants d'oiseaux.

« Les plus tendres ont de ces fins aiguillons et le petit Monsieur a eu sur les doigts de ce coup d'ailes. Voyez cela, Madame, c'est pour vous venger.

« Mais la politique commence et va faire diversion à la littérature : deux questions sont en jeu, la loi des sucres et le droit de visite (c'est-à-dire les traités de 1831, 1833) ; sur la loi des sucres les opinions sont libres, même dans le camp ministériel. Mais c'est le droit de visite qui est la question politique ; fort heureuse l'opposition d'avoir trouvé cela sans quoi elle manquait de batterie contre Guizot pour ce commencement de session. Tous ceux qui sont français (style chauvin) contre *Albion*, — les bonapartistes, les légitimistes (car la Restauration a été contre le droit soit par honneur du pavillon, soit par peu de souci des nègres) ; le 1er mars ; le 15 avril mécontent ; en un mot les *antiguizotistes* de toutes les nuances font chorus sur le droit de visite, subitement découvert.

« Sans M. Guizot, on n'y songeait pas, les abus durant ces dix ans se réduisaient à rien ; il n'y a pas de quoi fouetter un chat, mais la politique est ainsi. Ne nous étonnons donc pas qu'on revienne, dès qu'on le peut, à la littérature, à Pascal et à Rachel.

« [Entre nous, Rachel se conduit très mal, elle mène une vie très peu simple, elle a toutes sortes d'amans ; avec 100.000 francs par an et plus (120.000) elle est *gênée* ! Mais tout cela n'altère ni son crédit dans le monde, ni le lustre de cette perle sans taches, le monde l'a décrété ainsi] (1).

« Bonjour, mes chers amis, je profite de la licence et vous inonde.

« A vous de tout cœur. »

(1) En marge, Sainte-Beuve avait écrit : « Ceci pour vous amuser, bien entendu. »

« Ce 26 janvier 1843.

« Mes chers amis,

Il paraît que Mˡˡᵉ Rachel a bien décidément réussi dans *Phèdre*. Elle a gagné sa bataille de Marengo. Cette bataille générale que tout talent distingué, après les premiers succès, doit livrer à un certain jour et qu'il perd si souvent. N'écoutez rien de ce que dit Janin.

« La politique règne. C'est le droit de visite qui a fait le champ de bataille de l'adresse. M. Guizot a été éloquent à la Chambre des pairs, mais même quand il est éloquent il a don de déplaire, souvent même à ses amis. C'est M. de Broglie qui a eu encore plus tous les honneurs; son discours éloquent, modéré, savant, a eu un grand succès et d'honnête homme d'État. — Il était d'ailleurs très piqué au jeu parce qu'on s'était mis à attaquer de toutes parts M. Guizot à travers son propre traité à lui; il était très irrité les premiers jours, mais il a su contenir sa parole et l'effet qu'il a produit a été grand.

« Je crois bien que M. Guizot restera : au fait, il n'y a pas de quoi faire mieux. Lui et M. Molé sont deux bons livres dont la pensée paraît différer quand on y regarde avec des lunettes. J'aime mieux et tout le monde aime mieux la reliure de M. Molé.

« On attend à la Chambre des députés l'attitude

19.

que prendra M. de Lamartine. M. Thiers se réserve et paraît peu pressé pour le quart d'heure.

« Lèbre a eu ici un vrai succès sérieux avec son article sur Schelling. C'est une bonne carte de visite de jour de l'an qu'il a mise là chez tous ceux qu'il aura envie de connaître. Le voilà connu.

« Je ne vois plus rien de nouveau pour cette fin de mois. — Lamennais prépare un volume allégorique et satirique ; sous prétexte de *Génies persans* il dira des vérités et fera des portraits. Mais ce sera nécessairement obscur d'allusions. Il a été, dit-on, obligé d'obscurcir le portrait du plus sage des rois (Louis-Philippe).

« Je n'ai pas reçu la *Revue Suisse*.

« Je vous embrasse, chers amis, et vous aime beaucoup, chère Madame ; ne vous fatiguez pas trop. »

« Samedi, 11 février 1843.

« Chère Madame,

« A vous pourtant ce petit mot :

« Je n'ai jamais reçu la *Revue Suisse*, ainsi vous êtes servis infidèlement. Je l'ai eue de Lèbre seulement une demi-journée.

« J'ai lu dans *le Semeur* le très intéressant article d'Olivier sur M. Lehuron. Il est des meilleurs en ce genre de critique si difficile. Que ce Buloz a été une bête ! Mais c'est là un point convenu.

« J'ai regret de n'avoir pas lu à temps ceci, que le lendemain de son discours Mᵐᵉ *Sand* avait écrit à *Lamartine* une grande lettre de félicitations, à la suite de laquelle Lamartine l'était allé voir. Il l'a trouvée à cinq heures du soir encore couchée ; elle s'est levée pour lui ; a paru en espèce de sarrau un peu ouvert ; on a fait apporter des cigares et l'on a causé politique et humanité. C'est la première fois que ces deux grands génies causaient face à face. Jusque-là George Sand avait tout l'air de le mépriser un peu.

« *Quinet* aussi a écrit à Lamartine pour le féliciter. Tout cela n'empêche pas qu'il ne soit fou, et qui pis est un peu ambitieux. Mais le monde est grand et les goûts sont différents.

« J'ai reçu enfin les poésies de ce pauvre et excellent Durand (1). J'ai lu avec une vive émotion la belle notice de M. Vinet et le chant funèbre et si senti d'Olivier. Tout cela m'a reporté parmi vous, parmi mes compatriotes du canton de Vaud. Car je l'aime toujours, chère Madame, et je vous aime et vous ai toujours aimée un peu plus que vous n'avez cru.

« Voici un petit mot pour M. Steinlein pour le remercier un peu mieux ; je pense qu'Olivier le connaît et peut le lui remettre.

« Veuillez bien en m'écrivant me dire avec précision à partir de quelle date je puis encore faire mettre une lettre à la poste ici pour qu'elle vous arrive à temps pour le numéro du 15. Cela me per-

---

(1) Poète vaudois, mort jeune, qui fréquentait, ainsi que Monneron, chez Olivier.

mettra de ramasser et de coordonner mes propos
de chronique avec un peu plus de justesse et d'à-
propos.

« Je vous embrasse, chère Madame, et les chers
enfans, et Olivier. »

Nous avons vu que, durant trois ans, de 1843 à
1845, Sainte-Beuve avait collaboré activement et
régulièrement à la *Revue Suisse*. Qu'on ne s'étonne
pas de la rareté des lettres datées de ce temps que
nous publions ci-après. La plupart de celles que
Sainte-Beuve écrivit à cette époque à Juste Olivier
ayant été imprimées dans la *Revue Suisse* et puis
recueillies par M. Jules Troubat sous le titre de
Chroniques parisiennes, nous nous sommes borné,
pour celles-là, à glaner dans les manuscrits les
fragments qui pour une cause ou une autre avaient
été négligés par les amis de Sainte-Beuve et qui
nous ont paru dignes d'intérêt. Quant à celles qui
sont demeurées inédites, nous les avons intercalées
à leur place chronologique, afin que, rapprochées
les unes des autres, elles forment un tout aussi
complet que possible.

Passages supprimés dans les chroniques de la
Revue Suisse :

CHRONIQUE I. — *Lettre du 18 février 1843.* —
Sur les *Amschaspands*, et les *Darvands* de Lamen-

nais, après les mots : « l'injure y déborde, elle est crasseuse, » Sainte-Beuve avait écrit : « Une femme d'esprit disait : il y a dans ces injures si grossières de Lamennais, du prêtre, quelque chose qui n'est propre qu'à l'injure du prêtre, du *curé catholique*, de quelqu'un qui n'a pas été galant et qui ne se bat pas en duel. »

Sur *Phèdre* rétablir le passage comme suit :

« Quant à Phèdre, je trouve que vous la jugez un peu *éclectiquement*. Elle a complètement réussi. Janin à l'endroit de Rachel ne compte pas (entre nous et ne le dites pas), mais c'est affaire d'argent et de lit ; si elle lui faisait pension ou si elle avait fait litière quelconque, l'animal ne brairait plus, ou plutôt brairait en autre gamme. Janin est décrié, surtout à l'endroit de Rachel. Tout ceci sur Janin pour votre *gouverne* et pour le *dessous* des cartes, car Janin est très bien pour moi et je voudrais pour rien avoir un tort de trahison littéraire envers lui.

Au lieu de : « voilà ce que dirait un bon génie, un *Amschaspand*, » lire : « un Lèbre-Amschaspand. »

A cette première lettre du 18 février était jointe la feuille que voici :

« Je veux pourtant commencer une feuille sans nouvelles et sans littérature. Un baiser d'abord à la petite sœur des trois Suisses : Est-ce Berthe qu'on l'appellera ? Mille félicitations et dragées (en idée) à l'accouchée. Je remercie bien M. Vinet de ces vers si flatteurs et si délicats copiés par lui : c'est une page de plus que je mets dans mon portefeuille de Lausanne si bien rempli de bons souvenirs ; je n'ose deviner, mais je goûte et j'apprécie. Dites bien cela, cher Olivier, à M. Vinet, et aussi le plaisir et l'émotion que m'a causés sa délicieuse notice sur Henri Durand. — Si j'avais quelque occasion, je me hasarderais à lui envoyer, outre mon petit volume inédit (1), une deuxième édition de mon *XVIe Siècle*, malgré les légèretés et les grivoiseries inévitables du sujet. Dites-moi si et comment je le puis.

« Je reviens aux affaires qui pour moi se rejoignent aux affections. Tâchez, mon cher Olivier, de fonder là-bas quelque chose, un point d'appui quelconque, un organe à la vérité ; je serai tout à vous. Ici il n'y a rien, rien de possible ; il faut le point d'appui ailleurs, indépendant : ce que Voltaire a fait à Ferney avec son génie et ses passions, pourquoi ne le fonderait-on pas à Lausanne avec de la probité et du concert entre trois ? Pour moi, je me sens de plus en plus ici comme étranger ; *les Débats* ne deviendront jamais mon nid. D'abord la politique, puis en second lieu la goualeuse, toutes les goualeuses présentes et à venir, voilà ce qu'on veut (2). Homère et les Muses n'y viennent qu'en

(1) *Le Livre d'amour.* Ce passage prouve le respect profond que Sainte-Beuve avait pour Vinet.
(2) « La Goualeuse » est un des personnages des *Mystères de Paris,* publiés d'abord dans *le Journal des Débats.*

troisième et quatrième rangs comme pis aller et soliveaux. Faites-nous là-bas bien vite une patrie d'intelligence et de vérité, je vous aiderai d'ici de tout mon pouvoir et peut-être un jour de plus près. Durez seulement.

« A vous, cher Olivier, et à vous, chère Madame, et aux vôtres. »

CHRONIQUE II. — *Lettre du 10 mars 1843.* — Note marginale en regard de la phrase : « Ce même Janin qui a loué par nécessité dans *les Débats* disait tout haut en plein foyer à qui voulait l'entendre : « Si j'étais Ministre de l'Intérieur, je donnerais la croix d'honneur à celui qui sifflerait le premier. »

Il y aurait eu quelque courage, en effet. Mettez cela hardiment. Cela peint nos mœurs littéraires. Il y a deux histoires littéraires : écrite et parlée. Celle-ci est la vraie.

CHRONIQUE III. — *Lettre du 29 mars 1843.* — Après les mots : « au reste Eschyle était le mot d'ordre : » Hugo, avec son tact ordinaire, commence la préface de la pièce imprimée par ces mots : *Au temps d'Eschyle*, la Thessalie était un lieu sinistre. Ainsi le mot du cœur s'échappe tout d'abord avec cette candeur propre au poète naïf qui dit : Je suis Achille ou bien Agamemnon ! Je n'ai pas vu la pièce, mais mon impression intime est que c'est plus gros et plus puéril que jamais (toujours avec une certaine puissance); des marionnettes pour l'île du Cyclope. Il y a une parodie :

les *Hurgraves trifouillis*. On est à bout de plaisanteries là-dessus.

La comète a fait diversion et partagé les quolibets. *Le Charivari* représente Hugo, à la porte du théâtre, montrant la comète et s'écriant : « Faut-il que cet astre ait une queue, et que *les Burgraves* n'en aient pas (1)! »

CHRONIQUE V. — *Lettre du 15 avril.* — En tête de cette lettre Sainte-Beuve avait mis ces mots : « Si Olivier lit la *Gazette d'Augsbourg*, il pourra trouver d'ordinaire dans la correspondance de Paris quelques détails curieux et d'assez bonne source; j'en sais l'auteur. »

La fin de cette lettre forme la chronique VI du 17 avril.

CHRONIQUE VII. — *Lettre du 26 avril.* — Après le paragraphe consacré au petit volume de nouvelles de Mme d'Arbouville, Sainte-Beuve avait ajouté:

« L'ouvrage étant d'une personne que j'aime infiniment, ne mettez juste que ce que je vous en dis, ou rien; — il n'y a pas de nom et ce serait contrarier la personne que de le dire. »

CHRONIQUE XIII. — *Lettre du 24 mai.* — A propos du cours de Michelet et Quinet.

Passage supprimé dans la *Revue Suisse:* « Quelle que soit votre manière d'en parler, il est bon toutefois que vous sachiez que décidément Michelet et Quinet ont cherché là une occasion de faire par-

(1) C'est une des bonnes charges de Daumier.

ler d'eux et d'achalander leurs cours (surtout Quinet dont le cours en avait besoin). Le charlatanisme s'en est donc mêlé, ils ont eu les réclames
des journaux, les articles... *vani vanum.* Il est impossible de ne pas hausser les épaules quand on
entend Quinet s'écrier solennellement en chaire :
« J'ai dit mon sentiment, *quelles qu'en puissent être
les conséquences,* » quand on sait qu'il est inamo-
vible et qu'il ne court aucun danger. — (Pour vous
seul, et afin de mesurer vos paroles dans le récit et
ne pas être trop dupe.) — Le journal *l'Etat,* fondé
par Charles Didier, va enfin paraître.

« Il aura Quinet sans doute pour rédacteur et centre de cette ligne, mais attendons (ne pas mettre).
Ces querelles d'université et de sacristie sont tellement du réchauffé qu'après quinze jours on est à
bout et que le monde qui devient dégoûté n'y a
jamais mordu.

CHRONIQUE XIV. — *Lettre du 29 mai.* — Après
le paragraphe concernant la polémique des évêques,
Sainte-Beuve avait écrit :

« Cher Olivier, je suis tenté... de quoi ? de
retourner passer un hiver à Lausanne pour y achever *Port-Royal.* J'ai ici des habitudes trop prises,
trop chères même à rompre (1). Si je pouvais
retrouver là huit mois de loisir studieux et revenir
avec mes deux derniers volumes tout écrits... Je
demanderais ici un congé, je ferais faire ma place

(1) Sainte-Beuve faisait alors une cour assidue à Mme d'Arbouville.

20

à un sous-bibliothécaire moyennant finances; j'aurais un reste d'appointemens pour vivre, peut-être,
le moyen de refaire avec cette seconde partie de
Port-Royal un bout de cours(malgré mes sermens
d'autrefois) ; enfin j'agite des projets qui sont sans
doute des rêves. Quant à notre chronique, Labitte
nous écrirait, et puis il y a plusieurs façons de la
faire. Et enfin, je contribuerais de près à la *Revue
Suisse* par quelques fragmens de mon livre. Vous
voyez bien que je rêve. »

Et en post-scriptum :

« Lèbre est en Belgique, c'est un coureur. Toujours Vinet sur Guiraud : quelle monomanie ! »

CHRONIQUE XVI. — *Lettre du 15 juin.* — Après le
paragraphe sur *l'État*, journal quotidien dirigé par
Charles Didier, pauvre et creux et sans avenir, lire :

« Ainsi ne poussez pas l'amitié jusqu'à lui prédire
rien de grand comme il ne manquera pas de le sol-
liciter. Je me rappelle que la *Revue Suisse* a déjà
annoncé cette apparition. Didier n'a plus rien dans
le ventre. — Fait singulier de statistique qui en
dit plus sur le symptôme littéraire de *Lucrèce* que
toutes les considérations artistiques et esthétiques :
1° le lendemain de la représentation de *Lucrèce* à
l'Odéon, les recettes des *Burgraves* au Théâtre-
Français, qui montaient encore à 2 ou 3.000 francs
tombèrent brusquement à presque 900 francs;
2° contre-coup plus singulier mais non moins positif, la vente des volumes de Hugo, dans la biblio-

thèque Charpentier, qui ne montait pas à moins de
onze cents volumes par mois, est tombée net à moins
de 600, et l'autre libraire propriétaire des œuvres
a fait la même remarque sur son débit ; il y a eu
chez les deux libraires déchet de vente dans la
même proportion. Réduction presque de moitié.
Voilà des faits. Je crois pourtant que mettre ces
faits presque intérieurs ce serait outrepasser la
mesure. Votre délicatesse en décidera. »

CHRONIQUE XVII. — *Lettre du 6 juillet.* —
2e paragraphe omis par Olivier :

« J'ai vu Lèbre hier, toujours plus de Gryon (1)
que de Paris, malgré ses vingt-neuf ans accomplis ;
mais il paraît que cela va mal à Gryon, on s'est
révolté contre le trop bon pasteur. M'y voilà, c'est
à Gryon comme partout. Il n'y a de Gryon en ce
monde que pour deux ou trois saisons. Lèbre me
parlait du nouveau poème de Heine (voir les journaux allemands). Il vous faut vous jeter là-dessus
dans la disette de cette rive-ci du Rhin. C'est d'Eks-
tein (?), il paraît, qui, dans la *Gazette d'Augsbourg*, a un peu tancé Quinet à l'endroit des Jésuites... »

Après le paragraphe sur l'*Hermia* de Laprade,
lire :

« Le bruit était que Mme Sand avait donné rendez-vous à Ponsard à Constantinople pour... avec

---

(1) Village de montagne du pays de Vaud.

lui. Ce n'est qu'un bruit, j'espère, mais enfin, avant le départ d'ici, ils se sont vus. Je crois que ce voyage à Constantinople, dont les journaux ont parlé, n'est pas vrai... »

Au paragraphe où il est dit : « Il est difficile, à propos des grands hommes mal entourés, que je n'aie pas songé à Lamartine... », ajouter : « à Hugo lui-même qui a ses prétoriens et, aux jours de première représentation, ses gladiateurs enrégimentés comme les inventa Néron pour ses concerts, au dire de Suétone (voir le passage de Suétone, *Vie de Néron*, chap. XX), de beaux jeunes gens à longue et luisante chevelure, qui applaudissaient par pelotons et sur toutes les gammes. »

« Ce 20 juin 1843.

« Pour Mme Olivier.

« Bonjour, chère Madame, que vous êtes bonne de me donner des détails si précis et où votre bonne affection perce à chaque mot! Je les médite ; je serais si heureux d'en user ! Le mieux serait d'être là en amateur et de travailler ; puis on verrait venir. Ma santé est plus périlleuse que jamais, les yeux, la poitrine, une vrai décadence organisée, une patraque où toutes les aiguilles clochent. Vous, chère Madame, vous, organisation si riche et si puissante, amie du soleil et des montagnes, soignez-vous pour cet été, retrempez vos nerfs, reprenez cet œil d'aigle (que vous n'avez pas perdu sans

doute) et que corrige ce sourire doux. Mme Valmore
m'en parlait l'autre jour. Elle a eu un petit bonheur, cette subvention accordée à l'Odéon qui les
fera vivre l'hiver prochain encore. Quel malheur
pour Mme de Tascher ! Elle s'est avisée de marier
sa fille au général espagnol Narvaès. La jeune fille
a dit qu'elle l'aimait, mais le rude militaire a au bout
de deux jours de mariage rendu toute malade la
pauvre enfant blonde et délicate ; et depuis lors la
pauvre petite a la fièvre lente, et la mère l'a reprise,
et le général s'est fâché et la fièvre dure. Je sais tout
cela en l'air, n'ayant pu pénétrer jusqu'à la pauvre
mère qui a la tête perdue. Que l'amitié pourtant
est chose triste ! Moi, ami comme j'étais, je suis
exclu ; la passion pour sa fille tient tout. N'y a-t-il
donc de vrai que les passions ? Mais quelles questions je pose à vous qui savez et prouvez si bien
l'amitié ! »

CHRONIQUE XVIII. — *Lettre du 6 juillet.* — Dernier paragraphe non publié :

« Le général Narvaès, qui fait parler de lui en
ce moment, est le mari de cette pauvre Mlle de Tascher, mari presque démarié, mari trop mari, qui
n'a fait autre chose que la blesser, la pauvre enfant, et la quitter. Une triste histoire, la fable de
la société d'ici. »

CHRONIQUE XIX. — *Lettre du 28 juillet.* — En
tête de cette lettre Sainte-Beuve avait écrit :

« Chers amis,

« Je suis bien en retard à cause de mon article que j'achève à peine, je veux tâcher de réparer.

« D'abord Lèbre mérite d'être grondé : il est parti sans me laisser le moyen de lui faire arriver aucune commission. De plus il a fait l'article sur Mickiewicz trop mystique ; lui qui s'est fait tant d'honneur par son article sur la *Philosophie allemande*, qu'il n'aille pas gâter cela ; qu'il se mette à notre portée, à nous qui ne croyons pas aux prophètes. Que ce séjour à Paris lui ait au moins appris à nous servir à notre gré pendant quelques heures. Il redeviendra lui, après : il faut savoir dissimuler. Dites-lui cela sérieusement, cher Olivier ; il peut être un de nos écrivains les plus utiles et les plus goûtés ici. Dites-lui donc, cher Olivier, ce mot d'un lecteur un peu libertin d'Apulée : nous restons tous plus ou moins des *ânes* jusqu'à ce que nous ayons mangé des *roses*. »

Suit la chronique.

CHRONIQUE XXI. — *Lettre du 31 juillet.* — Cette lettre commençait ainsi : « Je vais continuer quelque *post-scriptum* à ma dernière dépêche. Après le mot sur Eugène Sue qu'il est « assez bon garçon », vous pourriez ajouter entre parenthèses (*Good fellow*) — pour définir et faire passer. — Vous trouverez sur lui dans le feuilleton de Janin (*Débats* de ce matin) quelque petite phrase. »

Elle se terminait ainsi :

« Voir dans les petits faits (tout à la fin des
Débats de ce matin 2 août, et dans celui de lundi
31 juillet), l'immense débit de la nouvelle édition
des *Mystères de Paris :* je crois qu'on ne ment
pas. Le livre des *Jésuites* de Michelet et Quinet
en est à sa seconde édition. Le *Jésuite* donne
encore. »

CHRONIQUE XXIII. — *Lettre du 5 août.* — En
voici le début dans le manuscrit :

« Chère Madame, je reçois votre bonne lettre.
On a reçu la lettre de Lèbre, on m'a demandé les
articles d'Olivier. Je n'ai pu donner que celui sur
Rome chrétienne, mais j'y ai joint explication et
conversation. On va répondre à Lèbre ; et oui,
j'espère bien. — Ce que j'ai dit de Lèbre, c'est
parce qu'il importait qu'ayant ici conquis un
crédit par un excellent article, il ne le perdît pas
de gaieté de cœur, tandis qu'il n'y a qu'à continuer
pour y aider lui et ses amis.

« Il y a ici une autre tragédie de *Jeanne d'Arc,*
par un Suisse de Bâle. Cet imbécile de M. Porchat
peut être tranquille, il sera rejeté à la Comédie-
Française (1). On a déjà refusé les Jeanne d'Arc
en masse, sans compter celles qu'on a reçues et
qui sont tombées.

« Il serait bien important que l'article de Lèbre sur

---

(1) Il le fut, en effet, et M. Porchat, qui n'était pas un imbécile,
n'en fut pas autrement surpris. Il se consola de son échec en faisant
imprimer sa *Jeanne d'Arc,* drame en cinq actes et en cinq journées.

Mickiewicz là-bas ne fût pas signé, s'il paraît avant
l'article d'ici ; si Buloz le savait, il ne pardonnerait
pas l'infidélité et la défloraison de son travail.

« Combinez cela, je vous prie.

« Comme nouvelles, vous pouvez ajouter que si
les Mystères de Paris se vendent énormément, le
volume des *Jésuites* de Michelet et de Quinet se
vend encore plus. On est, je crois, à la quatrième
édition déjà aujourd'hui 5 août ; tout cela ne fait
guère honneur au goût du public, mais il faut constater ce qui est. »

Cette lettre était suivie de ce *post-scriptum :*
« Ah ça ! que Vinet prenne donc un peu des dents ;
qu'il lise dans la *Revue* ce que Labitte a écrit de
Guiraud et qu'il rougisse d'avoir loué de tels vers ! »

CHRONIQUE XXV. — *Lettre du 14 août.* — La
chronique était précédée du petit billet que voici :
« Cher Olivier, je vous supplie de ne jamais rien
mettre sur Mᵐᵉ de Castellane, sur MM. Molé et
Pasquier, même tiré de la *Gazette d'Augsbourg*, et
de ne pas les nommer ainsi dans la chronique.
Porchat est ici. L'issue probable est que, repoussé
des *Français*, il abordera l'*Odéon*, lequel lui fera
donner de l'argent, en lui promettant de le recevoir
et de le jouer ; d'une manière ou d'une autre, il sera
joué, même en ne l'étant pas (1).

« Je pars pour passer à la campagne huit ou

(1) Porchat, repoussé des *Français*, n'alla pas à l'*Odéon* — ce qui
prouve encore un coup qu'il n'était pas si bête... qu'il en avait l'air.

quinze jours, et je vous écris d'avance un à point,
tel quel. Après le paragraphe qui se termine par :
« Il n'y a pas ombre de ressemblance entre cela et
le pardon chrétien, » Sainte Beuve avait écrit :

« Dans la *Revue* du 15, charmante réponse de
Musset aux vers que Nodier lui avait adressés dans
la *Revue* du 1er juillet. C'est frais, jeune et de sa
meilleure veine. On m'arrête pour dire qu'ils ne
sont pas si bons que je le prétends. Peut-être ce
compliment gracieux pour moi m'a rendu trop favorable. En effet, ils sont plus ébauchés qu'achevés,
le commencement est déplaisant, mais la fin, quoi
qu'on puisse dire, est fort gracieuse. Le rythme m'en
semble médiocrement heureux, plat et tombant.
Nodier l'avait choisi sans doute comme facile et
rendant assez une faiblesse gracieuse. »

Ce 27e dimanche. — Je reviens à Paris, après
avoir été passer dix jours à la campagne (1) dans un
beau château, à causer avec des dames et sans avoir
lu avec suite les journaux, ni même un seul. Je suis
donc rouillé, et la chronique de la *Revue Suisse*
est très en danger ce mois-ci.

« De Mars m'a semblé avoir cru faire une réponse
bien plus catégorique ; et Buloz, à qui j'avais parlé
de l'article *Tell*, a paru compter que vous le feriez,
cher Olivier. Ainsi, vous voyez, je ne vous conseille
pas, mais si vous avez eu envie de le faire, il n'y a

---

(1) Au château du Marais, qu'habitait Mme de la Briche et où il
voyait Mme d'Arbouville.

aucune raison pour reculer, car dans aucun cas ils n'auraient pu être plus catégoriques que cela, étant de l'acabit que vous savez.

« La chronique est à merveille, même sans *busc*, mais à quoi avez-vous pensé de mettre ainsi ce portrait en tête (il est de Mme d'Agout, à coup sûr). C'est comme si vous m'aviez fait signer en grosses lettres pour les gens d'ici. J'en suis à désirer qu'aucun n'y jette les yeux, et, ne vous en déplaise, je l'espère encore. Je ne pourrais continuer, si l'incognito perçait ici. »

La fin de la lettre a formé la CHRONIQUE XXVI.

« CHRONIQUE XXVII.— *Lettre du 2 septembre.*— Après les mots « c'est pitoyable », du paragraphe relatif à la réponse de Quinet à l'archevêque dans la *Revue des Deux Mondes*, Sainte-Beuve avait ajouté :

« Je trouve la thèse de M. Vinet trop absolue, mais pour celle de Quinet, elle n'a pas de nom. Quoi qu'en dise Lèbre (trop indulgent aux motifs puisqu'il en juge par les siens), il n'y a eu dans cette affaire de Michelet et Quinet que besoins de bruit et finalement affaire d'argent, puisque le livre se débite si bien. Croyez cela et vous vous tromperez de peu. Mais ce n'est pas une raison pour le dire. C'en est une, du moins, pour ne pas dire le contraire...

« Du dimanche. — Je reçois votre bonne lettre, chère Madame, je supplie Olivier de prendre garde à Michelet. C'est un charlatan. Il désarme les gens en allant à eux et en les engageant par *ses* louanges ou par les *leurs*. Il n'en a jamais fait d'autres ici. Mais il ne m'a jamais désarmé. Ainsi, cher Olivier, soyons poli et allons comme devant. Michelet a déjà accaparé ici *tous* les journaux; qu'il n'accapare pas la *Revue Suisse*. C'est un plat personnage au fond, comme je l'ai remarqué de tous ceux qui sont *enflés. Omnia serviliter pro laude.*

« Mme Quinet a déjà *flairé* ma mère sur la *Revue Suisse*... : si je la recevais,... si je pouvais la prêter. — Ma mère a dit qu'elle ignorait. — Ainsi, gardez le silence ; et faites que Mickiewicz ignore que je sers la chronique, et que Lèbre, par distraction, ne le dise pas. Michelet assurément le savait par Vulliemin. Ce m'est égal qu'on le croie, mais non pas qu'on le sache.

— « Chère, chère Madame, je ne suis plus homme à faire trois lieues à l'heure. Ma poitrine ne me le permet plus, pas même une lieue à l'heure, plus de montagne, plus de liberté! Je suis au lait d'ânesse. Ma santé se détériore de plus en plus; du moins ma santé de jeunesse. Je ne suis plus bon qu'à écrivasser : le mieux est de n'en pas parler.

« Mes vacances expirent le 19 septembre courant ; c'est un peu moins qu'un écolier ; croyez que si j'avais réuni assez de forces physiques pour me faire libre par mon travail, je secouerais cette chaîne. Jugez de mon peu de force par ce que je subis. »

CHRONIQUE XXVIII. — *Lettre du 7 septembre.*

« Cher Olivier,

« Je vous dirai que je ne suis pas sans quelque souci pour cette Chronique ; ma position personnelle est très bonne quand je ne vais pas dans le monde et que je boude. Alors j'ose. Quand j'y retourne, quand je suis repris, alors je deviens plus timide. Je suis dans un de ces accès : il s'y mêle du scrupule. Je vous dis cela sans but, et parce que cela m'inquiète quelquefois depuis quelque temps. Mêlez-vous le plus que vous pourrez d'Allemagne. — Il me semble que vous n'avez rien d'Angleterre. »

Suit la lettre-chronique presque tout entière sur Rome, d'après ses souvenirs de 1839. « Accommodez tout cela comme vous le pourrez, dit Sainte-Beuve, en terminant, et, si vous le pouvez, accrochez-le à la pourpre de ce vieux bonhomme vénérable de cardinal Pacca, qui a l'air de venir nous parler comme une mère-grand. »

CHRONIQUE XXX. — *Lettre du 27 septembre.*

« Cher Olivier,

« Essentiel à corriger, s'il vous plaît, dans ce que je vous ai écrit :

« 1° A propos de Patin, quand je dis que son livre

serait plus agréable s'il était écrit avec plus de con-
cision, c'est-à-dire avec plus *de points et de virgules*
il faut : *avec plus de points et moins de virgules.*
(Car il n'en met que trop, de virgules.)

« 2° Si vous attribuez à un compatriote les obser-
vations sur la querelle cléri co-universitaire, ne pas
mettre : « c'est comme *chez vous* la question de
la séparation de l'Église ou de l'État, » — mais
se garer de ces inadvertances qui m'échappent.

« 3° A propos de Saint-Chéron, c'est trop bien
peut-être de dire des *fidèles* de Guizot, dire des
obséquieux et des *affidés de Guizot.*»

« 19 novembre 1843.

« Cher ami,

« Merci, je reçois la *Revue.* Tout est bien, hors
l'article *Lucrèce. Ève* (1), ce n'est pas cela. Lèbre
vous a induit en erreur comme aurait fait M. Vinet.
La pièce est purement odieuse, un drame à orgie
et à régence. *Il n'est pas un de nos spectateurs gens
du monde qui n'ait purement et simplement été
repoussé.* Voilà l'impression vraie, incontestable.
Le reste est affaire de journaux et de camarade-
rie. Lèbre a les yeux trop grands ouverts et trop
remplis du soleil des montagnes pour voir juste à
nos quinquets. Il a fait du mysticisme là-dessus
comme d'autres ont fait de la philanthropie sur
Eugène Sue. Ne donnons pas dans l'écueil au

(1) Drame en cinq actes, de Léon Gozlan.

moment où nous nous en moquions. En amalgamant les deux impressions, il en résulte un jugement faux et contradictoire. Mille pardons, mais j'aime le vrai et toute cette page alambiquée m'a fait mal aux nerfs. Au diable les mystiques (1)! Vous voyez à quel point, cher ami, je suis critique, et comme je prends les choses de la *Revue* à cœur.

« Nous avons ici tous les défauts et toutes les absences, mais nous avons du moins la proportion et la mesure : c'est là notre seul mérite. Gardons-le.

« L'autre jour, Lèbre me disait qu'il avait lu de Mme de Krudener des choses admirables et *puissantes !*

« L'autre jour *le Semeur* appelait Benjamin Constant une *grande âme*.

« Quand j'entends de ces choses-là, je m'enfuirais en pestant comme Alceste ou le vicomte indigné...

« A vous, chers amis, adieu et pardon. »

« 22 novembre 1843.

« Lèbre est de retour de Bruxelles et va vous revenir enthousiaste, plus illuminé, plus baigné de rayons dans les grands yeux ouverts, moins parisienné que jamais. Il lui aurait fallu une Rigolette, mais il ne croit qu'aux belles âmes. Il me disait l'autre jour que Mme Clara offrait un développement bien *mystérieux*, qu'elle devenait plus *belle âme* que jamais. — Et hier de Mme Sand : « *Oh !*

(1) Il n'y a pas si longtemps que lui ne l'était plus ! ..

que les lettres à M... (1) *sont belles!* Mme *Sand
est une belle âme!* — Oh ! pour le coup c'est trop
fort. — Oui, une belle âme, lui ai-je dit, et une
grosse croupe, comme on a dit de Mme d'Agoult,
maigre et idéale, que c'était *une âme et des cheveux.*
Vous ne mettrez pas ceci dans la Chronique, mon
cher Olivier, mais tâchez que Lèbre ne soit plus si
croyant; il croit au prophète de Mickiewicz : il
croit que nous serons tous néo-chrétiens unanimes
dans cinquante ans. Je le fais enrager, mais ne
réussis à rien.

« Je médite pour la *Revue des Deux Mondes* du
1er un article dont vous pourrez peut-être tirer
quelque chose sur notre situation? Ce sera du réchauffé de la *Revue Suisse*, mais plus développé.

« Je clos ici et vous envoie ces maigres dépêches,
cher Olivier, nous entrons dans la belle morte
saison.

« Je suis à vous et aux vôtres. »

CHRONIQUE XXXVII.—*Lettre du 6 décembre.*—...
« *Ne pas souffler un mot* de l'Académie où il y a
une place vacante. Je suis dans une position ambi-
guë, difficile, je ne me présente pas, mais on me
pousse de tous côtés et il peut mourir chaque matin
un nouveau *40.* Si je fais ce que je veux et ce qui
est sage, je ne serai jamais de l'Académie et resterai critique, critique hardi, modéré et indépen-

(1) **Musset.**

dant (1). — Ne rien dire de Saint-Marc Girardin jusqu'à nouvel ordre : je suis avec eux tous dans des rapports de délicatesse qui m'interdisent la parole provisoirement. »

« Ce 12 décembre 1843.

« Cher Olivier,

« Je viens de causer avec Lèbre de la *Revue Suisse*, il vous dira la conversation, je veux tâcher de la compléter.

« Ce n'est jamais à Paris qu'elle trouvera ni lecteur ni abonné. Il faut partir de là. Je vous assure que c'est ma conviction intime, quand même je n'y serais pas intéressé. Un seul lecteur ici, de ces lecteurs que vous et moi nous savons, me paralyse et arrête ma plume, mais il ne s'agit pas de cela. Vous le voudriez, que vous ne trouveriez pas deux lecteurs, à plus forte raison d'abonnés. Ce qui vous paraît bien paraîtrait ici ou fade ou indiscret ou suranné. On dit tout cela à Paris et plus encore mais on ne l'écrit pas. Là commence l'originalité de la *Revue Suisse*. Qu'elle s'y fortifie. Son public, celui auquel elle doit viser de plus en plus, c'est le dehors, c'est la Suisse et l'Allemagne; Suisse allemande et française et ce qui s'ensuit. Conquérons ce champ s'il se peut.

« L'étranger, c'est, on l'a dit, à beaucoup d'égards,

(1) Il faut croire qu'il ne fit pas ce qu'il voulait, puisque, l'année suivante, il se présenta et fut élu à l'Académie française.

une puissance et la dernière de toutes ; oui, mais à d'autres égards c'est un commencement de postérité : écrivons pour ce dernier aspect.

Si la *Revue des Deux Mondes* manquait (ce qui est toujours possible d'un moment à l'autre, tout tenant à Buloz), il n'y aurait pas ici un seul journal où il se pourrait faire le moindre petit bout de critique vraie, même purement littéraire. Fondons une place de sûreté là-bas. C'est aujourd'hui une féodalité d'un nouveau genre : ayant chacun notre château. Lamartine son journal de Mâcon, Mme Sand, son journal du Berry, nous notre *Revue Suisse* : qu'elle devienne une chose respectable. Qu'elle soit *littérairement* ce qu'est la *Bibliothèque Universelle* de Genève *scientifiquement*, laquelle n'est aucunement lue ici, sachez-le bien.

« Voilà un an que dure le prospectus (car ce n'est que cela), il est bon ; pouvons-nous tenir et pousser plus loin ? Je n'ose rien assurer : je suis moi-même bien fragile, bien partagé, mais si l'on était unanime, il y aurait de quoi oser.

« L'essentiel aussi serait de trouver un libraire, un *Cotta*, une cheville ouvrière, *la vie animale* des anciens philosophes. Il faudrait un libraire sûr, sage, intelligent, complice, ayant des fonds (1) et des relations : M. Ducloux n'offre, par malheur,

---

(1) Il n'y aurait de fonds nécessaires que pour les frais d'impression et les appointemens du Rédacteur en chef, le reste serait de surcroît et selon le succès. (Note de S.-B., mise en marge.)

pas ce qu'il faudrait. Ne pourrait-on (en faisant la
Revue à Lausanne) trouver le libraire ailleurs, à
Francfort, à Leipsick, que sais-je? Cela la ferait
aller au cœur de l'Allemagne et on écrirait en conséquence.

« Encore un coup, c'est là la pente, c'est là le courant possible et aussi nécessaire que celui de l'article sur le Danube ; vouloir faire d'ici un centre,
c'est une chimère. Laissons Paris et visons à
Appenzel. La gloire au bout du compte s'y retrou-
verait.

« Je cause et bavarde, en condensant le plus possible. Je voudrais être plus libre que je ne suis. Si
je l'étais un jour et si cette *Revue* allait et durait,
on pourrait y réaliser quelque rêve. Mais moi-même,
je me sens si faible, si peu sûr de l'avenir, que je
ne vous envoie ces *saccades* que pour ne pas vous
supprimer mes pensées sur un sujet si cher.

« Lèbre doit vous écrire là-dessus plus au long et
avec moins d'*ellipses*. Mon post-scriptum arrivera
peut-être avant sa lettre, tous deux se compléteront.

« Je vous embrasse, chère Madame, chers amis et
tous les vôtres. »

« *P. S. Pour vous seuls*. — Cette échauffourée de
Londres a été misérable. Chateaubriand en est
revenu tout métamorphosé et retourné en *ultra*, lui
qui y allait en grognant. Savez-vous le dessous des
cartes? il a été cajolé, oui; mais il a reçu de plus

une *grosse somme*, de même que Berryer a reçu *deux cent mille francs* pour payer ses dettes. O misère! Sachons et ensevelissons. »

« Le 19 décembre 1843.

« Cher Olivier,

« Ce n'est pas trop mal du tout et je ne bondis pas. Mais quels jolis vers : *Petits coquins d'enfans* (1)... Cela me montre que la poésie n'est pas

---

(1)   COQUINS D'ENFANS

(Air: *Mon vieil habit.*)

Coquins d'enfans qui nous faites la guerre
    Depuis le matin jusqu'au soir,
Si l'on vous aime, on ne vous aime guère,
    Mais vous allez, vous allez voir!
      Ça, qu'on m'écoute! je sermonne
      Et je tiens mes deux poings fermés.
Mais bon! jamais écoutent-ils personne ?
Coquins d'enfans... chers petits bien-aimés

C'est un tapage à ne pouvoir plus dire
    Qui de vous sait le mieux crier
L'un pour tambour a pris la poêle à frire,
    Et l'autre souffle au cendrier.
      Heureux encor si, du grimoire
      Amateurs déjà consommés,
Vos doigts n'ont pas sondé mon écritoire,
Coquins d'enfans... chers petits bien-aimés!

Quand vous chantez, autant vaudrait, je pense,
    Entendre une forêt d'oiseaux.
Plus bas, plus bas, plus bas encor... Silence!
    Alouettes et passereaux!
      Allons! et que nul ne raisonne,
      Ou je... si vous n'êtes calmés,
J'em... brasse l'un, l'autre, je te... chiffonne
Coquins d'enfans... chers petits bien-aimés!

morte devers Martheray et Rovéréa, quoi qu'on en dise. L'article sur la démocratie en Suisse était très bon. J'ai cru y reconnaître l'esprit élevé et judicieux de M. Ruchet.

« Il y a eu des fautes d'impression : ainsi à la première page, je n'ai pas dit: *notez* 400 en tout, mais *mettez* 400 (mettre un errata). — Au reste nous réparerons cela en commençant la prochaine *chronique* : il y a assez de nouvelles avec cette mort de Delavigne et le reste.

« Je joins ici un petit testament qu'il était essentiel pour ma sécurité que je fisse : vous y êtes chargé, cher Olivier, de mes volontés dernières et cela vous forcerait à un voyage à Paris, mais tout cela est en chimère, quoique possible pour nous tous dès demain. Je vous recommande bien le papier important sur lequel je fonde ma sécurité désormais.

« Je vous ai écrit bien des rêveries sur cette *Revue :* je n'avais pas songé aux Suisses d'ici, pour abonnés possibles. Cela n'aurait pas très grave inconvénient, et ne serait d'ailleurs praticable à mon sens que de ce côté.

« Croyez, chère Madame, à mon souvenir bien

> N'êtes-vous pas, dans l'ombre au loin morose
> Où se dérobe le chemin,
> Ces Enchanteurs à la baguette rose
> Nous transformant d'un tour de main ?
> Que ferez-vous de notre vie,
> Dans le cercle où vous l'enfermez,
> Gais nécromans qui nous l'avez ravie,
> Coquins d'enfans... chers petits bien-aimés ?

fidèle en ces jours de grand bonheur, et de Noël
toujours saint, ne fût-ce que par la joie de l'enfance. Ma pensée vole vers vous. Soyez heureux
avec la part inévitable de tristesse ; soyez heureux
comme vous le méritez, puisque de penser à vous
donne du bonheur, un éclair de bonheur aux plus
assombris.

« Ceci est sans préjudice du matin de l'an et du
bonjour solennel. »

« Paris, aujourd'hui 19 décembre 1843.

« Ceci est ma dernière volonté.

« Je donne et lègue à ma bonne mère, si je
meurs avant elle, tout ce que je possède soit en
petites rentes, soit en effets, tels qu'habits, linges.
Si j'ai le malheur de mourir après elle, je donne et
lègue tout ce que je possède et que je viens de désigner à mon ami M. Juste Olivier-Ruchet de Lausanne. — Dans tous les cas, que je meure avant
ou après ma bonne mère, je lègue à mon ami le
professeur Olivier-Ruchet ma bibliothèque au complet, et je le nomme mon exécuteur testamentaire.

« Il voudrait bien, sur la nouvelle de ma mort,
se transporter chez moi à Paris et y exécuter ce
que je lui recommande religieusement. Il trouverait
une petite cassette de bois jaune ; en l'ouvrant, il
y trouverait des paquets de lettres cachetées et
autres pièces qu'il pourrait ou détruire ou garder
soigneusement en s'assurant que le *secret absolu* de

ces papiers soit gardé. Je m'en remets là-dessus à lui.

. « Il trouverait de plus dans une armoire (ou ailleurs si je le déplace dans la suite) un ensemble de petits volumes imprimés ayant pour titre : *Livre d'amour*. Il s'assurerait de bien recueillir la totalité de ces volumes qui se montent en tout à 204 (plus un petit paquet contenant les *bons à tirer* de ce volume retirés de l'imprimerie). Ce chiffre de 204 est essentiel, afin que pas un exemplaire ne soit distrait. Parmi les 204, un exemplaire est à demi broché en *jaune*, tandis que les autres, au nombre de 202, sont brochés en *vert* : il y a de plus, pour faire ce chiffre de 204, un exemplaire en bonnes feuilles non broché.

« 202 brochés en vert,

« 1 exempl. mal broché en jaune,

« 1 non broché de bonnes feuilles,

« plus 1 paquet des *bons à tirer*.

Mon ami Olivier s'emparerait de ces volumes et les conserverait jusqu'à la mort des *deux personnes* qui, ainsi que moi, n'en doivent pas voir la publication. Après quoi, il serait libre d'en user à sa volonté : mon intention expresse est que ce livre ne périsse pas. S'il devait retarder lui-même cette publication il la recommanderait, après lui, à quelque autre de fidèle et de sûr.

— « Je voudrais que, parmi les livres de ma bibliothèque, deux ou trois volumes que je me réserve de désigner (tels par exemple qu'une *Imitation de J.-C.* dorée sur tranche, une *Valérie* de Mme de Krudener demi-reliée en deux volumes, une *Ourika* (1), un volume intitulé *Poésie de ma grand'tante*) (2) fussent offerts comme souvenir du plus respectueux et du plus profond attachement à Mme *d'Arbouville* (Paris, place Vendôme, n° 10). Elle sera bien bonne de les accepter comme souvenir du plus dévoué et du plus humble de ses admirateurs et serviteurs.

— « Des indications écrites de ma main apprendront à mon ami Olivier ce que je désire qui soit fait de divers papiers qu'il trouvera.

« J'offre à lui et à sa chère femme, Mme Caroline Olivier-Ruchet, mes remerciemens pour leur tendre amitié et leur lègue ma mémoire.

« Paris, ce 19 décembre 1843.

« CH.-AUG. SAINTE-BEUVE,

« *à l'Institut* (3). »

(1) Roman de Mme de Duras.

(2) Poésies de Mme d'Arbouville.

(3) Ce testament est d'autant plus précieux, que, dans ses clauses principales, il se rapporte aux deux femmes que Sainte-Beuve a le plus aimées en ce monde, et qu'il consolide plutôt qu'il n'ébranle l'échafaudage légendaire élevé par la chronique scandaleuse autour du *Livre d'amour*. Alphonse Karr, dans le numéro des *Guêpes* du 1er avril 1843, où il dénonça ce mauvais livre, disait qu'il avait été tiré à 100 exemplaires. Nous avons ici le chiffre exact du tirage, et le nombre seul des exemplaires qui furent retirés de l'imprimerie après l'article d'Alphonse Karr laisserait supposer que Sainte-Beuve n'avait pas l'intention de mettre l'ouvrage sous le boisseau jusqu'à la mort *des deux personnes* qui, ainsi que lui, n'en devaient pas voir

Sainte-Beuve ne se borna pas à ces testaments.
Il en fit un autre vers 1855, sans compter celui,

la publication. Aussi bien, n'eut-il pas la patience d'attendre la mort
des deux principaux intéressés, pour en livrer d'importants fragments
au public. Quand il fit imprimer ses poésies complètes, il publia
toute une suite de pièces du *Livre d'amour* dans la seconde partie
de *Joseph Delorme* ; je crois même qu'il poussa l'indiscrétion jusqu'à
distribuer à ses amis un certain nombre d'exemplaires de l'édition
secrète, car après sa mort M. Jules Troubat n'en trouva qu'une
centaine au plus, qu'il anéantit, me dit-il un jour, et nous avons vu
qu'il brûlait d'offrir ce petit volume à ses amis de la Suisse (1).

Ce testament, d'ailleurs, n'est pas le seul où Sainte-Beuve se soit
occupé du *Livre d'amour*. Le 4 août 1844, il écrivait à Juste Olivier.

      « Cher Olivier,

    « Quoique je n'aie pas envie de mourir, un petit mot d'affaire
encore pour ma tranquillité.

    « J'ai écrit un testament (sur papier timbré) qui est dans un des
tiroirs de mon secrétaire et qui, en vous nommant exécuteur testamentaire, se réfère à ce que je vous ai recommandé.

    « De plus le petit volume de vers secrets (imprimé à 205 exemplaires)
se trouve en presque totalité dans *une petite chambre non meublée
au-dessus de ma chambre à coucher,* dans un placard ou armoire
près de la cheminée à droite ; il faudra un certain art pour le découvrir ; mais vous voilà averti.

« SAINTE-BEUVE. »

Suivaient les lignes suivantes:
    « Ceci est mon testament olographe.

    « J'annule par le présent écrit tous ceux que j'ai pu faire d'une
date antérieure, relatifs à mes dernières volontés.

    « Je donne et lègue à ma chère mère, si elle me survit, tout ce
que je possède en rente et argent et autres propriétés.

    « Je donne à mon ami M. le professeur Juste Olivier-Ruchet, de
Lausanne, ma *bibliothèque* et je le nomme mon exécuteur testamentaire. Dans un papier daté du 19 décembre 1843 et qui est entre ses
mains, je lui marque quelques dispositions que je désire voir exécutées.

    « Je désire expressément qu'il ne soit fait à ma mort ni céré-
monie aucune, ni discours funéraire, ni rien de solennel, aucune
convocation même ; qu'on me porte à l'Eglise, puis au cimetière de
grand matin, et seulement accompagné des amis qui se trouveront

(1) Sur *le Livre d'amour* voir le t. II de mon *Sainte-Beuve.*

daté de ses dernières années, où il nomma M. Jules
Troubat son légataire universel. Ces divers testaments, à ne considérer que la partie qui touche à
ses obsèques, marque en quelque sorte les étapes
ou les phases successives de sa pensée, au point de
vue religieux. Nous venons de voir qu'en 1844 il
désirait expressément qu'on le portât à l'église ;
vers 1855, il disait à M. Jules Levallois : « Je veux
être enterré à huit heures du matin et qu'il n'y ait
point de discours sur ma tombe. Quelques amis
fidèles assisteront à la basse messe et ce sera tout. »
(Cf. *Sainte-Beuve*, par Jules Levallois, p. 184.)
Mais en 1861, quand M. Jules Troubat devint son
secrétaire, il avait changé d'opinion à ce sujet. Dès
qu'il eut confiance en lui, il lui montra un jour son

par hasard informés et qui voudront me donner ce dernier témoignage.

      « Fait à Paris, de ma main, ce samedi 20 avril 1844.
                        « *à l'Institut*
                  « C.-A. SAINTE-BEUVE. »

   « Si j'ai le malheur de survivre à mon excellente mère, je désirerais
que la propriété de mes *œuvres* appartînt (autant que j'ai le droit
d'en disposer) à mon ami Olivier-Ruchet, de Lausanne, et qu'il s'en
fît l'éditeur : je les lui lègue donc, au cas où ce genre de legs puisse
avoir lieu. Si la loi s'y oppose, je veux que mes *œuvres* entrent
immédiatement dans le *domaine public*.

          « Fait à Paris, ce 20 avril 1844 de ma main.
                        « SAINTE-BEUVE »

   « Si j'ai le malheur de survivre à mon excellente mère, je fais et
institue mon ami Juste Olivier-Ruchet, de Lausanne, mon *légataire
universel*, je lui lègue tout ce qui m'appartient en maisons, rente
et autres propriétés, y compris mes œuvres littéraires.

          « Paris, ce 20 avril 1844 de ma main.
                  « SAINTE-BEUVE. »

                                            21

testament où il disait : « Veillez bien à mes funérailles ; je veux un enterrement civil. » (*La Vie de
Sainte-Beuve*, par Jules Troubat, p. LII.) Et il fut
fait suivant ses dernières volontés.

CHRONIQUE XLI. — *Lettre du 3 janvier 1844.*

« Chère Madame,

« Vous m'avez exprimé une lettre bonne, aimable,
chère au cœur, merci. J'ai été un moment au milieu
de vous. Hélas ! mon idéal est d'aller toujours à
Bonmont, dites-le à monsieur Urbain : qu'il me
garde toujours deux petites chambre. Patience !
cela se fera ! J'y composerai quelque grand roman,
si je ne puis ici me tirer des œuvres commencées
qui m'accablent (1).

« Je reprends ma tâche de 1844. »
Suit la chronique.
« CHRONIQUE XLII. — *Lettre du 5 janvier.* —
Cher ami, j'ajoute quelque *post-scriptum*. Dans
les Débats d'aujourd'hui, 5, vous pouvez prendre
idée de la brochure de l'abbé Combalot (2) : cet
abbé a l'imagination quelque peu folâtre, il a en
lui du *Maillard* et du *Ménot*, des prédicateurs
macaroniques du xve siècle. La métaphore grotes-
que et même le calembour ne lui coûtent pas. C'est
lui qui parlait en chaire de ces romanciers dont

---

(1) Sainte-Beuve pensait alors à écrire, sous le titre d'*Ambition*,
un roman qui fît dans son œuvre le pendant de *Volupté*.
(2) *Sur la liberté de l'enseignement.*

les feuilletons *suent* le vice : allusion aux feuilletons de *Sue.*

— « Laissons Lèbre combiner et user les projets.
C'est physique chez lui. Il sera ainsi tant qu'il n'aura
pas aimé bel et bon en ce bas monde ; il s'en ira
toujours en Bohème.

« Ces jeunes gens attendent toujours trop tard,
et ils ne savent plus comment commencer. Cher
Olivier pour vous seul, mais c'est là le point. »

Chronique xlv. — *Lettre du 1ᵉʳ février 1844.*
— En marge du second paragraphe relatif au voyage
à Londres de Berryer, Sainte-Beuve avait écrit :
« Mettre cela non comme correspondance, mais
comme tiré de quelque journal ou résumé de plusieurs journaux ou emprunté à quelques chroniques
allemandes, enfin ne pas dire *notre* correspondant.

— « *Pour vous seuls*, et afin que vous le sachiez,
ce n'est plus Rossi qui fait la chronique de la *Revue
des Deux Mondes*, il est évincé. Elle est faite
désormais sous une influence (Thiers, etc.) et par
le jeune M. Forcade. Sachez cela pour votre gouverne. La *Revue* tourne plus nettement contre
Guizot.

« Ce 5 février.

« Cher Olivier, chers amis,
« M. Guizot est si bien pour moi dans cette affaire
de candidature qu'il faut ajouter quelques mots

vrais à ce que j'ai dit hier. A l'endroit où j'ai dit *cette haine* fit explosion, mettez cette haine des *partis*, et aussi cette phrase :

« En résumé, M. Guizot avait montré au début de la discussion dans sa première réplique à M. Berryer la plus véritable, la plus énergique éloquence, la force, la sobriété, quelque chose de démosthénique et d'accompli.

« Dans la dernière et violente scène de vendredi, il a montré tout ce que peut la ténacité d'un homme insulté, traqué et un invincible courage.

« (C'est très vrai, et le jugement unanime même des ennemis.)

« Citer sur Nodier quelque chose des articles de la *Revue de Paris* d'hier 4, de Francis Wey sur les derniers momens.

« Au reste, je ne sais plus de qui parler, car je suis en ce moment l'homme qui, d'ici à jeudi, est le plus servi par les uns auprès des autres. Si je ne passe pas cette fois, je ne passerai jamais.

« A vous chers amis, chère Madame,

« Je vous embrasse. »

CHRONIQUE XLVI. — *Lettre du 7 février 1844.*

« Chère Madame.

« Je reçois votre lettre hier soir ; je verrai Buloz. Mais Lèbre ne part pas encore, et il est ici pour un mois encore. Je verrai et presserai. J'ai peu de choses à vous dire de moi, c'est demain le jour définitif; l'issue est des plus douteuses. Mes *fonds*, qui étaient très bons, semblent baisser depuis quelques jours. Le chancelier, mon grand appui, est malade et ne pourra aller voter ni influer par sa présence. J'ai contre moi Hugo, Thiers, très peu pour moi Lamartine; si j'arrive, ce sera laborieux; si je manque, ce sera, je le crains, définitif, il me faudra prendre quelque grand parti de travail et de plan de vie. Enfin vous saurez tout cela *demain* ou par les journaux de demain. Ne faites, en mentionnant le résultat dans la *Revue Suisse*, aucune réflexion.

« Pour Olivier, prendre garde à tout le récit sur M. Guizot; l'attribuer à quelque *compatriote* qui aura suivi de près ici toutes les séances dans la mémorable discussion ou quelque autre intrigue semblable, à moins qu'on ne le donne comme un résumé fait chez vous, d'après les journaux, en écartant alors dans le récit ce qui trahirait le français : *notre, nos*, etc. »

« Ce dimanche, 29 février 1844.

« Merci, chère Madame, de vos aimables et bonnes paroles. J'en ai grandement besoin. Ce n'est pas cette simple brigue académique qui me tient et m'inquiète : c'est ma situation tout entière, de plus en plus insoutenable et ruineuse moralement et physiquement. Oh! qui me donnera un coin de terre où je puisse vivre ou plutôt végéter au soleil

21.

en paix et me reconnaître peu à peu ! Mon esprit
lui-même est en train de baisser à travers tout
cela, ou du moins mon cerveau y *craquera* un de
ces matins. Tout ceci est le résultat d'une situation
fause prolongée, attaché que je suis au centre de
Paris, en butte à toutes les obsessions du monde ou
autres et envahi à la longue sans plus de défense.
Cette affaire académique serait trop longue et fasti-
dieuse à vous écrire dans tous ses détails. Qu'il
vous suffise de savoir qu'il ne m'eût fallu qu'une
voix de plus pour réussir et que Victor Hugo m'a
constamment et hautement refusé la sienne, en
annonçant qu'il votait moins *pour* Vigny que *contre* moi. On me dit que je réussirai dans trois
semaines; je n'en crois rien et ne fais plus un mouvement pour cela. Si je manque j'aurai à prendre
une détermination très nécessaire et assez prompte
de changement de vie, et de fuite de Paris s'il est
possible, pour me mettre un peu au travail. Si je
réussis, cette détermination, non moins nécessaire,
se trouvera ajournée.

    « Voilà, chers amis, mes ennuis. A qui les con-
fierai-je, sinon à vous ? — Je crois la résolution de
Buloz très subsistante et puis vous rassurer tout
à fait là-dessus. Vous le serez, au premier jour,
par la publication même, sinon au 1ᵉʳ, du moins
au 15 mars, j'espère. Adieu, chers amis, et chère
Madame, vous pouvez juger si ma pensée se reporte avec une douloureuse tristesse en arrière à

ces années, encore voisines pourtant, et où rien n'était désespéré encore.

« Cette lettre est écrite ; deux jours se sont passés, je suis moins triste, moins désespéré, et je ne sais si je dois vous l'envoyer. J'ai peur de vous affliger, je voudrais que vous n'y vissiez plus qu'une effusion, un élan vers vous, une marque de confiance. A ce titre, je ne veux pas la supprimer. Qu'elle aille donc et vous dise que dans le plus profond de mes ennuis, je me tourne et crie vers vous.

« Soignez-vous, cher Olivier. M. Monnard m'a écrit que M. Gaullieur (1) m'a adressé des mémoires *de* ou *sur* Benjamin Constant ; je vais voir ce que c'est. Fléchissez donc M. d'Hermenches, y puis-je quelque chose directement ? Adieu, à toujours.

« Pourriez-vous me dire s'il y aurait moyen d'acquérir là-bas le livre que voici : *Diverses pensées sur le bien public*, par Bonstetten. »

« Ce jeudi hiver 1843-1844.

« Nos lettres en effet se sont croisées ; peut-être celle-ci fera-t-elle de même ? J'aurais dû répondre tout aussitôt à votre si aimable inquiétude et la rassurer deux fois. Je suis ici trop occupé par malheur ; vie de métier, sans agrément, sans autre sensation que celle du harnais qui frotte et cuit, et qu'on finit par aimer en le maudissant. Je ne vois per-

(1) Littérateur de la Suisse romande qui communiqua à Sainte-Beuve les lettres de Benjamin Constant à Mme de Charrière.

sonne. Je suis en des torts si honteux avec tous mes meilleurs amis d'ici que je ne les compte plus, et cela va ressembler à une faillite universelle. En échange de vos jolis et mouvans tableaux, que vous offrir des nôtres ? de la boue électorale, de la crotte électorale, et de la boue encore. Lamartine, à travers cela, publie des poésies : mais ces poésies, données par échantillon d'avance dans *les Débats* et dans *la Presse*, viennent encore à point pour aider le mouvement électoral et lui donner un coup de main : on n'en sort pas. A travers cela, M¹¹ᵉ Rachel vogue toujours jeune, pure et applaudie, comme la conque d'Amphitrite sur le dos des Tritons. Elle seule tient tête aux élections, n'en est ni tuée, ni atteinte, et fait foule innocemment autour d'elle. Vrai miracle !

« Je vois que votre hiver est très amusant, en somme : il y a les jours de foule et d'assemblée où, bon gré mal gré, vous triomphez-sans trop d'ennui ; il y a les petits jours où vous vous amusez prodigieusement, où du moins vous jouissez plus intimement. Ah çà ! ce beau monsieur italien commence bien à m'ennuyer avec ses perfections, je suis un ami très jaloux, ne savez-vous pas ? et il me sera, avant de l'avoir vu, aussi insoutenable, à force de louanges, que cet excellent M. Chatelanat. Décidément, je ne ferai jamais la connaissance de ce beau monsieur italien et je vous en crois sur parole, car si je le connaissais, à la première occasion et sur le premier vers de Boileau ou d'Alfieri qu'on citerait, je ferais une de ces sorties que vous savez et qui laissent tout le monde étonné, moi-même tout le premier. Vous voilà, Madame, bien avertie.

« Mais en femme que vous êtes malgré tout, vous saurez gré à ce beau monsieur italien de cette humeur qu'il nous donne ici. Et nous, si nous n'étions pas un sot, nous n'aurions dit mot de lui et vous en auriez été pour vos louanges.

« Je suis beaucoup plus charmé de vous savoir si bien avec Mme Vinet; je me suis bien reproché de n'avoir pas donné un signe direct de vie à ce cœur d'or, sensible et tendre, de M. Vinet : je me suis tout dit; mais il vient une heure où l'enchantement de tout a si fort cessé qu'on se dit un *à quoi bon* perpétuel. Mon âme ressemble à une de ces nuits désertes et sereines où il gèle de plus en plus depuis le premier froid du soir jusqu'à l'amer frisson de l'aurore. Je me suis resserré de plus en plus et me regarde au dedans immobile et glacé dans une transparence. Hélas!

« Et cela est nécessaire ici : on souffre tant à être sensible, à chaque sortie, on rapporte une blessure : le mot qu'on a entendu, le journal sur lequel on est tombé, le visage que l'angle de la rue vous garde à l'improviste, — tout enfin. Et comme il faut être homme pourtant, force est de s'endurcir, d'accepter la ride et de ne la plus quitter. A quarante ans, les uns se font aigres, les autres fades : d'autres tournent au porc, moi je me fais loup. Je dis non, je rôde, et je me maintiens inattaquable dans les grands bois enneigés.

« Mais tout ceci ne regarde jamais de votre côté, Madame et chère amie; chez vous je me fais berger, c'est l'aspect de mon idylle. Gardez-la moi toujours de l'âge d'or, et n'y mêlez l'argent que bien tard, — et jamais rien au delà, les deux seuls beaux âges.

« Adieu, embrassez pour moi Olivier, s'il vous plaît, mes amitiés à Lèbre, à M. Ruchet; respects à Mlle Sylvie, baisers aux Billou-Billon et à vous, Madame et chère amie, toutes les habitudes du cœur. »

CHRONIQUE XLVIII. — *Lettre du 4 mars 1844.*

« *Post-scriptum :* J'ai ou vais avoir toutes les lettres de Benjamin Constant à Mme de Charrière, de M. Gaullieur; si je pouvais avoir, ne fût-ce qu'une couple de lettres, ou une seule de Mme de Charrière à Benjamin pour donner le ton, que ce serait intéressant! Voyez. »

CHRONIQUE XLIX. — *Lettre du 5 mars.* — « Il faut décidément modifier la phrase piquante sur M. Thiers : j'aurais trop peur de me venger. On pourrait dire ou à peu près : M. Thiers voudrait bien être ce Chatham futur, ce restaurateur du sentiment et de l'honneur national. C'est déjà louable d'en avoir l'instinct (1). Mais de nos jours, quel

---

(1) Si Sainte-Beuve avait vécu quelques mois de plus, il se fût applaudi d'avoir écrit cette phrase rectificative.

homme politique est de taille pour cela ? » (Et en marge : « Voir si cela cadre bien, cher Olivier. »)

Chronique l. — *Lettre du 9 mars.* — *Post-scriptum.* J'ai reçu la lettre de M. Gaullieur, remerciez-le. Si je pouvais avoir le sens des réponses de Mme de Charrière à Benjamin, pour renseignement à part moi, même sans rien citer et sans en faire usage, une analyse, une idée, voire même deux ou trois phrases comme la dernière, je vous assure que je ferai le tout sans vous compromettre.

« Lisez, cher Olivier. »

« Ce 24 mars 1844.

« Chère Madame,

« J'ai écrit une lettre bien maussade à Olivier, mais il me l'aura pardonné. Je suis tout occupé d'arranger ces lettres de Benjamin Constant. Je cherche depuis plusieurs heures dans la 4ᵉ édition de la *Chrestomathie* de M. Vinet la jolie lettre de Benjamin âgé de douze ans ; je ne puis la trouver et j'en conclus que l'excellent M. Vinet la jugeant trop agréable l'aura retranchée (1). Comment faire pour l'avoir ? S'il ne s'agissait que de payer un exemplaire où elle est, d'en déchirer le feuillet et de me l'envoyer, à la bonne heure ! Mais comment faire parvenir l'argent ? Veuillez être assez bonne pour demander à M. Vinet où il a fourré cette charmante lettre dans sa 4ᵉ édition que j'avais achetée en partie

(1) Il la retrancha, en effet, quand il fut établi qu'elle était l'œuvre d'un mystificateur.

pour cela? — Si elle est absente, pourriez-vous m'en faire avoir une copie bien exacte, car c'est urgent. — Mon Dieu! que de tracas! Je vous écrirai au premier jour notre chronique, je succombe ici sous les devoirs.

« *O ubi Tempe!* (demandez à Olivier). O quand le calme et l   isible! Dans l'autre vie! ou dans je ne sais c   mne qui recule, passé auprès de vous!

« A v   e Madame, chers amis,

« J'ap   avec effroi que Lèbre vient d'être transpo   , malade, dans une maison de santé : son ex......ation lui aura donné une fièvre ardente. J'apprends cela en passant chez lui, par hasard : dès que j'aurai des nouvelles précises je vous en dirai.»

                              « Ce 25 mars 1844.

          « Cher Olivier,

« Je rouvre pour vous dire que je reçois votre mot. Merci de tout ce détail et pardon de tout ce tracas. En lisant la dernière partie de la correspondance il me semble de plus en plus impossible que tout ceci soit publié en totalité. La *Charlotte* dont il s'agit à chaque page n'est autre que Mme Benjamin Constant encore très vivante. Ce serait un libelle diffamatoire de publier de telles choses. J'ai écrit hier un mot à M. Gaullieur où je n'ai fait que toucher ce point. Je vais faire tout le travail, préparer tout; puis je lui demanderai formellement son intention

sur la publication totale et prochaine, auquel cas
(entre nous) je rengainerais, ne pouvant servir de
porte-voix, même anonyme, à ce qui serait un méfait social; mais je pense qu'il tombera d'accord;
il n'avait pas l'air de savoir que cette Charlotte fût
la même que Mme Benjamin Constant.

« Quant à Mme de Staël, je ne ferai que glisser .
il en est moins question.

« C'est à mesure que j'avance dans la lecture
que je me forme cette opinion sur les écueils : au
début, cela paraissait moins.

« En résumé, si toute la portion *Charlotte* se
supprime, cela n'a d'autre inconvénient que de
montrer B. Constant sous son vrai jour, c'est-
à-dire le plus pitoyable, le plus immoral des
hommes.

« Je vais tâcher aujourd'hui de savoir où est
ce pauvre Lèbre et comment il est : on n'a pu hier
me donner d'autre détail, sinon que, très malade
depuis cinq jours, il avait été transporté hier par
ses amis dans une maison de santé pour être mieux
soigné. — Inutile d'ajouter que, dans cet état, il
n'a pu me rien transmettre de vous.

« Pour Mickiewicz, c'est de la pure folie, à ce qui
m'en revient de partout. Si j'étais ministre je le
suspendrais demain, et si j'étais Académie de Lausanne, je ne le choisirais plus, car cela boule-
verse les cervelles de la jeunesse : et je suis sûr
que, sans son travail sur les Slaves, ce pauvre Lèbre.

22

se trouverait mieux. Son exaltation a été crois-
sante depuis lors.

« Voilà bien des choses tristes, mon cher Olivier.

« Parlez un peu à M. Gaullieur et sondez-le sur
l'article *Charlotte* : est-ce qu'il n'est pas de mon
avis ? — tout cela non officiellement. — Telle
qu'elle reste, la chose sera la plus curieuse du
monde. »

« Ce 20 avril.

« Bonjour, chère Madame, cher Olivier; je vais
mieux; il n'y a rien de grave, ce n'est que délicatesse excessive, et fatigue; mais le médecin mandé
m'a ri au nez, voilà de quoi vous rassurer.

« Je ne vous ai pas remercié de toutes les communications excellentes, de ces lettres copiées. J'ai
reçu le *Bonstetten*.

« Les lettres de B. Constant ont ici beaucoup
de succès, et la manière dont j'ai coupé et encadré
le tout a réussi. Est-ce de même là-bas? M. Gaullieur est-il content?

« Vous avez dû, cher Olivier, recevoir les épreuves du *Guillaume Tell* par la poste ou la diligence.

« Le Marot n'a pu aller, la *Revue* se soucie peu
d'érudition pure; mais la trouvaille est curieuse.

« Je suis occupé de mon Éloge de Delavigne, on
ne trouve plus temps pour rien dans le flot du
monde. Oh! tout cela me mènera-t-il à quelques
années d'une vie cachée et solitaire avant la mort?

Je me le figure par moment, mais je n'en prends
guère le chemin direct.

« Bien à vous de cœur, chers amis. »

« Avril 1844, ce dimanche.

« Cher Olivier,

« En toute hâte, réparation à la princesse Belgiojoso, il paraît que ce n'est pas à elle que le roman
de Balzac est dédié (1), mais à une dame russe (fille
d'une terre esclave, il est vrai que l'Italie l'est aussi),
Mme de Saméïlof (ne la nommez pas au long, Mme de
S...of) qui est célèbre par sa beauté, et par l'étran-
geté et les fantaisies d'une grande existence. Vous
pourriez combiner les deux suppositions comme
les faisant vous-même : « On se demande à qui une
telle dédicace bizarre peut s'adresser... Serait-ce à
la princesse Belgiojoso... mais non, le signalement
ne va que sur quelques points ; on nous assure que
c'est plutôt à une dame russe célèbre. Dans tous
les cas, la dédicace est bien peu française.

« Mme B. Constant s'inquiète peu de son mari, perd
ses papiers et ne réclamera sans doute rien : elle
est toujours bergère à soixante-douze ans.

« Je vous embrasse, chers amis, chère Madame.

« Je rouvre, chère Madame, pour vous dire que
je reçois votre envoi. Je suis après l'article ; je hâte,
je compte que nous pourrons arriver le 15 (2) ;

(1) Le roman de Balzac, *Modeste Mignon*, était dédié à Mme Hanska.
(2) La correspondance de Benjamin Constant et de Mme de Char-

je ne suis pourtant pas tout à fait sûr, car je succombe sous le travail.

« Merci, merci encore, chère Madame. » }

CHRONIQUE LII. — *Lettre du 25 avril.*

Dernier paragraphe non publié :

« Oui, je pense bien, chère Madame, à vous voir,
à cette Suisse ; mais, hélas ! ma pauvre vie est
bien accrochée. Je suis dans des difficultés de tout
genre. Par exemple, dans le moment où je vous
écris, je ne sais si je n'aurai pas donné ce soir ma
démission de bibliothécaire, car Villemain veut me
jouer le mauvais tour de m'infliger de nouveau la
croix d'honneur au Ier mai (1). Il m'a écrit ce matin, et si je refuse cette fois, ce ne peut-être qu'en
envoyant du même coup ma démission de bibliothécaire, auquel cas je suis de nouveau sur le pavé
avec mes 1.000 francs de l'Institut. Ainsi va le
monde et la roue de la fortune. »

CHRONIQUE LIII. — *Lettre du 3 mai.* — « L'article sur *Bettine* dans la *Revue des Deux Mondes*
du 15 avril et signé *Daniel Stern* est attribué à
Mme la comtesse d'Agoult. Louer dans *le Constitu-
tionnel* d'aujourd'hui (3 mai) le très beau morceau
de M. de Rémusat sur la littérature française qu'il
a lu hier à la séance des cinq Académies. C'est bril-
lant, concis, élevé. »

rière parut, en effet, le 15 avril 1844, dans la *Revue des Deux
Mondes*.

(1) Villemain lui donnait pour raison qu'il était le seul membre de
l'Académie française qui ne fût pas décoré.

CHRONIQUE LVI. — *Lettre du 5 mai.* — « J'ai
fait lâcher prise à M. Villemain sur cette *croix* en
lui envoyant ma démission. Il me l'a renvoyée à
l'instant. »

« Ce 20 juillet 1844.

« Cher ami, chère Madame,

« Voici une lettre de Mᵐᵉ Valmore. Ils sont bien
dans l'incertitude. Sans rien ici et au risque de
partir je ne sais où. C'est fort triste de voir encore
une fois se disperser ce nid d'hirondelles.

« Vous avez vu que la *Revue de Paris* est morte,
mais Buloz triomphe des Bonnaire. Ceux-ci le
voulaient mettre dehors pour exploiter leur Revue
en gens d'argent et sans souci des idées ni de l'é-
quipage. Buloz a tenu bon, il était propriétaire
d'un tiers ; il leur a acheté leurs deux tiers
230.000 francs et la *Revue des Deux Mondes* va
prendre du développement en s'appuyant aux gens
politiques et littéraires qui auront des actions et
une part à la surveillance. Ç'a été une rude crise,
terminée depuis deux ou trois jours seulement.

« J'ai dîné avec M. Ducloux, lui ai fort parlé
de la *Revue Suisse* et de tout : je l'ai trouvé très
bon garçon et spirituel. Il va vous revenir bientôt.
Voyez-le et causez à fond avec lui, je vous en
prie. Un capitaliste qui a des idées ! mais c'est
précieux.

« Vous m'avez gâté, chère Madame, dans cette

chronique, je vous en gronde ; je suis toujours bien obéré et cette *inquiétude* que vous savez n'a pas encore eu lieu de cesser. Que les choses vont lentement ! Le mal du moins est lent à passer !

« A vous de cœur, chère Madame, chers amis. »

« Ce jeudi 28 juillet 1844.

« Chère Madame,

« J'aurais déjà dû vous répondre, mais je faisais un article. Celui d'Olivier est très bien et lui a fait ici beaucoup d'honneur : sa place est prise, il faut la garder et l'étendre. Buloz a dû lui écrire : Olivier a bien fait de lui envoyer des détails sur l'affaire du Valais. S'il peut venir un jour passer quelques semaines ici, il assurerait de plus en plus sa relation, mais la voilà bien nouée. Son style si fier, si ingénieux, si artiste n'a besoin pour nous que d'une chose ; un peu plus d'espace et un tissu moins *dru*, éluder et éclaircir. Il aura tout dès lors. —Qu'il pense vite à quelque autre chose. Les jugemens ne sont pas trop sévères, ils sont justes et si bien tournés : et puis là-bas qu'on apprenne à compter un peu avec lui, il n'y a pas de mal. Cette collaboration, et sa *Revue Suisse*, le voilà inviolable.

« M. Monnard a-t-il bien rapporté à M. Gaullieur tout ce dont je l'avais chargé ? Ce qui revient à demander simplement, est-il arrivé à bon port ?

« M. Vinet fait de *très beaux* articles sur Rancé.

J'ai été, moi, dans une situation délicate. J'ai dû parler, étant dans la gueule même du lion. Bien que ce lion n'ait plus de dents, je n'étais pas moins à la gêne. Je crois m'en être tiré et m'être fait comprendre, sans manquer à la Majesté.

« La *Revue de Paris* vous mâche de la broutille pour la *Revue Suisse* : pourtant il ne faudrait pas trop s'y fier en tout : elle est *systématiquement* hostile à M. Guizot et du parti Thiers, centre gauche. En un mot elle ne voit que d'un œil et n'entend que d'une oreille.

« Je suis bien triste, chère Madame, de ne pas aller en Suisse cette année : cela ne m'est point permis, ni possible pour toutes sortes de raisons. Je reste ici, travaillant, pensant à vous bien chèrement, chère Madame. Soignez-vous, pourquoi donc ne reviendrez-vous pas ? Il me semble que vous aimeriez mieux Paris cette fois prochaine. Soignez-vous avant tout et croyez que les meilleurs souvenirs vous sont fidèles.

« A vous, chers amis, de tout cœur.

« Embrassez les enfans.

« A bientôt la correspondance d'affaires. »

« Le 30 juillet 1844.

« Chère Madame,

« Je n'ai pas répondu à votre si aimable dernière lettre : la *Revue* vous dira de quel gros travail j'étais en couches. Je relève. Merci de vos bonnes et tendres paroles qui sont ma meilleure espérance. Que je voudrais pouvoir vous aller visiter !

« Nous avons eu à la *Revue de Paris* le *tri* d'Olivier, je crains qu'on ne lui ait gâté des endroits ; il faut savoir, cher *attique* de Lausanne, que vous tombez avec Bonnaire en pleine *Béotie*. Il faut être le plus clair et le plus uni possible, — jusqu'à ce qu'Olivier, par un séjour ici, ait convaincu qu'on le peut laisser aller sans dommage pour le goût du susdit excellent Bonnaire et Cie. Armand Marrast (notre républicain, vrai homme d'esprit et bon littérateur) a été charmé de cet article d'Olivier.

« Je ferai un de ces jours régler le petit compte afin de vous dire ce à quoi vous avez droit.

« Je ne sais encore ce que je vous écrirai pour la chronique, il n'y a rien, de moins en moins — nous sommes dans un intervalle de générations, il n'en pousse aucune, et les nôtres sont à bout.

« Mme Valmore va bien et a près d'elle sa chère Ondine (sa fille) assez bien portante, et toutes deux se souviennent fort de vous.

« Mme de Tascher est à la campagne, où elle a été fort malade ; elle a près d'elle sa fille Mme Narvaès. Tout cet accident de mariage a mis, entre nous, non du froid, mais de la distance ; car pendant des mois on ne la voyait plus.

« Les Broglie sont allés chez vous. Olivier devrait, à l'occasion, revoir le duc de Broglie et Doudan ;

ce sont, l'un le plus sérieux et l'autre le plus aimable des esprits d'ici.

« M. Vinet m'a écrit, à propos de mon article *Pascal*, la plus aimable lettre : *remerciez-le* en attendant que je le fasse directement.

« Nous avons un petit projet d'édition de *Lettres de Lausanne* (1) pour cet hiver ; j'y mettrais en tout ou en partie votre notice, chère Madame.

« Bonjour, chère Madame, chers amis (et vos enfans aussi) je vous embrasse.

« Soignez-vous.

« Nous avons eu les fêtes de Juillet ; c'est la plus belle illumination qu'on ait eue depuis quatorze ans. Jamais dans une foule on n'a vu moins d'enthousiasme et plus de curiosité.

« C'est la mère de Charles Eynard, n'est-ce pas ? qui est morte ? Où est-il en ce moment ? Est-il de retour d'Italie ? Je le voudrais complimenter tristement.

CHRONIQUE LXIII. — *Lettre du 6 août.* — Cher Olivier, dans la note sur Vigny, voulez-vous corriger ce mot. Au lieu de : « une distinction qui *s'affecte* de plus en plus » mettez, s'il vous plaît, une distinction qui *se raffine* de plus en plus et une élévation qui s'évapore, et puis, pensez à cet *Errata* sur l'abbé Flottes, Bacon au lieu de Platon. Ce sont là nos misères. (Il faut être irréprochable de style quand on attaque.)

(1) Ouvrage de Mᵐᵉ de Charrière (voir les « Portraits de femmes »).

« Un petit scrupule : Comme je vais mettre un article dans *les Débats*, je voudrais que cette phrase : au lieu de : laissez *les Débats* s'escrimer contre les Jésuites et M. de Molènes, etc., cela devînt ainsi : Laissez Quinet éperdu s'escrimer contre les Jésuites et M. de Molènes, etc.

« Sur Quinet, à l'endroit qui le concerne : L'auteur d'*Ahasvérus* avait mieux à faire que de se jeter sur les Jésuites comme l'a fait l'auteur du *Juif Errant*.

« Mettez quelque chose sur la mort de Fauriel : vraie perte, érudit, *inventif*, original : empruntez à la *Revue des Deux Mondes*. »

« Chatenay, ce 22 septembre 1844.

« Chère Madame,

« J'ai reçu avec un vrai bonheur votre bonne et affectueuse lettre : merci de ces doux et constans sentimens. Je ne vous ai pas dit assez quelle joie c'eût été pour moi de pouvoir aller cette année à Lausanne, ne fût-ce que huit jours. Mais cela m'a été complètement impossible, et d'une impossibilité positive et précise. Je ne puis vous expliquer cela par lettres, mais vous y croirez puisque je vous le dis. — Au lieu de cela j'ai passé tous ces mois à Paris à travailler et sans guère voir personne : et puis mes vacances s'écoulant, me voilà pour quelques jours à Chatenay, chez Mme de Boigne, et avec le chancelier. Je cause de temps passé et de souvenirs plus anciens, chère Madame, que ceux de Rovéréa et aussi moins riants : mais j'ai toujours aimé ces conversations de vieux temps et qui touchent à la société et à la politique. Cela dispense d'avoir vécu le *tous les jours* de cette vie-là et avec un peu de sagacité on la comprend dans son esprit.

« Je loge dans la maison même où est né *Voltaire* et à deux pas de la chambre où sa mère, venue là par hasard pour passer le dimanche chez son frère, fut prise de mal d'enfant et le mit au monde.

« L'autre jour, en me promenant dans cette très jolie vallée et tout près d'un petit lac qui y est, je songeais aux vôtres et à celui de *Nervaux*, et je traçais le cadre d'une petite épître à vous qui sera rempli je ne sais quand. — Vous aurez reçu une série de questions de Veyne sur les yeux du petit. — Je ne me remettrai à *Port-Royal* qu'après ma réception et les ennuis de cet hiver. Je voudrais me faire tout à fait libre vers avril prochain. Pourquoi ne retrouverais-je pas alors les bons huit mois de Suisse, d'Eysins, de quelque chose comme cela ? J'y vise de côté, je vous assure.

« Soignez-vous bien, chère Madame, ne vous tourmentez pas, donnez du calme à ce front et à ces yeux, et retrouvez cette belle et puissante santé pour laquelle est faite votre organisation primitive.

« J'embrasse Olivier et vous baise les mains. »

CHRONIQUE LXVI. — *Lettre du 7 octobre.* — Buloz regrettait l'autre jour qu'on ne pût s'entendre de près : il faudra essayer quelque jour, faire comme M. Monnard et passer ici quelque temps en congé. Vous feriez d'ici la *Revue Suisse.* Enfin je jette les paroles.

« Je vais m'occuper de BONSTETTEN : j'ai des notes assez intimes. Pourriez-vous de votre côté, à votre loisir, songer à me procurer quelques documens, lettres, etc. J'aurai à vous prier de me dire où je pourrais faire acheter à Genève ou à Lausanne quelques-uns de ses livres que je n'ai pas (j'en ai au reste plusieurs déjà) et même par vous, il m'en souvient très bien.

« Il faudrait faire, cher Olivier, mes très particulières excuses à M. Vinet qui m'a écrit à propos de l'article sur *Pascal* une lettre si bonne et à qui je n'ai pas répondu, — mais je vais le faire. »

CHRONIQUE LXX. — *Lettre du 5 novembre.*

« Chers amis,

« Voici un supplément ou *Errata.* Il faudrait tâcher, dans l'article sur *Jacqueline,* de faire en sorte que cela ait l'air d'avoir été écrit là-bas ; pour ce, au lieu de : « Amour des hommes en Jésus-Christ, » mettez en *Christ,* selon l'usage de là-bas qu'on n'emploie jamais ici ;

— de plus, vous pourriez arranger la phrase finale.

« Je désire, malgré les critiques vraies que je touche, que Cousin au besoin ne puisse être mécontent. »

« Ce 17 décembre 1844.

« Cher Olivier,

« Je reçois les deux numéros de la *Revue Suisse* :
merci des soins que vous avez donnés à toutes mes
demandes et écritures. Mais comment se fait-il,
dites-moi, que vous ayez imprimé en toutes lettres
que la Presse est *vendue* à la Russie ? Je vous avais
mis cela (entre parenthèses) à la marge, avec cette
indication *entre nous ;* c'était la clé de mon petit
paragraphe, et voilà que vous imprimez cette clé
confidentielle. Que diriez-vous si M. de G... vous
écrivait, vous sommait de citer le *Journal* allemand ?
J'ignore les lois de votre pays et si un procès est
possible ; mais une correspondance serait déjà fort
désagréable. Quoi, cher Olivier, n'était-il pas clair
qu'en finissant par ce *jeu* de la Russie nous en
disions bien assez ? Remarquez que je ne puis hon-
nêtement faire ce métier de correspondant qu'en y
mêlant toute la politesse ; ai-je dit de Barthélemy,
par exemple, qu'il s'était *vendu*, j'ai dit qu'on avait
été *touché* de son silence ; entendez-le comme vous
voudrez. Je suis bien contrarié de cette méprise ;
c'était l'ensemble du paragraphe que je priais de
mettre comme traduit de l'allemand, mais le paragraphe sans ce qui ne s'adressait qu'à vous. De

telles imprudences, si elles éclataient ici (comme cela se pourrait par une reproduction du paragraphe par quelque journal, avec citation de la source) seraient aussi désagréables que possible, et rendraient ce rôle insoutenable. Enfin, il est à espérer que le tout, grâce à la distance et à la lenteur, passera inaperçu ; vous me tiendrez au courant de ce qu'on en dirait.

« Je vous écris en toute hâte et sous l'émotion de cette contrariété, mais bien à vous, chers amis, mais à vous, chère Madame, et en impatience d'avoir des nouvelles de ce qui nous intéresse bien plus chèrement.

« A bientôt.

« Mais quel excellent article sur le manuscrit du *Miroir du Monde* ! C'est de la meilleure littérature et de la plus savante. De qui est-ce ? »

« Ce lundi, 3 heures, 23 décembre (1844).

« Chère Madame,

« Voici une lettre pour vous toute seule qui s'en va courir après l'autre, si maussade et toute pleine de gronderies...

« Je voudrais bien la rattraper, mais celle-ci du moins la corrigera un peu. Je reçois votre très aimable et tendre lettre de la *Revue*. Croyez que je sens le prix et la douceur de tout ce que vous me dites, chère Madame ; tout m'en est très cher, et ce que vous pensez et ce que vous songez et ce que vous voulez bien désirer : je le désire bien aussi. Ma vie ici est bien surfaite, surchargée, sans joie aucune que celles qui peuvent venir de l'esprit, et qui sont de tristes joies. Je travaille et crains par momens que mon cerveau ne veuille plus aller le même train, tant il se fatigue aisément; mais que faire autrement et de mieux, quand le cœur est ailleurs ?

« Je suis bien touché de ce que vous me dites de ce pauvre petit ; j'avais bien prévu ce résultat à votre silence ; il y a sans doute quelque dépôt intérieur qui comprime le nerf ; quel dommage de ne pouvoir juger ici et par la présence !

« J'avais devancé votre pensée en m'emparant à la *Revue* du manuscrit sur *Leone Leoni*, *Caliste*, etc. (1). Ce n'est guère qu'en janvier que je pourrai imprimer le volume. J'en userai, ainsi que de l'article du *Semeur*.

« Je regrette bien aussi que votre académie dépende tant des caprices démocratiques ; rien n'est stable pour ce régime de la multitude, même quand c'est la multitude d'Aigle à Eysins. Il n'y a d'autres remèdes à ces maux de gorge et de larynx que des repos fréquents, absolus, des heures de silence et

---

(1) Cet alinéa fait allusion aux deux belles études de Mme Olivier sur *Caliste*, parues, l'une, très remarquable de pénétration, dans *le Semeur*, du 12 juin 1844, l'autre dans la *Revue suisse* de décembre 1844, où elle compare *Leone Leoni* (de G. Sand), *Caliste* et *Manon Lescaut*. Ce dernier article a été réimprimé par Sainte-Beuve dans la nouvelle édition de *Caliste*, qu'il préparait précisément alors et qui parut chez Labitte en avril 1845.

de sommeil au milieu du jour, quand on le peut :
je vous ai donné l'exemple idéal de ce régime dans
mes huit mois de cours.

« Ampère vient de partir pour l'Egypte étudier
à fond les hiéroglyphes, qu'il lit déjà : son cours
lui donnait aussi un mal de gorge continuel.

« Je vous embrasse, chère Madame, et vous prie
d'embrasser pour moi le cher Olivier et de lui demander pardon de cette lourde gronderie qui m'est
échappée comme une bombe, — merci encore de
votre si douce lettre.

« A vous du cœur. »

1845

« Chère Madame,

« J'ai reçu votre si bonne lettre : je voulais non pas y répondre, mais la devancer; les affaires et tracas ont été tels que je n'ai pas eu une minute. L'année finit bien lourdement : comment la nouvelle serait-elle légère ? Puisse-t-elle l'être du moins aux amis !

« Vous avez pu deviner les embarras de notre petite guerre de la *Revue*. Le malheur est que nous n'avons pas assez de forces et que tout retombe sur deux ou trois. Oh! si Olivier était ici : je suis bien sûr que nous serions quatre. Le fait est qu'on n'y suffit plus. De loin rien n'est possible. Tout ce que vous me dites est juste, mais on n'y remédierait que de près. Ici on se passerait bien de romans et de nouvelles à la *Revue*, si on avait de la critique forte, fréquente, surtout actuelle : les sujets abondent, les plumes manquent. Par sujets j'entends les points de vue critiques pris comme on le veut ici et comme cela change trop souvent de mois en mois.

« Un grand malheur est arrivé. Villemain, le plus bel esprit et le plus grand esprit littéraire de France, est devenu fou. La politique, l'insuffisance dont il s'était senti dans cette discussion universitaire, les chagrins domestiques, que sais-je? Enfin cette tête, la plus lumineuse et la plus judicieuse, a éclaté. C'est une calamité pour tout ce qui pense, c'est une humiliation pour l'esprit humain.

« Je profite pour l'édition Charrière de la presque totalité de votre charmant article. Comme je l'ai coupé pour l'imprimerie, je vous prie de me faire renvoyer par la poste une autre *Revue Suisse* de décembre.

« Je voudrais bien passer avec vous, chers amis, quelques-uns de ces jours qui appartiennent au cœur : le fait est que le cœur, ici, est comme supprimé; plus je vais, plus je le sens : il n'y a plus de vraie joie, il n'y a tout au plus que des distractions. Triste destinée ! On est plus heureux dans le canton de Vaud, même quand on y souffre.

« Mille baisers à ces pauvres chers enfans sans bonbons de moi; mille tendres souvenirs aux amis, à votre famille (M. Ruchet, Mlle Sylvie, et M. Olivier père, etc.), et à vous, cher Olivier et bien chère Madame, mes plus tendres vœux et souvenirs, je voudrais dire espérances. »

CHRONIQUE LXXIII. — *Lettre du 1er janvier 1845.* — « Je profite pour l'édition *Charrière* de la presque totalité de votre charmant article : comme je l'ai coupé pour l'imprimerie, je vous prie de me faire renvoyer par la poste une autre *Revue Suisse* de décembre. »

CHRONIQUE LXXIV. — *Lettre du 2 février.*

« Chère Madame,

« Je reçois votre aimable mot, ne dites pas que je n'aurai pas le temps de vous lire. C'est mal. Je ne dois être reçu à l'Académie que le 27 février ; Mérimée l'est dans quatre jours, le 6.

« Sur la réception de Saint-Marc Girardin :

« Tandis que M. Thomas, M. Charles Labitte, dans les *Revues de Paris* et des *Deux Mondes*, soutenaient la cause de M. Saint-Marc Girardin et celle du bon sens spirituel, M. Auguste Vacquerie, dans *la Presse* du 17 janvier, entonnait l'hymne pindarique et célébrait en termes inouïs la clémence et la magnanimité du maître ; les images de M. Victor Hugo sur la sérénité inaltérable et olympienne reviennent ici, mais avec un surcroît de pinceau : on sent que le disciple a besoin de surenchérir, et l'on passe très sensiblement du tableau à la charge.

« Certes, il n'y a jamais eu de clémence et de générosité dont l'*incognito* ait été plus magnifiquement constaté. L'article se termine par ces incroyables paroles : « Les applaudissemens qui n'avaient pas manqué aux intentions de M. Saint-Marc Girardin ont accompagné d'un bout à l'autre l'admirable et noble réponse du poète. L'ovation a été complète, et le public a chaudement remercié M. Victor Hugo d'avoir replacé de hautes questions littéraires *dans la sphère inaccessible où elles ne peuvent être coudoyées que par le poète qui monte ou le Dieu qui descend.* »

« Nous autres Suisses, qui n'avons pas d'Académie française, nous avons peine à nous faire une idée de cet avant-goût d'apothéose et d'immortalité : il nous semble que le récipiendaire, au moment où il entend de telles paroles de consécration tomber sur lui, doit se dire comme cet empereur romain près de mourir : *Je sens que je deviens Dieu.*

« M. Victor Hugo aura encore à répondre à la fin du mois à M. Sainte-Beuve, dont la réception a été aussi fort différée ; cette séance d'installation n'est pas moins vivement attendue que celle de M. Saint-Marc Girardin.

« M. Michelet vient de publier un volume intitulé : *Du Prêtre, de la Femme, de la Famille,* dont M. Émile Saisset a porté un jugement très sensé dans la *Revue des Deux Mondes* du 1er février. De tels écrits obtiennent d'ailleurs un succès de passion auprès des esprits inexpérimentés et l'on nous écrit qu'à la date du 1er février 8000 exemplaires du livre étaient déjà en circulation

M. Michelet devient décidément un homme de parti, c'est-à-dire qu'il déchoit, ainsi que M. Quinet, de sa position première. »

« Ce février 1845.

« Chers amis,

« Faire en sorte que ce jugement sur Hugo ait bien l'air d'être *vôtre*, d'être rédigé là-bas sur les pièces (d'après des impressions, il est vrai, transmises de Paris par quelque compatriote), mais conclu par vous.

« Vous pourriez ajouter après ce mot de l'empereur romain qui *se sent devenir Dieu*.

« Et puisque nous en sommes à parler ici de nos impressions avec la liberté et la franchise helvétiques, nous oserons dire encore après avoir lu les deux discours, et comme résumé de notre propre jugement sur tout ce tournoi : le discours de M. de Saint-Marc-Girardin est peut-être un peu trop mince, mais celui de M. Victor Hugo ne l'est pas assez.

« Michelet a réclamé (dans *le Siècle* du 3, et voir la réponse très digne de Saisset dans *le Siècle* du 4), contre l'article Saisset (voir la tablette de la *Revue de Paris* du 6). Ce Michelet ne saurait supporter la moindre critique.

« Après cette phrase :

« Il n'y a jamais eu de clémence ni de générosité dont l'*incognito* ait été plus magnifiquement constaté et proclamé, on le voit, avec plus de fanfare.

« Je vous écrirai le 6 un petit mot sur la réception de Mérimée.

« A vous, chers amis.

« Après le nom de M. Auguste Vacquerie, ajoutez (que nous croyons être l'un des traducteurs d'*Antigone*).

« Ce : *nous croyons* fera un effet de lointain merveilleux.

« Je joins ici la Préface et l'Avertissement du livre de Michelet : vous pourrez donner cet avant-goût à vos lecteurs. Affectation, manière, se donnant des airs légers et graves, des airs d'homme du monde et de philosophe, et n'étant qu'un rhéteur de beaucoup de talent uniquement occupé de l'effet. »

« Mon cher Olivier,

« Je reçois vos lettres : mais vous êtes étrangement impatient. Votre article qu'on doit mettre dans la *Revue des Deux Mondes* du 15 s'imprime, et l'on doit vous en envoyer l'épreuve. Je garde en conséquence vos lettres sans rien envoyer jusqu'à nouvel ordre, ou plutôt j'envoie la grosse lettre à M. Lutteroth et pas la petite. Est-ce bien? Ecrivez-moi vos ordres définitifs. Ecrivez directement et personnellement à Buloz. »

« Ce 8 février 1845.

    « Chers amis,

  « Dire de Mérimée encore :

   « Une autre remarque nous est suggérée encore, c'est que dans ce discours d'Académie M. Mérimée ne s'est en rien départi de ce trait essentiel de sa nature qui perce dans toutes les productions de son talent : la peur d'être ou de paraître dupe en admirant. Il n'a pas voulu être ou paraître dupe un seul instant, même dans un éloge académique. C'est là de la fermeté qui tient peut-être à un faible et un genre d'audace bien que née d'une peur. Tout cela rend ce discours sobre très piquant.

   « Parler de l'article de Labitte sur Saint-Marc Girardin, article très spirituel, donnant peut-être par son étendue un peu d'importance et de façade à son objet, mais prouvant très bien à quel point M. Saint-Marc Girardin est, en littérature même, autre chose qu'un littérateur ; c'est un moraliste, et encore plus un politique, un esprit pratique, habile et positif jusque dans ses badinages.

   « La morale elle-même, qu'il affecte, est chez lui une forme plutôt qu'un but ; ou du moins il vise, non pas tant à atteindre les vrais ressorts de l'homme qu'à user et à jouer de ces ressorts pour l'art de la vie. C'est un aimable et piquant professeur de savoir-vivre et de *conduite*, comme M. Labitte l'a très bien nommé.

   « A vous, chers amis. »

« 5 mars 1845.

« Chère Madame,

« Quel coup que cette révolution que je ne prévoyais nullement si prochaine, ni dans cette forme! Croyez que je la ressens profondément, moi aussi je dis : Mon canton de Vaud a perdu sa virginité! Ma république idéale, mon *angulus ridet* (je vous parle comme à Olivier) vient de disparaître dans un tremblement. Enfin vous allez m'écrire, dès le lendemain de la crise, comment tout se dessine : il me semble que M. Druey (1) est un homme éclairé, mais en pareil cas c'est la queue qui mène la tête.

« Je vais réfléchir à tout ce qui pourrait nous rapprocher; j'aurai à y penser longtemps peut-être, mais j'y penserai à fond. Je ne puis aujourd'hui que vous répondre par un accent, vous serrer la main à la hâte. Je suis dans tous les tracas et ennuis d'une corvée qui s'approche.

« A vous de cœur, chers amis, cher Olivier. Ne pourrais-je donc avoir le discours de M. Ruchet. Serrez-lui bien la main de ma part et dites-lui combien de telles actions s'apprécient, mais sa conscience le lui dit mieux.

« A vous encore. »

(1) Chef de la Révolution du canton de Vaud en 1845.

« Ce 7 juillet 1845.

« Chers amis, chère Madame,

. . . .

« *Pour vous seuls* (quoique ce soit aujourd'hui la fable de tout Paris), il y a deux ou trois jours, V. H., qui faisait une cour très serrée à Mme Biard, femme du peintre, jolie et ambitieuse, très mauvaise tête, a été surpris avec elle dans une maison de la rue de Rivoli, *flagrante delicto*. Le mari, irrité de ce que sa femme réclamait judiciairement une séparation de corps et de biens, les avait fait suivre par la police ; la femme a été saisie et incarcérée ; V. H. a dû arguer de sa qualité de pair de France pour échapper, mais une plainte contre lui a été déposée à la Chambre des pairs. Pourra-t-on déterminer Biard à retirer sa poursuite ? Dans tous les cas le bruit est affreux et le coup porté. On ne parle que de cela. Vous, n'en dites rien. Jugez, chère Madame, de mon chagrin et de mon trouble en tout ceci, avec tout ce que vous savez.

« Succès, dit-on, succès complet, de la mission Rossi à Rome. Honneur au négociateur habile ! La Suisse ne peut oublier que si elle-même elle devait M. Rossi à l'Italie, elle l'a formé et éprouvé durant de longues années, et l'a donné à la France très aiguisé et très mûr.

« A vous, chers amis, chère Madame. »

« Le 23 juillet 1845.

« Cher ami,

« Je persiste à croire cette chronique bien difficile à faire de cette manière : cela, vous le savez, se
faisait moyennant mille petites allusions et pièces de
rapport qu'on ne peut manier de la sorte que quand
on est chez soi et qu'on écrit chez soi, et non de
ricochets en ricochets et de canton à canton. Ce
n'est pas tant le secret qui m'importe (quoiqu'il
m'importât) que de bien faire, et comme cela ne
saurait se bien faire moyennant de tels à peu près
à distance, je répugne d'y toucher. Que vous dire
de cette quinzaine? Déjà la nécessité de devancer
les 4 ou 5 du mois prochain fait qu'il n'y a rien
absolument à résumer.

« Le 4° volume de l'*Histoire du consulat* a paru.
Il comprend la conclusion de la paix de Lunéville
et le remaniement du corps germanique ; la rupture
de la paix d'Amiens ; les affaires suisses, de Reding,
qu'il faudrait être mieux informé que je ne suis
pour apprécier ; — la conspiration de Georges
Cadoudal et la mort du duc d'Enghien.

« L'ouvrage de Thiers se développe dans de
grandes proportions ; il y a une véritable science de
composition et de conduite, mais on remarque que
dans le détail le style ne répond point toujours à
la grandeur première des desseins ; c'est d'une lecture très intéressante pour les personnes sérieuses

et qui ne craignent pas d'aborder les questions spéciales et les ressorts que jusqu'à présent l'histoire
générale ne présentait pas aussi curieusement.
Pourtant, bien des esprits moins appliqués et plus
portés à la connaissance générale des choses qu'à
leur étude précise et presque technique se rebu-
tent et restent en chemin. Il se fait aussi une sorte
de réaction contre le premier mouvement de succès
et tout porte à croire que cet ouvrage, qui placera
très haut M. Thiers comme historien, n'atteindra
pas à la popularité que le premier attrait du sujet
semblait promettre.

« M. Mignet vient de recueillir en volume des
articles intéressants qu'il a publiés dans *le Journal des Savants* sur la correspondance d'Antonio
Perez, secrétaire de Philippe II (j'en parle au reste
sans avoir lu). Cette publication jette de vives
lumières sur l'histoire des intrigues politiques en
Espagne et en France au seizième siècle.

« Jamais Théophile Gautier n'a dit le pourpre,
mais :

Je suis jeune, la pourpre en mes veines, etc... »

                              « Fin juillet 1845.

    « Cher Olivier,

  « Il n'y a rien absolument de neuf.

  « Les Chambres sont closes; le monde quitte
Paris; on a jasé de la fuite de Mlle Plessis et d'au-

tres choses pareilles, puis l'on n'en jase plus. Les belles dames se demandent dans la vie de château ce qu'on peut lire de nouveau et d'un peu amusant, et quand on a cité *Antonio Pérès*, on ne sait plus que demander. Les jeunes générations ne produisent pas ou bien celles qui ne se dissipent pas dans le futile donnent décidément dans l'extrême sérieux.

« Ainsi M. Jules Simon vient de donner son second volume de l'*Histoire de l'École philosophique d'Alexandrie*.

« A vous de cœur, cher ami, chère Madame. Je crois d'être en retard et vous laisse aller ces lignes incomplètes.

« M. Magnin vient de publier le théâtre de Krotsvitha ou Hrotsvitha, religieuse allemande du x⁰ siècle (texte et traduction). Cousin publie avec corrections ses anciens cours de philosophie. Le second volume de l'*Abélard* de M. de Rémusat a paru.

« Depuis l'agrandissement des journaux, les illustres romanciers-feuilletonistes se sont mis à l'enchère et l'on en cite qui ne veulent plus écrire à moins de 1.000 francs par feuilleton. »

« Ce dimanche (1).

« Mon cher Olivier,

« C'est en causant que je voudrais vous répon-

(1) Voir à l'*appendice* la lettre XX de Juste Olivier.

dre; je l'espérais pouvoir faire hier, et voilà que j'en désespère aujourd'hui. Je m'appesantis de jour en jour. Je suis persuadé qu'il y avait, qu'il y a moyen de faire une trouée ici, mais ce n'est pas selon moi de cette façon. Sans doute de telles commissions sont données par un ministre, elles le sont sans causes apparentes, presque sans prétextes, mais croyez qu'elles sont toujours le prix de services rendus, soit par celui qui obtient, soit par celui qui exige.

« M. de Rémusat est hors du pouvoir et n'a pas de crédit actuel. M. Vitet est bon, obligeant, mais il serait difficile et il me serait à moi impossible de le *tendre* jusqu'à ce degré d'action. M. Guizot fait tout pour ses amis, pour ceux qui l'ont servi; mais il faut l'avoir servi, et soyez sûr que ceux qu'il a nommés à des fonctions telles que celles que vous m'indiquez avaient écrit sur lui, pour lui, dans quelque journal plus ou moins célèbre ou obscur.

« Ce que j'aurais voulu pour vous, pour moi, qui ne me séparais pas de vous dans les idées d'avenir littéraire, c'eût été que vous prissiez votre place (quelque difficulté qu'il y eût) à la *Revue*, par des articles signés qui vous auraient recommandé aux yeux de tous, qui vous auraient fait un nom sur la place. Après quoi, dans un temps plus ou moins long, il y aurait eu résultat. Ce n'est point par lettre que je saurais vous dire tout ce que je pense là-dessus et combien je regrette un éloigne-

23.

ment qui s'est marqué sur tous les points à la fois, sur toute la ligne où je me voyais à l'unisson avec vous.

« Pardonnez-moi de vous laisser entrevoir ce que je pense là-dessus, mon cher Olivier, mais vous avez écouté un sentiment que je comprends très bien, qui vous apparaissait une forme de dignité et qui se confondait aussi avec ce que j'appelle nos nerfs. — Vous l'avez écouté plutôt que notre intérêt à tous, qui était de tâcher de se serrer littérairement et de faire groupe ensemble. — S'il y avait au pouvoir quelqu'un qui fût à quelque degré de mes amis, je n'hésiterais pas à tout tenter, vous voudrez le croire ; mais je ne puis rien, absolument rien auprès de ce qui est. M. de Salvandy nous vexe à notre bibliothèque ; il a nommé depuis quatre mois chez nous *six* nouveaux bibliothécaires ou sous-bibliothécaires surnuméraires, sans nécessité, sans prétexte, sans consulter personne ; tout cela pourrait finir (s'il persistait dans ses voies de réforme) par une démission. En même temps que je vous dis ces choses peu concluantes, je suis convaincu que ce n'est pas ailleurs, à Neuchâtel ou de ce côté, que vous pourriez vivre ; c'est ou à **Lausanne** dans votre ancienne position, ou ici que vous le devez ; mais pourquoi cette vie littéraire d'ici (depuis que je vous connais) vous a-t-elle inspiré un mélange d'attrait et d'effroi ? Croyez que rien de ce qui vous touche ne m'a été indifférent et que j'ai touce

observé à cet égard. Vous avez besoin de Paris,
vous vous en êtes sevré de peur de l'aimer, la destinée vous en rapproche, et vous ne l'avez abordé
que sur la défensive, vous faisant à vous-même des
difficultés, au lieu d'y entrer franchement comme
vous le pourriez, plume en main. — Je sais tout
ce que vous pourriez aussi me répondre et je ne
me flatte pas de vous convaincre ; j'irai en causer
avec vous plus au long le premier jour que je
pourrai, vers 4 heures, passer jusque chez vous !
Au sortir de l'Académie (nous avons séance ce jour-
là) je serais à vous. Bien qu'absent, je suis très
présent de pensée dans tout ce qui vous agite et j'y
mêle ce sentiment personnel de tristesse qui me
dit qu'avec tout ce passé sont rompus pour moi les
derniers liens qui m'attachaient encore à quelque
rivage.

« A vous, cher Olivier. »

« Ce 8 décembre 1845.

« Mon cher Olivier,

« Comment êtes-vous ? Je suis bien en faute, je
dois vous le paraître. Mais si vous saviez à quelle
suite de travaux et de corvées, ou même de devoirs, je me suis trouvé assujetti tous ces jours,
articles, enterrement, fatigue extrême, de sorte
que je ne suffis à rien ! Me voilà encore accaparé
ces jours sans une minute à moi, avec travail forcé

à échéance du 15. Ainsi je vous envoie ce mot pour vous dire du moins mon regret et vous demander comment vous êtes.

« J'offre mes hommages dévoués à Mme Olivier et suis tout à vous.

« Gleyre est revenu et doit vous aller voir : je lui ai fait dire votre adresse par Planche. La sienne est rue du Bac, 86. »

1846

« Le 27 janvier 1846.

« Votre lettre m'arrive dans un jour où j'ai passé quatre heures à l'Académie à entendre des discours et où j'ai à commencer un article (2) qui doit paraître le 1er. Elle est la bienvenue malgré tout, mais je ne puis y répondre comme je le voudrais, en allant à vous. Il est vrai que j'ai été blessé ; vous m'avez (ou peu s'en faut), en redisant des paroles vives qui m'étaient échappées, brouillé avec un ami ; de plus, il ne m'a pas été possible d'entrer dans une explication ultérieure à ce que je vous avais dit ; *il* a répondu le lendemain par une lettre qui n'avait aucun à-propos, et, à la lettre que je *lui* ai écrite, c'est *vous* qui avez répondu en me signifiant d'une manière polie mon congé. J'ai gardé les lettres, je les ai relues ; forme à part, c'en est le fond.

(1) Cette lettre, adressée à Mme Juste Olivier, répond à la lettre XXII de l'*appendice*.

(2) Cet article, qui parut, en effet, dans la *Revue des Deux Mondes* du 1er février 1846, est le compte rendu de la réception à l'Académie d'Alfred de Vigny.

« Dans les idées que j'ai des femmes, elles ne doivent jamais brouiller ensemble deux hommes qui n'ont pas de très fortes raisons pour cela; elles ne le doivent jamais.

« J'ai été blessé que vous l'ayez fait. Votre mari étant ce qu'il est et ne voyant que par vous, il m'est devenu impossible d'avoir un éclaircissement à fond avec lui, il aurait fallu vous nommer et il ne l'aurait pas souffert; d'ailleurs, à moi-même cela ne m'eût pas convenu.

« En un mot, je me suis trouvé avoir blessé non pas un ami ou une amie pris à part, mais un ménage, — un ménage uni, — dans ce cas-là, j'ai dû m'effacer; — quand un arbre élevé, qui plane, est frappé de la foudre et prêt à casser, celui qui a sa chaumière auprès prend la hache et l'abat. J'ai dû essayer de faire ainsi durant les jours de congé qui m'avaient été faits et qui ont duré une semaine. On fait de l'ouvrage en huit jours quand on est ardent et qu'on souffre. Je me suis retrouvé ensuite avec Olivier comme avec un ami avec qui on est embarrassé, et lui de même. Avec vous, il sera difficile que je retrouve jamais confiance.

« J'apprécie vos hautes qualités, votre affection d'autrefois; je n'ai pu comprendre là facilité du sacrifice avec laquelle vous rompiez (car c'était rompre). Vous m'assurez aujourd'hui qu'il n'en est rien, et je vous crois. Quant à moi, je courrais à vous si je le pouvais matériellement ces jours-ci.

« J'irai quand je serai libre; le mieux sera de parler d'autre chose; le temps seul pourra donner quelque consistance à ce qui a reçu un coup si imprévu. Ma sensibilité n'est pas assez riche pou éprouver de ces pertes impunément, il lui faudra faire désormais bien des économies pour réparer. Si vous voulez bien m'y aider, peut-être y parviendrai-je. Adieu, je ne puis me relire tant mes yeux sont fatigués.

« Adieu encore. »

« Ce 8 février 1846.

« Cher Olivier (1),

« Je reçois une très bonne lettre de vous : j'en reçois en même temps une par le canal de Mme Olivier ; je suis allé pour la voir sans la trouver ; j'y retournerai bientôt. Je suis heureux si cet *orage* ne laisse aucune trace. J'ai dû souffrir, pour une simple vivacité qui n'avait pas plus de gravité que ce que je vous ai écrit cinquante fois au sujet de ces chroniques, de paraître avoir eu une dureté presque odieuse eu égard aux circonstances (2). et cela sans retrouver le moment de m'expliquer et de me justifier.

« Voilà donc Berne elle-même entraînée dans la résistance et le point d'appui reporté à Zurich. Tout

---

(1) Voir à *l'appendice* la lettre XXIII.
(2) La douleur et les angoisses d'une très grave opération au fils cadet des Olivier.

cela est bien capable de dégoûter des rêves d'idylle et de bonheur qu'on fait en cette humaine vie.

« Il y a eu ici la réception de Vigny à l'Académie ; il s'y est montré (comme dans tout ce qui a précédé) ridicule, d'une sottise, d'une fatuité qui a donné sur les nerfs durant une heure et demie passée à toute une assemblée ; de sorte qu'on a été soulagé en entendant M. Molé retrouver des notes justes et simples. Les amis de Vigny lui-même n'ont pu résister à l'ennui et à l'impatience, et M. Guiraud disait après la séance : « Mon amitié a souffert, mais ma justice est satisfaite. »

Vigny n'est qu'un Trissotin gentilhomme, le comte de Trissotin. — Il l'a prouvé solennellement. Tout ceux qui aiment la poésie devaient souffrir de la voir ainsi compromise par un pontife maladroit.

« Il était *séraphique*, comme disait quelqu'un en sortant (1).

---

(1) Tout ce passage sue malheureusement la haine et se retourne contre Sainte-Beuve qui, ainsi que je l'ai écrit dans mon livre sur Alfred de Vigny, après en avoir eu mainte preuve entre les mains, fut le *Deus ex machina* de cette petite comédie académique. Il se peut que Vigny ait donné sur les nerfs à ses auditeurs avec son air « séraphique et solennel » qu'il portait comme malgré lui partout où il y avait réunion ou spectacle, mais quand on lit le discours de M. Molé et qu'on y ajoute le ton de persiflage sur lequel il fut débité, on comprend l'irritation qu'en ressentit le récipiendaire et la rancœur qu'il en garda toute sa vie. — Juste Olivier s'en était bien rendu compte. Il était à Lausanne à ce moment-là. Après avoir lu l'article que Sainte-Beuve publia dans la *Revue des Deux Mondes* sur la réception de Vigny, il écrivait à sa femme, qui était à Paris : «... Mon avis tout cru, à moi, est celui-ci : M. Molé a fait un discours remarquable comme œuvre littéraire, vrai au fond dans ses

« Tout en 'débitant lentement son discours, il avait un crayon d'or avec lequel il marquait sur son cahier les applaudissemens quand il en venait.

« Je suis occupé d'écrire sur *Mignet* qu'on range parmi nos historiens dans la série de la *Revue* ; j'abrège donc, mais je n'ai pas voulu tarder davantage à vous serrer la main.

« Adieu, cher Olivier. »

«Ce 28 juillet 1846.

« Cher Olivier,

«Serez-vous assez bon, si vous n'avez pas encore expédié votre chronique, pour y parler cette fois le moins possible de V. H., de cette affaire de Ministère, en herbe, *au moins* pour ne rien mettre de trop direct sur lui à ce sujet qui se rapporte *à ce qui a été dit entre nous*. J'espère vous voir bientôt et peut-être ce soir ; je vous expliquerai mieux alors ce que c'est, et l'importance que j'attache pour le moment à ceci. Mille excuses et tendres amitiés.

« J'offre mes respects à Mme Olivier.

« A bientôt. »

---

points essentiels, mais une action qu'à sa place j'aimerais autant ne pas avoir faite. Et quant au discours de de Vigny, franchement, il est prétentieux et ennuyeux. Il méritait une telle réplique, mais non pas en face, en public et en habit de cérémonie. » Voilà la note juste et qu'on aurait trouvée sous la plume de Sainte-Beuve, s'il n'avait pas été aveuglé par la haine.

1847

« Chère Madame,

« Je ne veux pas laisser cette journée sans vous
envoyer un *bon jour et bon an* que j'aimerais mieux
pouvoir vous aller porter. Je suis empêché par beaucoup de fatigue et par les devoirs officiels qui sont
accumulés sur ce jour. Cette année m'a été mauvaise
en finissant ; elle m'a laissé, à ce moment où l'autre
année commence, dans un état de gêne et de pénu-
rie qui va jusqu'à contrister les sentimens. Ne pas
pouvoir réjouir comme on le voudrait ceux qu'on
aime, ces aimables enfances qui s'essayent en jouant
à la vie, c'est triste quand on ne croit plus dans
la vie qu'à l'enfance et à ce bonheur si court qu'il
faut au moins procurer.

D'ici à quatre jours, je serai un peu mieux à cet
égard, et j'oserai aller vers les vôtres : je voudrais
donner à la petite Thérèse un tout petit *manchon*.
Dites-moi si elle en a un. Je sais où trouver le mien

qui est déjà tout choisi de l'œil. Seulement, je ne voudrais pas qu'il fît double emploi.

Olivier m'a envoyé pour étrennes un charmant volume dont j'ai lu des pièces avec larmes : *Et in Arcadia ego* (1). Quels purs et profonds souve-

---

(1) Cette poésie fait partie des *Chansons lointaines*.

Et nous aussi, sur la montagne,
Nous avons eu notre rayon,
Avec l'Aurore pour compagne
Et pour chemin le frais gazon.

Mais hélas! d'autres de la cime,
D'autres, plus mûrs ou plus troublés,
Levant leurs ailes sur l'abîme,
Vers le ciel se sont envolés.

Lèbre a franchi le noir espace.
Il est au céleste jardin,
Suivant d'un pas que rien ne lasse,
Les monts où luit le jour sans fin.

Parmi les troupes infinies
Qui forment le chœur immortel,
Se mêle aux jeunes harmonies
Henri (1), l'aimable ménestrel.

Et *Monneron*, tout air, tout flammes,
Dont l'œil en haut toujours montait,
A revu son pays des âmes,
Qu'ici-bas même il habitait.

Mais nous, hélas! loin de l'aurore,
Rentrés sous le brouillard impur,
A tâtons nous suivons encore
De la terre le sentier dur.

Monnard, en butte à la colère
D'un peuple injuste, aveugle, errant,
Laisse, vieux chêne séculaire,
Gronder à ses pieds le torrent.

(1) Henri Durand.

nirs ! et que de morts déjà, desquels on voudrait
être resté digne pour au moins espérer de les
rejoindre.

« Je suis à vous et à lui, chère Madame, de tout
mon cœur. »

> *Vulliemin* fouille de nos pères
> Les tombeaux cachés sous nos pas.
> *Agassiz* creuse les mystères
> D'un temps où l'homme n'était pas.
>
> Tribun de la sainte parole
> Qui, des cieux nous appelle tous,
> *Vinet* nous guide et nous console,
> Lui qui souffre bien plus que nous.
>
> Et moi, dans la cité lointaine,
> Au bord du fleuve m'asseyant,
> Perdu dans la brumeuse plaine,
> O mes amis, je vais disant :
>
> Et nous aussi, sur la montagne,
> Nous avons eu notre rayon.
> Avec l'Aurore pour compagne
> Et pour chemin le frais gazon !

1848

« Cher ami,

« Il y a encore de la poésie dans les choses. Ima-
ginez-vous qu'hier en vous quittant après être allé
faire une petite visite près de la place de la Bas-
tille, je rabattais du côté de l'Hôtel de Ville, oubliant que le passage devait être encombré. Après
avoir essayé de pousser jusqu'au pont d'Arcole et
avoir perdu une demi-heure dans la foule, vers six
heures un quart je rebroussai du côté de l'église
Saint-Gervais pour tourner derrière l'Hôtel de Ville
et arriver chez moi par ce circuit. Je pris une
ruelle qui longe la nef et le chevet de Saint-Gervais : deux hommes faisaient comme moi et mar-
chaient devant moi. L'un d'eux se retourne, c'était
Lamartine. Il sortait de l'Hôtel de Ville par une
petite porte, et se dérobait à son triomphe pour
rentrer chez lui et rassurer sa femme. Je l'ai conduit jusqu'à une place de voitures près de l'Imprimerie royale. Dans ces cinq minutes je lui ai dit

à *brûle-pourpoint* tout ce qu'on pouvait de plus énergique sur la situation, la nécessité de nous en tirer, de prendre sur soi, et qu'on aurait une force encore plus grande qu'on ne pouvait soupçonner, en faisant appel à la population sur ce point d'ordre et de vraie liberté. Je vous conterai ce qu'il m'a dit, de très significatif. Il était au reste dans un grand contentement de cette manifestation qui passait les espérances.

« — Voilà de ces hasards, qui font sourire et rêver. Échapper à une foule immense pour rencontrer à deux pas de là seul à seul dans une ruelle l'homme que toute cette foule défend et va chercher (1).

(1) Sainte-Beuve a raconté plus tard tout au long cette scène de sa rencontre avec Lamartine, mais il l'a quelque peu défigurée pour jeter une teinte de ridicule sur le grand poète qui venait de sauver l'ordre au péril de ses jours. Si nous voulons avoir la vraie version de cet incident, nous n'avons qu'à nous reporter à la *Revue Suisse* où Olivier le raconta le surlendemain d'après le récit que lui en avait fait Sainte-Beuve. « Dans ce jour, écrivait Olivier, Lamartine avait devant lui, comme il l'a dit dans une lettre rendue publique, *une mer de feu et de fer;* bien plus (et ce détail nous vient d'une personne qui le tenait de lui-même) il avait sur la poitrine les sabres et les piques d'hommes furieux. Il les calme, il les apaise, il les gagne, il en est vainqueur. Et alors ces mêmes hommes qui, s'il n'avait pas triomphé de leur aveugle emportement, l'auraient peut-être assassiné, se sentent pris d'un tel amour pour lui qu'ils l'entourent, le pressent, le serrent dans leurs bras, lui baisent la figure et les mains ; quelques-uns même, ajouta Lamartine, me mordaient. »

Or, pendant que Lamartine risquait ainsi sa vie pour l'honneur du drapeau, c'est le cas de le dire, savez-vous ce que faisait Sainte-Beuve? Il se rendait chez les Olivier qui habitaient place Royale, à deux pas de chez Victor Hugo, pour leur lire un chapitre de son

« Voici le passage de la lettre de mon ami de Troyes.

« Voici une petite note à tout hasard pour M. Clément ; il peut et vous pouvez me rendre là le plus signalé et le plus délicat service (1).

« A vous, chers amis, de cœur.

« Soyez assez bon pour adresser le plus tôt que vous pourrez cette petite à M. Clément, cher Olivier. »

« Le 29 juin 1848.

« Chère Madame,

« Dès que vous le pourrez, tranquillisez-moi sur vous et les vôtres durant ces horribles heures ? Comment est Olivier ? Comment êtes-vous ? Comment votre place a-t-elle été respectée ? Et M. Ruchet qui est sous les armes ?

« J'ai bien percé les espaces par la pensée pour être avec vous : c'est là une triste adoption que Paris a eue à vous offrir.

« A vous de cœur. »

---

livre sur *Port-Royal* : M. d'Haussonville qui n'a pas toujours été juste à son endroit, n'a fait que lui rendre justice en lui refusant le sens du chevaleresque.

(1) Cette note, relative à la liste des fonds secrets où le nom de Sainte-Beuve figurait pour la somme dérisoire de 100 francs entre M. Eugène Veuillot et Charles Maurice, a été publiée dans le tome 1er de la *Correspondance de Sainte-Beuve*, p. 161.

M. Charles Clément était alors à Londres, où il voyait l'ancien ministre de l'intérieur, M. Duchâtel, sous la gestion de qui l'erreur dont se plaignait si justement Sainte-Beuve avait été commise.

« Ce juin (s. d.) 1848.

« Chère Madame,

« Vous pouvez croire que ce serait une fête pour moi d'aller à vous samedi, s'il est encore des fêtes.

« Oui, il existe des volumes d'*Instructions chrétiennes* de M. Singlin, mais refroidis comme des sermons dont le sel et l'accent s'en est allé.

« La meilleure vie de Saint-Cyran se trouve dans les *Mémoires* de Lancelot, 2 vol.

« Maintenant voici pour Olivier. Je veux l'entendre à sa première lecture (1). J'ai à causer avec lui sur ces lectures. N'a-t-il pas un programme ou liste des *Cours* et des *noms* des professeurs? Pourrait-il me procurer une affiche ou m'indiquer la date du journal où je les trouverais? J'ai à faire là-dessus un article prochain, et c'est sur lui que je compte pour m'orienter. Je verrai aussi M. Souvestre. Quand Olivier fait-il sa première lecture?

« A vous de tout cœur, chère Madame. »

« Ce 16 septembre.

« Chère Madame,

« Je trouve en arrivant votre petit billet. Mon embarras est celui-ci : Comment puis-je être de quel-

(1) Après la révolution de 1848 on avait imaginé de faire pour les ouvriers des lectures du soir. Olivier fut nommé l'un des lecteurs titulaires et chargé en même temps d'un des cours de langue et de littérature qu'on avait adjoints à ces lectures. Mais cela ne dura pas plus que l'école dite d'administration, dont il est question plus loin et qui fut renversée par la coalition des intérêts contraires.

que autorité au ministère de l'Instruction publique ?
M. Génin, directeur de la division *littéraire*, est
mon ennemi littéraire de tout temps. Je viens d'a-
dresser ma démission au ministre qui, malgré une
réponse polie qu'il m'a faite, ne saurait que ressentir la préférence que je donne à la Belgique sur la
France républicaine (1). Il est vrai que je connais
M. Halévy, mon voisin, et que je puis lui parler,
mais voilà tout. M. Halévy, quand il a donné ce
conseil, ne connaissait pas bien la nouvelle position
prise et ne savait pas de plus mes rapports réels
avec M. Génin.

« Enfin, chère Madame, je lui parlerai et je vous
verrai dès que j'aurai un seul instant.

« A vous de cœur et à tous les vôtres. »

(1) Sainte-Beuve avait donné sa démission de bibliothécaire à la
Mazarine pour cette ridicule histoire de fonds secrets qu'il a racontée
dans la préface de *Chateaubriand et son groupe littéraire*, mais je
crois bien qu'il se fût démis sans cela, car dès l'année 1840 il écrivait à Olivier : « Quand il y aura la République, ce qui pourrait
bien nous arriver, je m'en irai aussitôt d'ici, et m'enterrerai dans
un clos du canton (de Vaud) où pourtant je n'ai pas été et ne serai
point, hélas! pasteur. »
Quant à la Belgique, ce ne fut pas de la faute de Sainte-Beuve
s'il lui donna la préférence sur la France républicaine. Au lieu
d'aller faire un cours à Liège, peu s'en fallut qu'il n'allât en faire un
autre en Amérique. Nous savons maintenant que si Juste Olivier
avait accepté l'invitation d'Agassiz, Sainte-Beuve serait parti avec
lui... à moins toutefois qu'il n'eût été retenu par le grand âge de sa
mère.

24.

« Liège, ce 20 octobre.

« Chère Madame,

« Combien j'ai regretté de quitter Paris sans vous serrer la main à Olivier et à vous : mais mes derniers jours ont été des journées de manœuvre, d'emballeur et de portefaix. Je succombais à la fatigue et j'étais pressé par le temps.

« Me voilà enfin arrivé et transporté. Je repasse par toutes mes impressions de Lausanne, mais avec quelle différence, chère Madame ! et quel vide, quel isolement de plus ! J'ai trouvé ici un excellent ami et guide dans M. Lacordaire (1). Pourtant ce n'est pas comme à Lausanne. Il n'y a de pareil que ma tristesse accrue par les années et par la nature des circonstances. Mes collègues de l'Université sont bien pour moi et m'ont fait tout l'accueil que je pouvais désirer, mais ce n'est pas comme à Lausanne, c'est là mon refrain, le seul refrain que je chanterai.

« Les étudiants ne sont peut-être pas si bienveillants si cela était, mon séjour ici ne serait pas long et je serai fier comme il convient. Pourtant rien ne m'autorise à craindre. Je travaille à force ; je prépare deux cours, trois leçons par semaine, à commencer à la fin de ce mois. Y pourrai-je suffire ?

« Chère Madame, donnez-moi un peu de vos nouvelles, de celles de vos chers enfans et d'Olivier

(1) Frère du dominicain.

et ne m'accusez pas si je suis inexact et rare en réponse. Je vais être si occupé !

« Adieu, bien chère Madame. Je serre la main à Olivier et j'embrasse les enfans, nommément Mlle Thérèse. »

« Liège, ce 27 novembre.

« Cher ami,

« J'ai reçu avec bien du plaisir votre bonne lettre et avec reconnaissance le n° de la *Revue Suisse* où vous me rappelez au souvenir de mes anciens auditeurs. Je suis ici en plein cours. J'ai un peu trop à faire. Ce cours public, s'il était seul, m'amuserait, mais l'autre est bien immense. Enfin j'y suffis jusqu'ici et n'ai qu'à me louer du public d'ici, même des dames qui viennent contre l'usage à l'Université. Je mène la vie sérieuse et austère que vous m'avez vu mener à Lausanne, — plus austère encore et sans la consolation des soirs. L'autre jour en me promenant une heure seul sur les collines à demi dépouillées, je récitais cette stance qui contient la moralité sombre des dernières années :

Rien n'est propice à qui ne sacrifie, etc.

« Je ne sais si j'aurai un moment à moi pour aller à Paris d'ici à la fin de l'année scholaire (*sic*) : le trajet est court, mais c'est fatigant, et je ne suis pas assez en avance pour pouvoir profiter des petites vacances que se ménage l'Université à Noël.

Nous verrons à Pâques. Chers amis, ne m'oubliez pas : écrivez-moi quelquefois, cher Olivier. Si Mme Olivier voit Mme Valmore, qu'elle lui dise mes respectueuses tendresses. J'écrirai à Mlle Ondine : mais le temps me manque.

« Adieu, chers amis, je vous embrasse, ainsi que Mlle *Thérèse,* s'il lui plaît, et les enfans.

« Où en est l'École administrative ?

« Si Olivier voit M.Lutteroth, il serait bien bon de dire à ce dernier qu'il veuille bien presser l'insertion dans *les Débats* de l'article que j'ai fait imprimer avant de partir de Paris sur le *Pascal* de M. Vinet et qui court risque d'attendre indéfiniment si M. Lutteroth n'use de son influence. Mille amitiés encore. »

(1) On venait d'adjoindre au Collège de France une école dite d'administration. La chaire de langue et de littérature françaises y fut confiée à Emile Souvestre, qui prit Olivier pour auxiliaire.

1849

« Liège, ce 5 février 1849.

« Chère Madame,

« Votre lettre est bien bonne, et la bienvenue. Je pense bien souvent à vous dans ma triste vie. Je n'ai plus pourtant, comme je l'avais encore à Lausanne, le don de souffrir et de jouir, il semble que j'aie épuisé ma dose, et que la lampe ne se renouvelle plus. Je travaille, mais sans bonheur, je n'ai d'autre désir que d'achever ce que j'ai entrepris. Je n'ai formé ici aucune liaison particulière. La tendresse est bien loin ; elle est pour les amis du passé, pour vous, pour les chers absens (1). Je ne forme aucun projet bien arrêté pour l'avenir : tout est si incertain, de quelque côté qu'on se tourne à

---

(1) Quelques jours plus tard (25 février), il écrivait à son ami Collombet, de Lyon... « J'ai trouvé ici le silence, la vue des champs ; mais le cœur y est bien morne et bien désolé, et le travail aussi est un peu accablant. Ce n'est pas tout à fait là le cloître que je m'étais rêvé dans les jours de la jeunesse. Mais tout est rêve et, bercés ou heurtés, nous approchons chaque jour du grand réveil. Je voudrais y croire comme vous. » (*Lettres inédites de Sainte-Beuve à Collombet*, p. 443.)

l'horizon. Mon cœur, quand j'y regarde, est toujours tourné vers Paris ; pourrai-je lui obéir ? — Nous en causerons à Pâques. Embrassez Olivier pour moi ; remerciez-le des bons souvenirs qu'il m'envoie par la *Revue Suisse*. Amitiés à M. Bridel, à Clément, à Ch. Eynard, aux Valmore. Les bras sont trop courts, l'espace trop grand et les amis dispersés sont trop nombreux. Mais vous, vous êtes pour moi du petit nombre.

« J'embrasse les chers enfans et vous tous. A vous de cœur, chère Madame. »

« Liège, ce 2 mars 1849.

« Chère Madame et amie,

« Que de tristesse ! La vie est vraiment un peu plus dure qu'il n'est besoin même à ceux qui l'acceptent pour telle ! Embrassez pour moi ce cher Arnold. J'ai trouvé dans la dernière chronique d'Olivier de bien doux ressouvenirs de lui à moi. Le soir où j'ai reçu votre lettre j'avais passé une partie de la journée à feuilleter les *Revues Suisses* de 1843, 1844, pour y chercher quelques notes sur Chateaubriand (1): et il en était sorti des

---

(1) Vers le même temps il écrivait à Collombet pour lui demander la brochure de M. de Place contenant les sept articles publiés par lui sur Chateaubriand, en 1809, au *Bulletin de Lyon*, journal hebdomadaire rédigé par Ballanche. « J'espère avoir enfin trouvé le fameux discours de réception, mais je n'en serai bien sûr que quand je le verrai de mes yeux. Avez-vous souvenir, dans Bonald, d'une belle page dans laquelle il compare son livre de la *Législa-*

bouffées de souvenirs, — à propos de *Raphaël*, il y aurait même, après ce qu'Olivier a dit d'excellent, une jolie critique à faire, par ce biais-ci :

« On m'a assuré que dans ce cadre de *Raphaël*, sous prétexte de peindre Elvire, Lamartine n'a fait autre chose que prêter à celle-ci les conversations de l'hiver dernier qu'il a eues avec Mme d'A-goult (un peu athée ou panthéiste, vous le savez). C'est bien cela : un canevas de vingt ans, et, pour broderie, des pensées de 5o, composez donc un charme avec un pareil assortiment ! — Les conversations et opinions sur *Cicéron* sont de Mme d'A., qui elle-même n'a fait que répéter ce qu'elle a entendu dire à une personne estimable et docte (Mme Hortense Allart) qui lit en latin Cicéron et en parle à merveille. Sans nommer, il y aurait moyen, par supposition, d'expliquer ainsi le désaccord de la vraie Elvire avec Julie et le manque de réalité qui se sent sous les phrases : (on dirait vraiment que l'auteur a fait, etc., comme si, etc.) et dire alors le vrai en pénétrant dans le vif par le défaut de la cuirasse.

« Chère amie, je cherche à distraire avec ces dires ma triste pensée et la vôtre. Aimez-moi toujours

lion *primitive*, je crois, avec *le Génie du christianisme*. Lui est comme un guerrier rude et armé de fer, l'autre est comme une *Reine* un jour de fête dans sa pompe? Je recherche la belle page sans pouvoir la retrouver. Cependant ce qui luit chez Bonald doit sauter aux yeux, car il est plutôt fort et sombre. » (*Lettres inédites de Sainte-Beuve à Collombet*, des 25 février et 18 avril 1849.)

et faites-moi aimer des vôtres. Amitiés à M. Ruchet, que je n'oublie pas.

« Adieu, cher Olivier, et vous, chère Madame, de cœur, à Pâques. »

« Liège, ce 1ᵉʳ juin 1849.

« Très chère Madame,

« Votre bonne lettre m'a été bien douce ; j'avais eu grand regret de ne pouvoir vous attendre ce dernier soir, ma pensée est souvent avec vous, avec *notre* passé. J'y vis très habituellement et ce qui est bien certain c'est que jamais je ne m'avise de vivre dans l'avenir. La suprême douceur désormais serait de causer ensemble avec une tristesse calme de ces jours heureux, qui ne le furent pas complètement eux-mêmes, mais qui le deviennent au prisme du souvenir. J'ai dit à Olivier que je ne désespère pas d'être bientôt rapproché de vous, — tout à fait libre — pauvre et gueux comme à vingt ans. Et peut-être, qui sait ? je ne sais quoi de cet âge me reviendra aussi en même temps que la condition extérieure qui me le rappellera. J'y compte un peu, en vertu de cette incurable faculté d'illusion que gardent tous ceux qui ont été une fois poètes (1).

---

(1) Il aurait pu dire qui sont *restés poètes*, car il le fut toute sa vie, et son grand chagrin, la raison peut-être de sa jalousie contre ses camarades de 1830, fut de se voir traiter de bonne heure en critique plutôt qu'en poète. Qu'on médite cette note qui clôt le der-

« Ce qui n'est pas une illusion, c'est le plaisir de se voir, de se retrouver, de jouir mieux de ce dont [on] a été sensiblement privé et d'apprécier désormais bien des choses simples et pures. Croyez bien, chère amie, à la fidélité de mes impressions, de mes pensées reconnaissantes, et à mon culte d'un passé qui ne peut que gagner en moi et se mieux graver chaque jour. Il n'est pas jusqu'à cette vie assez douce, mais si *dénuée*, que je mène ici, qui ne contribue à me faire mieux sentir ce qu'était pour moi Lausanne, grâce à vous, et combien de ce côté j'ai une secrète patrie. Écrivez-moi quand vous en aurez un mouvement et le loisir : vous êtes sûre de m'apporter une consolation et une joie.

« Adieu, offrez mes tendres amitiés à Olivier, à tous les vôtres, et sachez-moi bien à vous de respect et de cœur. »

« Liège, ce 8 juillet 1849.

« Chère Madame et amie,

« J'ai bien pris part à toutes ces épreuves. J'étais inquiet de ce que devenaient vos santés au milieu de cette influence.

Sans ma douleur nerveuse qui persiste, j'aurais écrit : mais ma plume ne court plus bride abattue.

---

nier volume de ses Poésies complètes, édition de 1863 : « Toutes ces poésies qu'on vient de voir étant ainsi assemblées et la gerbe liée, ne suis-je pas autorisé à dire : Aujourd'hui on me croit seulement un critique, mais je n'ai pas quitté la poésie sans y avoir laissé tout mon aiguillon. »

J'espère que la santé d'Olivier est remise et votre âme un peu calmée. Je vous reverrai bientôt. Après un court voyage à Utrecht (1), je reviens à Liège pour faire mes paquets et je compte être à Paris en août. Je reprendrai peu à peu des habitudes plus douces : je voudrais y faire rentrer le passé, passé de plus en plus. Adieu, chère amie, dites à Olivier toutes mes amitiés et dites-vous que vous serez pour beaucoup dans la douceur triste que je puis espérer encore aux futures saisons.

« A vous,

« J'ai reçu le livre d'Eynard et une lettre très aimable de M. F. Chavannes, d'Amsterdam (2). »

(1) Et à Amersfoort où se trouvent le séminaire et les archives de l'église janséniste dont le conservateur était alors M. Karsten.

(2) M. Chavannes était alors pasteur de l'Eglise wallonne à Amsterdam. Il venait de publier, dans la *Revue Suisse*, un article sur le troisième volume de *Port-Royal*, et avait invité Sainte-Beuve à venir le voir à son retour d'Utrecht.

1851

« Ce 1er mai 1851.

« Cher Olivier,

« Vous avez été mille fois bon comme toujours dans la dernière *Revue Suisse* : ne me croyez pas ingrat. J'ai eu, depuis mon malheur (1), une suite de fatigues, de tracas, de déménagemens, qui, surajoutée à mes études, ne m'a pas laissé un instant de trêve. Je commence à peine à m'organiser dans la petite maison de la rue du Mont-Parnasse. Il faudra qu'un jour vous veniez en faire connaissance sous sa nouvelle forme. Cher Olivier, mon premier soin après la perte de ma mère a été de refaire mon papier testamentaire dans sa forme définitive et à vous destiné : c'est vous dire combien de loin comme de près, en silence comme en nous voyant, je vous suis le même si je suis le même (2).

« A vous de cœur.

(1) La mort de sa mère.
(2) Ainsi, jusqu'en 1851, Juste Olivier était resté dans la pensée de Sainte-Beuve son légataire universel. Ce n'est que quelques années

« Mme Olivier est de moitié dans tout ce que je vous dis. »

« 2 juin 1851.

« Cher ami,

« Ne sauriez-vous et vous-même n'auriez-vous point fait quelque notice ou écrit quelque page sur Mme Necker à *Lausanne*? Je fais un petit portrait où je la mets en pendant de Mme *de Lambert :* je me souviens que vous m'en parlâtes un jour en descendant du Signal, du côté de la maison de Vulliemin, vous me fîtes voir le petit monticule de verdure où elle rêvait, vous ou M. Manuel! Ces petits détails sur sa vie première et sur le lieu de sa naissance (*Crassy*, je crois) (1) ne sont-ils pas écrits et à notre portée? Un petit mot par la poste, s'il vous plaît.

« Tout à vous, et à Mme Olivier, et aux vôtres, cher ami. »

après, à la suite de dissentiments religieux et politiques et aussi sous l'influence d'une personne qui dirigeait alors la maison du critique des *Lundis*, qu'Olivier fut rayé du testament de Sainte-Beuve.

(1) Plutôt Crassier, village voisin de la frontière de France, dans le canton de Vaud, au-dessus de Nyon, où M. Curchod, père de Mme Necker, était pasteur.

1859

« Ce 23 septembre 1859, vendredi 4 h. et demie.

« Cher ami,

« Il y a bien longtemps que je ne vous ai vu depuis cette charmante visite ; je ne prétends pas vous déranger, mais seulement vous dire que je l'ai remarqué et que le temps me compte, et comme je n'aurai pas de plus vif regret que de vous savoir venu, moi n'y étant pas, je vous dirai que demain samedi je suis obligé de sortir dans l'après-midi. J'espère, cher Olivier, que vous et les vôtres allez bien : agréez pour vous et pour eux mes vieilles et tendres amitiés. »

1860

« Cher ami,

« Je suis heureux de vous savoir de retour. Si je n'étais le plus lent à faire et à aller, je serais allé vous serrer la main ; je me le suis dit bien souvent. Je suis chez moi à quatre heures les jours qui ne sont pas d'Académie, c'est-à-dire tous les jours hormis les mardi et jeudi. Mais ce qu'il faudrait, ce serait un petit dîner coudes sur table. Je vous le propose pour la semaine prochaine, le jour à votre choix.

« A vous, chers amis, à Mme Olivier et à tous les vôtres. »

(1) Voir à l'*appendice* la lettre XXVIII de J. Olivier.

1864

« 26 février 1864 (1).

« Mon cher Olivier,

« Je vous remercie de la note excellente et précise. — J'espère vous voir lundi. — Je gémis sous
le faix. — Fatigué très réellement.

« Pourriez-vous me dire, en attendant, si Winkelried à Sempach a bien fait ceci : s'avancer contre le bataillon hérissé de piques qu'on ne pouvait
entamer, étendre les bras, rassembler le plus de
piques ennemies qu'il pût contre sa poitrine et,
mourant transpercé, ménager ainsi dans la phalange allemande une trouée par où les Suisses pé-
nétrèrent. J'en ai besoin pour une image. — Qu'é-
tait-il dans l'armée suisse ? Etait-ce un chef ?

« Amitiés autour de vous et tendresses. »

(1) Voir à l'appendice la lettre XXX de J. Olivier.

1866

« Ce 2 février 1866.

« Cher Olivier (1),

« Je reviens sur un sujet sur lequel je vous ai déjà interrogé, je vous serais bien obligé de me dire tout simplement (c'est pour une nouvelle édition de *Port-Royal*) si ce que je vais vous demandez est exact. Lorsque je suis allé professer à Lausanne en octobre 1837, M. Porchat était recteur et de plus professeur de Littérature de *Poésie latine*. Veuillez me dire le titre exact de sa chaire. M. Monnard était professeur de Littérature française. Vous étiez vous-même professeur d'Histoire. M. Vinet venait d'être appelé de Bâle où il était à la chaire d'*Homilétique* : est-ce bien là le titre? *M. Dufournay* (donnez-moi la bonne orthographe du nom, s'il vous plaît) était, je crois, professeur de Théologie, et M. Herzog (est-ce bien l'orthographe aussi ?) était, je crois, professeur

(1) Voir à l'*appendice* la lettre XXXII de J. Olivier.

d'Histoire ecclésiastique. Y en avait-il quelque autre encore ? J'ai d'ailleurs gardé votre ancienne lettre où vous signalez les erreurs de Saint-René Taillandier (1). Je voudrais, dans un Appendice, en réimprimant, rétablir quelques faits précis et voilà pourquoi je vous demande une petite note écrite toute sèche, un programme des cours de cette année-là. — Quel lointain !

« A vous et aux vôtres de tout cœur.

« Toujours tout doucement. »

(1) Voir la lettre de Sainte-Beuve à Saint-René Taillandier. *Corresp.*, t. I, p. 363.

1869

« Cher ami,

« Je suis bien touché de votre bonjour daté de ces lieux très chers et que je ne reverrai pas. Je me sens bien altéré de repos et plus souffrant depuis quelques jours. Il faudra essayer quelque chose. Mais ce que j'ai dit de Monnard, c'est vous-même qui l'avez dit ; c'est de votre bouche que j'ai recueilli la figure et l'image (1).

(1) Sainte-Beuve, au cours de ses articles sur Jomini publiés dans le *Temps* et reproduits par le *Journal de Genève* et la *Revue militaire suisse*, avait parlé de M. Monnard en des termes qui avaient paru excessifs au colonel Lecomte : « Vous dites dans un passage, écrivait cet officier au critique des *Lundis :* « Il (M. Monnard) était resté le même à travers toutes les vissicitudes, les ingratitudes des partis *qui en dernier lieu l'avaient frappé d'ostracisme,* inflexible et immuable sous ses cheveux blancs, etc. » Je vous engagerais à supprimer les mots « qui en dernier lieu l'avaient frappé d'ostracisme ». Peut-être aussi le mot ingratitude pourrait-il être avantageusement remplacé par quelque équivalent adouci, *caprices, fluctuations,* par exemple, ou simplement retranché. Avec ces modifications... la part d'éloges à M. Monnard resterait encore exagérée à mon avis, mais ce n'est plus qu'une affaire d'appréciations très discutable. » Sainte-Beuve, quelque peu piqué, avait répondu à M. Adert, direc-

« A vous de tout cœur et à ceux qui se souviennent de moi (1).

« SAINTE-BEUVE. »

teur du *Journal de Genève* que le colonel Lecomte avait également saisi de sa réclamation :

« Vous pensez bien que je n'ai qu'à me féliciter d'une correspondance si courtoise et si honorable pour moi. Je n'ai pas attendu la fin des articles pour remercier le colonel. Il a tenu à faire ses réserves sur M. Monnard. Je me garderai bien d'insister et de venir le contredire. Dans ma réimpression, le mot d'*ostracisme* disparaîtra, et je parlerai seulement de l'ingratitude des partis qui *l'avait réduit à l'expatriation, à l'exil.* » Je ne suis que rigoureusement exact en parlant ainsi. Au moment où éclata dans le canton (de Vaud) la révolution de 1845, M. Monnard avait quitté la chaire de littérature française à l'Académie de Lausanne, et y avait été remplacé par M. Vinet ; il occupait lui-même la place de pasteur à Montreux. Lors de la proclamation de M. Druey pour l'acceptation de la Constitution, les pasteurs en masse se démirent ; M. Monnard fut de ceux qui refusèrent la lecture en chaire, et dans l'assemblée des pasteurs à l'hôtel de ville de Lausanne, il se prononça avec énergie pour la résistance. Remplacé à Montreux comme pasteur officiel, il y restait le ministre de l'Eglise séparée. Cela déplut aux radicaux de Montreux qui tracassèrent les réunions de cette église libre, et un jour le culte fut interrompu par un tumulte populaire. Le pasteur et son troupeau, et Mme Monnard présente, se virent inondés par le jet d'une pompe à feu. Le séjour n'était plus tenable pour M. Monnard qui accepta un appel de l'Université de Bonn. Voilà les faits dans leur exactitude. Je ne vous les raconte que pour que vous les sachiez au besoin, car je ne sais si à cette époque vous étiez déjà à Genève. Mais encore une fois gardons tout cela pour nous. Le colonel Lecomte est un homme de trop de mérite et qui en tout cas a agi avec trop de bon et cordial procédé pour qu'on le chicane sur un détail. » (*Lettres inédites* des 12 août et 4 septembre 1869, communiquées par la famille Adert.)

On voit par ces lettres combien Sainte-Beuve était resté vaudois !

(1) Ce fut sa dernière lettre à M. et Mme Olivier. Trois mois après, le 13 octobre 1869, il rendait le dernier soupir après d'atroces souffrances.

FIN DES LETTRES DE SAINTE-BEUVE

APPENDICE

LETTRES DE M. ET Mme JUSTE OLIVIER A SAINTE-BEUVE

LETTRES

DE M. ET Mme JUSTE OLIVIER
A SAINTE-BEUVE (1)

—

I

« Aigle, mardi [août 1837].

« Cher Monsieur, quel chagrin de vous avoir manqué ! faites, je vous en prie, que vous en puissiez juger par la joie que nous aurons à vous recevoir à Aigle, où nous sommes aussi chez nous. Ne nous refusez pas, nous ne sommes que quatre ici, avec mon petit garçon qui vaut bien la vue du plus beau de nos lacs ; et notre humble maison est encore trop grande pour si peu d'habitants. Si vous n'êtes pas seul, venez également sans aucun scrupule ; ce serait à nous seulement d'en avoir, de vous offrir si rustiquement l'hospitalité ; mais nous n'en avons point, je vous en avertis. Cela ne dérangera, du reste, nullement vos plans de voyage. Aigle est sur tous les che-

(1) Ces lettres ont été publiées par M. Philippe Godet, professeur à l'Université de Neuchâtal (Suisse), dans la *Bibliothèque universelle* de Lausanne (n^os de février à mai 1904). La première ayant été publiée dans l'introduction du présent volume, nous ne la reproduisons pas ici.

mins, toutes les diligences y passent. Il n'y a que quatre heures d'ici à Vevey, et six jusqu'à Martigny.

« C'est la route. De Genève, en prenant le bateau à vapeur le matin, vous nous arriverez à 3 heures. De Lausanne, vous avez également le bateau et des voitures qui correspondent avec lui, plus la *diligence* qui part à 2 heures de l'après-midi ; à 8 heures, vous êtes devant notre porte, n° 77. Il n'y a qu'une rue. Mais venez ici tout droit ; je vous conduirai à Vevey, en passant par Chillon et les lieux classiques de notre lac. Aigle est la meilleure station pour voir la Dent du Midi, et ce portail des Alpes que votre Obermann a tant de fois contemplé. Si je ne suis pas avec vous, personne ne vous montrera Saint-Saphorin, d'où il allait se promener le soir sur les eaux. On est ici très bien placé pour faire, en peu de temps, connaissance avec les cimes. Soyez sûr que l'intérêt de votre voyage en augmentera ; c'est ce qui me fait insister si hardiment.

« Donnez-nous donc au moins quelques jours. Nous ne vous fatiguerons point ; nous vous laisserons admirer tout seul, nous ne vous chicanerons point à la Suisse, nous ne penserons qu'au plaisir de vous avoir. Genève est mille fois moins beau que ce côté-ci : rognez-lui un peu la part que je vois bien que vous lui voulez faire. Si vous ne pouvez venir que jusqu'à Lausanne, écrivez-le moi, faites-moi ce plaisir, et j'irai vous y recevoir. L'incertitude complète où je suis sur la manière dont vous y repasserez m'empêche seule d'aller m'y mettre en faction dès demain.

« Adieu, cher Monsieur. Je vous écris à la hâte pour vous répondre par le retour du courrier ; Mme Olivier est toute joyeuse de l'espoir de vous voir enfin, je ne dis pas de faire votre connaissance. Votre bien dévoué et affectionné. »

II

DE JUSTE OLIVIER

« Aigle, ce 29 août 1837 (1).

« Mon cher monsieur Sainte-Beuve,

« Il n'était pas besoin de vous dire tout le prix que nous mettons à vous posséder un hiver à Lausanne et de quel intérêt il y va pour notre académie ; mais j'aurais dû peut-être vous paraître plus persuadé que la chose n'était pas absolument *folle*, à la prendre de notre côté. C'est une retraite d'un hiver ; et vous dites que vous en avez besoin. Vous vous débarrasserez de ce Port-Royal qui, je le vois, vous pèse un peu. Ce sera vous décharger à la fois d'une pensée et d'une promesse. Et puis, ce n'est que sept mois ; je peux vous dire par expérience qu'ils sont bientôt passés. Vous ne serez pas si loin de Paris ; une affaire importante y exigeât-elle votre présence, en trois ou quatre jours vous y êtes rendu : votre absence, en cas pareil, ne souffrirait de la part de l'académie aucune difficulté. On est très large à cet égard. Et en général l'enseignement est établi sur le pied d'une complète liberté. Lausanne est une grande ville, où l'on fait assez au bout du compte comme l'on veut. L'esprit, tout seul, s'y casserait les dents ; mais vous avez de plus une bienveillance et une simplicité qui vous y feront tout de suite accueillir, tout en vous permettant, je crois, sans peine de ne vous donner qu'autant que vous le voudrez. Enfin, parmi vos auditeurs, il en est que l'on trouverait partout dignes de vous apprécier. Si petits que nous soyons, il y a pourtant chez nous quelque chose qui n'est pas ailleurs, et vous aimez les *coins* et vous les cherchez. Il me semble donc, même lorsque je

(1) Réponse à la lettre de Sainte-Beuve du 23 août.

regarde en moi à l'ami uniquement, et que je mets de
côté l'intérêt de mon pays, il me semble que vous devez
venir. La décision vous paraît-elle amère, dites-vous que
ce sera bientôt bu et passé. Vous seriez avec nous au
mois de novembre ; le nouvel an est bientôt là ; puis
vient avril et le printemps léger, si rapide et si doux ; et
le dernier jour de mai tout est fini ; vous pouvez être le
4 juin à Paris, si nos montagnes n'ont pas le pouvoir de
vous retenir encore quelques instants. Si vous voulez conserver une dernière chance d'échapper à cet exil, mettez-
la sur notre compte ; il est malheureusement possible
que nous ne puissions pas vous l'éviter. Bien que mon
ami Espérandieu ait la réputation méritée de tout voir
en noir, il y a cependant quelque chose à dire en effet
sur la *mesquinerie démocratique*, ainsi qu'il s'exprime.
Faites donc votre sacrifice ; nous sommes ici quelques-
uns bien décidés à tout employer pour qu'il soit accompli ; mais peut-être ne pourrons-nous pas être aussi
cruels envers vous que nous le voudrions bien.

« M. Espérandieu m'écrit de ne pas manquer de lui
envoyer votre décision aussi promptement que possible,
parce que le moment approche où l'on va régler l'affaire
des *cours libres* de la prochaine année scolaire, dans
la catégorie desquels le vôtre devrait être rangé.

« Le tourbillon dont M. Ducloux a fait son com-
pagnon fidèle m'a jeté avec lui des montagnes d'Aigle
au pied du Mont-Blanc. Nous avons eu un temps
superbe, avons tout vu par nous-mêmes, et sans les coû-
teux ennuis de la partie classique de ces sortes de
voyages, c'est-à-dire sans les guides, les cicerone et les
mulets. Mais M. Ducloux, je pense, pour constater l'orage
qui le mène, a trouvé à propos de perdre sa chemise au
pied de la Tour d'Aï, sa cravate au passage de la Tête
Noire et ses bottes à Martigny ; enfin, il n'a pu se dis-
penser d'user son bâton de montagne par les deux bouts

Vous jugez si je fus étonné de nous retrouver ensemble au terme du chemin.

« Dans les trop courts instants que vous nous avez donnés, qui a été l'hôte aimable et bon ? N'est-ce pas vous ? Ainsi ne me remerciez pas. Les meilleurs souvenirs de cette hospitalité nous sont chers. Nous ne pouvons y revendiquer que le sentiment vrai qui nous a toujours attirés vers vous et nous a enfin rapprochés au moment où nous ne l'espérions plus.

« P. S. — Le jour de votre départ, nous vous avons retourné une de vos lettres à Genève. L'avez-vous reçue ? N'oubliez pas *nos* vers, toutefois à votre loisir (1). »

III

DE Mme OLIVIER

« 29 août 1837 (2).

« Pendant cette aimable visite, à propos de laquelle vous avez mis mon *indulgence* dans votre lettre, sans doute afin qu'elle fût quelque part, nous n'avons pas tout

---

(1) Ce sont les vers émus, adressés A mes amis M. et Mme Olivier, datés d'Aigle, et qui commencent ainsi :

> Salut ! je crois encore !...

Ils ont été recueillis dans *les Pensées d'août*. Il n'est peut-être pas superflu de rappeler ces strophes, où Sainte-Beuve célèbre le calme bonheur de ses amis vaudois :

> J'ai vu la paix du cœur, l'union assurée,
> Le saint consentement des biens qu'on a trouvés,
> Et les grâces du ciel par leur seule durée,
> Et le renoncement des autres biens rêvés...
>
> Parfois, la poésie en prière élancée,
> Du même heureux sillon laissant monter deux voix ;
> Vos destins s'enfermant, mais non votre pensée,
> Et le monde embrassé du rivage avec choix...

(2) Réponse à la lettre de Sainte-Beuve du 25 août.

dit, il me semble, sur la résolution que vous allez prendre. Au risque de vous effrayer beaucoup, de vous répéter des choses que vous savez mieux, et de vous faire sourire par l'importance que je mets à jeter d'ici un poids à côté de la balance, je veux renouer un instant l'entretien suspendu. Vous savez d'avance que ce n'est pas une causerie parisienne ; et cela me place à l'aise dans mon sérieux, aussi bien que dans mes scrupules de n'avoir pas assez éclairé la vérité. Pour être compris, ils demandent une certaine disposition d'âme, une certaine pente du cœur où vous replaceraient tout naturellement le souvenir un peu vif, l'impression un peu présente de nos graves conversations. Mais se souvient-on au milieu des enivrements du retour ? c'est ce que vous ne nous direz peut-être pas. Se souvient-on, en retrouvant sa mère, d'avoir accepté ailleurs quelque chose de maternel, dans la forme que prenaient les sollicitudes d'un intérêt véritable ? Se souvient-on, au revoir des anciens amis, qui nous font la vie douce et légère et la renouent au passé, de tout le charme du présent ; se souvient-on d'avoir senti que la chaîne du temps a des anneaux lointains, plus suprêmes encore, qui nous lient à ce qui précéda le monde et à ce qui le suivra, puis, par ci, par là, à quelques êtres, qui n'ont guère d'autre date dont ils puissent se réclamer auprès de nous? Quand chaque aurore apporte son poème, son drame ou son conte, inconnus, scintillants, rapides, fascinateurs, se souvient-on de la Divine Comédie, qui roule dans l'ensemble des choses la vérité de son spectacle éternel, en attendant la fatalité de son dénouement qui ne vient qu'avec le dernier rayon du soleil sur les yeux mourants, avec le dernier jour de la terre ?

« Tout ceci m'entraîne, mais pourtant non loin de mon sujet. Ne s'agit-il pas en effet de savoir pour quoi vous vivez, et vous voulez vivre ? C'est un choix moral plus

qu'un autre, que vous allez faire. Si je ne me trompe,
votre conscience vous a dit que vous retirer à l'écart pour
examiner le grand problème de la destinée vous conduirait à y trouver Dieu, et à l'accepter, pour vous comme
pour l'univers, chose que toute âme d'homme doit faire
à son tour et seule, que nul ne peut vous épargner. Sans
doute, le moyen en question n'est pas unique, n'est pas
infaillible; mais si Dieu vous l'a montré, il le sera pour
vous. Si vous entendez *aujourd'hui sa voix n'endurcis-
sez pas votre cœur.* Quand il se pourrait faire que vous
n'eussiez d'autre profit religieux d'avoir obéi à ce que
vous sentez au fond de vous être un appel moral, que
d'avoir obéi, vous seriez encore amplement dédommagé
de ce qu'il vous en a pu coûter. Tout fait trace en nous,
vous le savez; et le premier effort sur une bonne route
appelle et facilite le second. Vous n'en êtes pas à ceux-là,
sans doute : mais cependant aucun de nous ne saurait,
sans éminent danger, mépriser l'évidence d'une direction divine. Votre conscience intellectuelle, si je puis
ainsi parler, vous tient à peu près le même langage.
Elle vous montre assez clairement les avantages d'un
long travail, austère et utile, au bout duquel un peu de
repos pour la pensée sera légitimement acquis. Je n'in-
sisterai donc pas là-dessus. Quant au reste, vie matérielle monotone autant dans ses distractions que dans sa
simplicité, soins d'amis, sollicitude désintéressée, admiration et sympathies acquises, retraite peu sonore mais
fidèle, poésie de la nature et du fond des choses achetée
par quelque insipidité et pâleur de détail : voilà ce que
vous savez déjà. J'ai grand'peur que vous n'en ayez trop
peur. Cependant, si vous sautiez par-dessus l'abîme,
yeux fermés, comme vous aurez peut-être la force de
l'essayer, vous verriez combien le gazon de l'autre rive
vous recevrait mollement.

« Quand vous avez été parti, beaucoup de choses me

sont ainsi revenues, évidentes et pressantes. Je n'ai plus senti notre plaisir dans votre intérêt, et celui-ci, se faisant ainsi plus pur, s'est enhardi et mieux révélé. J'ose donc vous presser, vous conseiller, vous conjurer même de bien réfléchir avant de dire non, si vous y penchez; et de chercher, dans une conviction sentie et raisonnée, le pouvoir de convaincre ceux des vôtres qui voudront vous garder près d'eux. Dans le chagrin que nous éprouverions s'ils l'emportaient, il y aurait sûrement pour nous du chagrin personnel (non de jalousie, comme l'enchaînement de ma phrase le ferait faussement croire, mais de cœur); mais c'est surtout pour vous que nous serions affligés. A moins toutefois que vous ne parvinssiez à nous démontrer, dans le parti pris, votre plus évident avantage; or celui dont je parle est bien difficile à recomposer. Adieu, Monsieur. Mon frère et ma sœur vous remercient de vos aimables paroles à leur égard. Quant à nous, c'est tout à fait votre faute s'il nous semble à présent que nous sommes séparés d'un ami *de toujours;* et cette faute, vous n'avez pas l'air de vouloir la réparer.

« M. Diodati m'écrit toutes sortes de douceurs à votre sujet : de ces choses comme nous les pensons et comme nous ne les disons pas. »

IV

DE JUSTE OLIVIER

« Mardi, 20 septembre 1837.

« Cher ami,

« Vous ne pouvez être plus impatient que nous ne le sommes. Mais vous avez Paris entier pour vous distraire de l'attente d'une réponse; nous, au contraire, nous ne pensons qu'à cela.

« Il m'a fallu pousser jusqu'à ce soir pour avoir des

nouvelles. L'affaire est en train. M. Espérandieu a fait, en son nom, la proposition au *conseil d'instruction publique*, dont il est membre. Ses collègues l'ont parfaitement accueillie. L'académie, consultée sur le-champ et extraordinairement réunie, s'est empressée de donner son approbation. Le projet est alors revenu au conseil de l'instruction publique, qui a fait rapport au *conseil d'État*. M. Espérandieu en a été le rédacteur. Le conseil d'Etat va maintenant souverainement décider. Nous aurons, j'espère, la solution dans la huitaine. Je vous écrirai aussitôt.

« Vous avez à Lausanne et dans le canton beaucoup d'amis, qui remuent pour nous tout ce qu'ils ont de bras. M. Monnard, que j'avais averti, a écrit de Lucerne. Son collègue à la Diète, M. de la Harpe, conseiller d'Etat, en a fait autant. Mon beau-frère et moi expédions des missives tant et plus. Le conseil d'Etat passe pour être un peu récalcitrant en littérature moderne, mais nous disons : *Il n'osera !*

« Tout cela est bien lent et vous ennuie beaucoup, si vous y pensez, mais nous n'avons pas de ministre de l'instruction publique compétent pour décider à lui seul des questions de cette espèce. Dans nos petites démocraties, la volonté qu'il faut faire agir est très complexe. Il y a une académie, corps enseignant, à consulter, et la décision appartient à un conseil d'Etat composé de neuf membres. Quelque bonne volonté que nous y mettions, les délibérations, les communications, d'un corps à l'autre, les préavis à recueillir, prennent du temps. Voilà ce que vous fait dire mon ami Espérandieu, et en vérité il a mis à cette affaire toute la célérité possible.

« J'apprends également ce soir que votre article a paru (1) ; c'est un à-propos. Le *Nouvelliste vaudois* va

(1) L'article sur Vinet, à propos de la *Chrestomathie (Revue des Deux Mondes* du 15 septembre 1837).

le répéter dans ses colonnes. Si vos Parisiens le savaient !
Où Sainte-Beuve va-t-il se nicher ? s'écrieraient-ils. Du
moins chez des amis.

« Adieu.

« O. »

V

DE JUSTE OLIVIER

« Aigle, 23 septembre 1837.

« Vous n'aimez pas les longues lettres, mais j'ai beaucoup de choses à vous dire aujourd'hui, car vous nous
venez, cher ami ; du moins cela ne dépend plus maintenant que d'un *oui* officiel de votre part.

« Le conseil d'Etat a adopté en plein la proposition de
celui de l'instruction publique, qui était : que ce dernier
*fût autorisé à faire des propositions à M. Sainte-
Beuve et à lui offrir une somme de 3ooo francs de
France,* — un peu plus de 2000 francs de Suisse, — *avec
une salle dans le bâtiment de l'Académie.* Le conseil
d'Etat ne prescrit point le sujet du cours. Ce sera un point
à régler avec vous, ici, ou par correspondance : ce que je
vais demander que l'on fasse au plus tôt, n'est-ce pas ?
Mais n'ayez aucune inquiétude là-dessus. M. Espérandieu est convaincu que ce point se réglera suivant vos
désirs. Je le suis aussi. Pour vous citer mon propre
exemple, on m'a toujours laissé parfaitement libre de
choisir moi-même la matière de mes cours ; et la marche
toujours suivie est de demander au professeur son choix,
bien loin de lui rien indiquer.

« L'affaire importante pour le conseil d'Etat ne pouvait
être que l'affaire d'argent. Au surplus, *Port-Royal* lui a
été indiqué dans le rapport ; mais on ne l'avait pas mis
sur le premier plan, afin de ne pas éparpiller inutilement

la négociation. Le conseil d'instruction publique est, au dire d'Espérandieu, tout bien disposé pour ce sujet. Son président, homme qui a fait lui-même un pèlerinage à Port-Royal, et en a rapporté une pierre à Lausanne, m'avait aussi parlé dans ce sens. Tous nos amis de même. D'ailleurs on vous veut, et on sera trop heureux d'accepter ce que vous voudrez nous donner. Et, à voir la chose par son côté le plus sérieux et le plus important, Port-Royal est peut-être de toute la littérature française le sujet qui nous convient le mieux. Nous aimons donc à vous regarder comme engagé, puisque à nos yeux Port-Royal, je vous le répète, est comme accepté.

« La seule condition qui vous soit imposée est la *libre entrée* à votre cours *pour les étudiants, pour les membres des corps chargés de l'enseignement académique, et pour les membres des diverses autorités supérieures.* De plus, on espère beaucoup dans le public que le cours sera rendu accessible aux dames : il faudra, m'écrit M. Espérandieu, que M. Sainte-Beuve en passe par là. Qu'en dites-vous? Se mettre mal avec les dames est chose redoutable en tout pays.

« Le conseil de l'instruction publique va s'occuper immédiatement de vous adresser sa proposition. Je dois vous dire, pour l'honneur de ma patrie, qu'il y a eu empressement unanime de la part des divers corps qui ont été appelés à délibérer en cette occasion. L'affaire a marché de séance en séance sans aucune interruption, et le conseil d'État a décidé beaucoup plus prestement que nous n'osions l'attendre.

« Il n'y a eu que les lenteurs strictement inséparables de notre organisation administrative. Pour nous qui savons comment vont les choses en pareille occurrence, nous voyons dans cette promptitude inaccoutumée le plus sincère hommage qu'on ait jamais décerné dans notre heureux pays de nonchaloir. Ayez aussi un peu de plai-

sir à penser que vous ne passerez point parmi nous sans
y laisser de trace : les hommes sérieux regardant votre
séjour à Lausanne comme du plus heureux augure pour
notre académie au moment où elle va tâcher de se rajeu-
nir. Nous ne sommes pas grands, il est vrai ; *mais nous
ne sommes pas pires.* »

. . . .

VI

DE Mme OLIVIER

« Aigle, ce samedi, 23 septembre 1837.

«Vous nous venez donc ! une main moins tremblante (1),
une joie, non plus vraie, mais plus hardie de cet exau-
cement de nos désirs seraient nécessaires pour en parler
comme je le voudrais et comme nous le sentons.

« Aujourd'hui, je ne puis vous dire qu'un mot ; et
vous y reconnaîtrez une défiance qu'il me plairait de
vous voir trouver exagérée. Est-ce encore notre toit que
vous préférez, sa chambrette de travail, et sa modeste
vie, où la liberté et l'amitié se proposent seules, comme
dédommagement des habitudes du luxe ? Il me semble
qu'après tant d'assurances de votre part, de causeries sur
ce sujet, et une certaine connaissance que j'ai dû acquérir de votre caractère, vous avez le devoir de regarder
cette demande dernière au moins comme inutile, et peut-
être pis. Pardonnez-la moi : répondez-y et surtout n'y
voyez que les craintes exagérées, mais affectueuses d'une
malade. Surtout, ne doutez jamais, à votre tour, de
l'extrême plaisir que nous trouvons dans la perspective
de vivre avec vous. En mon particulier, je serai tout
heureuse d'essayer de remplacer pour vous, matérielle-

(1) Mme Olivier sortait d'une grave maladie.

ment du moins, votre mère et ceux à l'attachement desquels vous confiez quelque chose de l'arrangement extérieur de votre existence. Si donc il arrivait (ce que je ne crois point, je vous assure) que vous ne voulussiez plus rien de notre république domestique, il est bien entendu que ce serait pour vous et non pour nous; mais votre ministre de l'intérieur, tout déchu et triste qu'il se sentirait, n'en continuerait pas moins à faire pour votre bonheur à Lausanne des vœux, sinon des projets. Ceux-ci m'aident à passer le temps de maladie et d'inaction qui amèneront bientôt, Dieu aidant, le moment où nous aurons la vive jouissance d'aller vous recevoir et vous répéter : « Soyez le bienvenu sous notre ciel et chez vos amis ! »

VII

DE JUSTE OLIVIER

« Aigle, lundi 2 octobre 1837 (1).

« Sans la lettre ci-incluse qu'on me demande d'adresser, j'aurais attendu quelques jours encore pour vous écrire afin d'avoir une réponse complète et définitive. J'ai fait moi-même, en votre nom, la proposition du sujet de Port-Royal au conseil d'instruction publique, afin d'éviter de nouvelles longueurs. Ma phrase officielle était à peu près celle-ci : « La nature à la fois littéraire, historique « et philosophique de ce sujet, le caractère intime du « talent de M. Sainte-Beuve, qui est en mesure et qui a « l'intention de chercher dans les détails un intérêt plus « à portée de tous, enfin les relations de cette illustre « école avec ce que le grand siècle a eu de plus grand, « font, ce me semble, de l'histoire de Port-Royal une

(1) Réponse à la lettre de Sainte-Beuve du 26 septembre.

« spécialité variée, heureusement unie au cercle habituel
« de nos études, quoique nouvelle pour lui. » J'espère
n'avoir pas dépassé la latitude que vous m'aviez donnée.
Au surplus, comme on vous *offrira* et que vous *accep-
terez*, c'est votre lettre et non la mienne qui comptera.
Mais tout ceci est pure affaire de forme. Chacun de nous
donne son cours comme il sait et comme il peut. Vous,
vous le donnerez très bien, et tout ira bien. La perspective de votre arrivée parmi nous y fait un grand remue-
ment. On demande, on questionne ; le *Nouvelliste vaudois*, qui ne sait pas grand'chose, répond. Et l'on vous
attend, pour décider la grande affaire où le beau sexe
est mêlé.

« M. Cousin serait en effet arrivé trop tard. Je ne sais
ce qu'il a dit. Mais, ayant eu le même soupçon que
vous, j'avais d'avance soufflé un mot à l'ami Espérandieu, le priant d'avoir l'œil de ce côté. Mon beau-frère
en avait fait autant sur un autre point. Au surplus,
M. Cousin ne fait plus grand bruit philosophique et littéraire nulle part, pas même chez nous. Son chef-d'œuvre est la traduction de Platon. Mais on prétend que ce
n'est pas lui qui l'a faite. *Chi lo sa ?* comme disent les
Italiens. Mais, enfin, il est une des *Puissances intellectuelles de notre âge* et il pourrait faire du mal s'il en
avait le pouvoir. L'académie a déjà, depuis quelques
jours, reçu communication de votre choix ; en sorte que
je pense qu'on vous écrira bientôt, et que vous recevrez
la lettre avant votre départ de Paris. Si vous arrivez à
Lausanne vers le 15, comme vous me le marquez, nous
ne serons pas tous là pour vous recevoir. J'espère que
cette difficulté ne vous paraîtra pas de mauvaise augure et que notre toît encore solitaire ne vous fera pas
peur. Mme Olivier ne pourra être à Lausanne que pour
la fin du mois, si tout va bien (1). Elle vient d'avoir

(1) Mme Olivier venait de mettre au monde son second fils.

une crise terrible, tout à fait imprévue, qui, un moment, nous a fait tout craindre. Elle était très bien lorsqu'elle est soudainement retombée. Sans l'Ami que nous avons au ciel, nous étions tous deux perdus. Il me donna la force et à elle le soulagement. Elle est mieux depuis quelques jours et d'un mieux soutenu. Toutefois, il lui faut bien des ménagements encore. Si vous pouvez me marquer au juste le jour de votre arrivée à Lausanne, j'espère ne pas vous y laisser arriver seul. Du reste, je vous récrirai bientôt sur tout ceci (nous arrangerons facilement la chose, si vous ne craignez pas un peu trop de solitude dans notre appartement de Lausanne, une dizaine de jours avant que le gros de la bande puisse arriver) dès que j'aurai pu en parler à Mme Olivier et que nous aurons reçu votre réponse.

. . . .

« ... Vos vers m'ont fait un plaisir que je ne pourrai vous exprimer qu'ici, un soir, en vous les récitant (1). Le passage surtout :

> La nue un peu brisée, etc.
> Et le lac infini fuyait dans sa longueur

est un trait de paysage d'une vérité parfaite.

> Cette tranquillité me distillait au cœur
> Un charme qui d'abord aux larmes nous convie.

« Je ne saurais vous dire combien j'aime ces deux-là. Votre article m'est aussi arrivé, dans le numéro de la *Revue* même, que j'ai pu héler jusqu'ici. (Notre journal ordinaire n'avait pu donner qu'un extrait.) Du coin où je suis retiré, je ne puis vous dire ce que le public a

---

(1) Il s'agit de la pièce *A J.-J. Ampère*, où Sainte-Beuve exprime les émotions ressenties en Suisse, et plus particulièrement chez ses amis Olivier. Elle est imprimée dans *les Pensées d'août*, qui parurent à peu près à ce moment.

pensé de ce morceau. Mais j'espère qu'on en sera fier, comme nous le devons. J'ai lu par la même occasion l'article de M. Ampère sur Ausone et avec un vif intérêt. Il m'a rendu et complété quelques-unes des impressions que j'avais reçues aussi en feuilletant, dans mon petit cadre, les écrivains de cet âge. Le luxe d'érudition que vous reprochiez à votre ami me semble là si bien ménagé, si bien approprié, que vous le lui passerez sans peine.

« Il n'est point nécessaire que votre cours commence absolument au 1er novembre. Toutefois, vous ferez bien de venir un peu avant et de l'ouvrir, passé ce terme, le plus tôt possible. Si vous faites un *discours d'ouverture*, comme on dit en style du genre, vous remplirez probablement l'attente générale ; j'ai cru bon de vous en avertir.

« Notre bibliothèque vous fournira autant de volumes que vous voudrez de tous ceux qu'elle possède sur la matière que vous traiterez ; c'est votre droit. Ainsi, n'apportez pas ce que l'on trouve partout, nous l'aurons aussi.

« Adieu. Je vous écris rassuré, mais encore tout tremblant. Veuillez donc, cher ami, excuser le trouble de cette lettre. Votre bien dévoué. « O. »

VIII

« Aigle, ce jeudi 5 octobre (1837).

« Cher ami, n'ayant pu faire partir ceci tout de suite après l'avoir écrit, l'incluse (de M. Vinet) dont je vous parlais vous a été expédiée directement. Et vous l'aurez demain ou après demain, je pense.

« Mme Olivier est toujours à peu près dans le même état. Depuis qu'elle est mieux, elle en est restée là. Avec assez de fièvre encore. Sans cette fièvre il est probable

qu'elle serait bien et qu'elle pourrait avant peu songer
à sortir. Après avoir eu tout à craindre d'un grand et
subit affaiblissement, nous sommes un peu inquiets maintenant de quelque inflammation. Toutefois, grâce à Dieu,
aujourd'hui moins que hier. Mme Olivier a pu recommencer à nourrir son enfant, qu'elle avait dû laisser pendant la crise, qui a duré environ deux jours. — Je vous
sais assez notre ami pour ne pas douter que ces détails,
quoique allongeant mes longues lettres, ne vous soient
précieux. Si vous n'êtes pas effrayé, cher ami, de ces
tristes commencements, voici comment nous arrangerons
votre arrivée à Lausanne. M. Bezencenet, le docteur,
croit encore pouvoir espérer que le retour de Mme Olivier
dans sa maison aura lieu à l'époque ordinaire ; c'est-à-
dire dans la dernière semaine d'octobre. Si vous pouviez
retarder votre arrivée jusqu'au 20, vous ne nous précéde-
riez ainsi que de peu de jours, s'il plaît à Dieu. Sinon
(et nous comprenons parfaitement cela) ce serait quelques jours de plus, pour vous et pour nous, pendant
lesquels il faudrait prendre patience. La chambre que
nous vous destinions ayant dû être démeublée pour des
réparations à faire pendant l'été, nous vous demanderions
d'avoir la bonté de vous contenter, pendant ces quelques jours, d'une autre de nos petites chambres, moins
jolie, mais toute prête depuis le printemps (en cas de
séjour de l'un de nous pendant l'été). Aussitôt de retour,
nous vous installerions dans votre chambre de tout
l'hiver. Voilà pour le *couvert*. Quant au *vivre*, il y aurait
aussi moyen de tout arranger. Moi, si je pouvais aller,
ou nos amis, vous expliqueraient votre ménage im-
promptu dès votre arrivée à Lausanne.

« Je n'ai pas encore la réponse définitive relativement
au sujet du cours. Mais comme j'ai demandé, pour
éviter de nouvelles longueurs, qu'on vous la transmît
directement, il serait possible qu'elle fût déjà donnée

sans que je fusse averti. A moins d'un complet mauvais vouloir de l'académie, qui reviendrait ainsi en arrière de son premier empressement, le sujet ne peut manquer d'être agréé. La chose dépend uniquement d'elle, et elle ne voudrait pas, pour un point qui passe ordinairement sans difficulté, assumer la responsabilité d'avoir fait manquer une affaire où le conseil suprême a donné son assentiment à l'*unanimité*, j'avais oublié de vous le dire. Et rien n'est si rare que l'unanimité dans les décisions de notre conseil d'État. Une petite chose encore qui doit vous attirer à Lausanne. Il se trouve que le rédacteur gérant du *Nouvelliste vaudois*, qui, à bonnes intentions, a fait d'assez mauvais articles à votre sujet, ces derniers temps, a hérité la bibliothèque et divers papiers de Mme de Charrière, et qu'il a l'intention de réimprimer ses lettres, avec des adjonctions, une biographie, etc. (1).

« Adieu, cher ami. Nous sommes si bien faits déjà à vous aimer et à l'idée de vous voir des nôtres, que ce serait un bien grand chagrin pour nous s'il fallait y renoncer. Mme Olivier est censée ignorer que je vous écris ; mais je suis parfaitement certain qu'elle vous envoie ses meilleures amitiés. Nous nous réjouissons extrêmement d'avoir vos *Pensées d'août* et de les avoir de vous.

« A bientôt ! »

IX

DE M. ET Mme OLIVIER

« Mars 1840 (2).

« Le comte de Saint-Julien avait épousé, par amour, une charmante femme qui n'était ni riche ni noble. Il

(1) Eusèbe Gaullieur, dont la mère, Henriette l'Hardy, amie intime de Mme de Charrière, avait hérité, en effet, tous ses papiers.
(2) Réponse à la lettre de Sainte-Beuve du 13 mars 1840.

vint s'enfermer avec elle, il y a quelque vingt ans, dans
une campagne qu'il acheta et où il réalisa, jusqu'aux
sabots inclusivement, l'idylle qui se résume ainsi : une
chaumière et ton cœur ! M. Monnard, qui l'avait connu
à Paris, allant le voir avec madame, le trouva dans sa
cour, vêtu en paysan et chargeant une voiture de fumier
(je crois bien, pardon !). M. Monnard fut reçu dans
une chambre meublée et tenue avec une rusticité tout à
fait digne du reste. Il n'était question ni de salon, ni
de visiteurs ni de rien qui ne fût pas vie des champs
toute crue. Cela dura pourtant dix ans ! Alors M. de
Saint-Julien voyageant, il survint un incendie, où les
voisins se montrèrent si empressés, si obligeants pour
madame que le couple crut devoir se départir de son
austère résolution. On fit des visites de remercîment et,
peu à peu on rentra dans le monde, même dans un
monde très mondain. M. de Saint-Julien passe pour un
homme aimable ; il a une réputation de *beau liseur*, dont
on profite. Il fait, de plus, la cour depuis longtemps et
très serré à une dame fort coquette, ce qui le brouille
un peu avec certaines de ses anciennes relations. Sa
femme vit à Paris avec son fils, et lui-même fait de fréquents voyages. Leur fortune paraît assez considérable.
Je vous en dirai davantage quand j'aurai pu questionner plus de gens sans en avoir l'air.

« Si vous saviez combien votre promptitude à répondre
nous réjouit, cela vous dédommagerait, même de ce que
vous appelez des intimations. Une lettre de vous est une
joie de cœur et d'esprit qui nous fait, au moins, une
bonne journée, sans compter celles où on relit, celles où
l'on repasse sur un mot ou sur une page. Vos informations *morales* sur la position de M. Mickiewicz et de sa
chaire là-bas étaient de si grand bon sens qu'il y a accom-
modé d'avance ses résolutions. Il avait ici des amis qui
lui ont fait comprendre les choses exactement comme

vous les dites. En conséquence, il a accepté la chaire de Lausanne, et il prétend que ce n'est pas en attendant mieux. Une famille polonaise, naturalisée dans ce pays, riche et considérée, et *raisonnable*, ce qui est un point à noter, qui l'aime beaucoup, et qui vit sous le même toit, va acheter une grande maison où elle le logera aussi. Il semble vraiment que tout s'arrange tant soit peu définitivement.

« Je n'aime pas trop à comprendre votre réponse sur les campagnes à vendre ici, et sur vos projets pour l'été. Sur le second point, au moins, comme le plus prochain et le plus facile, n'y a-t-il pas moyen de réclamer? Avez-vous besoin du voisinage de Paris durant tout l'été? Ne prononcez pas encore, si c'est contre nous.

« Hier a dû partir, dans un ballot pour Risler, le petit volume de *Poésies*, accompagné de la biographie de M. Manuel. Je souhaite que vous ne trouviez pas le miroir trop effacé, ni surtout la facette que vous en avez fournie trop gâtée. Soyez indulgent et ami, comme toujours. Aujourd'hui, grande apparition sur la terre vaudoise d'un nouveau journal politique-conservateur-libéral-antiradical-*progressiste*-philosophique-raisonnable, amusant et religieux! Il s'appelle *le Courrier suisse*. Il est né dans les bras d'une société d'actionnaires, lesquels fourniront de la pâtée à cet enfant de Mess. Jaquet, Forel, Monnard, Berger, etc. Une immense quantité de cancans se sont élevés déjà, bourdonnant comme mouches affamées autour du berceau où dort encore le phénomène; quand il aura parlé, que sera-ce? M. Monnard, toujours intrépide, fait la partie suisse. Pour la rédaction des nouvelles étrangères, on a un jeune homme, Genevois d'origine, actif, sceptique et radical, poète (mauvais) par là-dessus et qui fait imprimer en secret chez Ducloux un volume passablement érotique qui éclatera comme une fusée sous le nez du comité moral et régénérateur qui dirige le journal. En attendant, et malgré mes : *prenez garde!* Mme Forel s'en va colportant la louange des petits vers du monsieur. Pour nous, nous sommes et restons dans la coulisse, avec grand soin de n'avoir l'air ni informés, ni amusés. Tout cela est si sérieux pour ces braves gens! A propos de sérieux, vous ne mériteriez pas celui que nous mettons à lire votre poésie, si votre incrédulité ne se montrait d'une manière tout aimable et tout affectueuse qui désarme. Je crois bien que quand vous viendrez (bientôt?) lire avec nous un fragment du *Seigneur Thaddée*, qu'on vient de traduire dans la *Revue suisse*, ce sera le piano du fond; mais je vous nie le droit de penser que vous, ou quelque chose de vous, puisse jamais être chez nous à cette place. — On m'apporte *le Courrier suisse*, assez bien fait vraiment et où, en première ligne de nos affaires, gît une fanfare de victoire à propos de Mickiewicz. Nous la sonnons sur toutes nos trompettes. J'espère que nous n'en serons pas pour nos frais d'enthousiasme. Mais après avoir été, Olivier et moi, cela peut se dire à vous, le plus actif des rouages qui ont amené ce triomphe, nous sommes maintenant de beaucoup ceux qu'il tire le moins de leur calme et même de leur doute. Cependant, entre les Mickiewicz et nous, tout est au même point de cordialité et de bonnes relations. Nous allons en soirée aujourd'hui avec eux chez les Vinet. Monsieur n'est pas bien. Il a beaucoup de tristesses qui viennent de sa santé.

« Mme Sand a écrit en effet, et de façon à faire grand plaisir. Remerciez-la, je vous prie. Mais ne trouvez pas que ce remerciement indirect, que vous ferez à merveille, est plus à propos que de la prose reconnaissante qui aurait l'air de faire une queue à ce qui n'en doit point avoir pour rester dans le sentiment vrai de tout le monde. Mme Sand, dans sa lettre, n'a point l'air d'attendre ni

même de provoquer en rien une réponse, bien qu'elle
soit très aimable et même cordiale. Dites ce que vous en
pensez. En passant par votre bouche et au travers de
votre amitié, nous sommes charmants peut-être ; il ne
faut pas sortir de là pour rester avec un bon souvenir !

« Qui me dit méchante? Tout le monde excepté vous,
même Olivier. Et comme sans s'en apercevoir on reçoit
l'empreinte d'une goutte d'eau qui tombe tous les jours,
j'allais commencer à les croire si vous ne veniez bien
doucement me rassurer. Le plus hardi pour affirmer ma
méchanceté profonde, c'est pourtant Mickiewicz. Il
pousse la clairvoyance ou la prévention à cet égard jusque dans un avenir si reculé qu'il veut, dit-il, se brouiller avec moi si je passe six mois à Paris ; parce que mes
aptitudes sont telles qu'il n'y aura plus moyen de vivre
en sûreté dans mon cercle dès que je serai sortie de la
candide atmosphère de Lausanne. Mais j'en appelle à
mon innocence et à vous.

« Urbain nous a fait une jolie visite d'un jour. Il a été
heureux d'emporter de vos bonnes nouvelles, et votre
bon souvenir. Vous savez que vous êtes un ami bien cher
aux trois coins du lac et même aux quatre, en comptant
M. Diodati et Isabelle. Eynard est aussi à Genève cet
hiver, s'occupant beaucoup de ces biographies de Mme de
Krudener et de Dutoit-Membrini ; mais il a bien mal
aux yeux. Voilà une page qui m'avertit de mettre un terme à la causerie. Quand en aurons-nous de meilleures ?
En attendant, faites-en toujours dans le cœur beaucoup
et de bien tendres avec vos amis.

                    « J. et C. »

X

DE Mme OLIVIER

« Jeudi au soir, 15 juin [1840] (1).

« Sans l'arrivée de ma sœur, je vous aurais écrit le jour même où j'ai reçu votre lettre. Hier j'ai été accablée de visites et aujourd'hui vous avez mon premier moment de liberté. Cette histoire n'a pour but que de vous faire savoir pourquoi, trop fatiguée pour vous écrire une lettre raisonnable, je ne peux cependant pas renvoyer à demain.

« Olivier dit qu'en 1793 on était en effet, même aux Ormonts, sous les baillis bernois, bien que ce coin-là de pays jouît de privilèges particuliers, fût régi d'après une jurisprudence tout à fait locale (code des Quatre-Mandements) et, avec la plaine du Rhône, fût passablement séparé du reste du Pays de Vaud et considéré comme un pays perdu. Ce n'était point la mode alors, vous savez, des voyages pittoresques ; mais, dans la position très exceptionnelle de vos personnages, vous pouvez trouver d'amples raisons pour motiver une course aux Ormonts. Ce serait comme qui dirait maintenant une tournée en Chine. La Gruyère était à Fribourg. La dame pourrait être catholique, ou rester protestante et se marier également, puisque c'est en secret, à Paris et en dehors des formes légales de ce pays. J'insistais pour une catastrophe simple qui ouvrît les yeux de la jeune fille ; l'histoire même vous la fournit : c'est une grossesse qui mit la chaste demoiselle dans un embarras qui ne se pouvait dénouer que par un aveu à sa nièce. Vous changerez les noms, cela va sans dire, car cet enfant si intempes-

_____

(1) Réponse à la lettre de Sainte-Beuve du 9 juin.

tivement arrivé était un fils, marié depuis deux ou trois
ans à X..., très connu, très reconnaissable. Vous feriez
très bien de changer aussi les lieux et de placer votre
campagne près de V..., par exemple, un peu dans le
Jorat ou ailleurs, à la Côte même, dont vous connaissez
si bien le caractère, par Eysins. Si vous étiez venu faire
votre nouvelle ici, je vous aurais fourni les plus précieux renseignements sur la dame. Mes grands étonne-
ments sont que vous viviez en mondanité déterminée
quand je vous croyais travaillant laborieusement *à la
campagne, loin du commerce*, etc., du moins pour
essayer.

« Je lirai les romans que vous me conseillez dès que
je pourrai les avoir, sans en craindre l'émotion, car sur
tout ce qui est littéraire je suis plus dure et plus blasée
que vous, tout critique que vous êtes, mais la vie, c'est
autre chose, et j'y garde de plus que vous mes privilèges
de recluse et de provinciale qui me la font toujours sensible et vibrante. Vous qui ne reniez point non plus votre
nature et savez au besoin radoter avec nous, vous auriez
dû être là, hier au soir, en quatrième avec le petit Edouard
et nous, afin d'entendre, de sa voix argentine, des mots
que je vous gâterai et qui n'étaient nullement provoqués.
« La nuit, se disait-il à lui-même, a une robe bleue ;
« — et les feuillages sont tout jaunes, tout dorés ; — et
« le lac Léman les regarde, mais il ne les trouve pas
« beaux, parce qu'il est beau. » — Vous voulez de nos
niaiseries, en voilà.

« Depuis ma dernière, mon frère (1) a manqué être
nommé au conseil d'Etat, honneur qui le désolait en lui
faisant quitter son Aigle et sa tranquille existence, mais
que sa conscience l'eût contraint d'accepter pour des raisons politiques et religieuses imperceptibles de loin, ici

(1) M. Ruchet, d'Aigle.

toutes puissantes et graves. Pour le moment il a échappé. En revanche il a été fait vice-président du grand conseil et second député à la Diète. Il part donc pour Zurich le 1er juillet.

« Lèbre, en vous réitérant amitiés, souvenirs et mille choses que j'ai le très grand tort de supprimer toujours, vous fait dire que son départ pour Paris aura vraisemblablement lieu en septembre. D'ici là, il ira à la montagne, partira dans trois semaines. Mme Clara, à ma grande joie, a repris sa belle et idéale figure, en sorte qu'il n'y a plus qu'à oublier le gras fantôme de sa grossesse. Son mari est nommé suffragant à Perroy, au-dessus de Rolle. Pouvez-vous avoir la *Bibliothèque Universelle* de Genève ? Vous y liriez un grand article de M. Diodati sur *Port-Royal*. Tâchez de lui faire ce plaisir, et à moi aussi. M. Frossard, à peu près guéri, s'en va pasteur à Chardonne, charmant village au-dessus de Vevey. L'installation de M. Mickiewicz, quoi qu'il arrive chez vous, est fixée au vendredi 24 ou 25. Je lui donne vos nouvelles avec précaution, car nous sommes en délicatesse sur le sujet de Paris ; mais cela nous intéresse toujours également et nos réserves tiennent plus aux façons d'agir ou de souhaiter de madame qu'à ce qu'il pense lui-même. Nos relations sont toujours les mêmes. Plus de courage a perdu M. X....., qui nous est revenu.

« L'Académie va bien ; mais les professeurs, surtout votre ami, ont trop à travailler vraiment par la chaleur qu'il fait. Impossible de rien mener d'autre à côté. Vous voyez que je m'efforce de répondre à tout. Mme Forel est partie pour la campagne, après avoir donné une belle soirée, où je me suis fait représenter par Olivier, parce que je ne sors plus en cérémonie ; on y a lu *le Centaure* à son intention et à celle de M. Mickiewicz ; fatigués comme des manœuvres, ils n'ont pas eu la force d'admirer. M. de Brenles passe des heures fort douces avec

M. et Mme Vinet (qui sont bien). Un certain livre de philosophie, par l'abbé Bautain, a réveillé quelque peu sa
conscience intellectuelle et a jeté le douteur dans le doute
du bon sens de son scepticisme : de là ce goût pour la
société de nos très aimables saints.

« Adieu, cher ami ; les enfants vous embrassent avec
un souvenir extraordinaire à leur âge, mais que votre
sympathie leur inspire sans doute, sans le chercher. Ma
sœur vous envoie *toujours la même chose* et vous savez
ce que c'était. Je me tiens aussi à cette phrase.

« Adieu. »

ADJONCTION DE JUSTE OLIVIER

« Je n'ai que le temps, cher ami, de rectifier un mot de
Mme Olivier. Rien de plus à la mode, au contraire, en ce
temps-là, que les voyages de montagnes. A cet égard
aussi nous sommes en décadence. C'est alors qu'on a découvert le Mont-Blanc ou du moins Chamonix. Peut-être
bien n'y avait-il pas alors de Mme d'Angeville, la femme
n'étant pas encore émancipée. A Aigle, le bailli s'appelait *gouverneur*. Je ne mérite pas le sort d'André Chénier. Aussi n'aurai-je que le professorat pour guillotine.
Mais c'est bien assez. Adieu. »

XI

DE Mme OLIVIER

« Ce mardi (mars 1841).

« Votre lettre aimable, cher ami, est arrivée bien à
point pour me consoler d'une mésaventure piquante qui
met à néant, pour l'heure du moins, mon travail de cet
hiver. Mon éditeur anglais est mort ; mort juste au moment où mes deux notices sur Lamartine et de Vigny,

dont j'étais contente, allaient lui parvenir. Il n'est plus
question maintenant pour moi de publier en Angleterre ;
à moins d'y faire un voyage auquel je ne saurais penser
à présent. Je garde mon ouvrage, non achevé, mais bien
entamé, j'espère, pour des temps meilleurs. Tout cela est
contrariant jusqu'à impatienter parfois : mais je me dis
que ces duretés de la lime doivent assouplir l'acier et
qu'elles ont un but.

« On se console de tout avec le bonheur, finalement ;
quelquefois même il nous arrive d'être effrayés de la plénitude de cette félicité qui déborde sur toutes les heures,
même les plus chargées, grâce à la paix des affections et
à un amour qui embrasse tout, même la nature. Je n'ose
en parler, nous osons à peine nous l'avouer. Une telle
chose est presque comme ces enfants dont on admire la
surnaturelle beauté. A vous quelquefois de voiler d'un
nuage cet azur transparent, car nous vous aimons tant
et nous pouvons si peu pour vous ! Le mal est que, tout
en vous souvenant de la douceur égale et passée de vos
jours de Lausanne, vous n'en voulez cependant plus.
Paris est une de ces beautés d'autant plus chères qu'elles
font mieux enrager. On ne conçoit pas la vie sans elle.
Et, n'était votre expérience, qui pourtant élève au-dessus
du tourbillon quelque furtif souvenir bien authentique-
ment heureux, vous plaindriez volontiers le bonheur de
province, même celui du pied des Alpes. O ingrat ! Avez-
vous oublié le sonnet parfumé que vous récitâtes avec
transport aux immuables sapins et aux fleurs de la prai-
rie, en arrivant aux Agites ? — Je ne parle pas de moi,
qui vous écoutais aussi silencieuse que les ombrages et
les gazons. — Je ne parle pas non plus de Rovéréa,
maintenant sévère et défeuillé sous la neige ; ni de Chamblande, où rien ne chante que l'hiver faisant craquer les
glaçons. Tâchons pourtant de conserver dans le cœur
de quoi vivre, sinon du présent qui sépare, au moins du

passé. Il n'y a de vrai, de réel, que les choses du cœur.
Sans doute, avant de nous revenir tout de bon avec l'envie d'être heureux de nouveau du simple bonheur que
nous pouvons vous offrir, vous pourrez tomber en route,
mais cela dépendra du chemin que vous prendrez. Allez,
si vous voulez, à l'Académie comme La Fontaine, par le
plus long; mais non pas ainsi quand vous vous tourne-
rez vers nous.

« M. Vinet, lentement convalescent, est maintenant
visible. — Toutes vos relations d'ici vont bien. On s'informe constamment de vous, et j'ai entendu, hier, dans
une soirée qui a mis sens dessus dessous l'appartement
de Mme Régnier et sa tête rhumatisée, j'ai entendu, dis-
je, Mlle Herminie se récrier, avec une vivacité singulière,
sur le retard de votre second volume de *Port-Royal*.
Vous avez, sur ces bords discrets, des lecteurs nombreux
et fanatiques. Mon pauvre volume en est presque usé.
Vous vous implantez jusque dans la moelle de l'admiration vaudoise, et rougissez, si vous pouvez, on vous aime
ici autant qu'on vous admire. On vous aime, vous dis-je,
avec une candeur primitive et digne, non pas d'un autre
objet assurément (il nous prendrait peu fantaisie d'y
songer, nous qui vous aimons mieux que tous les autres
ensemble), mais d'un meilleur sort.

« Nous avons eu aujourd'hui un procès de presse contre notre *Charivari*, qui a mis Lausanne en rumeur (1).
Tout ce qui est susceptible de littérature et de malice
était aux débats. Je n'y ai point manqué, malgré mon
nourrisson. Deux conseillers d'Etat, Druey et Blanchenay,
étaient au banc des témoins. Les avocats, fort éloquents,

---

(1) Il s'agissait d'un procès en diffamation intenté, sur la plainte
de l'avocat Mandrot, à M. Cottier, gérant du *Charivari*, défendu
par l'avocat Guignard, de Nyon. Le gérant fut condamné à 100 fr.
d'amende et 60 fr. de dommages-intérêts. Une foule nombreuse
suivit les débats, qui durèrent deux jours.

qui étaient eux-mêmes parties, ne nous ont point fait faute de méchancetés et de scandale. Il y a eu même des choses inouïes dans les fastes du barreau, quoique toujours convenables. La torpeur vaudoise a été agacée par un grésil continuel de paroles acérées, piquantes, dignes enfin d'un autre public, mais que celui-ci a d'autant mieux senti qu'il n'en avait pas l'habitude. Nous voilà presque aussi méchants que vous.

« Lèbre, en effet, me parle de vos hommes et de vos livres; sans grand enthousiasme et fort sainement, me semble-t-il. — Olivier est en soirée. S'il a quelque chose à vous dire sur les vieux romans dont il s'occupe durant ses courts loisirs, il le fera demain.

« Vous êtes donc si mondain? eh bien, mieux vaut cela que la tristesse précédente; seulement prenez garde, je vous en conjure, que, par un cercle vicieux, elle ne vous y ramène pas. Gardez-vous.

« Toute proportion gardée, nous sommes et je suis aussi mondaine que vous cet hiver. Cela me lasse maintenant. Viennent les beaux jours, on s'esquivera du côté du lac ou du chemin tortueux et ami de Rovéréa; on laissera là les visites, les thés, les samedis et tout ce qui y tient.

« Adieu, voilà une lettre éternelle, et qui ne vous rend pas, comme je voudrais, la douce impression de la vôtre. Croyez, à votre tour, à toutes les choses de nous qui peuvent vous faire plaisir et donner un peu de charme à votre vie par la puissance que doivent avoir pour cela tous les sentiments vrais; ainsi et surtout ceux si vifs de

« vos amis O. »

XII

DE Mme OLIVIER

« [Mars ou avril] 1841 (1).

« Savez-vous qu'une lettre aussi aimable et aussi tendre que la vôtre donne l'envie de n'y jamais répondre; par une lettre au moins ! Autrement nous y répondons assurément de toutes les façons ; et même j'ose croire que, le caprice vous étant venu de descendre au fond de vous-même pour nous parler ainsi, vous y avez trouvé que ce n'était que du retour, à la grâce près. Cette grâce elle-même continuera l'idylle beaucoup mieux que moi, qui pourrais la gâter. Et si vous voulez savoir pourtant que j'avais besoin de vous écrire, je vous confesserai que j'ai mis une longue lettre pour vous, non à la poste, mais au feu. Pardonnez-nous donc un retard si peu oublieux, mais qui a pu vous paraître étrange, après vos témoignages d'amitié et après vos chères trahisons. J'appelle ainsi vos mots sur nous, vos citations aussi, dans l'article sur M. Töpffer, que je viens à peine de bien lire (2), et qu'à mon profond regret on m'avait fait plusieurs fois effleurer dans ces lectures chez Mme Jacquet, dont vous faites ordinairement les frais. J'y ai bien retrouvé votre fine plume pleine de bonté, de mesure, d'amitié et d'excellents conseils. J'ai pris de tout cela beaucoup, et j'en jouis. Je jouis surtout, quant à nous, du courant profond de la pensée qui vous inspire ces révélations furtives, qu'à cause de cela je n'ai pas le courage de vous reprocher. Par d'autres côtés, moins intimes, *j'applaudis* également à votre réserve et à votre

_____

(1) Réponse à la lettre de Sainte-Beuve du 16 mars.
(2) Publié dans la *Revue des Deux Mondes* du 15 mars 1841 et réimprimé dans *les Portraits contemporains*.

audace en citant des amis inconnus; notre avenir littéraire se dessinera nécessairement bientôt, ou se perdra
pour toujours dans la brume. C'est à nous d'agir, si la
fortune le permet, et sans être engagés de sorte à ne
pouvoir faire qu'une retraite honteuse vers notre premier
et obscur bonheur. Il se peut très bien que, la lutte et
le théâtre entrevus, nous nous croyions obligés, si même
nous n'y sommes forcés, de le préférer à tout. Que n'en
prenez-vous tout de bon une part, sauf l'obscurité qui
ne vous peut plus rien ! Beaucoup de tiraillements cesse-
raient si vous nous apportiez ce meilleur de Paris qui
nous manque, savoir une vie un peu plus largement
aérée. Et de votre part, vous auriez toujours un peu
besoin de nous et du Lausanne, un peu rêvé, que nous
vous avons fait.

« Ce n'est qu'ici où se trouvent des dévouements
aussi pastoraux que celui dont toute la ville s'occupe
depuis quelques jours (les bonnes âmes et les méchants
y trouvent matière à interpréter chacun à sa façon).
Votre ami, M. de Brenles, âgé de quatre-vingt-quatre
ans, se marie avec une demoiselle qui en a bien cinquante et qui l'épouse pour l'adorer et le soigner. Il s'est
fait prier pour accepter; mais enfin les bans se publient;
et tous les détails sont fort honorables, même le désespoir des autres vieilles filles, qui ne se consolent point
de n'avoir pas songé à cela avant Mlle de Schirding. Le
marié est fort convenable et un peu contrit; sa famille
furieuse, quoique assurée plus que jamais de la succes-
sion. C'est un hymen qui a toutes les douceurs, tous les
piquants de la contradiction et de la jalousie. M. de
Brenles quitte la maison où vous l'avez vu, et va
demeurer chez sa femme.

« Nous allons maintenant, avec un égal ravissement
printanier, à Chamblande et à Rovéréa. Mais dimanche, à moins de grand froid, nous partons en famille

27

pour le vieux château de Duillier, où nous passerons la quinzaine des vacances chez Urbain. Pendant ce temps, on nous vernit et blanchit le salon et la petite chambre ; les préparatifs me donnent beaucoup d'affaires, outre celles du courant, le départ de Marianne demain, et les soirées. C'est aujourd'hui chez Mlle Herminie, hier chez Mme Forel, tous les jours quelque part. Je suis bien aise d'échapper.

« Voici un billet de M. Vinet, qui n'est pas une réponse, car il a rencontré le vôtre ici, que j'ai envoyé pourtant tout de suite. M. Vinet est à Veytaux, où il achève de se rétablir pour reprendre sans doute ses leçons au semestre d'été, c'est-à-dire à la fin d'avril.

« Dans peu, il doit partir pour Paris un jeune homme à qui nous donnerons sans doute une lettre de recommandation pour vous, pressée que j'en suis par les Forel, Jaquet, Monnard & Cie. C'est, en effet, collectivement que ces messieurs ont affaire avec M. Delâtre, car c'est le rédacteur de leur journal ; mais ils l'aiment et le considèrent individuellement assez pour lui avoir accordé un congé de trois mois pour tenter sa chance littéraire à Paris. La littérature et les vers, la philologie surtout, étant plus dans ses goûts et talents que la politique.

« J'ai peur qu'il n'y ait beaucoup d'illusions dans son fait ; vous verrez. Adieu. Votre filleul est, dans ce moment, sur mes genoux à me faire des agaceries qui compromettent mon écriture. Il vous aimera beaucoup s'il m'écoute penser, tout en m'empêchant de vous dire à mon aise, pour finir, combien nous vous aimons.

« Votre amie   C. »

XIII

DE Mme OLIVIER

« 9 mai 1841.

« Comme pendant de votre baptême du comte de Paris, nous avons eu, nous, une fête républicaine. Sans être le moins du monde somptueuse, elle n'a manqué ni de solennité, ni d'ensemble, ni d'émotion.

« Avant-hier, dans la cathédrale, le nouveau grand-conseil a prêté son serment. L'église était comble jusqu'au faîte, et la vie animée de cette foule rendait encore plus sensible sa beauté grande et tranquille. Je n'ai rien vu de plus harmonieux, comme effet général, simple et saisissant. Le cortège, la cérémonie, tout avait le même caractère de choses qui remuent par le fond et non par les détails; mais la cathédrale, en soutenant tout, gardait à elle seule une perfection si magique qu'il n'est personne, ni parmi les regardants, ni ailleurs, qui n'en soit resté frappé. Il y avait aussi de la musique; elle était bonne, mais je n'en parle pas, non plus que des festins qui ont suivi, ni des modestes fusées qui ont achevé, derrière Bourg, d'enchanter la soirée de la foule. La nôtre, après celle-là, a recommencé au clair de lune, en société mélangée et dans les allées vides que nous n'avions pas le courage de quitter. Je vous ai regretté là, ainsi que M. Mickiewicz, et ce n'était pas le cœur seulement, qui vous regrette partout. Malgré cela, nous comprenons Paris mieux que vous ne pensez.

« M. Vinet n'est pas bien encore; il reste faible. Il a cependant repris ses leçons et publié un nouveau volume de *Discours* religieux; il me l'a donné, mais je ne l'ai pas lu encore. Je ne lis rien, pas même mon *Port-Royal*, que je viens de faire solidement relier pour le prêter de nouveau...

«... Nous n'avons pas encore vu M. Eynard depuis son retour, mais Urbain nous écrit la satisfaction de son ami et ses souvenirs ; je me flatte qu'il viendra pourtant avant que la vague du Léman ait trop lavé le sable et effacé les empreintes. Rien n'est plus intéressant (ou plus ennuyeux) que les gens tout fraîchement remplis de leur sujet. Lèbre, par exemple, m'amuse infiniment quand il m'écrit une immense lettre, en petites phrases, au retour d'une série de visites. Je vois les gens ; et vous savez que j'ai le goût curieux, presque autant que vous, quoique assurément ce soit beaucoup dire.

« C'est, outre l'amitié, sans doute la saison ramenant tant de choses charmantes dans la nature qui fait que vous nous paraissez moins absent, ou bien plus fâché de l'être, plus près d'un retour. Il y a certains aspects du lac, le soir, certains effets de brouillard violet qui succède à l'orage vers l'horizon des montagnes, certains enchantements particuliers du paysage, desquels je ne m'accoutume pas à séparer votre souvenir. Je voudrais vous les conter, et je pense que je le ferai pour m'en donner une jouissance plus tranquille ; mais au fond je sais bien que je ne suis pas encore assez ennuyeuse pour aimer à décrire, et vous pouvez tourner mes pages en paix. D'ici cependant, on écrit tout : si j'en juge par les exemples qui échappent à Mme Forel, vous pourriez bien avoir une surprise que je préfère vous faire à huis clos M. Delâtre vous dira peut-être qu'Olivier a fait un délicieux ouvrage sur Voltaire à Lausanne (et moi je ne l'avais pas invité à la soirée où l'on lut cela, exprès parce qu'il partait pour Paris), qu'il a excité un enthousiasme si grand et si général qu'on voulait absolument que nous l'envoyassions à la *Revue des Deux Mondes* (M. Monnard et d'autres nous offrant leurs services, etc.), disant, avec quelque raison, qu'excepté les vôtres, on n'y avait vu de longtemps d'article mieux fait, aussi amusant et aussi spirituel. Notre commune modestie nous empêcha d'accepter rien de tout cela, comme vous comprenez, mais il fallut pourtant s'exécuter en quelque façon, et livrer ce morceau tant demandé à la Société d'histoire, qui s'en est donné le plaisir dans sa dernière séance publique.

« Mme Clara a fait ici une très grave maladie pendant une seconde grossesse. Elle se rétablit maintenant, et je la vois, pâle et faible, devant la fenêtre. — M. de Brenles est marié depuis quinze jours, et plus content de l'être qu'il ne semblait d'abord. Il passe l'été à Bex.

« Il paraît que M. Monnard ira cet automne à Paris ; et aussi M. Espérandieu (le ministre) qui a failli avoir *un revenant* chez lui. Après avoir mis à sa poursuite, des semaines durant, les écoliers du gymnase et beaucoup d'autres gens, après bien des incidents comi-tragiques, le dit revenant s'est vulgairement converti en *amoureux* d'une jolie domestique.

« Nous n'avons point encore vu le *Malgache*, que nous recevrons de notre mieux.

« Mille choses tendres des enfants et de vos amis, cher ami. »

XIV

DE Mme OLIVIER

« Dimanche, 23 mai 1841 (1).

« En ouvrant aujourd'hui *le Semeur*, j'ai vu votre mine à l'aspect de ce quatrième article sur *la Divine épopée* et j'ai lu tout au travers de votre impression, riant à moitié, mais la trouvant fort juste (2). Le pire,

(1) Réponse à la lettre de Sainte-Beuve du 18 mai.
(2) Cette longue étude de Vinet, vraiment un peu disproportionnée avec l'intérêt du poème de Soumet, a été réimprimée dans les *Études sur la littérature française au dix-neuvième siècle*, t. III.

c'est que M. Vinet est tellement convaincu lui-même de
sa parité avec l'archevêque de Grenade, quant au déclin
des *homélies*, que cela ferme la bouche à toute observation. On tâche de le remonter par le succès mérité de
ses admirables *Discours*, nouveau volume qui ne vous
est sans doute pas encore tombé entre les mains ; mais
des articles, pas un mot n'est possible. Je vous recommande les seules pages que j'aie lues jusqu'ici, un sermon sur la soumission ; il n'y a rien de plus chrétienne-
ment beau.

« ... Le *Malgache* est arrivé, ou du moins arrivera
lundi de Genève ; il y a eu déjà plusieurs lettres échan-
gées à propos d'un petit livre que, je crois bien, Ducloux
imprimera. Sa correspondance est aimable et la confidence qu'il nous a faite de certaines lettres de Mᵐᵉ Sand,
fort curieuse ; nous lui en gardons le secret. Nous y
sommes d'ailleurs intéressés, puisqu'elle parle de nous
et que c'est à ce propos qu'il nous les envoie. Tout cela
me divertit assez ; vous croirez que c'est à cause du printemps dans lequel je vis. Vous y êtes bien pour quelque
chose dans ce printemps-là, car j'aime que vous nous
aimiez et que vous l'écriviez souvent ; cela me donne de
la gaieté en général et même de la résignation pour aller
sans vous en pèlerinage dans les sentiers où vous aviez
promis, menteur ! de revenir chaque année. Eh bien,
tant pis pour vous si les églantines sont fleuries à toutes
les haies, si les hirondelles sont revenues entourer de
leurs cercles joyeux nos hardis balcons, si le paysage qui
m'attire tous les soirs est aussi sublime dans ses grandes lignes fuyantes qu'exquis dans les détails de ses
moindres guirlandes, si la nature enfin est à ce moment-
ci, sans vous, si belle, si enchanteresse, si indescripti-
blement nouvelle, qu'Eynard, comme s'avouant vaincu,
s'est traîné pendant deux jours de banc en banc, devant
cette perspective, sans pouvoir s'en arracher et comme

enivré. Voilà l'impression la plus vive qu'il m'ait contée.
Cependant il m'a bien conté Paris; surtout vous et votre
bonté.

« Notre petit Charles-Arnold (1) se conduit comme un
ange, dont il a la mine, une fois les yeux fermés qu'il a
trop vifs pour cela. Je voudrais que vous le vissiez à cette
heure, endormi dans une corbeille où on l'avait posé.
Mille choses de tout le monde à vous, et de nous toutes
les tendresses d'amitié. »

XV

DE Mme OLIVIER

« [Juin] 1841 (2).

« Pour vous faire plaisir je lirai Rousseau et Mme Forel
me le prêtera, *Héloïse, Confessions*, etc., êtes-vous content ? et me gronderez-vous de ce que je le ferai pour
vous et non pas pour moi, ni pour Rousseau ? Ni l'article de G. Sand, ni la *Revue*, ni rien ne nous est parvenu
ces temps-ci : excepté le *Malgache*. Il s'est arrangé avec
M. Ducloux pour son petit livre de botanique, dont
celui-ci a acheté le manuscrit, et qu'il publiera dès que
l'auteur sera de retour d'une course en Suisse. Dans l'é-
tat des affaires, le traité nous a paru fort avantageux
pour M. Néraud (300 livres de France et je ne sais combien d'exemplaires, rendus à Paris) ; mais, pour que l'é-
diteur s'en tire, il devra y mettre du savoir-faire. La
préface même de Mme Sand est un embarras pour la partie de l'édition qui se vendra ici, parce que l'ouvrage est
destiné aux jeunes gens et que, pour les mères, institu-
trices et public religieux, Mme Sand est le contraire d'une

(1) Filleul de Sainte-Beuve et de Mickiewicz.
(2) Réponse à la lettre de Sainte-Beuve du 2 juin.

autorité compétente. On sera probablement réduit à enlever sa préface, mais ne le lui dites pas.

« Ce Malgache est d'une pétulance qui nous a quelquefois, par éclair, rappelé votre vivacité française : cette promptitude va même si loin qu'il est descendu de bateau à Morges, se croyant à Ouchy. Il a paru content ici et nous a témoigné beaucoup de reconnaissance d'une réception la plus simple possible.

« Figurez-vous que je suis assez folle pour regarder souvent de ma fenêtre si vous n'arrivez point. C'est tout le remède que je sais imaginer à des maux qui nous affligent vivement et à votre disposition d'esprit abattue, qui nous fait souhaiter autant que vous, et pour nous aussi, un moment où vous puissiez respirer hors de votre chaîne.

« Vous ne m'avez jamais dit à cet égard votre dernier *non*. Persuadée, en vous lisant, que vous ne pouvez venir, je recommence tôt après à combiner avec nos désirs et la possibilité vague des choses changeantes, une espèce d'espérance à laquelle je me tiens. Elle m'a déjà fait souvent tourner la tête, et même pendant que je vous écris. La blonde Marianne nous a fait une petite visite qui a fini hier.

« Que vous nous avez amusés avec vos descriptions du discours Hugo, auquel je reprocherai seulement à présent d'être trop belles et trop flatteuses. L'écarlate est un peu faux teint; le *Paixhans* un peu raté; le métal n'est que du plaqué. Cela est digne, dans son genre, de la *Marseillaise de la paix*. Ces gens n'ont donc jamais compris le vieux bon mot qui traîne partout sur ceux qui ne quittent pas un trait d'esprit qui leur est *échappé* jusqu'à ce qu'ils en aient fait une sottise. Ainsi font, Hugo de son éclat, Lamartine de sa poésie, et quelquefois G. Sand de ses systèmes : mais celle-ci du moins garde sa fine plume, ferme et libre. Quant aux autres, vraiment, ils ne gardent rien ; et vous, vous seul, savez, sans renoncer aux qualités propres, tout à fait particulières à votre esprit, y ajouter sans cesse ce qui peut le faire mieux goûter par l'esprit des autres et l'élever à toute sa valeur. Prenez donc courage pour travailler. Vous le faites avec succès, avec avenir, avec gloire. C'est pourtant quelque chose dans une carrière entravée, que de sentir qu'on réussit, que de voir incontestablement sa place toujours plus haute et pour le présent et surtout pour la sévère et calme postérité. Votre cabinet doit avoir des moments où vous vous rendez nettement compte de tout cela hors de l'engouement et de la mode et des propos du jour.

« Vous ne me parlez jamais de Mme de Tascher : vous la voyez pourtant, n'est-ce pas ? Ici, tout le monde est bien ; Mmes Forel et Berger à la campagne, Mme Monnard et monsieur au théâtre tous les soirs, où nous les voyons quelquefois, Mme Jacquet la colonelle à Aix avec son père.

« Mille tendresses de cœur les plus vives et les meilleures.

« Votre amie,

                                    « C. O. »

XVI

DE Mme OLIVIER

« Été 1841.

« Vous rendriez, cher ami, un grand service au canton de Vaud d'une part et de l'autre au président embarrassé du conseil d'Etat, si vous parveniez à découvrir ce qu'est un M. Boulian qu'on nous offre comme professeur de littérature latine. Il enseigne en cette qualité (ou professeur de seconde) à Strasbourg. Il est élève de l'École normale. Comme il ne veut pas se brouiller, dit-il, avec la Sorbonne, ou qu'il est trop prudent pour s'aventurer à la poursuite d'une position, il a fait offrir ses services par des personnes dont l'avis a une certaine autorité, mais non suffisante cependant pour conclure son affaire. Les renseignements que vous donnerez, surtout si vous permettez qu'on les appuie de votre nom auprès des gens qui décident, seront beaucoup plus concluants et définitifs. Mon frère vous prie donc de vouloir bien donner sur ce point toutes les lumières qu'il vous sera possible de réunir et vous fait d'avance mille excuses des embarras et ennuis de cette tâche ingrate ; vous assurant, au surplus, qu'on fera exactement l'usage que vous voudrez de votre nom et qu'on ignorera parfaitement, si vous le désirez, l'origine des renseignements. Le monsieur lui-même a demandé instamment qu'on ne le compromît point en ébruitant sa démarche et ses intentions. Il n'y a encore précisément aucune négociation ni même délibération entamée ; le conseil d'instruction publique attend là-dessus les ordres du conseil d'Etat.

« Ah ! je respire, ma commission faite, comme une personne qui vient de monter tout d'une haleine nos trois étages ! Je viens de recevoir votre chère lettre, les billets sont à leur adresse ; il me tarde de vous répondre et de vous dire que vous êtes toujours aimable, mais bien plus quand vous nous aimez, ou du moins quand vous le laissez voir. Je commençais à être préoccupée de votre silence ; tantôt il m'inquiétait, tantôt il me laissait rêver une de ces visions obstinées qui reviennent en dépit de tout. Je vous en ai dit quelque chose. Eh bien, j'ai failli croire, encore, que vous viendriez, et quand vous me diriez que vous n'en avez nullement eu la pensée, j'aurais peine à vous croire, et je me rabattrais sur ce désir, que vous exprimez si doucement. Un jour, en regardant le bateau à vapeur qui faisait sa courbe ordinaire pour entrer dans le port d'Ouchy, je sentis qu'il nous amenait quelqu'un, et une demi-heure après, quand Olivier entendit des pas sur l'escalier, il me demanda : Qu'est-ce donc ? je lui répondis tranquillement : C'est Urbain. C'était vrai.

« Vous allez avoir peur que je ne tombe dans les lubies et dans les extases. Pour vous rassurer, je vous conterai que, me portant à merveille, je suis allée ce matin, avec Olivier et mon frère, faire une visite au dix-huitième siècle en personne, vivant et mort, pourtant point enterré ni spectre du tout. Il nous a fait servir du jambon farci et d'excellentes tartines, fait du café dans une machine à vapeur en ébullition ; enfin il nous a très bien reçus, et nous a fait promettre que, quand vous viendrez, vous lui rendrez aussi vos devoirs et hommages. Ce réel ennemi des fantômes, nous l'avons trouvé à Mézery, château-campagne de M. Constant d'Hermenches, et l'une de ses formes n'était rien moins qu'une galerie de belles dames, peintes en costume fort dégagé, souliers à talons et guirlandes roses, accompagnées de tous les merveilleux du temps (à Lausanne), et de Voltaire lui-même, croqué dans une représentation de *Zaïre* avec toute cette noble compagnie. Ces portraits sont intéressants et vaudraient de plus rudes fatigues que celle d'être reçus par des gens fort aimables, dix-huitième siècle aussi, qui vous expliquent tout cela à merveille et ne sont pas moins bons à étudier que ces fameux panneaux peints : c'est aussi de l'ancien canton de Vaud et, sans vanité, nous pensions que nous formions à nous trois un échantillon de troisième manière, et plus actuelle ; confidence que, toutefois, je ne ferai qu'à vous (1).

« A propos du passé, ou plutôt du présent : on a élevé,

(1) Ces peintures, qui existent encore, exécutées vers 1757 par le peintre Dalberg, décoraient primitivement le château d'Hermenches, près Moudon. Elles furent transportées, en 1808, au château de Mézery. (Voir le bel ouvrage, récemment paru : *Peintres genevois*, de Daniel Baud-Bovy, pages 53 et 139.)

enfin, le monument du major Davel, à Cully. C'est un bel obélisque à l'une des faces duquel on lit :

AU MAJOR DAVEL
MORT POUR L'INDÉPENDANCE
DE SON PAYS.

Sur une autre face sont gravés quatre vers dont, s'il vous plaît, vous devinerez l'auteur, en vous souvenant, pour juger leur effet, du cadre immense et silencieux du ciel, du lac et des montagnes :

A son pays esclave offrant la liberté,
Comme un héros antique il mourut seul pour elle,
Et pieux précurseur de notre ère nouvelle,
Il attendit son jour dans l'immortalité.

« Olivier veut que je vous dise que ces vers sont de moi.

« Dans quelques jours, vous verrez arriver M. Espérandieu avec un billet de nous pour vous, qu'il a demandé. C'est le frère de notre ami, celui chez qui nous avons, un soir, pris le thé, vous et moi, avec MM. Vinet, Chappuis, etc. — La maison de mon frère est, en effet, à deux pas ; on communique par le verger, c'est ce que j'aurai voulu dire avec *ma campagne*. Ma belle-sœur est aux Agites, où son mari et Olivier iront la chercher, demain, s'il fait beau.

« Je suis bien heureuse de penser que votre livre avance, ou avancera ; cela console un peu, mais pas tout à fait. En attendant, je fais comme un monsieur qui s'informait, l'autre jour, avec impatience, de votre second volume et qui finit par dire : « Eh bien, j'ai trouvé un remède, je recommencerai le « premier » ! N'est-ce pas, il faut beaucoup recommencer le passé, en attendant l'avenir, et y reprendre ce que le présent ne donne pas ?

« Olivier s'impatiente de la longueur de ma lettre, et j'ai peur pour vous aussi. Un seul mot encore : nous avons une grande inquiétude à l'occasion de M. Monnard, qui nous menace de s'en aller à Berne. C'est une perplexité désolante et dont l'issue, s'il nous quitte, sera plus désolante encore.

« Faites-vous raconter par M. Espérandieu. Adieu, nous vous aimons beaucoup. »

XVII

DE Mme OLIVIER

« Paris, samedi matin, mars 1842.

« Vous allez être ravi ! Encore aujourd'hui vous échappez à cette position d'ami parisien d'une campagnarde, qu'enfin je vous allège. Je m'en vais à la galerie Aguado, chez Mme Eynard, chez M. du Bochet, que j'ai, hier, cherché vainement, son adresse s'étant trouvée fausse. Je ne rentrerai qu'à la hâte pour dîner et repartir, peut-être pour votre concert, peut-être pour le théâtre. Demain je sors pour être à deux heures à un autre concert, de par Mme de Gasparin. Le soir, je vais à *Don Juan*, aux Italiens, avec Mickiewicz. J'espère que voilà une vie dissipée et digne de vous satisfaire. Ah ! cher ami ! si vous aviez voulu faire l'effort nécessaire pour bien comprendre ma position ici et mon voyage, combien vous m'auriez épargné de souffrances ! Votre amitié est bonne, charmante, douce à retrouver, mais je ne la reconnais plus. Est-ce bien vous qui croyez que quinze jours d'étourdissement ne sont pas, pour moi, une perte inutile et irrémédiable ? Est-ce bien vous qui pensez ainsi ? Vous n'avez donc pas lu mes lettres ? Ou bien vous les jetiez sur l'heure dans un abîme d'indifférence et d'oubli. Je vous en prie, ne prenez pas ceci pour un

reproche, ce n'est qu'un étonnement; un étonnement qui
vous comprend même autant qu'on peut le faire et qui
n'existerait pas si je vous avais trouvé moins disposé à
reconnaître, à exagérer en certain sens les droits de l'a-
mitié pour me rendre toutes sortes de bons offices à
l'exception du seul qui importât véritablement. Je n'ai
rien dit avant dimanche, puisque c'était inutile, mais je
vous en conjure, passé ce jour-là, remettez mon manuscrit, puisque vous voulez le faire, et que je puisse au
moins dans une quinzaine, après le refus que j'attends,
commencer véritablement mes démarches auprès des
libraires. Je ne sais si Olivier viendra. Je lui écris de
ne le faire qu'armé d'un stoïscisme à toute épreuve, et il
en a moins que moi, pour moi. La lutte contre les choses
est assez grande pour qu'il soit sage de n'en créer point
d'autre. »

XVIII

DE M. ET Mme OLIVIER

« Ce mercredi 6 mars (1844).

« Mon cher ami,

... «Je vois M. Vinet plus qu'autrefois. Nous parlons
souvent de vous. Il vous aime bien. Pardonnez-lui ses
faiblesses littéraires, et même son article Z. sur la *Jeanne*
de M. Porchat, article que vous pourrez lire en son temps
dans la *Revue suisse*. C'est tout ce que M. Vinet pouvait
écrire de plus fort *contre* (encore le prendra-t-on *pour*)
et tout ce qu'on pouvait dire ici. »

DE Mme OLIVIER

.... « Je vous ai dit déjà que le cours de M. Vinet faisait merveille. Cela ne fait que croître. C'est le premier grand succès en ce genre, après le vôtre.

« Dites-nous une fois si vous avez rencontré les Jacquet. Il y a soirée, pendant que je vous écris, chez Mme Forel, ma voisine : je n'y suis pas, à cause de la mort de mon dernier vieux parent, à Aigle, un grand-oncle, dont la disparition, fort naturelle, m'a laissé l'âme un peu en deuil. Sans être vieille, j'ai déjà un passé d'enfance et de jeunesse tout enseveli. On sent ces choses quand on vit ici. Mais il y en a d'autres, toujours plus précieuses, qui restent pourtant et qui consolent ; votre amitié est au premier rang de ces biens du cœur ; vous le savez. Adieu, bien cher ami. Je vous serre la main bien fort. »

XIX

DE JUSTE OLIVIER

[Décembre 1845]

« Mon cher ami,

« Vous a-t-on dit que j'avais passé chez vous après le 15 ? Je voulais vous serrer la main et vous remercier de vos billets d'Académie, dont nous avons profité de notre mieux. Depuis, un nouveau surcroît d'occupations et de lettres particulières pour arriver à quelque chose de passable avec cet œil d'Arnold m'a empêché de retourner vous voir. Maintenant, nous commençons enfin à entrevoir le terme de ce pénible état, en sorte que nous repartirons dans peu, si nous ne trouvons rien d'ici-là. Mais pour aller où ? Il a été question là-bas, dans leurs projets pour mettre l'instruction publique sur un nouveau pied, de supprimer la chaire d'histoire; c'est ainsi qu'ils entendent la réorganisation. Ruchet a été de nouveau chassé par une démonstration populaire et il va revenir ici très prochainement pour y faire ou y accepter n'importe quoi. Notre idée de librairie s'en va en fumée par suite de difficultés matérielles et des renseignements que nous avons eus. J'ai pensé à me confiner dans quelque coin, au Tessin ou à Neuchâtel, et à y donner des leçons particulières, car, à Lausanne, il ne peut plus en être question. Mais c'est une chance bien incertaine et bien dure; il me revient de plusieurs côtés qu'en agissant ici auprès de quelque homme influent, on pourrait arriver aisément à me faire charger de quelques travaux spéciaux, dans les ministères, travaux plus ou moins littéraires, comme des recherches, des collations de manuscrits, etc. Cela a été fait déjà plusieurs fois pour des étrangers. Ce sont des places qui n'existent pas, mais que l'on crée, pour la personne même à qui l'on veut les donner, et dans lesquelles, une fois le travail fini, elles n'ont pas de successeurs. Je vivrais ainsi en attendant pendant quelques années; au bout de ce temps il se trouverait autre chose, et pendant ce temps même, je pourrais me ménager d'autres ressources. Plusieurs personnes me disent qu'un mot de vous en ce sens à M. Vitet ou à M. de Rémusat ferait trouver et faire promptement la chose. Ma position est trop grave pour que je n'aille pas à vous franchement, même pour cette simple éventualité dont l'idée ne m'était pas venue. Il y a aux archives étrangères un monde de papiers concernant la Suisse. N'y aurait-il là rien pour moi ? Voyez, je vous prie, mon ami, à m'aider en cela. Donnez cette idée ou quelque autre analogue à celui à qui vous penserez devoir vous adresser, car il faudrait, autant que possible demander quelque chose d'un peu précis et insister vivement, pour ne pas avoir à faire à de vagues promesses. Veyne (1) m'a dit que vous étiez

(1) Médecin ami de Sainte-Beuve.

très occupé, mais vous trouverez bien un moment pour moi. La santé de Mme Olivier est de plus en plus mauvaise et je crains que, si nous ne sortons pas bientôt de la situation accablante où nous sommes, sa santé ne se détruise pour jamais. Cette épreuve me serait-elle encore réservée !

« Adieu, je vous serre cordialement la main.

« M. Clément me dit que ces places exceptionnelles s'obtiennent facilement, mais qu'il faut qu'elles soient demandées par quelqu'un dont la recommandation puisse faire autorité. Il y a quelques années un M. Bonnet, un jeune homme qui n'avait pas de titre marquant, avait été chargé, par exemple, de collectionner à la Bibliothèque Royale des documents sur Richelieu. Cela ne lui prenait que fort peu de temps et il recevait pour cela 2000 francs par an. Ce serait bien peu pour moi, mais ce serait toujours un commencement. Les archives suisses surtout m'iraient à merveille, et dans ce moment l'idée pourrait paraître bonne. »

XX

DE JUSTE OLIVIER

« A Paris (décembre 1845) (1).

« Je vous remercie de votre lettre, mon cher ami. Je ne puis guère y répondre à l'instant ; seulement ne pensez plus à cette affaire. Quant à la *Revue*, je vous assure que j'ai fait tout ce que j'ai pu, au milieu de la vie si diversement et si tristement traversée que j'ai menée à Paris. J'ai laissé l'article *Genève*, qui me plaisait et sur lequel Buloz s'est montré froid ; j'ai fait l'article qu'il

(1) Réponse à la lettre de Sainte-Beuve, de ce dimanche probablement décembre 1845.

demandait, au point de vue et dans le but qu'il voulait ;
puis après quelques tentatives encore de ma part, je
n'en ai plus entendu parler ; j'étais prêt cependant, et je
le lui ai dit et écrit, à le retravailler sur ses notes ou à
le laisser refaire à un autre d'après mes indications. Il
est maintenant arriéré et n'est plus guère bon à rien.
J'ai répondu à toutes les demandes de Buloz pour sa
chronique, et il n'a jamais tiré de mes lettres que quelques phrases mal comprises, ou le plus souvent rien du
tout. Je ne lui en ai pas voulu, je n'y ai pas même
songé, et je ne vous le rappelle que pour montrer que
je ne me suis refusé à rien.

« Quant à vivre quelques années sans autre perspective prochaine que d'écrire quelques articles dans la
Revue, je suis dans l'impossibilité *matérielle* de prendre
ce parti. Voilà pourquoi j'ai songé à des leçons particulières n'importe où, à Neuchâtel, ou même ici, si, comme
tout l'annonce, ma position est perdue à Lausanne. Sur
le dernier point de votre lettre, celui qui nous tient le
plus au cœur, n'est-ce pas plutôt à nous à vous dire que
c'est pour nous bien plutôt que le rivage fuit et que les
liens sont brisés? Voyez donc, cher ami? Il n'y a rien
entre nous que cette maussade chronique contre laquelle
bien plus que vous je me suis fâché! Si vous aviez pu
vous résoudre à en rédiger comme précédemment les
articles où, sans le savoir, je pouvais vous compromettre ou vous blesser! Mais il n'est pas étonnant que, devant la faire tout seul et à contre-cœur, je la fasse mal;
n'ayant ici point de journaux, point de livres sous la
main, n'ayant d'ordinaire pas même le temps d'aller
faire un tour au cabinet de lecture, je suis obligé de
m'en tirer comme je puis.

« Ce que vous appelez un manque d'unisson littéraire
avec vous n'est ainsi qu'ignorance, impossibilité d'atteindre, découragement profond sur moi-même et sur tout.

Cela fait-il que je me sépare de vous? Bien au contraire cela m'y rattacherait plus que jamais, mais nous ne nous voyons, nous ne nous écrivons plus. Je ne vous en fais pas de reproche ; seulement, je ne puis m'en faire davantage à moi-même, et je me résigne. J'espère que du moins par le cœur, près ou loin l'un de l'autre, vous croyez bien que nous nous entendrons toujours.

« Demain, j'ai un rendez-vous à quatre heures et je suis en course toute la journée pour des commissions pressantes et pour Arnold. Je ne pourrai donc aller vous voir ; mais ce sera au premier jour que vous m'indiquerez. C'est tout ce que je pensais vous dire ce soir, et voilà une longue lettre ; elle vous prouvera du moins, pour les avoir interrompues, que je n'ai pas perdu mes vieilles habitudes d'amitié.

« J. O. »

XXI

DE JUSTE OLIVIER

(Commencement de 1846.)

« Mon cher ami,

« Je ne suis pas allé vous voir et m'expliquer avec vous, parce que Mme Olivier, convalescente quand vous l'avez rencontrée, est retombée malade, et que moi-même je suis assez indisposé depuis ces jours-ci. De plus, je ne puis, en vérité, penser qu'à Arnold, qu'à l'horrible nécessité que ce pauvre enfant doit subir (1) et dont je dois si cruellement décider pour lui. Elle ne me permet pas même d'entrer dans beaucoup de détails, ni de leur accorder l'importance qu'ils ont sans doute en eux-mêmes, mais que je suis hors d'état de leur donner en ce moment.

(1) Une opération à l'œil.

Je tiens cependant à vous dire qu'ayant cru mettre une scrupuleuse attention à ne pas vous faire de la peine, mon seul regret ne peut être que de n'y avoir pas réussi. J'ai tu, sur M. Cousin, ce qu'en allant à l'ensevelissement de Labitte vous m'indiquiez comme ne devant pas être dit, par exemple ce qu'il avait écrit, je crois, à Schelling. Pour le reste, comme vous aviez dit bien pis de Villemain sous le nom du Dr R., j'ai cru pouvoir m'aventurer en liberté.

« Quant à *Carmen* (1), je venais de le lire. C'est moi qui vous en parlai le premier. Là-dessus vous me pressâtes de vous en donner mon avis (pendant notre dîner). Voyant que vous n'en aviez pas toute la bonne opinion que je croyais, et que je me rencontrais avec vous, comment aurais-je pu penser, la nouvelle ayant paru, que je ne pouvais pas exprimer une partie de mon sentiment à son sujet! Ce n'est même qu'en votre considération qu'il n'a pas été plus sévère; et, si vous voulez bien y réfléchir, vous verrez qu'il ne l'est pas assez. Il y a au fond de cette œuvre, et de toute cette tendance littéraire, quelque chose de profondément mauvais que, pour ma part, je n'ai aucune envie, ni aucune raison de dissimuler. Après tout, tel qu'il est, ce petit article, et celui sur M. Cousin, et tous les autres de cette malheureuse chronique, ne sont-ils pas très favorables, très honorables? Ils le sont beaucoup trop, et si ceux qui en font le sujet pouvaient en être blessés, ce ne serait, il m'est impossible de le voir autrement, qu'une petitesse de plus. Si vous croyez que la *Revue* leur tombe entre les mains, qu'ils vous soupçonnent et qu'ils vous en veuillent, il m'est d'ailleurs bien facile de vous donner une déclaration très précise que vous n'êtes, ni de fait ni d'in-

---

(1) Olivier avait jugé assez sévèrement *Carmen*, la nouvelle de Mérimée, que venait de publier la *Revue des Deux Mondes*.

tention, l'auteur de cette chronique ni de celles des mois précédents. Tout sera mis sur le compte de la rudesse helvétique, dont je m'étonnerais pourtant qu'on voulût bien prendre tant de souci ; tout a été d'ailleurs fait pour la Suisse. où ce compte rendu a fort réussi.

« Au surplus, mon parti est pris. Je terminerai cette année ayant dû prendre à cet égard les engagements les plus positifs. La *Revue* était aussi une entreprise matérielle que je n'ai pas le droit de compromettre pour mon plaisir. Mais je prierai le nouvel éditeur de chercher un autre chroniqueur pour l'année prochaine ; s'il n'en trouve point, je lui jouerais un trop vilain tour de ne pas l'aider à soutenir une charge pesante dont il m'a débarrassé. Je ferai alors cette chronique tout autrement, sans anecdote secrète, mais sans réticences ; elle sera infiniment moins piquante, mais elle sera plus libre, et je tâcherai de compenser un peu les détails d'intérieur, que je préfère aussi maintenant ne plus vous demander par les grosses et publiques vérités.

« Quant à moi, le mécontentement, le dédain ou l'inattention de ces messieurs m'importent fort peu ; je n'en aurais pas le moindre souci, quand même je serais moins persuadé que je ne le suis que leur règne est passé. Je méprise trop la vie littéraire telle qu'ils l'ont faite et telle qu'ils l'exploitent avec autant de petitesse que d'égoïsme pour vouloir en rien m'y associer. Ma vie est devenue de toutes parts trop sérieuse pour que je ne préfère pas cent fois rester pauvre et ignoré dans la foule que de monter sur un théâtre à ce prix. *Voilà mon sentiment bien calme, bien réfléchi sur cette affaire. Mme Olivier, qui vous a vu, est plus peinée que je ne le suis* (1). Mais ce que je désire, c'est de ne plus vous faire, même nvolontairement, de la peine, et voilà pourquoi je ne

(1) Le passage souligné est barré dans le brouillon.

veux plus de cette chronique, ou la veux telle qu'elle ne puisse en rien vous inquiéter. »

XXII

DE Mme OLIVIER

« 26 janvier 1846 (1).

« Vous savez, mon cher Sainte-Beuve, que je suis très orgueilleuse, aussi orgueilleuse que capable de réelles et profondes amitiés ; donc, aussi longtemps que j'ai pensé souffrir seule d'une si grande indifférence de votre part, tout à coup mise à la place de sentiments que je regardais comme sacrés, j'ai souffert en *Romaine*, sans mot dire. Je n'aurais même peut-être jamais rien dit si, là-même, dans cet instant, une idée ne me saisissait, que tant d'affection (et vous en aviez) ne se dissipe pas comme un rêve au matin, des relations si douces et si intimes ne peuvent pas se rompre sans faire mal aussi bien à vous qu'à moi ; lors même que vous en avez conservé la part suprême, l'amitié d'Olivier. Vous seul savez si je me trompe. Mais si, en effet, mon amitié vous manque, la vie est-elle assez douce, assez riche pour qu'on en dédaigne les biens les plus désirables et les plus consolants ? Venez donc, si vous pouvez me comprendre, nous sommes trop amis malgré tout pour avoir des égards et des poli-

(1) Cette lettre fut amenée par des reproches non mérités que Sainte-Beuve fit à Mme Olivier sur M. Olivier dans une visite qu'il lui faisait à Paris où M. et Mme Olivier séjournaient alors. Mme Olivier prit avec grande vivacité la défense de son mari et Sainte-Beuve s'en alla fâché. La bouderie continua après le départ de M. Olivier et Sainte-Beuve ne donna plus signe de vie. Ce qui motiva la lettre de Mme Olivier du 26 janvier et celle de J. Olivier du 2 février écrite par lui de Lausanne avant qu'il eut connaissance de la réponse de Sainte-Beuve à Mme Olivier, datée de Paris le 27 janvier 1846.

tesses, je prendrai votre visite comme un serrement de main. »

XXIII

DE JUSTE OLIVIER

« 2 février 1846.

« Mon cher ami,

« Voilà quinze jours que je suis de retour à Lausanne, quinze jours qui me semblent déjà de longs mois et pendant lesquels j'ai dû me rappeler bien souvent votre amicale gronderie sur ma disposition à me faire des idées noires sans fondement, pour ne pas trop penser que, malgré votre promesse, vous ne m'écriviez point. Puis je me remets aussi devant les yeux tout ce monde de billets qui vous assiègent de tous les coins de Paris chaque matin et dont vous m'avez montré le coffret la dernière fois que je vous vis. Mais ce sont là toutes mes consolations, et je vous aime trop, je crois toujours trop à notre vieille et simple amitié, malgré la tristesse dont des malheurs trops réels m'ont frappé, pour qu'elles suffisent à me tranquilliser. Je vis d'ailleurs dans une solitude si remplie de si pénibles souvenirs et de perspectives si peu agréables, que je m'imagine toujours qu'un mot de vous va venir m'y chercher. Mais, surtout, comme j'en sortirais bien en vous suivant par la pensée chez Mme Olivier,

---

(1) Mme Olivier écrivait à son mari à propos de la réponse de Sainte-Beuve à sa lettre du 26 janvier : « tu verras ce qu'il m'a répondu et tu comprendras la pénible impression de cette amertume, de cette rancune, de cette injustice et de cette légèreté. Quoi qu'il en soit, je ne puis me repentir d'une démarche que j'ai faite pour toi, et j'accepte comme une preuve d'amour à te donner cette désagréable reprise d'un commerce désormais sans confiance, sans charme et sans illusion.

vous ou du moins une lettre de vous ! Car vous ne nous écrivez même plus !

« Voyons, cher ami, pour moi, pour notre passé, pour notre avenir d'âme et de cœur à tous deux, faites un effort ! Oubliez donc, elle et vous, qu'elle a ressenti trop vivement votre vivacité! Elle était faible, souffrante, convalescente à peine ; je la retrouvai, en rentrant, toute en larmes, dans une nouvelle crise de son mal ; c'est là surtout ce qui m'a fâché ; si j'en ai accusé d'autres, ce mouvement de colère, aveuglée peut-être, vous prouve du moins que je songeais surtout à la peine que je vous avais faite, à ce qui en avait été l'occasion, et non point à vous accuser. Maudite rencontre de deux esprits irascibles, car vous l'êtes également l'un et l'autre, ne vous déplaise ; ne faut-il pas que ce soit moi qui en aie été le sujet, moi, le plus débonnaire des hommes et à qui ni mortel ni mortelle ne devrait faire de la peine, car c'est vraiment une cruauté ! Songez aussi à l'état d'angoisse et de douleur presque égarée où venait de nous mettre la révélation de tout ce que pouvait attendre Arnold, ce que nous apprenions pour la première fois, tandis que vous et nos amis, qui aviez eu l'amitié de nous le cacher, le saviez depuis longtemps.

« Enfin, j'aurais tort et je serais bien malhabile de revenir sur tout cela, si je n'aimais pas cent fois mieux vous montrer que j'ai gardé toute ma confiance en vous, en votre esprit et en votre cœur. Pardonnez-moi donc la peine que je vous ai faite, ce que j'ai pu vous écrire qui a pu vous blesser, et recommençons une amitié encore mieux éprouvée après cette secousse, et que nous saurons mieux ménager.

« Il devient de plus en plus probable que je retournerai à Paris, peut-être même plus tôt que je ne le comptais. C'est ici une démoralisation politique et morale qui ne fait que s'accroître, et contre laquelle nous autres ne pouvons rien, car tout ce qui n'est pas pleinement au nouvel ordre de choses n'a plus au pays nul écho, et n'en reprendrait que dans un grand malheur national : je ne désire certes pas, pour ma part, le retrouver à ce prix. Quant à mes vues sur Paris, l'affaire de la librairie pourrait se renouer avec Ducloux, qui est toujours ici, et qui voudrait autant d'une association avec moi qu'il n'en veut pas avec Delay. Mais je ne sais pas si nous pourrons marcher de conserve, quoique, nous étant toujours aimés et appréciés, nous nous soyons retrouvés sans y penser très bons amis. Je vous assure que je suis aussi très disposé à faire à la *Revue des Deux Mondes*, ou ailleurs, ma petite part de groupe avec vous du mieux que je pourrai m'y essayer encore, et sans me décourager de commencements qui, je l'ai toujours compris, ne peuvent être que longs. Enfin, mon ami, l'essentiel est que vous m'aimiez alors même que vous trouvez que je fais fausse route, et que cela vous met en colère contre moi, mais pour moi. Songez qu'il y a des gens, et je suis malheureusement de ce nombre jusqu'ici, pour lesquels il est aussi difficile de se tenir debout que pour d'autres de marcher et d'avancer vers le but. Quant à vous, ne me dites pas que vous vous sentez *alourdi* : tout ce que vous avez écrit depuis une année montre trop d'activité, de libre possession de vous-même et de grâce, pour que vous en soyez cru sur parole; vous démentez trop bien à l'instant par les faits.

« Voilà Berne sens dessus dessous et avec une constituante cantonale « corps-franc ». Ainsi mon fameux travail diplomatique, s'il ne valait rien comme article, se trouve pourtant vérifié au fond dans une de ses principales conclusions. Je n'étais pourtant pas si pasteur que Buloz le croyait bien.

« Les pauvres Buloz, les voilà aussi avec une bien grande épreuve : dites-leur bien, je vous prie, toute la part que j'y prends. Je suis trop dans le cas du *non ignarus mali* pour dire cela comme un vain compliment de condoléance.

« Si vous aviez pourtant voulu m'envoyer quelques lignes sur l'affaire du conseil royal! Songez que je n'y entends rien ou pas grand'chose. Je suis toujours dans la crainte de vous faire de la peine sans le savoir avec cette *Chronique* que je ne puis quitter, car la *Revue suisse* est dans un moment de crise, avec tous ces pasteurs abonnés qui risquent maintenant de mourir de faim (1). D'ici, je puis avoir aisément des épreuves, et vous seriez imprimé comme sous mes yeux, sans la moindre faute, je vous en réponds. Vous ne m'enverriez que ce que vous voudriez, et sur les points qui, pour les personnes, ou pour la cause, pourraient vous tenir au cœur. Notre tort, à tous deux, a été de nous persuader, moi par nécessité, il est vrai, que je pouvais rédiger à moi seul ces points-là, même avec vos indications. C'était s'exposer à coup sûr à ce qui est arrivé. Je ne me hasarde, au reste, de revenir là-dessus que pour vous montrer combien dans tous les sentiers mon désir de cœur est toujours de cheminer avec vous; mais je n'ai pu supporter l'idée que ce fût de moi que vous y vinssent les épines (2). »

(1) Les pasteurs vaudois démissionnaires.
(2) En même temps Olivier écrivit à sa femme après avoir lu la réponse de Sainte-Beuve : « Il y a dans cette réponse beaucoup de dureté et de dureté offensante pour toi et pour moi, mais il y a aussi de la passion, et la passion a toujours aussi une certaine vérité. Quant à ma lettre à moi, je me suis mis pour la faire telle qu'elle est. j'ai tâché de me mettre, non seulement dans la vérité humaine et de l'amitié mais dans la vérité chrétienne. Nos torts avec lui n'ont été que très secondaires auprès des siens envers nous, je le crois, mais enfin tout débattu avec moi-même j'ai senti qu'ils existaient : j'aurais dû être plus prudent, plus retenu dans cette chronique, et toi et moi moins vifs. Notre colère s'explique par notre douloureuse situation, mais enfin c'était de la colère, au point de vue strict du devoir où j'étais résolu à me placer; je devais donc faire

XXIV

DE JUSTE OLIVIER

« Mercredi 4 février [1846].

« En même temps que je vous envoyais hier ma lettre écrite de la veille, j'en recevais une de Mme Olivier qui me dit qu'elle s'est décidée à vous écrire, que vous lui avez répondu et que vous lui annoncez votre visite. Merci à tous deux. Mme Olivier a prévenu mon secret et bien vif désir, mais comme c'est une chose où le libre mouvement du cœur est tout, je m'étais défendu de le lui exprimer. Encore une fois, merci à tous deux, et que j'aie la joie de vous retrouver près d'elle pour me recevoir comme par le passé. Croyez qu'en toute chose, même en amitié, les orages peuvent avoir un bon côté.

« Votre dévoué J. OLIVIER. »

XXV

DE JUSTE OLIVIER (1)

[1849.]

« Si notre vieille amitié était une amitié ordinaire, j'attendrais, non sans souffrir mais sans agir, que vous

aussi ma confession et lui dire : *Pardonnez!* S'il ne veut pas en dire autant, ou sentir de même à son tour, il persistera dans quelque chose de mauvais, mais ce n'était pas une raison pour que j'y persistasse de mon côté. Bref, j'ai envoyé cette lettre les yeux et l'âme sur le mot de Job que j'avais rencontré en feuilletant la Bible au hasard : « l'Eternel l'avait donné, l'Eternel l'a ôté, que son nom soit béni !... » A présent, je puis avoir du chagrin de cette triste affaire, mais je me sens parfaitement tranquille...

Cet extrait fait bien connaître l'humilité de cœur et la droiture d'Olivier, cette habitude de la réflexion morale et du recueillement et de son grand désir d'être juste et faire le bien.

(1) D'après le brouillon conservé par Olivier,

vinssiez me dire ce que vous avez contre moi et pourquoi Paris a tellement changé vos projets de Liège. Mais je ne saurais rester ainsi vis-à-vis de vous, d'autant plus que si dans nos relations vous apportez tout ce qui est esprit et agrément, nous y mettons de notre côté une affection et une solidité de tendresse dont vous ne trouverez nulle part l'équivalent. Pourquoi donc cette douleur que vous nous faites, gratuitement? La vie est-elle si douce, si riche, si fleurie, qu'il faille en arracher la pauvre plante aux racines profondes, qui ne prend l'espace et le soleil à rien, qui s'épanouit à l'ombre derrière la haie ? Ne voulez-vous aimer que les gens qui pensent comme vous ? Nous supposez-vous l'absurde besoin de vous imposer des convictions que notre vive amitié se borne à vous souhaiter ? L'intolérance est fille des faux dieux, vous savez ; nous ne faisons pas au nôtre l'injure de devenir, par lui, moins aimants et moins espérants. Au contraire ! C'est le cœur ouvert et la main tendue que je vous rappelle et que je vous conjure de me dire si vous ne voulez plus rien de tant d'amitié, moi qui me réjouissais tant de vous retrouver, de vous revoir, de vous entendre, de toutes ces mille joies qu'on a quand on revit avec un ami. Je ne puis accepter votre absence volontaire que si vous le voulez absolument, après que je vous ai réclamé de tout mon cœur, redemandé de toute ma pensée, assuré de mon éternelle affection, quoi que vous décidiez.

« Toujours, toujours, vous nous retrouverez les mêmes pour vous, fût-ce encore après une moitié de vie passée sans vous voir. Sachez bien cela, soyez-en sûr.

« Mais venez si votre cœur vous parle comme les nôtres (1).»

(1) La réponse de Sainte-Beuve à cette lettre n'a pas été retrouvée. Peut-être est-il venu en personne, car les rapports d'amitié ont continué.

XXVI

DE JUSTE OLIVIER

« Ce 31 janvier 1850.

« Mon cher ami,

« Quel grand et bel article, si sympathique et si judicieux, vous avez consacré à nos *Lectures* ! Si elles deviennent viables, vous y aurez beaucoup contribué. Je viens vous en remercier pour ma part. J'ai bien remarqué aussi que votre plume m'a cherché et distingué dans le nombre, plus que je ne mérite, et qu'elle m'a *touché*, comme vous disiez, même trois fois, toujours de bonne amitié. Vos conseils ne nous seront pas moins utiles que votre secours. Dès la séance qui a suivi celle où vous étiez venu m'entendre, j'ai essayé d'en profiter. Le troisième acte de *l'Ecole des maris*, acte dont je me défiais parce qu'il est presque tout en action, a fort réussi. Il en a été de même du *Repas* de Boileau, grâce à des anecdotes sur Cotin, Cassagne (et l'effet sur celui-ci d'un trait de satire), voire même sur le pâtissier Mignot et ses biscuits qu'il enveloppait dans la critique désintéressée de Cotin pour la mieux répandre et se venger, lui et Cotin, des malices de Boileau. Mais il faut être un peu en train pour cela, et l'on ne l'est pas toujours, surtout à la fin d'une semaine fort chargée et en face d'une soirée qui vous attend au retour et où l'on doit amuser des jeunes gens pour tâcher de les détourner de s'amuser davantage, mais mal, ailleurs (1).

« Sans un violent catarrhe qui m'a empêché de sortir la semaine dernière, sauf pour mes lectures, et me

(1) Allusion à ses pensionnaires, dont il s'occupait avec beaucoup de sollicitude.

retient encore à la maison ces jours-ci, je serais allé vous voir, mais j'ai du moins voulu vous serrer la main.

« Adieu, votre ami. »

XXVII

DE JUSTE OLIVIER

« Paris, ce mardi 14 novembre 1854.

« Mon cher Sainte-Beuve, Ruchet m'a dit et je sais d'autres côtés, quand je ne le saurais pas par moi-même, que notre séparation actuelle, mais uniquement extérieure pour ma part, vous semble inexplicable et vous peine, comme elle n'a cessé de m'affliger aussi. Je n'ai pas passé un seul jour sans penser à vous de la meilleure manière dont je puisse penser, surtout le soir, quand je puis un peu me retrouver moi-même et me recueillir.

« Bien des fois j'ai voulu vous expliquer tout cela; mais ma défiance de moi-même m'en a empêché, avec la crainte que le moment n'en fût pas venu. L'est-il maintenant? je l'ignore; dans tous les cas, cette explication, plus simple d'ailleurs que vous ne vous le figurez peut-être, je vous la dois.

« Et d'abord, ne croyez pas que je ne sente sincèrement, dans la mesure où le cœur de l'homme peut avoir de la sincérité, que vous m'avez donné en tout temps plus que je ne méritais. Mais j'ai eu auprès de vous une place trop belle; et si peu que j'en fusse digne, quand à un moment j'ai senti bien précisément qu'à votre insu peut-être je ne l'avais plus, je n'ai pu, ni, je crois, je ne devais en accepter une autre, sans me dissimuler que bien des gens m'eussent encore envié celle-ci et avaient tout ce qu'il fallait pour la remplir mieux que moi.

« Il m'est, d'ailleurs, à peu près impossible de m'absenter de la maison aux heures que vous m'aviez fixées pour vous voir, et une ou deux tentatives que je fis me prouvèrent, en outre, que j'aurais de la peine à pénétrer jusqu'à vous.

« Ajoutez à cela ma sauvagerie, dont je suis loin de me vanter, mais qui ne diminue pas avec l'âge et ne m'enhardit pas; puis le genre de vie que je mène et dont vous ne pouvez guère comprendre l'effet, à la longue, sur quelqu'un qui l'accepte, mais qui ne s'en acquitte que par un effort continuel. Je suis un petit poney des montagnes qui se trouve attelé à un omnibus. Il en fait triste mine, et, sa journée finie, il se cache et va dormir ou songer à l'écart.

« Je me demande aussi si vous retrouveriez en moi ce que vous vouliez bien y trouver autrefois; car je suis devenu très morose à l'endroit des choses littéraires; je n'y ai plus le même goût, ni la même foi que jadis, et il me semblait déjà, pour ce qui me concerne, les avoir traversées comme un rêve, lorsque j'ai fait la sottise de me laisser tenter à une seconde édition des *Chansons lointaines* par un éditeur inattendu. Si cette édition paraît jamais, ce qui, pour toutes sortes de raisons, est encore bien douteux (1), vous me permettrez de vous l'envoyer, n'est-ce pas? Mais vous me connaissez assez pour me rendre la justice de croire que ce n'est pas pour cela que je vous écris.

« Ce silence, dont je viens de vous dire les véritables causes, ne l'attribuez non plus en aucune sorte à la politique, ni à rien de ce qui y touche, comme vous avez paru le faire entendre à Ruchet. En politique, je ne suis rien, je ne crois à rien de possible, et je pense actuelle-

---

(1) L'édition dont il parle est sans doute celle qu'avait entreprise M. Edouard Mathey, et qui ne parut qu'en 1858 (Bâle et Genève, Georg), illustrée par Charles Gleyre et quelques autres artistes. La préface est précisément datée, comme la présente lettre, de novembre 1854.

ment pouvoir m'en abstenir, lui ayant aussi payé mon tribut ; mais je trouve très légitime que chacun suive en conscience ce qu'il regarde comme son chemin. Pour moi, je ne vis plus que dans le passé et dans un avenir qui n'est pas d'ici-bas.

« Il en est de même de Mme Olivier. Elle espère en vous, et vous est restée aussi fidèle amie que moi pour le moins ; mais elle a dû se faire complètement femme de ménage, et vous la trouveriez si différente de ce que vous l'avez vue en un temps meilleur que vous lui pardonneriez d'aimer mieux aussi vous laisser d'elle l'impression de ce temps-là.

« Aloys est depuis un an à l'Ecole centrale, il s'y prépare à la carrière d'ingénieur. Edouard voudrait étudier l'histoire naturelle et la médecine. Thérèse est depuis dix-huit mois en Suisse, où nous l'avions envoyée pour sa santé, et où nos amis et la raison nous ont dit de la laisser pour son éducation.

« Et maintenant, mon cher Sainte-Beuve, quelque accueil que vous fassiez à cette lettre, et d'avance je m'y soumets, vous ne pourrez pas douter du sentiment qui l'a dictée, celui d'une amitié qui n'a jamais cessé et qui, malgré tout, ne cessera pas. »

XXVIII

DE JUSTE OLIVIER

« Ce mercredi 8 août 1860.

« Cher ami,

« Me voici de retour, et j'ai grande envie d'aller au plus tôt vous serrer la main. Mais peut-être n'êtes-vous pas encore en vacances, au lieu que les miennes sont déjà finies. Enfin, vous me ferez signe, dès que vous serez libre, n'est-ce pas ?

« Vous rappelez-vous les Agites, au pied de la tour d'Aï, où je fus un jour votre guide? J'y ai été celui de Thérèse. Or devinez qui j'ai trouvé au chalet? Un ami de Lèbre et de Frédéric Monneron, toujours fidèle à ces mêmes montagnes où il nous hébergeait autrefois. Et devinez encore avec qui je l'ai trouvé en entrant au chalet? Avec vous-même, car il lisait *Port-Royal*. On est enchanté de vos derniers volumes là-bas. Mᵐᵉ Vinet, Mᵐᵉ Forel et nos autres amis de la plaine ne l'étaient pas moins que le solitaire dans ses hauteurs alpestres. Ç'a été un des vifs plaisirs de mon voyage que ce retour avec vous et par vous dans les temps d'autrefois. Mais je vous en parlerai mieux quand je vous verrai; pour aujourd'hui je ne voulais que vous dire et vous rapporter ce plaisir même.

« Bien cordialement à vous. »

XXIX

DE JUSTE OLIVIER

« Paris, ce lundi 15 février 1864.

« Mon cher ami,

« La *Revue des Deux Mondes* arrive peu ou tard dans nos quartiers reculés. Elle ne stationne guère sur la table des cabinets de lecture et circule plutôt parmi les abonnés. Je suis pourtant parvenu à rattraper l'article sur M. Vinet, et voici mes remarques sur les principaux points chronologiques, si vous y mettez encore quelque intérêt.

« *Page 372*. — « La révolution hégélienne dans le canton de Vaud. »

« Si, comme il le semble, l'auteur a en vue dans cette

phrase la révolution de 1845 qui mit fin au régime libéral de 1830, l'appeler hégélienne, c'est lui faire trop d'honneur. Parmi ceux qui y poussèrent ou qui furent poussés par elle, il n'y avait d'hégélien que M. Druey. Les autres étaient socialistes ou radicaux, dans le sens politique et non philosophique du mot *radical,* tel qu'on l'entendait alors. Il y avait des hégéliens dans les deux camps, et les masses étaient ou devinrent *révolutionnaires,* voilà tout.

« *Page 382.* — « MM. Monnard, Vuillemin (Vullie-« min), Secrétan, Chappuis, Olivier, enseignaient les « lettres et la philosophie. »

« Si l'auteur a voulu suivre ici quelque ordre chronologique, il faudrait plutôt le retourner, du moins pour les quatre derniers noms.

« De tous les nouveaux et jeunes professeurs d'alors, j'étais le plus vieux, soit par mon âge, soit par la date de mon enseignement à l'Académie de Lausanne (fin 1833). J'y enseignais l'histoire et n'y ai jamais donné de cours de littérature. M. Vulliemin n'a jamais professé qu'au gymnase, et depuis 1838 seulement. M. Charles Secretan était alors un de mes élèves, ainsi que Frédéric Monneron et Lèbre. C'est plus tard, et après vous, qu'il est devenu professeur (de philosophie). Samuel Chappuis également (de théologie).

« *Même page.* — « L'illustre poète Mickievicz y avait « déjà inauguré l'étude des littératures slaves et M. Sainte-« Beuve allait y déployer son histoire de *Port-Royal.* »

« Mickievicz n'est venu et n'a enseigné à Lausanne qu'après vous. C'est moi qui fis sa *découverte*, et qui l'engageai à suivre à sa vague idée de postuler une de nos chaires. Il enseignait le *latin*, et avait remplacé Porchat, mis de côté par les libéraux-doctrinaires, qui à cette époque (vers 1838) donnèrent déjà quelque exemple de faire table rase de l'Académie pour la réorganiser.

Mickievicz n'a professé à Lausanne que depuis 1838-
1839, si ma mémoire ne me trompe pas, dans tous les
cas après vous seulement. Vous l'avez vu plus tard à
Lausanne, l'année, je crois, qui suivit celle de votre
cours.

« *Page 370*, dernière ligne. — « L'âme attendrie du
« vieux calviniste (le père de M. Vinet). » Sur ce calvinisme du père de M. Vinet, j'ai des doutes. Outre que
l'église du pays de Vaud était, dès sa fondation à l'époque de la Réforme, d'un calvinisme mitigé, il n'y avait
peut-être pas un seul vrai calviniste à la fin du dix-huitième siècle dans tous le pays.

« *Page 372*. — « Dans un état déjà travaillé par l'es-
« prit *révolutionnaire*, le réveil, frappé de suspicion, fut
« en butte à l'outrage. »

« Le réveil (1824) eut pour opposants, en théologie, le
parti plutôt à rien, ou du moins antidogmatique, et en
politique, les vieux révolutionnaires de 1798, devenus
conservateurs en 1815 et la plupart voltairiens.

« Voilà, mon cher ami, ce que je comptais vous porter moi-même ce soir. Au lieu de cela, j'ai dû garder le
logis. Divers incidents de la journée m'y ont contraint
comme maître de maison, qui doit rester au poste, coûte
que coûte. Plaignez-moi, et veuillez garder quelque
amitié à votre vieil ami. »

XXX

DE JUSTE OLIVIER

« Le vendredi soir 26 février 1864 (1).

« Cher ami,

« Maintenant que tout le passé devient légende, en
attendant que nous le devenions à notre tour, — et

(1) Voir la lettre de Sainte-Beuve du 26 février 1864.

pourtant nous aurons réellement existé, ce me semble, — Winkelried en tient aussi ; mais, autant que je puis être de loin au courant de nos travaux historiques, on s'est peu occupé de lui sous ce nouvel aspect. Son temps, celui de la bataille de Sempach, sont un peu plus accessibles que ceux de Guillaume Tell. Toutefois, je le crois aussi controversé! Mais, légende ou non, c'est bien celle que vous me rappelez. Il embrassa les piques des chevaliers autrichiens, qui avaient mis pied à terre, les serra contre sa poitrine, ouvrit ainsi un passage à la petite armée suisse, et mourut avec ces paroles mémorables et jusqu'à présent historiques : « Confédérés, je vous recommande ma femme et mes enfants. » Il était chevalier (il y en avait dans les rangs relativement démocratiques des communes), mais il n'était point chef. En général, dans les batailles suisses, il n'y a pas de chef unique, mais plutôt un conseil de guerre formé des capitaines plus ou moins inconnus des divers contingents. A Sempach, celui qui fut le plus en évidence, c'est l'avoyer de Lucerne, Gundoldingen, dont Hugo, dans un des morceaux de la *Légende des siècles*, a fait un portrait fantastique, tout l'opposé de ce qu'on peut entrevoir de ce magistrat populaire et militaire qui mourut en donnant aux siens ce conseil tout politique et pratique :

« Dites à ceux de Lucerne qu'ils ne nomment pas d'avoyer pour plus d'un an. » Vrai ou faux, ce conseil rapporté par les chroniqueurs est caractéristique.

« Adieu, amitiés.

« Mille pardons, cher ami. J'ai pris, sans m'en apercevoir, une feuille où Thérèse avait laissé de son écriture, et me voilà complice de son étourderie. »

XXXI

DE JUSTE OLIVIER

« Paris, ce mardi juin 1865.

« Cher ami,

« Sommes-nous donc tant que ça (1) ? Qui s'en serait douté par ce temps de mort pour la poésie ? Toute une phalange, et qui, sans vous, restait inconnue à elle-même aussi bien qu'au public ! Infiniment nombreux et infiniment petits : ce n'est pas encourageant. Je ne vous en remercie que mieux d'avoir pensé à moi, dans une telle foule et une telle bataille de rimes, assaut que vous seul pouviez soutenir. Je serais allé vous le dire hier, s'il ne m'était pas difficile de sortir vers midi ; et puis, je suis revenu de Suisse avec une disposition qui m'est si pénible à moi-même que je me fais presque un devoir de l'épargner à mes amis.

« Ma mère va un peu mieux cependant ; mais son grand âge ne nous laisse guère d'espoir ; aussi ferai-je probablement dans peu une nouvelle échappée en Suisse. Excusez-moi donc si je ne puis aller vous serrer la main, au moins chez Magny lundi prochain, comme ce serait mon désir.

« Votre ami,

« JUSTE OLIVIER. »

(1) Allusion à son article de Sainte-Beuve : « De la poésie en 1865 » dans les *Nouveaux lundis*, tome X, où il disait de J. Olivier : « M. Juste Olivier, de Lausanne, est un autre talent mûr, fidèle à la dignité de l'art. Après avoir chanté dans sa jeunesse des refrains qu'ont répétés les échos de l'Helvétie, il a pris, en vieillissant, une vocation de plus en plus prononcée pour la poésie intérieure et morale, etc., etc.

XXXII

DE JUSTE OLIVIER

« Paris, ce 2 février 1866.

« Cher ami,

« Quel lointain ! » comme vous dites, et je vous avoue que mes souvenirs de *fait* y flottent aussi un peu confus. Je crois pourtant pouvoir répondre à la plupart de vos questions, ou plutôt confirmer vos indications propres, à peu de variantes près.

« M. Porchat (mort il y a un ou deux ans) était en effet recteur de l'Académie, et, comme professeur, il occupait la chaire de *Littérature latine ;* il la perdit lors de la réorganisation de l'Académie, qui eut lieu peu après votre cours, ne fut pas renommé, et on le remplaça par M. Hisely.

« M. Monnard, professeur de littérature française.

« Moi, professeur d'histoire. Mais je n'étais encore que professeur *extraordinaire*, et ne fus nommé définitivement, ou professeur *ordinaire*, que plus tard. Vous avez assisté à mon installation. Il n'existait point de chaire d'histoire générale à l'Académie de Lausanne depuis très longtemps, peut-être depuis l'historien Ruchat, au commencement du dix-huitième siècle. On y donnait seulement un cours d'histoire ecclésiastique dans l'*auditoire* (la faculté) de théologie, et, au collège, quelques bribes d'histoire suisse. C'est sur ma demande de revenir de Neuchâtel (où j'étais professeur de littérature française et d'histoire) à Lausanne, que l'on songea à rétablir une chaire d'histoire ; mais ce cours n'était d'abord que provisoire, et je devais être appelé de nouveau chaque année à le donner. Cela dura bien au moins cinq ou six ans.

« M. Vinet, revenu de Bâle, chaire d'*homilétique* (ou éloquence sacrée) et de *prudence pastorale* (directions aux étudiants de théologie sur la vie de pasteur).

« M. Dufournet, professeur d'*exégèse* (soit de traduction et explication de l'Ancien et du Nouveau Testament), par conséquent, spécialement professeur de *langue hébraïque*.

« M. Herzog, professeur d'histoire ecclésiastique.

« M. André Gindroz, professeur de philosophie et membre du conseil d'instruction publique, dont il était l'âme.

« D'autres chaires n'avaient pas alors de titulaires ou les perdirent pour en recevoir de nouveaux dans la réorganisation qui suivit, M. Zündel, entre autres, pour la chaire de grec.

« Espérandieu qui, d'avocat, était devenu membre du conseil de l'instruction publique, était ainsi tout naturellement placé pour y proposer votre cours, dont le conseil dut faire ensuite la demande au conseil d'état (pouvoir exécutif), où se trouvait alors entre autres M. Jacquet. L'oncle de celui-ci, M. Alexis Forel, était de même, si je ne me trompe, membre du conseil de l'instruction publique. M. Berger également. Mais dans tout ceci, l'homme influent (après nous), ce fut Ruchet, qui avait de l'ascendant même sur Druey, et, au grand conseil, une place très marquée, dominant des deux partis politiques.

« Je le verrai un de ces jours, et s'il y avait quelque chose à ajouter ou rectifier dans ma lettre, je vous l'écrirais.

« Adieu, je vous serre la main. »

XXXIII

DE JUSTE OLIVIER

« Place Royale, ce lundi 8 juillet 1867.

« Cher ami.

« On voudrait vous faire payer votre succès par de sots et méchants ennuis. Vous ne doutez point que je n'aie applaudi à l'un et que je ne m'indigne des autres. Aujourd'hui encore, je voulais aller vous le dire, après avoir lu vos lettres, si justes et si dignes, dans *les Débats* de ce matin; mais je vois bien que je ne pourrai sortir de la journée, et je ne veux pas tarder davantage à vous serrer la main de toute la vieille amitié avec laquelle j'ai toujours suivi votre vie.

« Mon fils qui, en sa qualité d'industriel, est abonné au *Moniteur*, a lu et relu votre discours, dans la bonne version, et lui aussi et son petit monde obscur, mais d'esprits jeunes et généreux, y ont applaudi du meilleur de leur cœur.

« Adieu, mille amitiés de nous tous, en attendant que j'aille vous les porter moi-même un de ces soirs. »

XXXIV

DE JUSTE OLIVIER

« Genève, ce mardi 6 juillet 1869 (1).

« Cher ami.

« Sans le continuel va-et-vient de mon voyage, je vous aurais déjà écrit quelques mots pour vous dire,

(1) Voir en réponse la dernière lettre écrite par Sainte-Beuve à ses amis Olivier, peu de temps avant sa mort.

moi-même, et non pas seulement par Veyne, le plaisir
que j'ai eu à me voir cité par vous dans votre beau travail, si complet et si juste sur Jomini (1). J'ai bien peu
de titres à y figurer en quoi que ce soit, n'ayant fait
qu'aborder en passant le sujet, sans pouvoir réellement
le connaître et l'approfondir ; mais j'ai été heureux de
voir mon impression confirmée par un avis aussi solide
et aussi judicieux que le vôtre, et enfin jugé impartia-
lement un homme qui l'a été trop sévèrement même
chez nous, peut-être surtout chez nous. Bref, de toute
manière, votre travail est définitif. Ce qui m'a particulièrement charmé et ému, c'est votre belle page sur Monnard et le vieux Suisse. On ne peut rien de mieux senti,
ni de mieux dit. Le *Suisse a un ranz éternel dans le
cœur;* je vais redisant et comme chantant ce mot à tout
le monde, à Lausanne et ici. Il a presque enflammé
Adert, qui du reste va reproduire vos articles. Enfin,
vous nous avez fait un vrai bien, à nous tous qui aimons
encore la Suisse à la mode antique.

« J'avais besoin de vous le dire. Il me semblait être
encore avec vous à Lausanne et entre les tours d'Aï.
Tempi passati, mais le temps, qui emporte tout, ramène
tout aussi.

« Adieu, bien cher ami. Continuez vos travaux si
variés, si pleins de toute sorte d'intérêt, si charmants et
si utiles. Vous ne sauriez croire combien, même ici, on
est dans l'étonnement de votre activité prodigieuse, et

---

(1) Cet article sur le *général Jomini* fut le dernier travail de
longue haleine publié par Sainte-Beuve. Il a été recueilli dans le
tome XIII et dernier des *Nouveaux lundis.*
Dans une page que nous aimons à rappeler, et où il cite Charles
Monnard et Juste Olivier, Sainte-Beuve constate que le Suisse reste
toujours et partout Suisse. « Tout vrai Suisse, dit-il, a un ranz
éternel au fond du cœur. » Olivier avait de bonnes raisons pour
goûter particulièrement cette page sincèrement éloquente.

combien ceux par qui vous auriez plaisir à être apprécié vous apprécient.

« Je vous serre la main de tout cœur. Mes amitiés à Troubat et à Veyne, si sa campagne électorale l'a laissé en état de me tendre la main et ne l'a pas trop meurtri.

« Bien à vous.

« Je suis, en passant, à Genève, d'où je pense repartir demain pour Lausanne, puis j'irai me confiner à Gryon (*sur* Bex, comme on dit en Suisse). C'est là que je vous invitais à venir, dans la première lettre, je crois, que je vous ai écrite.

                 « Lausanne, mercredi.

« Pardon pour cette pauvre lettre, griffonnée hier à Genève, en courant, après quoi, dès ce matin, je suis raccouru ici. Mme Olivier n'ayant pas revu Veyne, il ne vous aura rien dit de moi. Adieu, je vous serre encore la main. »

FIN DES LETTRES DE M. ET Mme J. OLIVIER

TABLE ALPHABÉTIQUE

DES NOMS PROPRES CITÉS DANS CE VOLUME (1)

—

A

Adert, 422, 423, 497.
Agassiz, 405.
Agnès (la Mère), 4.
Agoult (Mme d'), 254, 288, 334, 339, 364.
Aimeri (Melegari), 276.
Aïssé (Mlle), 244.
Albers (Mme), 64.
Alfieri, 356.
Allart (Hortense), 411.
Amiel, 8, 93.
Ampère (J.-J.), 38, 39, 53, 61, 72, 93, 100, 111, 148, 181, 441, 442.
Ancelot, 253.
Angélique (la Mère), 215.
Angeville (Mme d'), 452.
Apulée, 330.
Arbouville (Mme d'), 50, 256, 266, 296, 324, 325, 333, 347.
Ariane, 153.
Arnauld, 86, 164, 245.
Arnaud d'Andilly, 190.
Augustin (saint), 308.
Ausone, 442.

B

Baader, 243, 275.
Bacchus, 153.
Backoser, 151, 166.
Bacon, 369.
Badius (Conrard), 102.
Ballaigues, 51, 67, 372.
Ballanche, 54, 61, 87, 164, 184, 253, 279, 410.
Balzac (Henri de), 253, 313.
Barante (de), 297, 309.
Barbe (l'abbé), 6.
Barbier (Aug.), 58, 59.
Bartas (du), 182.
Barthélemy, 373.
Bautain (l'abbé), 315, 452.
Beaumont (Gustave), 87.
Belgiojoso (princesse), 308, 363.
Bellay (J. du). 161.
Béranger, 24, 74.
Berger, 221, 466, 495.
Berger (Mme), 465.
Bernus (Aug.), 102.
Berryer, 141, 253, 343, 351, 352.
Berthollet (le pasteur), 175.

(1) Ne figurent pas dans cette table les parents de la famille Olivier, tels que Mlle Sylvie (Ruchet), M. et Mme Ruchet, etc., dont les noms sont cités par Sainte-Beuve au bas de presque toutes ses lettres.

Bérulle, 54.
Beyle, 155.
Bezancenet, 443.
Bèze (Th. de), 102.
Biard (Mme), 385.
Blanchenay, 454.
Boccella,6o.
Bochet (du), 89, 469.
Boigne (Mme de), 370.
Boileau, 69, 356, 485.
Bonald (de), 411.
Bonnaire, 97, 166, 290, 294,
   365, 368.
Bonnet, 473.
Bonstetten, 224, 355, 362.
Boré, 314.
Bossange,11.
Bossuet, 86.
Bouchet, 273.
Boulien, 274, 3oo, 465.
Bramante, 162.
Brenles (de), 89, 124, 143,
   146, 147, 258, 450, 457,
   461.
Briche (Mme de la), 333.
Bridel, 11, 410.
Briffault, 62.
Brizeux, 22, 59, 126, 130,
   176.
Broglie (de), 253, 317, 368.
Broglie (Mme de), 110.
Brugnière, 74.
Buffon, 3og.
Buloz, 28, 39, 55, 59, 62,63,
   96, 99, 105, 118, 130,146,
   153, 155, 168, 171, 176,
   177, 185, 187, 188, 197,
   224, 283, 290, 294, 333,
   356, 365, 366, 481.
Burnouf, 264.
Byron, 16.

            C

Cadoudal, 386.

Calmann-Lévy, 75, 111.
Cassagne, 485.
Cassat, 143, 214, 251.
Castellane (Mme de), 332.
Castries (Mme de), 56, 6o, 66,
   103, 111, 115, 129.
Cazalès, 314.
Chabaille, 263, 264, 265.
Chalmers, 35.
Champagny, 314.
Chapelain, 3o9.
Chappuis, 468, 490.
Charrière (Mme de), 75, 113,
   144, 358, 359, 363, 378,
   379, 444.
Charles II, 1oo.
Charles le Hardi, 165.
Charles le Téméraire, 297.
Charpentier, 294, 316.
Charton, 102.
Chasles (Philarète), 195,238.
Chateaubriand (vicomte de),
   16, 29, 53, 61, 9o, 91,1oo,
   104, 110, 115,164,181,197,
   242, 259, 405, 410.
Chatham, 358.
Chavannes (le pasteur), 245,
   246, 414.
Chénier (André), 143, 452.
Cherbuliez, 165.
Chopin, 119, 210.
Cicéron, 411.
Clément, 4o3, 410, 473.
Colet (Louise), 223, 227.
Cottignon (Albert), 155.
Collombet, 6, 236, 4o9.
Combalot (l'abbé), 35o.
Constant (Benjamin),75,354,
   358, 359, 36o, 361, 362,
   363.
Constant (Mlle de), 91.
Cousin (Victor), 37, 38, 89,
   101, 152, 204, 206, 209,
   212, 216, 218, 223, 226,

229, 248, 3oo, 3o1, 3o8, 3o9, 3i5, 373, 388, 44o, 476.
Cubières (Mᵐᵉ de), 225.
Custine (Mᵐᵉ de), 195.
Czartoryski (le prince), 121, 212.

D

D'Aguesseau, 86.
Dangeau, 63.
Dangeville (Mˡˡᵉ), 95.
Danton, 214.
Dash (Cˢˢᵉ), 127.
Daunou, 228, 23o.
Davel, 62, 8o, 87, 1o3, 13o, 176, 3o1, 468.
David (d'Angers), 1o4.
David (le peintre), 123, 124.
Debrit (Marc), 244.
Delâtre, 211, 231, 262, 264, 459, 46o.
Delay, 481.
Delavigne (Casimir),118,21o, 362.
Delécluse,123, 124, 135.
Desbordes-Valmore (Mᵐᵉ),28, 31, 54, 55, 67, 78, 1oo, 127, 169, 192, 287, 294, 296, 3o1, 3o2, 3i5, 319, 368, 4o8.
Deschamps (Emile), 9,17, 7o, 9o, 233.
Deschanel (Emile), 1o5.
Desmarets, 191.
Didier (Charles), 325.
Diodati-Vernet, 35, 89, 94, 11o, 218, 228, 236, 434, 448, 45i.
Doudan, 26, 295, 296, 368.
Doy (Mˡˡᵉ), 6o, 64, 75, 211.
Druey, 141, 144, 156, 221, 384, 423, 454, 49o.
Dubois (du *Globe*), 9, 12.

Duchâtel, 3o3.
Ducloux, 29, 38, 45, 72, 85, 89, 94, 96, 1oo, 1o2, 112, 133, 139, 142, 145, 16o, 167, 17o, 189, 194, 2o3, 2o5, 2o7, 213, 215, 26o, 341, 365, 43o, 463, 481.
Dufournet. 262.
Dumas (Alex.), 14, 89, 253.
Dumas (fils), 29o.
Dumont, 87.
Dumorey,61.
Dupin, 11o.
Durand (H.), 89, 112, 12o, 16o, 319, 322, 399.
Duras (Mᵐᵉ de), 91, 347.
Duval (Alex.), 253.

E

Erskine, 232.
Eschyle, 323.
Espérandieu (William), 38, 4o, 42, 43, 45, 48, 49, 94, 112, 12o, 142, 16o, 198, 275, 43o, 434, 435, 436, 437, 461, 462, 468, 495.
Eynard (Charles), 3o, 14o, 18o, 189, 256, 257, 262, 369, 41o, 414, 46o.
Eynard (Mᵐᵉ), 295, 469.

F

Fauriel, 37o.
Favre (Mᵐᵉ), 189.
Feletz (de), 237, 238.
Felice (de), 12o.
Fitz-James (duc de), 112.
Fleury (le card.), 161.
Flottes (l'abbé), 369.
Foisset, 314.
Fontanes (Mᵐᵉ de), 56,69,95, 184.
Fontanes, 1oo.

Forcade, 351.
Forgues, 311.
Forel, 221, 270, 446, 495.
Forel (Mme), 72, 73, 89, 109,
    124, 141, 147, 192, 193,
    447, 456, 465, 471.
Fortoul, 87, 101.
Frossard, 226, 301, 451.
Frossard (Mlle), 76, 120, 138,
    141, 153.
Fourrier, 140.

G

Gaillard, 306.
Gaillard (Mme), 218.
Gasparin (Mme de), 469.
Gaullieur, 355, 358, 359, 361,
    366, 444.
Gautier (Théophile), 387.
Gay (Delphine), 184, 196.
Geli (Mlle), 166.
Genlis (Mme de), 140.
Génin, 405.
Genoude (de), 61, 314.
Georges (Mlle), 311.
Gerbel (l'abbé), 158.
Gerson, 266.
Gindroz (André), 43, 44, 120,
    495.
Gingins (de), 164, 165, 181,
    297, 299.
Girardin (M. et Mme de), 283.
Gleyre, 292, 487.
Godet (Ph.), 11, 427.
Gœthe, 43, 182.
Gogol (Nicolas de), 162.
Gosselin, 106, 186.
Gozlan, 337.
Granier de Cassagnac, 70,
    314.
Guillon (l'abbé), 238.
Guiraud, 295, 326, 396.
Guizot, 20, 110, 175, 247,
    249, 287, 316, 317, 351,
    352, 353, 367, 389.
Guttinguer (Gabriel), 130.

H

Halévy, 405.
Hamilton, 313.
Hanska (Mme), 363.
Hardy (Henriette l'), 444.
Hare (Mme), 89, 112, 138, 148,
    149, 150, 153, 276, 278.
Harpe (La), 43, 121, 435.
Hauranne (Duvergier de),
    135, 211.
Haussonville (le comte d'),
    33, 403.
Hautefeuille (Mme d'), 196.
Hébert, 70.
Heine (Henri), 327.
Henri V. 61.
Hentsch, 122.
Herzog, 44, 419, 495.
Hermenches (d'), 355.
Hisely, 494.
Hollard, 30, 119, 122, 126, 157.
Homère, 310, 328.
Hortense (la reine), 61.
Hottinger, 82.
Hugo (Victor), 17, 27, 101, 106,
    114, 173, 192, 210, 215, 218,
    220, 233, 249, 253, 267, 268,
    269, 295, 353, 354, 379, 380,
    381, 385, 397.
Hugo (Mme), 130, 249.
Hugo (Léopoldine), 254.

I

Ingold (le R. P.), 256.

J

Jacquet, 18, 39, 108, 221, 446,
    458, 495.
Janin (Jules), 104, 221, 317.

Jasmin, 292.
Jay, 225.
Jouffroy (Th.), 12.
Jussieu (Mme de), 119.
Justin (saint), 3o8.

K

Kaiziwicz, 162.
Karr (Alph.), 223, 227, 347.
Kergolay (de), 257.
Kœrner (Justin), 75.
Kœrner (Th.), 75.
Krudener (Mme de), 3o, 338, 347, 348.

L

Labitte (Ch.), 55, 56, 169, 332, 379, 383.
Labitte (le libraire), 375.
Laborde (Léon de), 315.
La Bruyère, 3o6.
Lacordaire (le R. P.), 215.
Lacordaire (Th.), 4o6.
Lafayette, 61, 77.
La Fontaine, 288, 3oo, 454.
Lamartine, 58, 70, 106, 109, 110, 119, 120, 126, 205, 222, 283, 287, 288, 318, 319, 327, 341, 353, 356, 4o1, 4o2, 411, 452, 464.
Lambert (Mme de), 416.
Lambinet, 61.
Lamennais, 106, 112, 158, 201, 250, 265, 318, 321.
Lamoricière 231.
Lancelot, 4o4.
Landry, 33.
Langallerie (marquis de), 205.
Langeac (le chevalier de), 164.
Laprade (V. de), 327.
La Rochefoucauld, 61, 207, 3o6.

Latouche (Henri de), 79.
Latour (Ant. de), 87, 127, 247.
Latreille (C.), 59.
Laval (le duc de), 61.
Lèbre (Ad.), 48, 51, 6o, 72, 75, 80, 89, 98, 101, 116, 121, 128, 130, 133, 142, 145, 147, 151, 157, 16o, 182, 192, 195, 198, 205, 234, 243, 245, 251, 255, 275, 278, 287, 288, 289, 295, 3oo, 3o4, 318, 327, 330, 331, 333, 334, 335, 337, 340, 343, 351, 357, 358, 36o, 399, 455, 46o, 48o.
Lebrun, 248, 254.
Lecomte (le colonel), 422.
Lecomte (Jules), 200.
Lehuron, 318.
Lemercier, 267.
Lenormand (M. et Mme), 4, 173, 191, 314.
Lerminier, 3o, 105, 115.
Leroux (Pierre), 85, 112, 250, 280, 281.
Letrone, 298.
Libri, 87.
Louis (le prince Louis-Napoléon), 61, 90, 96, 98.
Louis-Philippe, 181.
Louis XI, 195.
Louis XIV, 247.
Lutteroth, 157, 382, 4o8.

M

Magnin, 388.
Maillard, 35o.
Maillé (de), 1o3.
Maistre (Xavier de), 110, 138, 154, 178.
Mondrot, 454.
Manuel, 57, 89, 101, 105, 115, 121, 191, 219, 416.
Marat, 70.

Marmier (Xavier), 19, 22, 28,
42, 54, 97, 107, 109, 114,
126, 127, 128, 139, 152, 153,
156, 196, 222.
Marrast (Armand), 368.
Marot (Clément), 362.
Mars (de), 291.
Martigner, 165.
Martin (du Nord), 78.
Maxime (Mlle), 311.
Melanchton, 185.
Mendizabal, 107.
Menot, 350.
Mérimée, 234, 379, 383.
Mesnard, 118.
Metternich, 104.
Maurice (Paul), 240.
Michel-Ange, 162.
Michel (Francisque), 255.
Michelet, 80, 85, 103, 324, 331,
332, 337, 338, 380, 381, 382.
Michiels (Alfred). 305.
Mickiewicz, 108, 113, 115, 116,
119, 121, 122, 124, 139, 162,
182, 105, 206, 207, 208, 209,
210, 211, 213, 252, 255, 261,
277, 330, 333, 335, 339, 361,
445, 447, 448, 451, 459, 463,
469, 490, 491.
Migne (l'abbé), 256.
Mignet, 270, 309, 387, 397.
Molé (Comte), 87, 96, 145, 305,
288, 317, 332.
Molènes (de), 315, 370.
Monnard, 2, 40, 43, 55, 56, 70,
80, 90, 91, 167, 189, 192, 204,
215, 219, 221, 251, 253, 270,
354, 366, 372, 399, 419, 422,
423, 458, 460, 461, 490, 494.
Monnard (Mad.), 465.
Monneron (Fr.), 111, 121, 399,
490.
Montesquieu, 140.
Muller (Jean de), 191.

Murat, 89.
Musset (Alf. de), 9, 74, 99, 101,
197, 198, 204, 302, 312, 313,
333, 339.
Musset (Paul de), 301.

N

Naëff, 123, 135.
Narvaës, 329.
Necker (Mme), 416.
Néraud, 259, 463.
Néron, 328.
Nicolas (l'empereur), 210.
Nicole, 164, 245.
Nisard, 210.
Noailles (duc de), 62.
Nodier (Charles), 67, 181, 309,
333, 352.

O

Obermann, 428.

P

Pache, 72.
Pailhès (l'abbé), 91.
Paixhant, 267.
Pantasidès, 240.
Pascal, 38, 117, 164, 191,
300, 301, 316, 319.
Pasquier, 309, 332.
Patin, 309, 336.
Paul (M.), 54.
Paulin-Paris, 87.
Pavie (Th.), 217, 230, 306.
Pavie (Victor), 161, 238.
Péclard, 89, 98, 120.
Pelegrin (Mme), 218.
Pelletier (le général), 68, 205,
231.
Pelletier (Mlle), 251.
Pellisson, 309.
Pérès (Antonio), 387.
Petetin, 310.

Philippe II, 387.
Pictet (Ad.), 33.
Pignollet, 238.
Pingaud (Léonce), 114.
Piscatory, 135.
Place (de), 410.
Planche (Gustave), 393.
Platon, 38, 93, 369, 440.
Plessis (Mlle), 387.
Polier (Mme), 184.
Pougerville, 210.
Porchat, 43, 144, 231, 333, 419, 470, 494.
Pressensé (Edmond de), 243.
Pressensé (Mme de), 157.

Q

Quinet (Edgar), 58, 97, 319, 324, 325, 333, 334, 335, 370, 382.
Quinet (Mme), 338.

R

Rachel, 106, 221, 222, 302, 309, 316, 317, 321, 336.
Racine, 110, 321.
Ravaisson, 205.
Récamier (Mme), 28, 53, 60, 61, 62, 66, 100, 103, 115, 181, 195, 302, 314.
Régnier (Mme), 50, 89, 108, 112, 120, 192, 283.
Raphaël, 161, 162, 173, 178.
Rémusat (de), 135, 204, 210, 223, 225, 267, 292, 364, 388, 389, 472.
Renduel, 39, 163, 200, 201, 203, 207, 215.
Reuchlin (Hermann), 123, 171.
Richelieu, 247, 473.
Rigaud, 69, 251.
Risler, 75, 96, 100, 106, 110, 167, 191.

Ritter (Ch.), 76.
Robert (Léopold), 123.
Roland, 72.
Ronsard, 69, 251.
Rossi, 94, 142, 197, 351, 385.
Roullier, 11.
Rousseau (J.-J.), 268.
Royer-Collard, 215, 221, 283.
Rossmalen (de), 264.
Rowles, 155.
Ruchat, 82, 494.
Ruckert, 242.
Ribeaupierre (de), 306.

S

Saci (de), 54, 238.
Sade (marquis de), 305.
Saint-Chéron (de), 314, 337.
Saint-Cyran, 164, 203, 404.
Saint-Hilaire (Barthélemy), 209.
Saint-Julien (de), 205, 207, 214, 218, 444, 445.
Saint-René Taillandier, 421.
Saint-Simon, 62, 140.
Sainte-Beuve (Mme de), 9.
Saisset, 380.
Salvandy, 87, 90, 205, 267, 268, 269, 390.
Salvage (Mme), 61, 62.
Sand (George), 28, 106, 153, 178, 188, 197, 199, 208, 210, 218, 224, 233, 250, 252, 255, 258, 265, 268, 279, 281, 307, 318, 327, 338, 339, 341, 447, 462, 463, 464.
Scholl, 57, 89, 112, 142.
Schwetchine (Mme), 216.
Schirding (Mlle), 457.
Scott (Walter), 58.
Scribe, 210, 245.
Secretan (Ch.), 72, 89, 102, 111, 144, 197, 205, 490.

Senancourt (de), 34.
Senancour, 296.
Senaud (le R. P.), 256.
Sévigné (Mme de), 110.
Simon (Jules), 7, 388.
Simonis (Mme de), 55, 79.
Singlin, 404.
Soulié (Fr.), 63.
Soumet, 262, 265, 295, 461.
Souvestre (M. et Mme), 83, 292, 307, 408.
Spoelberch de Lovenjoul, 4.
Staël (de), 361.
Staël-Vernet, 36.
Sue (Eug.), 302,312,313,332, 337, 351.
Suétone, 63, 328.
Surville (Clotilde de), 184.

T

Tacite, 63.
Talleyrand, 69.
Tascher (Mme de), 60, 80, 103, 115, 120, 122, 135, 142, 146, 150, 170, 173, 174, 175, 181, 188, 196, 213, 227, 278, 279, 283, 301, 329, 368, 465
Tastu (Mme), 195.
Tattet (Alf.), 74.
Tell (Guillaume), 34, 362, 492.
Texier (Ch.), 87.
Théocrite, 276, 360.
Thésée, 153.
Thiers, 110, 147, 184, 204, 206, 210, 224, 241, 288, 299, 318, 351, 353, 367, 386, 387.
Thierry, 292.
Thomas, 379.
Tissot, 189.
Tocqueville, 87, 169, 253.
Tœpffer, 178, 265, 456.
Tourgueneff, 22, 130.
Toussaint-Louverture, 222.

Tristan (Flora), 95.
Troubat (Jules), 5, 51, 320, 348, 349, 350, 498.
Turquety, 127.

U

Uhland, 68, 130.
Urbain VIII, 162.

V

Vacquerie (Aug.), 240, 379, 382.
Vallière (Mme de), 109.
Valmore (Ondine), 236.
Verny, 142, 157, 219.
Veyne (Dr), 80, 371, 472, 497, 498.
Vigny (Alfred de), 8, 9, 17, 27, 58, 59, 173, 253, 313, 354, 369, 393, 394, 452.
Villemain, 177, 183, 184, 205, 209, 364, 365, 378, 476.
Vincent de Paul (Saint), 54.
Vinet, 2, 39, 40, 41, 43, 57, 72, 73, 80, 89, 94, 105, 111, 121, 138, 139, 142, 157, 160, 182, 192, 194, 215, 218, 219, 223, 233, 243, 253, 256, 262, 265, 268, 273, 293, 295, 304, 305, 308, 315, 319, 321, 322, 326, 335, 337, 357, 359, 366, 368, 369, 419, 435, 442, 447, 452, 454, 458, 459, 462, 468, 470, 490, 491, 495.
Voltaire, 113, 322, 371.
Vulliemin, 44, 82, 89, 103, 112, 120, 139, 142, 145, 160, 182, 190, 199, 263, 266, 335, 400, 490.

W

Wailly, 58, 59.
Walewski, 60.
Weiss, 164.

Wey (Francis), 352.
Winkelried, 419, 492.

Z

Zündel, 239, 495.

TABLE DES MATIÈRES

—

AVERTISSEMENT   I

INTRODUCTION   5

CORRESPONDANCE DE SAINTE-BEUVE AVEC M. ET

Mme JUSTE OLIVIER   33

LETTRES DE M. ET Mme JUSTE OLIVIER A SAINTE-BEUVE.   425

TABLE ALPHABÉTIQUE DES NOMS PROPRES CITÉS.   499

ACHEVÉ D'IMPRIMER

le huit octobre mil neuf cent quatre

PAR

BLAIS ET ROY

A POITIERS

pour le

MERCVRE

DE

FRANCE

www.ingramcontent.com/pod-product-compliance
Lightning Source LLC
Chambersburg PA
CBHW052349020726
47503CB00001B/173